唐詩逸話
(당시일화)

陳起煥 편역

明文堂

李白

李白(이백)

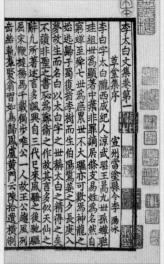

李太白文集(이태백문집)
宋刊本(송간본)

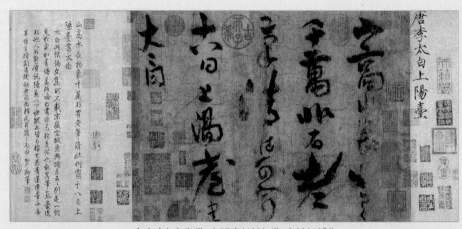

李太白(이태백) 上陽臺(상양대) 書帖(서첩)

杜甫

纂註分類杜詩(찬주분류두시)

杜甫(두보)

杜甫(두보)의 少陵草堂(소릉초당)

韓愈

韓愈(한유)

韓愈(한유)의 昌黎先生集(창려선생집)

朱文公校昌黎先生文集(주문공교창려선생문집)
韓愈(한유)의 시문집을 朱熹(주희)가 교정한 책이다.

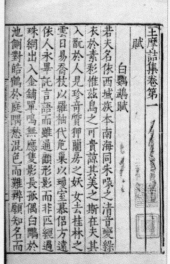

輞川圖(망천도)
王維(왕유) 은거지(今 西安市 藍田縣)

王摩詰集(왕마힐집, 王維)

廬山(여산) 白居易(백거이) 草堂(초당)
江西省(강서성) 九江市(구강시) 소재.

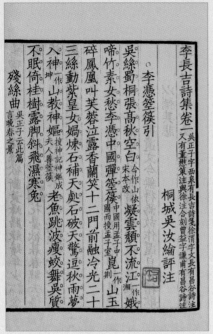

李長吉(이장길 ; 李賀) 詩集(시집)

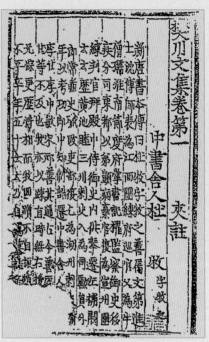

樊川(번천, 杜牧) 文集(문집)

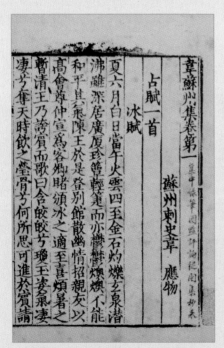

韋蘇州(위소주, 韋應物) 文集(문집)

孟東野(맹동야, 孟郊) 詩集(시집)

唐 長安城址(장안성지. 明代 축조)
陝西省(섬서성) 西安市(서안시) 소재.

滕王閣(등왕각)
江西省(강서성) 南昌市(남창시) 소재.

岳陽樓(악양루)와 洞庭湖(동정호)
湖南省(호남성) 岳陽市(악양시) 소재.

唐代(당대)의 宮樂圖(궁악도)

唐代領域圖(당대영역도)

唐詩逸話
(당시일화)

陳起煥 편역

明文堂

머리말

시인이 겪은 삶과 경험 그리고 사색에서 얻어진 인생의 哲理와 美意識을 잘 가다듬고 아름답게 표현한 글이 바로 詩이다. 시는 읽는 사람에게 깊은 감동을 주고 독자의 마음과 하나가 되어 오래 남는다. 그리고 시는 강한 생명력을 가지고 있는데, 시인은 죽어도 그의 시는 오래도록 남아 후세에 큰 영향을 끼치고 독자의 내면적 변화를 자극한다.

동서양을 막론하고 인류 문화유산으로서 시는 문학의 어느 장르보다도 일찍 그리고 최고의 수준으로 발전하였다. 중국에서는 最古의 문학으로 《詩經(시경)》의 시가 있고 이후 다양한 형태로 시가 발전했는데 그 最高의 완성은 唐나라의 시이다.

唐詩는 중국인들에게 위대한 문화유산인 동시에 중국인들의 자부심이다. 지금부터 1,300년 전에 그토록 수준 높고 완벽하며 가장 확실한 성취를 이룩했다는 사실은 하나의 驚異(경이)라고 말할 수 있다. 동시에 그 많은 시인이 그렇게 다양한 명작을 남겼다는 것은 기록수단으로서의 漢字와 함께 불가사의한 현상이라고 말해도 괜찮을 것이다.

당시의 수많은 名句는 이후 여러 기록이나 저술에 활용되었으며 지금도 중국인의 언어생활에 그대로 살아 있다. 특히 당시는 그 자체가 文史哲의 융합이기에 당시의 감상은, 곧 융합된 교양의 직접적인 흡수와 터득이라 할 수 있다. 중국에 '腹有詩書氣自華(복유시서기자화, 뱃속에 詩書가

들어 있으면 그 기운이 절로 빛난다)'라는 속담을 보면 詩를 사람이 갖추어야 할 당연한 교양으로 생각하였다.

우리말 사전에서 詩話(시화)는 '시에 관한 이야기'로 상당히 포괄적이지만 중국문학에서 '시화'는 매우 깊은 뜻을 가지고 있다. 예를 들어 歐陽脩(구양수)의 《六一居士詩話》는 구양수가 '퇴거하여 閑談(한담)의 자료로 삼고자 한 것'이라고 하여 시를 이해하기 위한 참고 자료의 성격을 가지고 있다. 그러나 南宋 嚴羽(엄우)의 《滄浪詩話(창랑시화)》는 詩辯, 詩體, 詩評, 詩法, 詩證으로 짜여 수준 높은 詩論을 전개하고 있다.

이후 모든 시화가 詩法을 論하면서 詩句를 평하는, 요즈음의 詩評과 같은 내용으로 구성되었다. 때문에 '詩話(시화)'에는 시인들의 逸話(일화)도 포함하고는 있지만 그 詩論의 범위는 매우 넓고도 깊이가 있다. 따라서 본서는 당대의 시와 그 시인들의 일화를 주 내용으로 하였기에 '시화'라는 제목을 붙이지 않았다.

당대에는 시문학의 발달과 함께 시인들의 활동 또한 매우 활발하였다. 따라서 시를 이해하기 위한 방편으로 시인들의 일화를 기록한 저술이 나왔으니 당 말기에 孟棨(맹계)는 이런 일화를 수록한 《本事詩(본사시)》란 저술을 남겼다. 맹계는 당 말기 僖宗(희종) 때 사람으로 그 자세한 생애는 알려지지 않았다. 맹계는 희종 光啓 2년(886)에 이를 저술하였는데 《本事詩(본사시)》는 모두 7편으로 구성되어 있다.

중국어에서 '本事'란 '재능이나 능력'이라는 뜻과 함께 '詩나 詞, 희곡 등의 작품에 관계되는 사실'을 지칭한다. 곧 문학으로서 '본사'란 시인이 언제 어떤 사유로 그 작품을 지었는가에 관한 사실적인 기록이다.

이 본사의 대상은 詩나 詞 등 문학작품이며 시나 시인을 이해하기 위한 (以事明詩) 사실적 자료이다. 이는 어디까지나 시가 그 중심이고 시를 이해하기 위한 雜記的 내용이 주가 되지만 시와 시인의 정황을 이해하는 데 큰 도움을 준다. 이후 본사는 하나의 文體로 인정받았고 문학의 한 영역으로 자리를 잡았으며 宋代에 많은 저술들이 나왔다.

본서는 맹계의 《본사시》의 내용을 일부 포함하면서 여러 시인들의 일화와 명작의 시를 이해할 수 있도록 필자의 해설을 보태었다.

시를 읽고 이해하며 공감한다고 하여 생활이나 생계에 직접적인 도움이 되지는 않는다. 그러나 시도 읽지 않는다면 그가 영위하는 삶에 어떠한 재미나 무슨 의미가 있겠는가? 그리고 시를 모른다면 그 생활이 그야말로 철저한 '俗'이 아니겠는가? 그리고 시를 교양의 일부라고 계산을 한 다음에 읽는다면 그 또한 '俗'이 아니겠는가?

젊은이를 예로 이야기하자면 취업준비를 위해 교양의 일부로 '일반상식'을 공부하지만, 취업에 성공하면 그동안 공부했던 일반상식에 대한 관심을 접을 것이다. 그렇다고 해서 머릿속에 들어 있는 일반상식이 컴퓨터 모니터의 화면이 꺼지듯 일순간에 사라지지는 않는다.

정말로 좋아서 읽든, 계산을 한 다음에 시를 읽든, 하여튼 시와 시인들의 이야기를 주제로 하는 이 책이 조금은 영향을 줄 것이고 또 남아 있을 것이다. 곧 '開卷有益(개권유익-책을 펴면 유익하다)'일 것이다.

2015년 새봄

陶硯 陳起煥

일러두기

- 본서는 唐代의 시인에 대한 소개와 그 대표적 작품에 대한 해설, 그리고 시인이나 시에 관련한 逸話(일화)를 소개하고 있다. 본서는 唐詩와 시인들에 대한 이해의 폭을 넓히는데 주목적을 두고 있다.

- 시인들은 대략 출생 순으로 배치하여 시인들의 선후와 사조를 짐작할 수 있게 하였다.

- 본서는 '학술적 목적'을 가진 '唐詩의 해설'이 아니기에 여러 가지 異說이나 논란이 되는 내용에 대해서는 깊이 있는 언급을 하지 않았다.

- 작품은 잘 알려진 명구를 중심으로 선정하였다. 장편 서사시는 지면 관계로 소개하지 못했고 관직 생활을 소재로 하는 시는 재미를 고려하여 선정에서 제외하였다.

- 우리말 번역은 번역서마다 크고 작은 차이가 있는데, 이는 情緖(정서)에 대한 해석이나 느낌의 차이 때문일 것이다. 필자는 '漢詩의 우리말 번역도 당연히 詩이어야 한다.'고 생각한다. 곧 '설명이 첨부되는 번역'을 택하지 않았다.

- 이 책의 시 작품은 〈 〉으로, 저서는 《 》로 구분하였다. 시 원문은 한글 덧말을 이용하여 입력하였다. 인명, 지명, 용어 등에서 쉬운 한자는 독음을 달지 않았으나 좀 어려운 글자가 있으면 '漢字(한글)'로 입력하였다.

● 곳곳에 삽화를 넣었으며 시인, 詩題, 用語나 人口에 널리 회자되는 구절
에 대한 색인을 마련하였다.

◆◆◆

● 이 책을 집필하면서 참고로 했던 書册은 아래와 같다.

《唐詩鑑賞大辭典》; 楊旭輝 主篇, 中華書局, 2012.

《唐詩精華註釋評》; 張國擧 主篇, 長春出版社, 2010.

《唐詩本事研究》; 余才林 著, 上海古籍出版社, 2010.

《新譯 唐詩三百首》; 邱燮又 譯, 戴明坤 注音, 臺北三民書局, 1983.

《唐詩三百首》; (清) 蘅塘退士 編, 周嘯天 註評. 南京 鳳凰出版社. 2005.

《全唐詩典故辭典》(上, 下); 范之麟, 吳庚舜 主編. 湖北辭書出版社. 2001.

《唐人絕句精華》; 劉永濟 選釋, 中華書局, 2010.

《唐詩古事集》; 張巨才 主篇, 中國文聯出版社. 2000.

《杜詩釋地》; 宋開玉 著, 上海古籍出版社. 2010.

《唐詩別裁集, 全 六卷》; 清 沈德潛 編, 徐盛 옮김, 소명출판. 2013.

《中國詩와 詩人, 唐代篇》; 李丙漢 外, 사람과 책.

차례

唐詩逸話
(당시일화)

1

反骨(반골)의 천재

낙빈왕

駱賓王

駱賓王(낙빈왕, 640?-?, 駱 낙타 낙)의 字는 觀光으로 한미한 가문 출신이지만 7살에 거위를 보고 시를 지을 정도의 신동이었다. 당나라 초기의 저명한 시인으로 왕발, 양형, 노조린과 함께 初唐四杰(초당사걸)이라 일컬어진다.

당 고종 의봉 3년(678)에 낙빈왕은 시어사가 되었지만 다른 사람의 무고에 의해 옥에 갇혀 있다가 나중에 방면되어 지방관인 臨海縣丞(임해현승)이 되었기에 낙빈왕을 '駱臨海(낙임해)'라고도 부른다.

684년 徐敬業(서경업)이 則天武后에 반기를 들었다. 서경업은 唐 太宗을 도운 개국공신 徐世績의 아들이다. 서세적이 큰 공을 세우자 당 태종은 서세적에게 皇姓인 李씨 성을 하사하였고, 李世民의 '世'를 피휘하여 李勣(이적)으로 성과 이름이 바뀌었다. 그러나 아들 서경업은 본래의 성씨를 사용했다. 측천무후가 中宗과 睿宗(예종)을 연달아 폐하고 나라 이름까지 周로 바꾸자 서경업은 揚州에서 반기를 들었다. 그때의 격문 〈爲徐敬業討武曌檄(위서경업토무조격)〉을 낙빈왕이 지었다.

격문을 입수하여 읽던 則天武后는 '一杯之土는 未乾에 六尺之孤를 何託하리오.(한 줌의 흙무덤이 마르지도 않았는데 어린 군주를 어디에 맡기리오.)'라는 대목에 이르자 명문에 감탄하면서 '재상은 왜 이런 사람을 미리 등용하지 못해 불평분자가 되게 하였느냐?'며 재상을 꾸짖었다는 이야기는 유명하다.

그러나 서경업의 반란은 실패로 끝났고 낙빈왕도 성명을 바꾼 뒤 어디로 숨었고, 그 이후 언제 죽었는지 알려지지 않았다.

낙빈왕이 7살에 지었다는 〈詠鵝(영아), 鵝 거위 아〉는 다음과 같다. 이 시는 중국의 할아버지들이 손자가 말을 배울 때부터 들려주는 詩라고 한다.

鵝, 鵝, 鵝, 曲項向天歌
아 아 아 곡 항 향 천 가

白毛浮綠水 紅掌撥清波
백 모 부 록 수 홍 장 발 청 파

어(鵝 é)! 어! 어! (거위의 울음소리)
굽은 목으로 하늘 보고 노래를 하네.
하얀 깃털은 푸른 물 위에 떠 있고
붉은 발바닥 맑은 물결을 헤치네.

이 시가 전하는 특별한 메시지는 없다. 7살 어린아이의 시에서 그런 것을 기대한다면 그것은 어른의 잘못된 인식이다. 하지만 시는 7살 동심을 아무 꾸밈없이 표현했고, 또 기발한 착상으로 그리고 자신과 연관하여 사물을 인식하는 어린이의 세계를 그대로 보여주고 있다.

거위의 울음소리는 그대로 그 이름이 되었으니 울음소리이면서 어린아이가 거위를 불렀다. 그리고 그 굽은 목을 보고 하늘을 향해 노래한다고 생각하였다. 깃털의 흰색(白), 물 색(靑), 그리고 붉은 발바닥(紅)의 색조가 선명하고 발로 물결을 튕긴다(撥)고 본 것은 어린아이의 놀이의 세계이다.

낙빈왕(駱賓王)

낙빈왕의 시는 題材(제재)가 광범위하면서도 청신한데, 재주는 많고 지위는 낮은 데에 따른 격정과 불만을 느낄 수 있고 필력은 웅건하다는 평을 받았다. 그의 〈帝京篇〉은 '山河千里國 城闕九重門'으로 시작하는데 당 초기에 보기 드문 장편 시로 唐代 歌行體의 새 지평을 열었다는 평가를 받고 있다.

낙빈왕은 당 고종 의봉 3년(678)년에 侍御使(시어사)로 여러 번 상소를 올려 충간했지만 당시 실권을 쥐고 있던 무후에 의해 옥에 갇히

게 된다. 그 옥중에서 매미 소리에 감응하여 서문을 쓰고 시를 지었다.(서문은 생략)

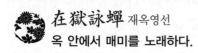

在獄詠蟬 재옥영선
옥 안에서 매미를 노래하다.

西陸蟬聲唱　南冠客思深
서 륙 선 성 창　남 관 객 사 심

那堪玄鬢影　來對白頭吟
나 감 현 빈 영　내 대 백 두 음

露重飛難進　風多響易沉
노 중 비 난 진　풍 다 향 이 침

無人信高潔　誰爲表予心
무 인 신 고 결　수 위 표 여 심

가을의 매미가 큰 소리로 우는데
옥안의 죄수는 마음만 서글프다.
어찌 견디리오, 검은 매미가 날아와
허연 머리를 마주보고 우는 것을.
이슬이 무거워 날아가기 어렵고
바람이 강하니 소리가 쉬이 묻힌다.
진실로 고결한 마음 믿는 이 없으니
그 누가 내 마음을 드러나게 해주랴?

이 시는 매미를 묘사했지만 실은 시인의 모습이라 할 수 있다. '露重

하니 飛難進하고, 風多에 響易沉이라.'는 이 구절은 차라리 침통하기만 하다.

1, 2구는 매미소리에 자신의 신세를 한탄하였다. 南冠은 남방 출신의 囚人이라는 뜻이다. 3, 4구는 처절한 매미 소리에 어떤 불안감을 느끼는 시인의 심리를 '玄鬢(현빈, 검은 머리)'과 '白頭'의 대비를 통해 표현하였다.

5, 6구는 가을이면 죽어야 할 매미 신세를 '重露(흠뻑 내린 이슬)'와 '風多(드센 바람)'라 표현하면서 결국 매미를 제대로 변명도 못하고 사라질 자신으로 생각하였다. 곧 매미를 통해 자신의 뜻을 나타내는 借物寓意(차물우의)의 표현 기법이다. 7, 8구에서는 결백을 호소할 데도 없는 답답함으로 시를 마무리했다.

낙빈왕은 옥에서 사면 받아 지방관으로 나가지만 이미 중앙정부에 반감을 갖고 있어 곧 서경업의 무후 토벌에 동조했고, 실패 후에 중이 되어 몸을 숨긴다.(다음의 宋之問 참고)

2
요절한
천재

왕발

王勃

《明心寶鑑》順命편에 '時來에 風送滕王閣(풍송등왕각)하고, 運退에 雷
轟薦福碑(뇌굉천복비)라.'는 구절이 있어 우리에게도 잘 알려진 사람이다.
왕발은 망당산 신령의 현몽을 얻어 순풍을 타고 하룻밤 사이에 등왕각
에 도착했고 잔치에 참여하여 '南昌은 故郡이요, 洪都는 新府라.'로 시
작되는 〈滕王閣序등왕각서〉를 지어 자신의 천재성을 유감없이 발휘하였
다.

王勃(왕발, 650~676)의 字는 子安으로, 初唐의 시인인 楊炯(양형), 盧照鄰
(노조린), 駱賓王(낙빈왕)과 함께 '初唐四傑(초당사걸)'로 불린다. 왕발의 생졸
연도에 대해서는 약간의 이설이 있지만 그는 아까운 나이 27살에 交趾
令(교지령, 지금 월남 북부지역)으로 근무하는 부친을 뵈러 바닷길을 여행하다

가 익사하였다. 水神의 도움을 받아 이름을 날렸고 수신이 일찍 거두었기에 어업종사자들은 왕발을 '水仙王'이라며 신앙처럼 숭배하고 있다.

왕발의 할아버지 王通은 隋나라 煬帝(양제) 때의 大儒이었다. 왕발은 어려서 매우 총명하여 6살에 글을 지을 줄 알았던 신동이었고, 14살에 과거에 급제하여 朝散郎(조산랑)이라는 관직을 받았다. 그러나 高才博學(고재박학)한 젊은이로 그 재주를 믿고 오만한 데가 많아 관직생활은 순탄치 못했다.

왕발은 뛰어난 천재였으니 먹물을 많이 갈아 놓고 누워 있다가 갑자기 일어나 시를 써 내려가면서 한자도 고쳐 쓰질 않았기를, 그를 '뱃속에 글이 들어 있다.'는 뜻으로 '腹稿(복고)'라 불렀다고 한다.

왕발이 스물여섯이던 해 중양절, 강남의 3대 名樓(명루)의 하나인 南昌의 滕王閣(등왕각)에서는 洪州都督 閻伯嶼(염백서)가 주관하는 중건 기념 잔치가 열렸다. 남창 贛江(공강)의 동쪽 기슭에 있는 이 누각은 高宗 永徽(영휘) 4년(653) 당시 洪州都督으로 있던 高祖 李淵의 아들인 李元嬰(이원영)이 건축한 누각이었다. 이원영의 封號가 '滕王'이기에 등왕각이라 불리었는데

왕발(王勃)

20여 년 후 염백서가 이를 다시 지어 준공하면서 잔치를 열었다. 그런 건물의 잔치에는 건물의 유래나 내력을 명문으로 지어 내걸었는데 당시 염백서가 사위의 文才(문재)를 자랑할 뜻이 있었음을 알고 참석자 누구도 서문을 짓겠다고 나서는 이가 없었다.

젊은 왕발은 종이와 붓을 받고 옆방에서 글을 짓기 시작했다. 왕발이 '豫章은 故郡이요, 洪都는 新府라.'고 서문을 짓기 시작하였는데 그 말을 전해들은 염백서는 '老生常談(노생상담)'이라며 불쾌한 표정을 지었다. 그러나 거침없이 써내려 가는 글이 '落霞與孤鶩齊飛(낙하여고목제비, 지는 노을과 한 마리 물새는 같이 날고), 秋水共長天一色(가을 물과 하늘은 한가지로 푸르다).라는 글을 전해 듣고는 무릎을 치며 '斯不朽矣(사불후의(이는 불후의 명구이다)'라고 말했다. 서문을 다 지은 다음 왕발은 本詩를 단숨에 완성했다.

🔅 **滕王閣** 등왕각

滕王高閣臨江渚　佩玉鳴鸞罷歌舞
등 왕 고 각 임 강 저　패 옥 명 란 파 가 무

畵棟朝飛南浦雲　朱簾暮卷西山雨
화 동 조 비 남 포 운　주 렴 모 권 서 산 우

閑雲潭影日悠悠　物換星移度幾秋
한 운 담 영 일 유 유　물 환 성 이 도 기 추

閣中帝子今何在　檻外長江空自流
각 중 제 자 금 하 재　함 외 장 강 공 자 류

滕王의 높은 누각은 강가에 자리했고

佩玉의 소리와 함께 가무도 끝이 났다.

아침의 단청 기둥에 남포의 구름이 머물고

저녁에 붉은 발을 걷으니 서산에 비가 내린다.

떠가는 구름 못에 그림자 내리고 해는 길은데

겨울이 바뀌고 세월 가기 그 몇 년이던가?

누각의 등왕은 지금 어디에 있는가?

난간 아래로 장강만 말없이 홀로 흐른다.

등왕각(滕王閣)

왕발은 시 뿐만 아니라 曆學(역학)에도 밝아 《大唐千歲曆》을 저술했었다. 그러나 이 조숙한 천재는 무엇이든지 자기중심으로만 생각하고 행동했다. 도망 나온 宮奴를 숨겨 주었다가 발각될 위기에 물증을 없앤다 하여 궁노를 죽여 버렸다. 결국 모든 것이 밝혀지고 투옥되었다가 겨우 사면을 받았다. 그러나 그 결과로 왕발의 아버지 왕복은 남만의 땅 교지령으로 좌천되었고, 그 부친을 뵈려고 바닷길을 가다다 배가 전복되어 왕발은 익사하였다.

왕발의 시에는 이별이나 고향을 그리는 정감을 표현한 시가 많으며 五言律詩이나 五言絶句에 우수한 작품이 많다. 왕발의 송별시 중에서 잘 알려진 다음 시를 읽어야 한다.

送杜少府之任蜀州 송두소부지임촉주
촉에 부임하는 두소부를 전송하며

城闕輔三秦　風煙望五津
성 궐 보 삼 진　풍 연 망 오 진

與君離別意　同是宦遊人
여 군 이 별 의　동 시 환 유 인

海內存知己　天涯若比隣
해 내 존 지 기　천 애 약 비 린

無爲在岐路　兒女共霑巾
무 위 재 기 로　아 녀 공 점 건

성궐은 관중 땅으로 에워싸였고

바람 속 구름에 五津을 그려본다.

그대와 헤어지는 이 마음

우리는 벼슬대로 떠도는 사람.

이 세상에 자기를 알아주는 이만 있다면

어떤 환경이던지 이웃이 있으니 괜찮다.

갈림길에서 아녀자처럼

눈물 수건을 적시지는 말아야지!

위 시에서 三秦은 관중의 땅을, 五津은 蜀(촉)땅을 지칭한다. 본 시의 '海內存知己, 天涯若比鄰.'은 人口(인구)에 膾炙(회자)되는 名句(명구)이며 왕발의 시는 80여 수가 남아 있다.

3
五言律詩(오언율시)의 초석

심전기

沈佺期

심전기(沈佺期)

沈佺期(심전기, 650?~714?)는 고종 上元 2년 (675)에 진사가 되어 則天武后(측천무후) 재위 중에 考功員外郎으로 근무하면서 뇌물을 받아 옥에 갇히기도 했다. 출옥하고 복직하여 給事中에 올랐다가 중종 때에 張易之(장역지) 사건에 연루되어 지금은 월남 땅이 된 곳에 유배되기도 했었다. 나중에는 다시 복직하여 현종 때까지 몇 관직을 더 지냈다.

심전기는 칠언율시에 능했고 宋之問과 함께 이름을 알린 궁정시인으로 문학사에서는 '沈宋'으로 불린다. 그의 시는 남조 梁과 陳의 화려하고 艶麗(염려)한 기풍이 있어 宮體 시풍을 벗어나지는 못했지만, 신체시 발전에 공헌했고 5언율시의 기초 확립에 기여한 인물로 평가되고 있다. 杜審言(두심언)과 심전기, 송지문에 의해 다져진 신체시(律詩)는 이후 李白과 杜甫에 의해 대성된다.

 古意 呈補闕喬知之 고의 정보궐교지지
古意-補闕 喬知之에게 증정하다.

盧家少婦鬱金堂　海燕雙棲玳瑁梁
노 가 소 부 울 금 당　해 연 쌍 서 대 모 량

九月寒砧催木葉　十年征戌憶遼陽
구 월 한 침 최 목 엽　십 년 정 수 억 요 양

白狼河北音書斷　丹鳳城內秋夜長
백 랑 하 북 음 서 단　단 봉 성 내 추 야 장

誰爲含愁獨不見　更敎明月照流黃
수 위 함 수 독 불 견　경 교 명 월 조 류 황

노씨 집안 젊은 며느리의 처소인 울금당

제비 한 쌍 대모 장식 처마에 깃들었다.

구월 찬 다듬잇돌 소리는 낙엽을 재촉하고

십 년 먼 요양 땅에 출정나간 임을 그린다.

백랑하 북에서는 소식이 끊겼고

단봉성 안에서는 가을밤 길기만 하다.

누구는 홀로 그리며 못 만나 시름하는데

밝은 달 어이 하여 누런 휘장을 비추는가?

시 제목에서 '古意'는 '옛일을 빌려 지금의 뜻을 말한다.'는 뜻이니, 일종의 擬古(의고)라 할 수 있다. 본시는 옛 악부시의 〈獨不見〉이라는 곡 명을 차용했다는 뜻이다. 〈獨不見〉은 '相思(님을 그리워) 하지만 만나지 못한다.'는 뜻이다. 따라서 이 시의 제목을 〈獨不見〉이라 붙인 판본도 있다. 이 시는 분류상 '七律樂府詩'이다.

補闕(보궐)은 관직명이고, 喬知之(교지지)는 則天武后 때 사람이다. 이 시는 그립지만 만나지 못하는 마음의 아픔을 노래하였다. 시의 鬱金(울 금, 鬱 바다거북 모.)은 香草(향초)인데 벽에 울금을 넣은 흙을 바른 집이 울금 당이며 일반적으로 여인의 거처라는 뜻으로 통용된다.

홀로 지내야 하는 젊은 아낙의 이런저런 사연을 듣고 누가 가슴 아프 지 않겠는가? 이런 여인의 슬픔은 순수하기에 시인들이 다투어 읊었을 것이다. 마음은 만 리 밖의 요양 땅을 헤매며 輾轉反側(전전반측)하고 북 쪽에서는 아무 소식도 없다.

이런 기본 틀은 누구나 알고 있는 고통이지만 문제는 이런 고통을 위 정자가 모른다는 것이다. 따라서 이런 악부시는 諷諫(풍간)의 뜻이 있다.

1구의 '盧家少婦鬱金堂'은 아무런 시어가 없다. 마치 편지 봉투에 쓴 주소와 같다. 그런데 왜 금방 슬픈 뜻이 밀려오는가? 반면 8구 '更教明 月照流黃'은 너무 상투적인 표현이라고 지적하는 사람도 있다. 그러나 명구가 돋보이는 것은 덜 보이는 구절이 있기 때문이 아니겠는가?

사실, 변방으로 징발되어 가서 10년이나 소식이 없는 장정의 집이라 면 그 집은 아무런 재력이나 권력도 없는 집일 것이다. 그런 가문에 실 제로 울금향을 바르고 대모 장식을 한 집은 거의 없을 것이다. 그렇다고 구질구질한 정경으로 少婦(소부)의 거처를 그려야 하겠는가?

3, 4구는 도치법으로 9월의 남쪽 장안을 10년이나 된 북쪽 변방을 확실하게 대비시켰다. 그리고 5구와 6구는 서로 소식이 없어 그리는 정을 묘사했다. 젊은 부녀자에게는 길고 긴 가을밤이다.

丹鳳城은 長安城(장안성)을 일컫는다.

이 악부시에는 比와 興의 뜻이 있다고 한다. 이 시는 온화하면서도 敦厚(돈후)한 언사에 그 뜻은 질박하고 詩格은 매우 고상하다.

심전기집(沈佺期集)

4

詩(시)와
다른 사람

송지문
宋之問

송지문(宋之問)

宋之問(송지문, 656?-712)은 당시의 발전에
한몫을 했다고 평가받는 사람이다.

송지문은 그의 생질 劉希夷(유희이), 그리
고 심전기와 함께 고종 上元 2년(675)에 진사
과에 급제하였다. 송지문은 洛州參軍, 尙方
監丞 등 여러 관직을 전전했는데 측천무후
의 총애를 받던 張易之(장역지)의 변기를 직

접 씻어 받들며 시중들었다 하여 '天下醜其行(온 나라 사람들이 그의 행
동을 추하게 생각하다)'고 알려진 사람이다. 705년 측천무후가 퇴위하자
장역지, 장창종 형제는 피살되었고 장역지에 아부했던 송지문도 폄직

(좌천)된다.

중종 2차 재위 중에(705~710) 송지문은 다시 太平公主에 아부하면서 과거 시험관인 知貢擧(지공거)에 올랐으나 뇌물을 받아먹은 것이 탄로되어 越州(월주, 今 廣東省 지역)의 長史로 폄직되었다. 睿宗(예종)이 다시 즉위하면서(710) 欽州(흠주, 今 廣東省 欽縣)로 유배되었다가 玄宗이 즉위하는 先天 원년(712)에 사약을 받고 죽었다.

송지문의 시에서 비교적 잘 알려진 시는 그가 남쪽으로 폄직되어 가면서 오령산맥의 대유령을 넘으면서 지은 시이다.

 題大庾嶺北驛 제대유령북역
대유령 북역에서 짓다.

陽月南飛雁　傳聞至此廻
양 월 남 비 안　전 문 지 차 회

我行殊未已　何日復歸來
아 행 수 미 이　하 일 부 귀 래

江靜潮初落　林昏瘴不開
강 정 조 초 락　임 혼 장 불 개

明朝望鄉處　應見隴頭梅
명 조 망 향 처　응 견 롱 두 매

시월에 남으로 날아오는 기러기도
듣기론 여기서 돌아간다 하는데
내가 갈 길은 아예 끝이 없으니
어느 날 다시 돌아갈 수 있으리?

강물은 조용하고 수위도 낮아졌지만
숲은 어둑하고 장기는 걷히지 않네.
내일 아침 고향을 바라볼 곳에는
으레 고갯마루의 매화를 보리라.

시의 전반 4구는 기러기도 더 이상 남쪽으로 날지 않는데 자신은 더 가야만 한다는 여정을 묘사하였고, 후반 4구는 대유령의 상황과 함께 고향 그리는 마음을 피력하였다.

首聯(수련)에서 기러기로 시작하여 頷聯(함련)에서는 자신의 운명을 그리고 頸聯(경련)에서는 강물의 수위(潮는 바닷물의 潮水만을 지칭하지 않음.)가 낮아졌지만 瘴氣(장기, 습하고 더운 땅에서 생기는 독기)는 걷히지 않는 현지 모습을 서술하며 분위기를 바꾸고 쉬었다가 尾聯(미련)에서 '고갯마루에 핀 매화'로 고향 그리는 마음을 묘사하면서 紀行詩의 끝을 맺었다. 이 시는 起承轉結〈기승전결 ; 漢詩(한시)의 絶句(절구) 및 律詩(율시)의 구성, 곧 시구의 배열상의 명칭. 절구의 첫째 구를 '起', 그 뜻을 이어받은 둘째 구를 '承', 정취를 한번 돌린 셋째 구를 '轉', 전체의 끝맺음을 結이라고 함. 율시에서는 2구씩 4분하여 해당시킨다. 結은 合(합)이라고도 함.〉의 章法(장법)이 확실하여 5언율시의 典範(전범)처럼 알려진 시이다.

중종 景龍 4년(710), 송지문은 越州(월주) 長史로 폄직되어 임지로 가는 길에 杭州(항주) 靈隱寺(一名 雲林禪寺)에 들렀다. 영은사는 東晉(동진) 시절에 천축국(인도)의 승려가 내도하여 이룩한 절로 영은사에서 바라보이는 산이 인도의 靈鷲山(영취산)과 같아 '언제 여기로 날아왔는가?' 라고 물었기에 산 이름이 飛來峰(비래봉)이라고 한다. 전당강이 내려다보이는 항주

서호의 서북쪽 절경에 자리하고 있으며 중국 십대 고찰의 하나이다.

송지문은 달이 하도 밝아 달빛에 취했고 눈앞의 절경에 시가 절로 읊어졌다.

靈隱寺 영은사

鷲嶺郁苕嶢　龍宮鎖寂寞
취 령 욱 초 요　용 궁 쇄 적 막

영취산은 울창하고 드높으며
영은사는 적막 속에 잠겼구나.

그러나 송지문은 그 다음 구절을 읊지 못했다. 아무리 이리저리 생각해도 다음 구절을 이을 수 없었다. 밤이 깊도록 전당강을 내다보며 고민을 하는데 한 스님이 사연을 물었다.

송지문의 대답을 들은 스님이 말했다.

"아주 멋진 起句(기구)입니다. 그렇다면 '樓觀滄海日 門對浙江潮'는 어떻겠습니까?"

樓觀滄海日　門對浙江潮
누 관 창 해 일　문 대 절 강 조

누각에서 창해에 뜨는 해를 보고

절[寺] 문에서 절강에 드는 물을 본다.

송지문은 할 말을 잃었다. 정말 기막힌 구절이었다. 연이어 찬탄하며
송지문은 그 다음을 단숨에 읊었다.

桂子月中落　天香雲外飄
계 자 월 중 락　천 향 운 외 표

捫蘿登塔遠　刳木取泉遙
문 라 등 탑 원　고 목 취 천 요

霜薄花更發　氷輕葉未凋
상 박 화 갱 발　빙 경 엽 미 조

夙齡尚遐異　搜對滌煩囂
숙 령 상 하 이　수 대 척 번 효

待入天台路　看余度石橋
대 입 천 태 로　간 여 도 석 교

계수 열매는 달밤에 떨어지고
天界 향기는 구름 너머 퍼진다.
덩굴을 잡고 높다란 탑에 오르고
나무를 파내 샘물을 멀리 보낸다.
서리가 적어 꽃들이 다시 피어나고
얼음이 얇아 잎들은 아직 붙어 있다.
젊어선 멀고 낯선 곳을 좋아했으나
늙으니 속세 번잡한 것을 피하도다.
나중에 天台山에 신선 찾아 가리니
돌다리 건너가는 나를 보게 되리라.

마지막 聯의 天台山(천태산)과 石橋(석교)는 劉晨(유신)과 阮肇(완조)라는 사람이 천태산에 약초를 캐러 갔다가 석교를 지나 선녀들을 만났고 그들과 즐겁게 반년을 지내고 왔더니 지상에서 7代가 지나갔다는 신선이야기 속의 주인공이다. 이를 시에 인용한 것은 송지문의 求仙 의지를 나타낸 것이다.

송지문은 역시 文才(문재)가 있는 사람이었고 이 순간만은 착한 시인이었다.

다음 날 송지문이 스님을 찾았으나 만날 수 없었다. 송지문이 그 스님이 駱賓王(낙빈왕)이라는 것을 알았지만 낙빈왕은 이미 자취를 감추었고 낙빈왕이 깨우친 한 구절 때문에 '당대 산수시의 수작'으로 평가받는 〈영은사〉는 그의 이름으로 남았다.

송지문의 생질인 劉希夷(유희이, 劉廷之, 651~679)는 송지문과 같은 해에 진사 급제하였고 시인으로도 유명했다. 젊은 그가 늙은이의 설움을 탁월하게 묘사한 〈代悲白頭翁〉은 좀 길긴 하지만 전문을 수록하였다.

代悲白頭翁 대비백두옹
슬픈 백두옹을 본떠 짓다.　　　　　【劉希夷】

洛陽城東桃梨花　飛來飛去落誰家
낙 양 성 동 도 리 화　비 래 비 거 낙 수 가
洛陽女兒好顏色　坐見落花長嘆息
낙 양 여 아 호 안 색　좌 견 낙 화 장 탄 식

今年花落顔色改 明年花開復誰在
금년화락안색개　명년화개부수재

已見松栢摧爲薪 更聞桑田變成海
이견송백최위신　갱문상전변성해

古人無復落城東 今人還對落花風
고인무부낙성동　금인환대낙화풍

年年歲歲花相似 歲歲年年人不同
연년세세화상사　세세연년인부동

寄言全盛紅顔子 應憐半死白頭翁
기언전성홍안자　응련반사백두옹

此翁白頭眞可憐 伊昔紅顔美少年
차옹백두진가련　이석홍안미소년

公子王孫芳樹下 淸歌妙舞落花前
공자왕손방수하　청가묘무낙화전

光祿池臺開錦繡 將軍樓閣畫神仙
광록지대개금수　장군누각화신선

一朝臥病無相識 三春行樂在誰邊
일조와병무상식　삼춘행락재수변

宛轉蛾眉能幾時 須有鶴髮亂如絲
완전아미능기시　수유학발란여사

但看古來歌舞地 惟有黃昏鳥雀悲
단간고래가무지　유유황혼조작비

낙양성 동쪽에 핀 복숭아꽃

이리저리 날아 누구 집에 지는가?

낙양의 고운 얼굴의 여인들이

앉아서 낙화 보며 크게 탄식을 하네.

올해 꽃이 지면 내 젊음도 가나니

내년 꽃이 피면 또 누가 있으리오.

이미 솔은 베어 장작이 되었고

다시 상전도 벽해로 바뀌었다 들었네.

옛사람 다시 낙양성 동쪽에 올 수 없고

지금 사람은 바람에 지는 꽃 보고 있구나.

해마다 또 해마다 피는 꽃은 같지만

해마다 또 해마다 사람은 같지 않네.

부탁하나니 지금 한창 때인 젊은이여

절반쯤 죽은 머리 센 노인을 살펴 주오.

이 늙은이 흰머리는 정말 불쌍하다지만

저 옛날에는 홍안의 미소년이었다오.

公子와 왕손은 꽃나무 아래에서

좋은 노래 멋진 춤을 낙화와 함께 즐겼다오.

권세가 정원은 비단으로 치장하고

장군의 누각은 신선을 그렸구나.

어느 날 병들면 아는 체 하는 이 없나니

봄날의 행락을 어느 누가 함께 즐기리오!

또렷한 누에 눈썹 그 얼마나 가리오?

한순간 백발은 흐트러진 실과 같으리라.

보아하니 예부터 노래하고 춤추던 그곳에

오로지 황혼녘 새들만이 슬피 지저귀누나.

지금 한창 젊은 유희이는 이런 시를 쓰면서 순간 불길하거나 재수가
없을 것 같다는 생각을 했었다. 그러나 詩韻(시운)이 그렇다고 時運(시운)
이 그럴 수는 없을 것이라 생각했다. 부귀와 壽命長壽를 시로 쓴다고 부

귀를 누리는 것도 아니리니!

　유희이의 시를 읽어본 송지문은 '年年歲歲花相似 歲歲年年人不同'
이 아주 좋다면서 그 구절을 자기에게 달라고 하였다. 유희이는 건성으
로 대답을 했지만 시구를 외숙에게 주지 않았다. 이에 앙심을 품은 송
지문은 비밀리에 사람을 시켜 土袋(토대, 흙 자루)로 유희이를 압사시켰다
고 한다.

　물론 이런 이야기를 100% 신뢰할 수는 없지만 송지문의 인품이 지저
분하다 보니 이런 이야기가 전해지는 것이다.

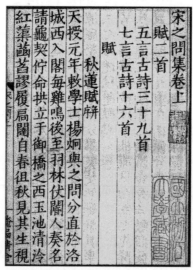

송지문집(宋之問集)

5

酒中八仙
(주중팔선)

하지장

賀知章

하지장(賀知章)

賀知章(하지장, 659-744)은 會稽(회계, 浙江省 紹興)사람으로, 자는 季眞이고, 호는 石窓 (석창), 四明狂客(사명광객)이다. 그는 초서의 대가이면서 사돈인 張旭(장욱), 包融(포융), 張若虛(장약허)와 함께 '吳中四士'라 불렸 다. 그의 시 20여 수가 전하지만 〈回鄕偶 書〉 2수와 〈詠柳(영류)〉는 아주 잘 알려진 시이다.

回鄕偶書 회향우서 二首
회향하여 우연히 짓다.

少小離家老大回　鄕音無改鬢毛衰
소 소 이 가 노 대 회　향 음 무 개 빈 모 쇠

兒童相見不相識　笑問客從何處來
아 동 상 견 불 상 식　소 문 객 종 하 처 래

어려서 집을 떠나 늙어 돌아왔더니

고향의 말씨 그대로나 머리만 희어졌다.

아이는 마주 보아도 서로 알지 못하니

웃으며 손님 어디서 왔느냐고 묻는다.

離別家鄕歲月多　近來人事半銷磨
이 별 가 향 세 월 다　근 래 인 사 반 소 마

唯有門前鏡湖水　春風不改舊時波
유 유 문 전 경 호 수　춘 풍 불 개 구 시 파

고향 떠난 세월이 너무 오래라서

근래 아는 사람 절반이 죽고 없네.

오직 대문 앞의 경호의 물만이

춘풍에 변함없이 옛날처럼 물결치네.

*경호는 하지장의 고향인 浙江省(절강성)에 있는 호수이다. 하지장이 사직할
때, 현종이 '경호'라 특별히 이름을 내려 주었다.

하지장은 天寶 3年(744)에 사직하고 귀향했다고 하였으니 늙어도 너무 늙었을 때였다. 고향에 돌아와서 바뀌지 않은 것과 바뀐 것, 그리고 어린아이의 입을 통해 자신의 온 감회를 풀었다. 어린애가 자신을 몰라주어서가 아니라 흘러 버린 세월의 무상과 늙은 자신에 대한 비애가 가득하다.

첫 수의 1, 2구는 평범한 서술이다. 3, 4구는 산모퉁이를 돌아 급한 낭떠러지를 만난 듯 격한 감정이 소용돌이친다. 고향은 그대로지만 사람은 바뀌었다는 실제를 체험하는 순간이었다. 이 시는 그야말로 우연히 지을 수밖에 없었고 아름답게 彫琢(조탁)할 틈이 없었을 것이라는 느낌이 확실하다.

하지장은 어려서부터 文名이 있었고, 측천무후 때(695) 진사가 되어 국자감사문박사를 거쳐 태상박사를 역임했다. 현종 개원 13년(710) 예부시랑 겸 집현원학사가 되었다가 태자빈객, 검교공부시랑, 비서감 등의 관직을 차례로 역임하였다.

성격이 강직하면서도 활달하고 같이 어울려 담소하며 음주를 좋아하였다. 두보는 〈飮中八僊(仙)歌(음중팔선가)〉에서 술에 취한 하지장의 모습을 제일 먼저 읊었다.

知章騎馬似乘船　眼花落井水底眠
지 장 기 마 사 승 선　안 화 낙 정 수 저 면

하지장은 말을 타고도 배에 탄 듯
눈이 감기면 샘에 빠져도 물에서 잔다네.

옛날 죽림칠현의 한 사람인 阮咸(완함)이 술에 취하면 배를 탄 듯 몸을 흔들거렸다고 한다. 두보는 완함의 고사를 빌어 하지장의 狂飮(광음)과 자유분방함을 표현하였다.

하지장은 李白(701~762)의 詩才(시재)를 제일 먼저 알아주었고 연령을 초월하여 깊은 교류를 했던 사람이었다. 이백이 고향 四川을 떠나와 각지를 유랑하다가 장안에 처음 도착한 뒤, 하지장을 만나 자신의 〈蜀道難(촉도난)〉을 보여주었다.

하지장은 이백의 시를 읽고 바로 '그대는 이 세상 사람이 아니네(公非人世之人也). 태백성의 정령이 아닌가?(可不是太白星精耶).' 라고 감탄했다. 이어 '그대는 인간 세계에 유배된 신선이요(子謫仙人也)' 라고 말했다. 이런 사실은 이백의 시에 사실대로 묘사되었다. 이후 이백은 '李謫仙(이적선)' 이며 '詩仙' 이라 불리게 된다.

 對酒億賀監 대주억하감   二首 幷書
술을 대하고 賀 秘書監을 생각하다.   【李白】

〔序〕 太子賓客賀公, 於長安紫極宮, 一見余呼爲謫仙
　　 태 자 빈 객 하 공　　어 장 안 자 극 궁　　일 견 여 호 위 적 선
人, 因解金龜換酒爲樂. 歿後對酒悵然有懷, 而作是詩.
인　 인 해 금 귀 환 주 위 락　　몰 후 대 주 창 연 유 회　 이 작 시 시

태자빈객인 하공은 장안의 자극궁에서 처음 만나 나를 적선인이라 불렀고, 이어 금 거북이를 풀어 주고 술을 사서 즐겼다. 그분이 죽은 뒤에 술을 대하니 슬프고 감회가 있어 이 시를 지었다.

四明有狂客　風流賀季眞
사 명 유 광 객　풍 류 하 계 진

長安一相見　呼我謫仙人
장 안 일 상 견　호 아 적 선 인

舊好杯中物　令爲松下塵
구 호 배 중 물　영 위 송 하 진

金龜換酒處　卻憶淚沾巾
금 귀 환 주 처　각 억 누 첨 건

四明山에 광인이 계셨으니

풍류를 즐길 줄 아는 賀監이었네.

장안에서 처음 서로 만나

나를 귀양 온 신선이라 불렀네.

예전엔 술을 좋아하셨으나

지금은 솔 아래 티끌이 되었네.

금 거북이를 술과 바꿨던 때가

불현듯 그리워 눈물로 수건을 적시네.

〔二〕

狂客歸四明　山陰道士迎
광 객 귀 사 명　산 음 도 사 영

勅賜鏡湖水　爲君臺沼榮
칙 사 경 호 수　위 군 대 소 영

人亡餘故宅　空有荷花生
인 망 여 고 택　공 유 하 화 생

念此杳如夢　悽然傷我情
염 차 묘 여 몽　처 연 상 아 정

광인이 사명산에 돌아가니
산음의 도사가 마중했겠지.
칙명으로 경호를 하사하니
누각과 소택은 당신의 영광이었네.
사람은 가고 옛집만 남았고
말없이 연꽃만 피어 있네.
이분을 생각하면 꿈처럼 아득하고
슬픔은 내 마음을 아프게 하네.

이 시에서 賀監은 비서감 하지장인데, 하지장은 고향 사명산을 그리며 四明狂人이라 自號하였고, 季眞은 그의 자이다.

이백과 하지장은 천보 원년(742)에 처음 만났고, 743년에 하지장은 고향 회계로 은퇴했다가 744년에 작고한다.

하지장은 고급 관원이기에 허리에 황금 거북 장식을 차고 다녔는데, 그 거북을 술과 바꿔 40여 살이나 아래인 이백과 같이 즐긴 것은 만고의 미담으로 지금껏 전해오고 있다.

이백은 자신의 부친과도 같은 분이 술을 사주며 칭찬을 해 주었으니 잊을 수가 없었을 것이다. 물론 하지장도 이백 덕분에 아름다운 명성을 더 누린다지만 이백은 그때 현종의 부름을 받아 장안에 왔어도 아직 유명세를 타기 전이었다.

이백은 747년에 하지장의 고향을 찾아 이 시를 지었고 하지장을 그리는 또 다른 시를 짓는다.

🌑 重憶 중억 〔李白〕

欲向江東去　定將誰擧杯
욕 향 강 동 거　정 장 수 거 배

稽山無賀老　却棹酒船回
계 산 무 하 노　각 도 주 선 회

강동을 향해 가려 하는데
그러면 누가 술잔을 같이 들랴?
회계산에 하대감이 안 계시니
노를 멈추고 술 실은 배를 돌리네.

하지장은 書法에도 매우 뛰어나 초서와 예서에 능했고 '縱筆如飛(종필
여비), 奔而不竭(분이불갈)'이라는 평을 들었으며, 또 다른 명필인 張旭(장
욱)과 사돈관계였기에 당시 사람들이 '賀張'이라 불렀다. 끝으로 하지장
의 다른 시를 하나 더 소개하고자 한다.

🌑 詠柳 영류

碧玉妝成一樹高　萬條垂下綠絲條
벽 옥 장 성 일 수 고　만 조 수 하 녹 사 조

不知細葉誰裁出　二月春風似剪刀
부 지 세 엽 수 재 출　이 월 춘 풍 사 전 도

푸른 옥으로 치장한 키 큰 버드나무

늘어진 온 가지가 실타래처럼 파라네.

조그만 잎 누가 오렸는지 모르지만

이월의 춘풍은 가위와 같다네.

　'二月春風似剪刀'는 봄날의 기운을 눈에 보이고 느낄 수 있도록 표현
하였기에 많은 사람들이 즐겨 쓰는 말이 되었다.

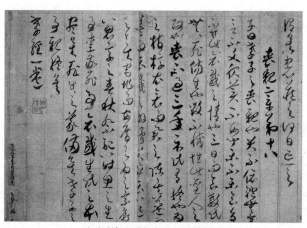

하지장(賀知章)이 쓴 효경(孝經)

6

唐詩(당시)의 새 氣風(기풍)

진자앙

陳子昂

진자앙(陳子昂)

陳子昂(진자앙, 661-702)은 자가 伯玉인데, 지방 호족 출신으로 부유했고 豪俠(호협)의 기질이 있었다. 그는 거란족 토벌에 참가하여 지금의 북경 지방에 근무하면서 변방의 소회를 읊은 좋은 시를 남겼다. 나중에 진자앙은 관직을 버리고 귀향했는데, 그의 재산을 탐낸 段簡(단간)이라는 현령의 모함으로 결국 43세에 옥사하였다.

중국문학에서 시문의 경향이 어느 한쪽으로 흐를 때는 복고적인 주장이 나오곤 했었다. 이는 문학의 正道를 회복하려는 자정 노력이라 생각할 수 있다. 진자앙은 六朝시대의 경박하고 화려한 시풍을 일소하고 새로운 내용과 현실을 반영하는 시문학을 강조하였는데 실제로 그의 시풍은 질박하고 기골이 강하게 드러난다.

진자앙의 〈感遇(감우)〉 시 38편은 매우 유명한 작품이다. 初唐四傑의 작품은 南朝의 시풍을 완전히 벗어나지는 못했지만 이들과 진자앙의 시는 당시에 새 생명력을 불어넣어 당시 발전의 토대를 구축했다는 평가를 받고 있다. 韓愈(한유)도 '진자앙부터 나라의 문장이 흥성하고 높아졌다(國朝盛文章 子昻始高踏).'고 말했다.

진자앙이 장안에 처음 올라왔을 때 아무도 진자앙의 文才를 알아주는 사람이 없었다. 진자앙이 거리에 사람들이 모여 있는 곳이 있어 가보니 마침 胡琴(호금)을 파는데 그 값이 천금이라고 하였다. 진자앙이 가격을 흥정하지도 않고 즉석에서 그 호금을 샀다. 사람들이 웅성거리자 진자앙이 말했다. "내일 천 냥짜리 명금을 연주할 것이니 와서 구경해 주십시오." 진자앙은 숙소를 설명해 주고 자리를 떴다.

다음 날, 소문을 듣고 사람들이 많이 모이자 진자앙은 호금을 들고 앞에 섰다.

"이 호금은 보통 사람의 소일거리이지 아무것도 아닙니다. 나는 호금을 탈 줄도 모릅니다."

그리고서는 그 자리에서 거금을 주고 산 호금을 부수어 버렸다. 사람들이 더 놀라며 웅성대자 진자앙이 말했다.

"여러분들이 정말로 보아야 할 것은 이 시입니다."

그리고서는 자신의 시를 쓴 종이를 여러 사람들에게 모두 나누어 주었다.

이러한 자앙의 행동과 시는 그 날로 장안에 널리 퍼졌다. 이처럼 문재와 함께 세속적 客氣(객기)로 사람들을 휘어잡을 수 있는 능력을 가진 진자앙이었다.

진자앙은 변방에서도 근무했는데 지금의 북경 지역에 근무하면서 자신의 큰 뜻을 시로 표현하였다.

 登幽州臺歌 등유주대가
유주대에 올라 부르는 노래

前不見古人　後不見來者
전 불 견 고 인　후 불 견 래 자

念天地之悠悠　獨愴然而涕下
염 천 지 지 유 유　독 창 연 이 체 하

지난 옛사람들 볼 수 없고
뒷날 올 사람들 볼 길 없노라.
하늘 땅 끝이 없다 생각하며
홀로 슬퍼서 눈물 흘린다.

이 시는 5言과 6言으로 된 雜言體古詩이다. 이 시는 37세 때, 契丹(글단, 거란)족을 정벌하는 建安王 武攸宜(무유의) 대장군의 참모로 있으면서 여러 번 올린 건의가 모두 배척되자 幽州臺(유주대)에 올라 전국시대 燕(연)나라의 昭王(소왕)과 대장군 樂毅(악의)를 회상하면서 자신을 알아주지 않는 현실에 비분강개하며 읊은 것이다. 여기 무유의는 뒷날 진자앙을 죽인 지방관 단간이라는 사람을 사주했다는 의심을 받는 사람이다.

이 시에서 말하는 고인은 막연한 옛사람의 뜻이 아니라 덕치를 폈던 堯(요), 舜(순), 禹(우), 湯王(탕왕), 周의 文王, 武王, 周公같은 聖君이나 孔子 같은 성현으로 보아야 한다.

나중에 이백, 두보, 한유, 백거이가 모두 진자앙의 시풍을 추앙하였는데, 중국 문학사에서 높이 평가하는 진자앙의 〈感遇(감우)〉 시 한 수를 여기서 더 소개하겠다.

🌑 感遇 감우　其三

蒼蒼丁零塞　今古緬荒途
창창정령새　금고면황도

亭堠何摧兀　暴骨無全軀
정후하최올　포골무전구

黃沙漠南起　白日隱西隅
황사막남기　백일은서우

漢甲三十萬　曾以事匈奴
한갑삼십만　증이사흉노

但見沙場死　誰憐塞上孤
단견사장사　수련새상고

낡고 칙칙한 정령의 요새는

예나 지금이나 거친 변방에 있네.
보루와 봉수대는 어찌 그리 높은가?
마른 뼈에 온전한 형체도 없이 뒹구네.
누런 모래바람 사막 남쪽에서 불면
밝은 해도 서편으로 넘어간다.
漢나라 군사 삼십만이
그전에 흉노와 싸웠었다.
그런데 모래밭에 보이는 죽은 사람의
변방 고아는 누가 돌보았던가?

　모래밭에 뒹구는 백골, 그 백골이 죽기 전에 남긴 고아를 누가 돌보
았겠느냐는 비통한 물음에 무어라 답을 해야 하는가? 변방에서 국가에
헌신하려는 격앙된 마음과 함께 이름도 보람도 없이 죽어 간 농민들에
대한 연민의 정이 시인의 가슴을 때렸을 것이다.

7
宰相 詩人
(재상 시인)

장구령

張九齡

張九齡(장구령, 678?-740)의 자는 子壽(자수)로, 韶州(소주) 曲江人(今 廣東省 韶關市)이다. 당 현종 때의 저명한 시인이며 재상이었다. 보통 '張曲江' 이라 불리며, 그의 문집으로 《張曲江集》이 있다. 측천무후 때 진사과에 급제하였고, 현종 개원 21년(733)에 재상급인 中書侍郎同中書門下平章事 가 되었다.

장구령은 開元 盛世의 賢相으로 五嶺山脈(오령산맥 ; 광동, 광서, 호남성에 걸 쳐 있는 산맥, 양자강과 珠江의 분수령) 이남, 곧 지금의 광동, 광서성 출신으로 는 유일한 재상이었다고 한다. 그는 강직하면서도 온아했고 풍채와 의 표가 매우 단정하여 그때 사람들이 '曲江風度(곡강풍도, 曲江은 그의 고향)' 라 고 칭찬을 하였다. 장구령이 재상 직책을 그만둔 뒤에, 현종은 인재 추

장구령(張九齡)

천을 받으면 '그 사람의 풍도가 장구령에 비해 어떠한가?'라고 반문하였다고 하니 '紳士중의 신사'였다고 생각된다.

장구령은 王維(왕유)를 우습유에 천거했으며, 개원 24년 8월, 현종의 생일에 여러 신하들은 진기한 물건을 상납했으나 오직 張九齡만은 《千秋金鑑錄(천추금감록)》이란 책을 지어 올려 현종의 바른 정치를 기대했었다. 장구령은 재상으로서 정직하고 현명하였으며 이해를 따지지 않고 諫言(간언)을 올렸으며, 특히 안록산의 야심을 간파하고 현종에게 안록산 제거를 건의했었다.

장구령은 일찍이 간사한 李林甫(이임보, 683~753)가 재상 반열에 임용되는 것을 반대하여 현종의 뜻을 거슬렀고 安祿山(안록산)에 대하여 '그 얼굴에 反相이 뚜렷하니 지금 죽이지 않으면 필히 후환이 있을 것'이라 하였지만 현종은 받아들이지 않았다. 20년 뒤 현종은 안록산의 난을 피해 蜀(촉)으로 피난하면서 장구령의 말을 생각하며 통곡했고 사람을 보내서 장구령의 무덤에 제사를 지내게 했다고 한다.

蘭葉春葳蕤　桂花秋皎潔
난 엽 춘 위 유　계 화 추 교 결

欣欣此生意　自爾爲佳節
흔 흔 차 생 의　자 이 위 가 절

誰知林棲者　聞風坐相悅
수 지 임 서 자　문 풍 좌 상 열

草木有本心　何求美人折
초 목 유 본 심　하 구 미 인 절

난초의 잎은 봄날에 무성하고

계화는 가을 달빛에 더 희도다.

무성히 자라나는 본성 그대로

저절로 아름다운 때가 되었다.

누가 알리오? 숨어 사는 사람이

바람 속에 즐겨 사는 마음을!

초목도 본심이 있거늘

어찌 미인이 꺾어 주길 바라리오!

　'草木有本心'에서 초목은 자연에 순응하며 성장하려는 본성이 있다.
이 구절에서 草는 제1구의 蘭葉, 木은 2구의 桂華와 상응하니 초목은 고
귀한 인품을 지닌 군자이다. 군자는 窮困(궁곤)하다고 그 절개를 바꾸지
않는다. 곧 군자가 굳이 발탁이나 천거되기를 바라겠느냐? 나의 본성대

로 은자의 생활을 즐기는데, 어찌 主君이 다시 불러 주길 바라겠는가?

　현종의 대표적 간신인 李林甫(683-753)는 현종에 아부하여 734-752년
간 재상의 자리에 있었다. 당의 정치제도에서 宰相(재상)이란 1인이 아니
고 '재상급에 해당하는 다수의 관직'을 의미한다. 開元 22년에 장구령
이 중서령이 되었을 때 이임보는 그 아래 同三品이 되었다. 이임보는 유
순하고 말을 잘했으며 교활한 술수가 많은 사람으로, 환관이나 비빈들
의 집안과 깊은 관계를 맺고 황제의 동정을 엿보아 모르는 것이 없었다.
이 때문에 매번 아뢰는 답변이 늘 황제의 뜻에 잘 맞았다고 한다. 이임
보는 '口蜜腹劍(구밀복검)' 고사의 주인공이다.

　현종의 정치가 차츰 해이해지자, 장구령이 자주 충언과 직간을 올렸
다. 마침 현종이 牛仙客(우선객)을 朔方節度使(삭방절도사)에 봉하려 하자,
장구령이 극구 반대했다. 한편 음흉한 이임보는 뒤에서 장구령에 대한
참언을 올렸다.

　그때가 마침 가을이라, 현종은 내시 高力士를 시켜 장구령에게 羽扇
(우선, 부채)을 보냈다. 부채가 필요 없는 가을에 부채를 보낸다는 뜻은
'그대의 소임이 이제는 없다'는 의미였다. 이에 장구령은 현종에게 글
을 올리고 황공하다는 뜻을 밝히는 동시에 이임보에게는 〈燕詩(연시)〉를
지어 보내고 자기가 물러나겠다는 뜻을 표시함으로써 그 이상의 화를
모면할 수 있었다.

　이임보를 풍자한 〈燕詩〉는 다음과 같다.

海燕何微渺 乘春亦暫來
해 연 하 미 묘　승 춘 역 잠 래

豈知泥滓賤 只見玉堂開
기 지 니 영 천　지 견 옥 당 개

繡戶時雙入 華軒日幾回
수 호 시 쌍 입　화 헌 일 기 회

無心與物競 鷹隼莫相猜
무 심 여 물 경　응 준 막 상 시

바다제비는 어찌 그리 미묘하여

봄날에 맞춰 잠깐 올 수 있는가?

어찌 진흙 범벅여서 물어 오고

열린 옥당의 문을 볼 줄 아는가?

부잣집에 때맞춰 짝을 지어 들어와

멋진 처마에 날마다 여러 번 날아든다.

남과 다투고 경쟁할 마음 없으니,

새매라도 나를 잡으려고 하지 말라.

　군자와 소인이 그 외모나 표정에서 무슨 구별이 있겠는가? 다만 보이지 않는 心地가 군자냐, 소인이냐를 구분할 것이다. 군자는 '君子成人之美(군자는 남의 장점을 살려주고), 不成人之惡(남의 악행을 돕지 않는다).' 그러나 소인은 이와 반대이다.

장구령은 시인으로도 명성을 누리다가 개원 28년⁽⁷⁴⁰⁾에 고향에서 노환으로 죽었다. 淸나라 때의 저술에 의하면,《嶺南文獻》등 오령산맥 이남 지역의 모든 詩選에는 으레 '장구령의 시가 맨 앞에 실려 마치 장구령의 詩 이전에는 작품이 없는 것 같았다.' 라는 글이 있다고 한다. 이는 장구령이 그만큼 인품으로 존경을 받았기 때문이라고 짐작할 수 있다.

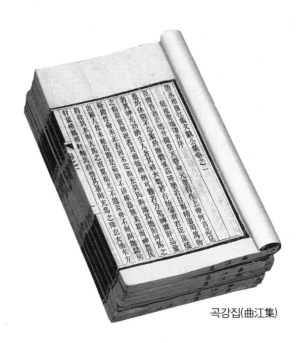

곡강집(曲江集)

8

白日依山盡
(백일의산진)

왕지환

王之渙

왕지환(王之渙)

王之渙(왕지환, 688-742)의 자는 季凌(계릉)이며 幷州(병주, 山西 太原) 사람으로, 盛唐시기에 〈登鸛雀樓(등관작루)〉가 인구에 회자하여 유명한 시인이 되었다.

王之渙(흩어질 환, 빛나다)은 과거 합격이나 벼슬에 관심을 갖지 않았기에 그의 生涯(생애)에 관한 자료는 많지 않지만 高適(고적), 岑參(잠삼), 王昌齡(왕창령)과 나란히 이름을 얻었고 作風도 비슷하였다. 왕지환은 오언에 능했고 변새의 풍광에 대한 묘사에 뛰어났었다. 지금 그의 시는 6수가 남아 있다고 하는데 〈登鸛雀樓〉와 七絕樂府인 〈出塞(출새)一名 涼州詞〉가 아주 유명하다.

登鸛雀樓 등관작루

白日依山盡　黃河入海流
백 일 의 산 진　황 하 입 해 류
欲窮千里目　更上一層樓
욕 궁 천 리 목　갱 상 일 층 루

白日은 서산으로 지고
황하는 바다에 가려고 흐른다.
천 리 밖 먼 곳을 보려고
다시 한 층 누각을 올라간다.

〈鸛雀樓(관작루)〉의 鸛 황새 관, 雀 참새 작, 鸛雀(관작)을 우리말로는 까치라 번역한 책도 있는데 까치는 물새가 아니다. 관작은 물새의 한 종류니 황새 또는 백로와 같은 물새로 생각해야 한다. 관작루는 지금의 山西省 서남부 臨汾市(임분시) 관할의 蒲縣(포현)에 있다.

관작루는 黃鶴樓(황학루), 岳陽樓(악양루), 滕王閣(등왕각)과 함께 중국인들이 생각하는 4대 역사문화 명루의 하나로 거명되고 있다. 지금 건물은 2002년에 중건된 것으로 당대의 高臺樓閣(고대누각)을 모방하여 전체 높이가 73.9m에 달하는 큰 건물이다. 누각에는 왕지환의 청동 소상이 설치되어 있고, 1층에는 毛澤東(모택동)이 손으로 쓴 〈등관작루〉가 걸려 있다고 한다.

山西省의 永濟市(영제시)에서 곧 관작루에서 보면 북에서 남으로 흘러 내려오던 황하가 90도로 꺾어지면서 동해를 향해 동쪽으로 흐른다.

관작루(鸛鵲鳥樓)

1구와 2구는 실제 경치, 곧 관작루에서 눈으로 확인되는 實景으로 완벽한 대구를 이루고 있다. 사실 '白日依山盡'은 관작루 뿐만 아니라 중국의 어디에서든 해는 서산으로 진다. '黃河入海流'도 그 사람들 사이에서 보통으로 하는 이야기이다.

　이에 비하여 3, 4구는 시인의 머리에서 나오는 허상이다. 이 시에서 '欲窮千里目'의 천리목은 '아주 먼데를 보려고 하는 눈길'이다. 곧 좀 더 멀리 보려고 한다면? 이것이 바로 기승전결에서 '轉(전)'이다. 여기서 이 구절의 반전이 좋은 질문을 던졌고 그 답은 결구이다. 곧 누구든지 한층 더 높은 곳으로 올라가야 한다.

　이상의 1구-3句를 종합하면 하나도 특별하지 않은 구절이다. 그러나 여기서 '왜 1층을 더 올라가느냐?'가 문제이다.

　'更上一層樓'의 바로 이 구절이 이 시를 유명하게 만들었다. 관작루에서 고향 쪽을 바라보다가 한 층을 더 올라가면 더 먼 곳까지 바라볼 수 있다고 생각하여 1층을 더 올라간다. 이 구절을 '천 리 밖을 보려 한다면 한 층 누각을 더 올라야 하리!'라고 해석하는 사람도 있다.

　하여튼 더 먼 곳을, 천리목이 닿는 곳을 보려고 한다면 '더 먼 그곳은' 어디인가?

　이는 사람들의 목표지향점이다. 《四書》를 읽은 사람은 《三經》이나 《五經》을 읽어야 한다. 史學에 입문한 사람은 通史에서 더 들어가서 자신이 전공하는 時代史를 또는 分類史를 공부해야 한다. 그리고 9급 공무원이라면 7급을 목표로 노력해야 하며 대리는 과장이나 부장이 되어야 하고-이런 세속적 욕망을 가장 모양 좋게 표현한 구절이 '更上一層樓'이다.

이를 학문에 적용을 한다면 학문에서 한 단계 더 올라가면 보이는 것은 열 배 이상 더 넓게 보인다. 학문을 하는 사람에게 더 열심히 노력하여 한 단계 상승하라는 勸勉(권면)의 뜻으로 이 시를 여러 사람이 좋아하며 서로 권한다.

이 시는 '높이 나는 새가 멀리 본다(the highest sees the farthest).' 는 리처드 바크(Richard Bach) 《갈매기의 꿈》의 당나라 버전이다.

다음으로 왕지환의 변새시 하나를 더 감상해야 한다.

出塞 출새

黃河遠上白雲間　一片孤城萬仞山
황 하 원 상 백 운 간　일 편 고 성 만 인 산
羌笛何須怨楊柳　春風不度玉門關
강 적 하 수 원 양 류　춘 풍 부 도 옥 문 관

황하는 멀리 백운 사이로 올라가고
한 채의 외진 성벽, 까마득히 높은 산.
羌笛의 곡조를 원망해 무엇 하리오?
춘풍은 옥문관을 넘어오지 못한다오.

1구에서는 황하를 언급하였다. 황하의 발원지는 崑崙山(곤륜산)이다. 이백 〈將進酒〉의 '君不見 黃河之水天上來' 하는 구절이 연상된다. 하류에서 황하를 올려다보면 白雲(백운) 사이로 올라간다는 것을 느꼈을 것이다.

황하는 바다로부터 서쪽으로 거의 일직선으로 올라가다가 山西와 陝西(섬서)의 경계를 이루며 90도로 꺾여서 북상하다가 내 몽고에서 ∩ 형태로 서쪽으로 방향을 틀어 서남으로 향한다. 그 서쪽이 凉州(양주)이며 이민족과의 접경이다. 따라서 황하는 하늘의 흰구름 사이를 올라가는 것 같다.

2구에서는 凉州城을 묘사하였다. 一片은 대개 孤와 連用된다. '一片孤雲'이나 '孤帆一片'이 그런 예이다. 여기서는 '一座'의 뜻이 있다. 산도 많지만 깊게 파인 황토 절벽을 萬仞(만인)이라고 했다.

3구에서는 들려오는 羌族(강족)의 피리 소리를 언급했다. 당나라 사람들은 이별할 때 버드나무 가지를 꺾어 정을 표시했다고 한다. 내년 봄에 버들잎이 피면 꼭 돌아오라는 의미였을 것이다. 그런데 이곳은 봄이 없는 동토, 버드나무 가지 대신 강족이 부는 〈折楊柳(절양류)〉의 슬픈 곡을 들어야 한다. 그런데 그 슬픈 피리 소리를 원망해 무얼 하겠느냐는 뜻이다.

4구－玉門關은 지금의 甘肅省(감숙성) 敦煌(돈황) 서쪽에 있는 관문이다. 옥문관 너머에 봄이 없다는 뜻은 언제나 춥고 위험한 땅이라는 의미가 들어 있다. 옥문관 너머 춘풍도 넘어오지 못하는 땅, 버들도 푸르지 않고 땅은 얼었고, 싸움은 끝이 없고 귀가할 희망은 절망이다. 그러니 원과 한만 남아 있는 곳! 병졸의 슬픔은 黃河의 강물만큼이나 연이어 흘러내린다. '변새시의 절창'이라 아니할 수 없다.

왕지환의 〈出塞〉(一名 凉州詞)는 그때 기녀들이 애창한 악부시였다. 변방에 출정한 병사들과 그 감정을 읊은 변새시로 유명한 칠언절구는

王翰(왕한)의 '葡萄美酒~'로 시작하는 〈涼州詞〉, 왕창령의 '秦時明月~'로 시작하는 〈出塞〉가 유명했다. 그리고 이별의 노래로는 왕유의 '渭城朝雨~'로 시작하는 〈渭城曲(위성곡)〉을 불렀으며, 李白의 '朝辭白帝~'로 시작하는 〈早發白帝城〉 등도 사람들이 또 주루에서 기녀들이 즐겨 불렀던 노래이다.

어느 날, 시인 王之渙(왕지환), 王昌齡(황창령), 高適(고적) 세 사람이 '旗亭'이라는 酒樓(주루)에 가서 歌妓(가기)들의 노래를 들으며 술을 마셨다. 왕창령이 '술을 마시는 동안 누구의 시가 가장 많이 불리나 내기를 하자.'고 제안했다.

첫 번째 가기가 '寒雨連江夜入吳'(王昌齡 〈芙蓉樓送辛漸〉)라고 노래를 하자, 왕창령은 벽에 '一絶句'라고 썼다. 다음 가기가 고적의 시를 노래했고, 또 다른 가기는 왕창령의 〈長信秋詞〉를 노래했다.

그러자 왕지환이 '가장 미인인 4번째 가기가 내 시를 노래하지 않는다면 앞으로는 자네들과 겨루지 않겠다.'고 말했다. 이어 가장 미인인 가기가 '黃河遠上白雲間 ~'하면서 왕지환의 〈양주사〉를 노래했다. 세 사람은 크게 웃었고 왕창령과 고적은 내기를 포기했다고 한다.

이를 '旗亭畫壁〈기정획벽, 旗亭(기정) : 술집. 요리집.〉'이라는 四字成語(사자성어)로 말하는데, 이는 시인들의 명시나 絶句(절구)가 노래로 불렸다는 사실을 입증하고 있다.

9

江春入舊年
(강춘입구년)

왕만
王灣

王灣(왕만)은 당나라의 시인으로서 지명도는 그리 높지 않다. 그러나 그의 名句를 감상하지 않을 수 없기에 여기에 소개한다.

 次北固山下 차북고산하
北固山 아래에서 묵으면서

客路青山外　行舟綠水前
객로청산외　　행주녹수전

潮平兩岸闊　風正一帆懸
조평양안활　　풍정일범현

海日生殘夜　江春入舊年
해 일 생 잔 야　강 춘 입 구 년

鄕書何處達　歸雁洛陽邊
향 서 하 처 달　귀 안 낙 양 변

나그네 가는 길 청산 밖에 이르고

떠나갈 배는 푸른 물 앞에 있도다.

봄물이 높아지니 양안은 탁 트였고

바람이 좋으니 돛을 높이 올렸다.

바다의 해는 어스름에 떠오르고

강변의 봄은 묵은해에 찾아왔다.

고향에 보낸 편지 어디쯤 갔겠나?

돌아간 기러기는 낙양쯤 갔겠지!

　王灣(왕만, 693-751)의 호는 爲德이다. 왕만은 현종이 즉위하는 先天 원
년(712)에 진사에 급제하고 開元 초부터 여러 관직을 역임하였으며 시인
綦毋潛(기무잠)과 교류했다고 한다. 개원 5년(717)에 修撰(수찬)으로 천하의
희귀본을 모아 편찬하는 일에 참여하였고 나중에 洛陽尉를 역임하였다.

　그가 남긴 시 10수가 전해 오는데 본 〈次北固山下〉가 제일 유명하며
'海日生殘夜, 江春入舊年'은 盛唐 시 중에서도 아름다운 구절로 인구에
회자되고 있다. 이 구절은 그때의 재상 燕國公 張說(장열, 667-730)의 칭찬
과 인정을 받았는데, 장열은 이 구절을 政事堂에 써 붙이고 문인들에게
作詩의 典範(전범, 규칙. 법. 본보기)으로 삼으라고 권했다고 한다.

　제목 〈次北固山下〉에서 次는 '두 번째', '다음'이라는 뜻과 함께 '머

물다' 라는 뜻이 있다. 본래 군사가 1일 머무는 것을 舍(사), 2일 머무는 것을 信, 3일 이상 주둔하는 것을 次라 한다는 설명이 있다. 이를 본다면 漢文에서 '공부할 것, 알아야 할 것이 얼마나 많으며 끝이 없다.' 는 것을 알 수 있다.

北固山은 江蘇省 鎭江市 북쪽 長江에 凸모양으로 닿아 있는 산으로 높이는 겨우 100m가 안되지만 산세가 험하여 '京口第一山' 이라는 美名이 붙었다. 《삼국연의》에서 유비가 吳에 가서 손권의 누이와 결혼하는 무대로 알려진 甘露寺(감로사)가 이 산에 있었다.

이 시는 전체적으로 풍경에 대한 묘사이다. 바다인지 강인지 알 수 없는 그 큰 강을 여행한다면 호탕한 마음도 생길 것이다. 그러나 강변에 서 있는 나그네 마음은 고향 생각뿐이다. 이는 여행을 해 본 사람이라면 다 체험했을 것이다.

이 시인은 객지에서 새 날을 맞이하고 새 봄이 왔다는 것을 느꼈다. 春光暖日에 綠水靑山을 가면서 그리고 북고산의 절경을 보면서 고향이 떠오를 수밖에 없었을 것이다.

'行舟綠水前' 의 行舟, 곧 장강 일대는 南船北馬의 표현 그대로 여행이라면 으레 배를 타고 가게 된다. '潮平兩岸闊' 의 潮平은 봄철에 비가 많이 와서 수위가 높아지는 것을 潮라 하니 바다의 밀물 썰물만을 지칭하지는 않는다. 봄물이 불어 강의 수위가 높아져 양안과 평평해졌기에 남북 양쪽 강변이 더 광활하게 보인다는 뜻이다. 또 강에 이는 파도가 잔잔하니 양쪽 땅이 넓게 보인다는 해석도 통한다. 하여튼 장강의 하류 지역이니 그 넓이를 짐작할 수 있다.

'海日生殘夜' 에서 海日은 바다에서 뜨는 해이고, 殘夜(잔야)는 먼동이

틀 때의 어둠이다. '江春入舊年'에서 江春은 강변의 봄이며 舊年은 지난해이다.

이 두 구절은 '殘夜에 海日이 生하고, 舊年에 江春은 入했다.'라는 평범한 말의 어순을 바꾸어서 절묘한 표현으로 바뀌었다. '海日生殘夜 江春入舊年'−이 구절은 경치를 읊었을 뿐이다. 日과 春은 생명을 갖고 있기에 모든 사람들이 좋아하고, 그 생명력은 떠오르고(生) 또 시작되기에(入) 사람들이 느낄 수 있다. 이 시는 공간과 시간, 자연에서 계절의 순환을 우리에게 일러주고 있다.

그리고 기묘한 표현이기에 느낌이 더 피부에 와 닿는다. 그리고 생각할수록 그 표현이 기묘하면서도 스케일이 크고 생각이 깊었다는 것을 알 수 있다. 또 자연현상이나 논리적으로도 전혀 어긋나지 않는다.

동해 바다에서 日出을 보았던 사람이라면 '海日生殘夜' 하는 것을 체험했을 것이다. 실제로 冬至만 지나면 봄이니 아직 설이 지나기 전에 '江春이 舊年에 入했음'을 느낄 수 있다.

그리고 이 구절에는 정이 배어 있다. '나그네가 되어 각지를 떠돌다 보니 날이 지고 다시 밝는 곧 날이 가는 줄도 모르며, 해가 바뀌고 새 봄이 오는 줄도 알지 못한다.'는 나그네의 탄식이 들어 있다. 하여튼 좋은 시, 좋은 구절이다.

10

葡萄美酒夜光杯
(포도미주야광배)

왕한
王翰

왕한(王翰)

王翰(왕한, ?-732?, 王瀚이라고도 표기)의 자는 子羽(자우)이고 晉陽(진양, 今 山西 太原) 출신이다. 생졸 연도는 확실하지 않지만 예종 경운 원년(710)에 진사에 급제하였다. 왕한은 집안이 부유했기에 歌妓와 명마가 많았다고 한다. 왕한은 성격이 豪放(호방)하고 매인 데가 없었으며 술을 좋아하였다.

개원 9년(721)에 왕한은 秘書正字가 되었고 이후 승진을 거듭했다. 그러나 그의 관직생활은 다른 사람의 도움을 받으며 부침을 거듭하다가 나중에 道州司馬로 폄직되고 道州로 부임하던 도중에 병사하였다. 다만 그의 〈涼州詞〉만은 千古의 절창으로 읽혀지며 지금도 甘肅省(감숙성) 곳곳 관광지마다 그의 〈涼州詞〉를 볼 수 있다.

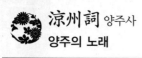

涼州詞 양주사
양주의 노래

葡萄美酒夜光杯　欲飲琵琶馬上催
포 도 미 주 야 광 배　욕 음 비 파 마 상 최

醉臥沙場君莫笑　古來征戰幾人回
취 와 사 장 군 막 소　고 래 정 전 기 인 회

포도로 만든 좋은 술을 야광배에 채워

마시려니 馬上의 비파가 주흥을 돋우네.

취하여 모래땅에 누웠다고 그대는 웃지 마소!

예부터 싸움터서 몇 사람이나 돌아왔소?

涼州(양주)는 지금의 甘肅省, 寧夏(영하), 靑海의 동북부 등 광활한 지역을 통칭하는데 당나라 때 治所는 지금의 감숙성 武威縣(무위현)이었고 河西節度使가 주둔하던 실크로드의 요충지이며 포도 생산지였다. 夜光杯(야광배)란 白玉으로 만든 화려하고 귀한 술잔이며 琵琶(비파)는 본래 馬上에서 연주하는 악기였다.

한때 우리나라에서도 양주 바람이 거세었고, 지금도 와인의 소비는 아주 빠르게 늘어난다고 한다. 당나라 때 포도주는 몇 년이 지나도 시거나 변하지 않는 최고급 술로 이름이 높았다. 그 술을 야광배에, 그리고 또 馬上에서 타는 비파가 주흥을 돋우는데 취하지 않을 사람이 누구던가? 더군다나 최전방에 나온 武士인데! 언제 죽을지도 모르는 상황에서 취하는 것이야 흉이 될 것이 없으리라!

포도주를 마신 오늘 하루—邊塞의 武人도 시인도 모두 豁達(활달)하고 기분 좋게, 그리고 얽매이지 않는 오늘의 자유를 즐겼을 것이다. 시인은 큰소리를 치고 있지만 그 이면에는 슬픔이 배어 있다.

이 시는 邊塞詩로 분류된다. 변새시는 변경의 요새에서 지은 시이며 변경의 모습과 전투와 병사들의 고통과 그리움을 노래한 시이다. 唐詩(당시)에는 이러한 변새시가 많이 지어졌고 노래로 불렸다.

이 시의 結句의 '古來征戰幾人回'는 웅장하면서도 비통하며 비장감을 돋아 준다. 몇이나 돌아왔는가? 그렇다면 나도 죽을 수 있다는 뜻이다. 그러니 술을 마신 것이다. 마치 우리 술꾼들의 모습과 그 독백을 보는 것 같다.

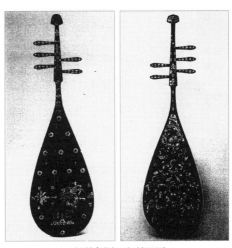

당대(唐代) 비파(琵琶)

11

七絕聖手
(칠절성수)

왕창령

王昌齡

왕창령(王昌齡)

王昌齡(왕창령, 698-756?)의 자는 少伯으로 山西 太原 사람이다. 왕창령은 현종 개원 15년 (727)에 진사과에 합격하여 관직을 시작했으나 순탄하지 못했다. 그는 高適(고적), 왕지환과 함께 광활한 변경의 풍경을 잘 묘사하여 변새시에 뛰어났었다. 왕창령은 안록산의 난이 일어났을 때 고향으로 피난하다가 피살되었다.

그는 칠언시에도 뛰어나 '七絕聖手(칠절성수)'라는 아름다운 이름이 붙어 있고, 그의 시 180여 수가 남아 전한다. 그중 〈出塞〉, 〈從軍行〉과 같은 변새시와 〈采蓮曲〉, 〈越女〉 등 여인의 생활을 묘사한 시가 널리 알려졌다.

왕창령은 왕유, 맹호연과 깊이 사귀었고, 이백과도 진한 우정을 나누었다. 왕창령이 天寶 7년(748) 龍標 縣尉(현위)로 폄직되었을 때 이백은 〈聞王昌齡左遷龍標遙有此寄〉라는 시를 지어 위로해 주었다. 왕창령의 다음 송별시는 인구에 널리 회자하는 시이다.

 芙蓉樓送辛漸 부용루송신점
부용루에서 신점을 보내다.

寒雨連江夜入吳　平明送客楚山孤
한 우 연 강 야 입 오　평 명 송 객 초 산 고
洛陽親友如相問　一片冰心在玉壺
낙 양 친 우 여 상 문　일 편 빙 심 재 옥 호

찬비가 온 강에 내리는 밤 吳에 도착하여
아침에 친우를 보내니 楚의 산들도 외롭다.
낙양의 벗들이 만약 나를 묻는다면
한 조각 깨끗한 마음 옥호에 있다고 말해주오.

이 시는 송별시인데 송별의 정경에 대한 묘사가 없고 시인 자신의 이야기에 자신의 감정 그리고 자신에 대한 부탁을 하고 있다.

부용루는 江蘇省의 양자강 남안 鎭江市 서북쪽에 있는 누각이며 이 시에서 吳와 楚는 지역 명칭이다. '一片冰心在玉壺'―이 구절이 천하의

名句이다. 冰心(빙심)은 잡념이 없는 투명하고 깨끗한 마음이며, 玉壺(옥호)는 옥으로 만든 병, 얼음을 넣어 두는 병이다. 玉壺氷(옥호빙, 마음이 깨끗함.)

이 구절의 뜻은 '어지러운 세상이지만 나는 냉철하게 내 본심을 잘 지켜 나가고 있다.'는 主體 선언이라 할 수도 있지만 友人을 보내는 詩이니 '내 우정은 투명하고 깨끗하다'는 뜻으로 풀이해야 할 것이다.

'옥호에 든 얼음' — 친우를 생각하는 순수한 마음을 더 이상 어떻게 표현하겠는가? 이 구절을 두고 시인이 지방에 좌천되며 벼슬에 대한 미련을 버렸다고 해석하는 것은 매사를 관직과 연관 지어 생각하는 病이라 할 수 있다. 그냥 친우에 대한 우정 — '잡된 마음 없고 깨끗하다'로 해석하면 끝이 아닌가?

왕창령의 시 중에서 또 다른 느낌의 시를 하나 감상해도 좋을 것이다.

부용루(芙蓉樓)

閨怨 규원

閨秀의 근심

閨中少婦不知愁　春日凝妝上翠樓
규 중 소 부 부 지 수　춘 일 응 장 상 취 루

忽見陌頭楊柳色　悔敎夫壻覓封侯
홀 견 맥 두 양 류 색　회 교 부 서 멱 봉 후

규방의 젊은 여인은 수심을 모르기에

봄날에 진한 화장하고 푸른 누각에 올랐네!

갑자기 길가 푸른 버드나무를 보고서

벼슬길 찾으라고 남편 보낸 일 후회하네!

　제목의 〈閨怨〉은 '규수의 근심'이란 뜻으로, 당나라 시대의　閨怨(규
원)을 읊은 시 중에서 단연 돋보이는 작품이다. 규수가 '근심을 모르다'
란 아직 '철이 없다'는 의미로 새길 수도 있다. '覓封侯(멱봉후)'란 벼슬
을 얻기 위하여 從軍하는 것이다.

　젊은 여인이 '不知愁' 하기에 진한 화장을 하고 봄날에 누각 올랐다.
여기까지도 '不知愁'이다. 그런데 기승전결의 轉이 확실하다. 젊은 여
인이 푸른 버들을 보고서야 봄을 알았다. 홀로 된 규방의 여인이라면
일 년 내내 근심이 없는 날이 없겠지만 春情으로 여인이 견디기 어려운
때가 봄일 것이다. 생계의 수단으로 남편을 군대에 자원케 했던 것을
후회한다는 시이니, 여인의 심리적 갈등이 일어난 것이며 그 심리 묘사

가 그린 듯 확실해진다. 보통의 다른 閨怨(규원)의 시는 고통의 모습을 그린 것이 많지만, 이 시는 '愁'의 본질을 바로 찾아내었다는 점에서 특별하다.

이제 왕창령을 유명한 시인으로 알려지게 한 또 다른 느낌의 변새시를 감상할 차례이다.

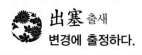
出塞 출새
변경에 출정하다.

秦時明月漢時關　萬里長征人未還
진 시 명 월 한 시 관　만 리 장 정 인 미 환
但使龍城飛將在　不敎胡馬渡陰山
단 사 용 성 비 장 재　불 교 호 마 도 음 산

秦代의 명월이며 漢代의 관문이니
만 리 먼 곳 오랜 싸움에 돌아오지 못하네.
만약 용성에 飛將이 있었다면
호마가 음산을 넘게 하지는 않았으리라.

이 시는 一名 〈從軍行〉으로 악부시이며, 일종의 軍歌이며 시의 내용상으로는 변새시이다.

'秦時明月漢時關'이란 '秦漢時의 月이며 秦漢時의 關'이라는 뜻인데, 漢과 秦을 한 번씩 생략하여 月과 關을 수식하였다. 이런 修辭(수사)

기법을 '互文(호문)'이라고 한다.

秦 나라 시절에도 떠 있던 달이며 漢代에도 있던 관문이란 변방의 수비와 전쟁과 거기에 따른 고통이 그만큼 오래되었다는 뜻을 포함하고 있다. 서북방의 흉노 침략과 이를 막으려는 한족의 싸움은 일찍이 秦漢 시대부터 있었다. 이에 시인들은 변새시를 지어 출정 병사들의 고난 및 그들의 귀환을 애타게 기다리는 부녀자들의 비애를 읊었다.

이 시의 龍城은 甘肅省 天水市 관할의 지명이며, 飛將은 漢나라의 명장 李廣이다. 이광과 같은 명장이 있었다면 흉노와 같은 이민족이 국경을 넘어와 이처럼 괴롭게 하지는 않았을 것이라는 원념이 들어 있다. 王翰(왕한)의 '葡萄美酒夜光杯'로 시작하는 〈涼州詞〉와 함께 변경 출새시의 걸작으로 '神品'이라는 평가와 함께 '唐人 絶句의 압권'이라 할 수 있는 좋은 시이다.

唐代의 변새시는 일반적으로

- 五言이나 七言의 歌行體(가행체)가 많고,
- 변경의 경치나 이국 풍경, 병사의 향수나 고생을 주제로 하며,
- 변경에 고생하는 병사들이나 전쟁의 참상에 대한 문인들의 감상을 묘사하고,
- 남아의 기개나 호방한 풍격과 함께 낭만적이거나 진취적 기상을 노래한 경우가 많다.

대표적 시인으로는 岑參(잠삼, 715-770), 高適(고적, 702-765), 王昌齡(왕창령, 698-756?)이 유명하고, 崔顥(최호), 李頎(이기), 王之渙(왕지환)도 절묘한 변새시를 남겼다.

 春怨 춘원
봄날의 그리움

打起黃鶯兒　莫教枝上啼
타 기 황 앵 아　막 교 지 상 제

啼時驚妾夢　不得到遼西
제 시 경 첩 몽　부 득 도 요 서

노랑 꾀꼬리를 쫓아 버려

가지서 못 울게 해 주오.

울어서 내가 꿈을 깨면

요서에 갈 수 없다오.

이 시는 〈春怨〉(봄날의 그리움)이라는 제목으로, 작자는 金昌緒(김창서)이다. 당 현종 때 余杭(여항, 杭州) 사람이라고 하지만 나머지는 알 수 없다. 또는 宣宗 大中 연간(847~859)에 활동했다는 주장도 있는데 《全唐詩》에 오직 이 시 한 수가 전한다.

어떻게 딱 한 수가 전해 오는 시로 시인의 명성을 누릴 수 있을까? 마치 노래 한 곡으로 평생 가수 소리를 듣는 사람과 같으리라. 그렇지만 이 시는 千古傳唱(천고전창)의 명편이다.

遼西(요서) – 요하의 서쪽, 낭군은 지금 요서로 징발되어 갔다. 꾀꼬리 우는 봄날 – 遼西(요서)의 戍(수)자리에 간 남편을 그리는 여인의 간절함을 그렸다. 꿈에서라도 낭군이 있는 요서에 가보고 싶은 것이다. 3, 4句는 왜 꾀꼬리를 쫓아 버려야 하는지 그 당위성을 설명하는데 여기에도 여인의 春怨이 녹아 있다.

아주 짧은 이야기와 같으나 더 보탤 말도 또 빼어 버릴 말도 없다. 처음부터 끝까지 부드러우면서도 하나의 뜻으로 이어졌다. 꾀꼬리 소리도 그렇지만 봄의 꽃이나 여인의 怨이 바람에 실려 오는 꽃향기처럼 이 시를 통해 전해진다. 진정 이렇게 멋진 생각을 하는 여인이라면 그 여인은 틀림없이 미인일 것이다.

중국과 주변 이민족의 다툼만큼이나 그 共存 또한 어려웠다. 당의 국력이 강할 때에도 변경에서는 장졸이 경비를 해야 하고, 그러한 將卒 본인의 고생만큼이나 남아 있는 가족의 고생과 그리움은 말할 수 없다.

이 시 20자를 가지고 이야기를 만들어내자면 끝이 없을 것이다.

마치 옛이야기의 공식처럼, 홀로된 노모에 착실한 아들과 며느리 그리고 두세 살 먹은 아이가 가난하지만 행복하게 살았다. 겨우 풀칠하며 사는데, 죽어라 농사짓고 베를 짜도 각종 세금이 부담스럽다. 그런데 아들이 요하 서쪽으로 징발되었다. 1년이면 돌아올 줄 알았는데 2년, 3년의 세월이 흐른다. 아낙은 매일 남편을 그리면서 밤이 깊도록 베틀에 앉아 일을 해야 한다. 그러던 어느 날 며느리는 베틀 위에서 그대로 쓰러져 잠깐 잠이 들었다.

그런데 남편이 요서에서 갑옷을 입고 돌아다니는 모습이 보였다. 환하게 웃으면서 '나는 잘 있어요! 어머니도 편안하신가? 곧 돌아갈 거요.' 그런데 여인이 말을 하려 해도 입이 열리지 않는다. 막 뛰어 따라가려는데 꾀꼬리 울음소리가 들려온다. 깜짝 놀라니 동이 트는 새벽이다. 그래도 그 꿈이 너무 생생하여 다시 보려고 눈을 감아 보지만 꿈은 이미 사라졌고 …. 꾀꼬리가 밉기만 하다.

당나라의 국운이 가장 융성했던 현종 開元 연간에도 변방의 방어는 국가의 중대사였다. 때문에 민가에서는 가을에 출정 나간 사람의 겨울옷을 만들어 보냈다. 가을에는 겨울옷을 준비하기 위한 다듬이질 소리가 집집마다 들렸다. 李白의 〈子夜吳歌〉 중 '長安一片月 萬戶擣衣聲. 秋風吹不盡 總是玉關情. 何日平胡虜 良人罷遠征.'은 바로 이런 상황에 대한 묘사이다.

玄宗은 宮人들에게 변방 將卒의 겨울옷을 지어 변새에 보내게 하였다. 변방의 어느 병졸이 받은 겨울옷 안에서 詩 한 수를 찾아내었다.

沙場征戌客　寒苦若爲眠
사 장 정 수 객　한 고 약 위 면

戰袍經手作　知落阿誰邊
전 포 경 수 작　지 락 아 수 변

蓄意多添線　含情更着綿
축 의 다 첨 선　함 정 갱 착 면

今生已過也　重結後生緣
금 생 이 과 야　중 결 후 생 연

사막에서 변새 지키는 분이여

추위와 고생 속에 당신은 잠자겠지요?

전포를 손으로 만들어 보내는데

어느 분에게 주어질지 알지 못하네.

뜻을 모아 바느질을 하였고

정을 담아 또 솜을 두었지요.

지금 생애는 그냥 지나가야 하지만

다음 생애에 다시 인연이 닿겠지요.

　이는 분명 궁중 여인의 갸륵한 소망이 담긴 시이다. 궁중에 들어왔기
에 다시는 나갈 수도 없으며 전포를 지어 보내는 아내가 될 수도 없는
몸, 누가 입을 지도 모르지만 여인의 뜻과 정으로 지어 보내니, 죽어 다
음 生에서라도 부부의 인연으로 맺어지기를 희망한다는 간절한 소망이
었다. 〈原文의 '若 ruò'은 代詞로 '그대', '너(汝)'와 同.〉

　병졸은 이 시를 장군에게 보였고, 장군은 황제에게 사연을 보고했다.

　현종은 시를 읽고 크게 감동하여 누가 지어 보냈는가를 조사케 하였

다. 현종이 처벌할 뜻이 없다는 것을 거듭 밝혔기에 어느 궁인이 죽을죄를 지었다고 자백하였다. 현종은 궁인의 뜻이 하도 갸륵하고, 또 연민의 정이 생겨 궁인을 내보내며 그 병졸과 부부의 연을 맺게 하였다.

사물을 보거나 일을 하면서 감정이 생기고 그 뜻이나 정을 글로 쓰면 시가 되니, 시는 곧 뜻이며 정이다. 시가 맺어 준 인연─아마 이런 사연은 당나라 290년 역사에 처음이고 마지막이 아니었겠는가?

朱滔(주도, ?-785)의 형 朱泚(주차)는 하극상에 의해 幽薊節度使(유계절도사)가 되었다. 德宗 建中 3년(782)에 朱滔(주도)는 모반하며 주차를 황제로 추대하였고 나라 이름을 大秦(대진)이라 하였다. 興元 원년(784)에 반란은 실패하였고, 주차는 살해되었으며 도주한 주도는 785년에 病死한다.

주도가 반란을 일으키기 전에, 주도는 士族이건 농민이건 가리지 않고 닥치는 대로 잡아 군대를 보충하였다. 어느 날 군사를 점호하는데 나이가 꽤나 들어 보이는 군졸을 보았다. 순간 좀 안쓰럽다는 생각이 들어서 물었다.

"무슨 일을 했었는가?"

"시 공부를 했습니다."

"아내가 있는가?"

아내가 있다고 하자, 주도는 아내에게 보내는 시를 지어보라고 했다. 늙은 군졸은 그 자리에서 시 한 수를 지었다.

握筆題詩易　荷戈征戍難
악 필 제 시 이　하 과 정 수 난

慣從鴛被暖　怯向雁門寒
관 종 원 피 난　겁 향 안 문 한

瘦盡寬衣帶　啼多漬枕檀
수 진 관 의 대　제 다 지 침 단

試留靑黛着　回日畵眉看
시 류 청 대 착　회 일 화 미 간

붓을 잡고 시를 짓기는 쉬우나
창을 메고 수루 방비는 어렵네.
따뜻한 원앙 이불에 익숙했는데
차가운 안문 막사로 가기 두렵네.
너무 수척해 의대가 헐렁해졌고
많이 울어서 목침을 다 적셨네.
눈썹 그리는 먹을 아껴 두었다가
돌아가는 날 눈썹 그려 보여주오.

이 시에서 雁門(안문)은 관문의 이름이다. 주도는 시를 읽고 잠시 생각
했다. 그리고 늙은 군졸에게 아내를 대신하여 응답하는 시를 지어보라
고 말했다. 군졸은 머뭇거리지도 않고 써 내려갔다.

蓬鬢荊釵世所希　布裙猶是嫁時衣
봉 빈 형 채 세 소 희　포 군 유 시 가 시 의

胡麻好種無人種　合是歸時底不歸
호 마 호 종 무 인 종　합 시 귀 시 저 불 귀

쑥대머리에 나무 비녀는 세상에 보기 어렵고

입은 치마는 여전히 시집올 때의 옷입니다.
호마는 모종이 다 컸어도 심을 사람이 없고
돌아올 때가 되었는데 왜 아니 오시나요?

　감동한 주도는 늙은 군졸에게 아내의 몫이라며 비단 몇 필을 주어 집으로 돌려보냈다고 한다. 참고로, 이 시를 생졸연도를 모르는 葛鵶兒(갈아아)란 여류 시인의 〈懷良人〉이라고 소개한 책도 있다.

　부부는 인륜의 시작이지만(夫婦爲人倫之始), 부부는 사랑하는 원수이다(夫妻是個冤家). 怨은 冤(冤의 속자. 원통할 원)과 통하며 鴛(원앙새 원)이 모두 諧音(해음)이다. 남편에게 아내, 그리고 아내에게 남편은 서로 冤을 가지고 산다. 그래서 연극에서는 부부를 冤家〈원가＝恨歎(한탄)의 근원이 되는 사람. 곧 애인, 연인 따위.〉라고 부른다. 부부의 은혜와 사랑은 쓰고도 달다(夫妻恩愛苦也甜). 밉지만 미워할 수 없는 사람, 미우면서 그리운 사람이 남편이고 아내이다.

　꾀꼬리를 쫓아 버려 달라는 그 여인은 '도망쳐서라도 돌아오지, 왜 안 오는가?' 라고 원망도 했을 것이며, 그럴 수 없다는 것을 알면서도 미운 것이다. 이승의 인연은 이대로 끝이지만 다음 세상에서나 부부의 인연으로 맺어지기를 바라면서 전포를 만들던 궁녀의 그 정성과 뜻이 하늘에 통했을 것이다. 그러니 현재의 부부가 되지 않았겠는가.

　늙은 군졸이 그리는 아내, 그리고 아내가 그리는 남편ー그 아내가 미인이라서 보고 싶은 것이 아니고, 그 남편이 잘난 사나이기에 그리운 것은 아닐 것이다. 한번 맺어졌기에, 그 인연 때문에 그리운 것이다. 부부의 인연이란 이런 것이다.

13
山水 田園詩人
(산수 전원시인)

맹호연
孟浩然

맹호연(孟浩然)

우선 孟浩然의 시를 한 수 읽어보고 이 야기를 하려고 한다.

우리나라 옛날 기와집 기둥에 장식용으로 써 붙인 흔히 볼 수 있는 시이다. 사실 시를 제대로 공부한 사람이 아니면 이런 시를 읽으면서도 시의 제목이나 작자는 모르는 경우가 많다.

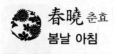

春曉 춘효
봄날 아침

春眠不覺曉　處處聞啼鳥
춘 면 불 각 효　처 처 문 제 조
夜來風雨聲　花落知多少
야 래 풍 우 성　화 락 지 다 소

봄잠에 아침도 모르고
곳곳서 새소리 들린다.
밤들어 비바람 소리에
꽃잎은 얼마나 졌을까?

들리는 새소리 만큼이나 가뿐하고 명랑하며 정감이 느껴지기에 五言
중에서도 人口에 널리 회자되는 시이다. 어려운 글자가 하나도 없고 뜻
이 아주 확실하며 비근하지만 열 번을 읽어도 지루하지 않다. 그것은 이
시가 그냥 굵직한 선으로만 그려낸 소묘와 같기에 그러할 것이다. 따라
서 이 시의 특징은 '平淡自然〈평담자연 ; 淡은 澹과 같은 뜻으로 쓰임. 自然(자연) 속
에 있으니 마음이 고요하고 편안하여 욕심이 없음.〉'으로 요약된다.

그리고 봄밤은 곤한 잠에 빠지기 쉽고 그러다 보니 날이 밝는 줄도 모
른다. 시인이 쓴 '不覺(불각 ; 알지 못하다.)'의 두 글자가 모든 것을 자연스
레 설명해 준다. 2구의 새소리는 시인이 확실하게 들었으니 '覺(각 ; 알다.
느끼다. 깨닫다.)'이며 이 구절도 '曉(새벽 효)'를 묘사하고 있다. 시인은 엊

저녁 잠자리에 들면서 비 오는 소리를 들었으니, 이 또한 '覺'이지만 아침에 꽃잎을 걱정하고 있는 데 시인이 아직 보지 못하였으니 '不覺'이다. 그리하여 不覺－覺－覺－不覺으로 옮겨가며 봄날의 아침을 그려내었다.

孟浩然(맹호연, 689?-740)은 浩라는 이름보다는 그의 자 '浩然'으로 통칭된다. 호는 鹿門處士(녹문처사)이고, 襄州 襄陽(양양, 今 湖北 襄陽市) 사람이기에 '孟襄陽'으로 불리기도 한다. 맹호연과 王維(왕유)를 나란히 '王孟'이라 부른다.

맹호연은 젊은 시절 각지를 유랑했었다. 당 현종 재위 시에 장안에 와서 벼슬길을 찾았으나 뜻을 이루지 못했고, 은거를 원하지 않았지만 은거할 수밖에 없었다. 개원 25년(737), 장구령이 형주자사로 근무하면서 한때 막료로 데리고 있었지만 곧 옛집으로 돌아왔다. 뒷날 王昌齡(왕창령)이 襄陽(양양)을 유람하면서 맹호연을 찾아와 호탕하게 술을 마셨고, 왕창령이 떠나면서 맹호연은 곧 병사했다고 한다.

맹호연의 시가는 대부분이 5언 단편이며, 題材는 거의 산수 전원이나 은일 생활을 묘사하였다. 맹호연은 왕유, 이백, 장구령과 교유하면서 陶淵明(도연명, 365?-427), 謝靈運(사령운, 385-433), 謝朓(사조, 464-499)의 시풍을 이어갔기에 盛唐의 山水詩人이라는 명성을 누렸다.

맹호연의 시는 속에 氣骨(기골)이 있으면서도 나타난 모습은 맑고 부드럽다. 또 그의 기풍이나 정신이 밝게 느껴진다. 특히 그의 오언시에 秀作이 많으니 한 수를 더 감상해도 될 것이다.

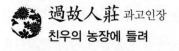

過故人莊 과고인장
친우의 농장에 들려

故人具雞黍　邀我至田家
고 인 구 계 서　요 아 지 전 가

綠樹村邊合　青山郭外斜
녹 수 촌 변 합　청 산 곽 외 사

開軒面場圃　把酒話桑麻
개 헌 면 장 포　파 주 화 상 마

待到重陽日　還來就菊花
대 도 중 양 일　환 래 취 국 화

친우가 닭 잡고 술을 준비해서
나를 오라 하여 농가로 갔네.
푸르른 숲은 마을 끝에 모여 있고
청산은 멀리 비스듬히 에워쌌네.
문을 열면 마당과 밭이 보이는데
술잔 들고 농사 이야기를 나누네.
기다려 9월 9일 중양절이 되면
다시 돌아와 국화를 보라 권하네.

　여기서 故人은 '죽은 사람'이 아니라 舊友, 곧 친우란 뜻이다. 물론
고인이란 말이 死人, 前夫, 舊妻로 쓰일 때도 있다.
　이 시는 도연명의 시와 그 분위기가 아주 비슷하다. 어찌 보면 도연명의 핵심용어를 모두 차용한 것 같은 田園詩이다. 陶淵明의 〈移居 一首〉에 '隣曲時時來 抗言談在昔'과 비슷하다.

닭 잡고 술을 준비했다면 손님에 대한 최고의 대접이었다. 주인의 성의에 대해서는 더 말할 필요가 없다. 술잔을 들고 하는 이야기는 桑麻(상마)—뽕나무와 삼(麻). 농사 이야기이다. 도연명의 〈歸田園居 二首〉에 '相見無雜言 但道桑麻長'이라는 구절이 있다. 重陽日(9월 9일)에 다시 와서 '就菊花(취국화)'—국화 곁에 가리라. 물론 술도 한 잔하겠다는 뜻이다.

이는 아주 담백한 전원시이다. 美文으로 윤색하려는 의도는 하나도 안 보인다. 굵직한 선으로 쓱쓱 그린 그림이다. 이런 소탈한 시골 마을에서 마음에 맞는 친구와 둘이 막걸리를 마시는데 특별히 꾸며 그려낼 필요가 있을까? 그냥 '기분 좋게 마시다 보니 나도 취해 버렸어!'라고 말하면 그 술자리 정경에 대한 묘사는 끝이다. 나머지는 읽는 사람이 머릿속으로 생각하면 된다.

친구 집에 가고 마을을 멀리서 둘러보고 마당을 내려다보며 술잔을 들고 농사 이야기를 할 것이다. 그리고 가을이 되면 또 오라고 권한다. 물론 맹호연도 기꺼이 응낙한다.

그리고 꼭 가리라고, 또 국화 곁에 서겠다고 생각하였다. 그래서 '就'라 하였다. '就' 이 글자가 이 시의 詩眼(시안)이다.

詩眼—시인의 안목, 시의 句中眼—시구 중의 한 글자는 시 전체의 품격을 말해주고, 시 전체의 기본 바탕을 결정짓는다. 또 시가 논리적으로 옳고 그르냐를 판단할 수 있는 기준이 되기도 한다. 도연명의 '採菊東籬下 悠然見南山'에서 '見'이 바로 詩眼이다. 이 '見'을 '望'으로 썼다면 시인도 시의 품격도 다 떨어질 것이라고 蘇軾(소식, 東坡, 1036-1101)이 말했었다.

만약 이 시에서 '待到重陽日하여 還來就菊花하리라'를 '還來對菊花' 또는 '還來採菊花'로 아니면 '還來醉菊花'로 고친다면 시의 맛이 크게 달라질 수 있다. 詩眼은 오언의 경우 句의 3번째, 칠언의 경우 5번째 글자이다.

산수 전원시인—맹호연—그가 그린 산수시의 스케일은 어떠할까? 5 언절구 하나를 아래에 옮겨 본다.

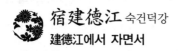

宿建德江 숙건덕강
建德江에서 자면서

移舟泊煙渚　日暮客愁新
이 주 박 연 저　　일 모 객 수 신
野曠天低樹　江清月近人
야 광 천 저 수　　강 청 월 근 인

배를 안개 낀 강가에 댔는데
날이 저물자 객수만 늘었다.
들이 트여서 하늘은 나무에 닿았고
강이 맑으니 달이 사람에 가깝다.

建德은 浙江省(절강성)의 지명이고, 건덕강은 錢塘江(전당강)이다. 이 강의 중류는 보통 富春江이라고도 부른다. '野曠天低樹'의 曠(밝을 광)은

'탁 트인 들'이니 李陸史(이육사)의 〈曠野(광야)〉를 생각하면 감이 올 것이다. 이 구절은 객이 야박하는 곳에서 바라본 원경이고, 근경은 4구 '江淸月近人'-江이 淸하니 月이 人에 近하다. 물속에 비친 달을 이렇게 표현하였다.

이 시는 秋江의 밤을 묘사했다. 시 속에는 '秋'가 보이지 않지만 '江淸'이 가을이라는 근거가 된다. 承句〈승구, 한시 絶句(절구)의 제2구, 또는 律詩(율시)의 제3·4구. 起句(기구)의 내용을 이어받아 그 뜻을 넓힘.〉에서 '客愁新'이라 하였으니, 또 새로운 걱정거리가 늘었다는 뜻이다. 시에서는 1, 2句에 夜泊을 묘사하였고, 3, 4구는 완벽한 대구로 짜였으며 '曠'과 '淸'이 詩眼이다.

본래 시는 정선된 문자를 골라 써야만 한다. 精鍊(정련)된 글자를 골라 쓴다는 것은 다듬고 또 다듬는 과정이다. 이 시에서는 '이 글자를 이렇게 바꾸면 어떨까?'라고 생각되는 부분이 없다. 그만큼 鍊字와 鍊句〈연구 ; 머리를 짜서 詩句(시구)를 생각함. 시구를 가다듬음.〉에 애를 썼다는 뜻이다. 시 전체적으로 담백하지만 은근한 맛이 있고 여러 사연을 안고 있지만 드러나지 않는 묘미가 있다.

아주 현실적인 계산으로 따져 볼 때, 옛사람이 어려서부터 글을 배우고 생산적인 일도 하지 않으면서 많은 독서로 시를 지을 정도라면 물려받은 기본 재산이 있어 의식은 해결할 수 있었다고 보아야 한다. 다만 전란이나 흉년 또는 각종 질병 등등으로 그 재산이 줄어든다면, 또 知人들이 모두 관직에 진출했다면 벼슬에 뜻을 두지 않을 수 없다.

사실 맹호연이 고향에서 생활하며 도시를 방문하고 우인과 시를 贈答(증답)하면서 교제할 수 있었다면 의식주는 일단 해결되는 상황이었다.

그러나 자식은 커 가고 어찌할 것인가?

맹호연은 나이 40에 長安에 가서 벼슬을 구했다. 독서인이라면 누구나 관직을 지향했다. 경제적인 이유도 있지만 관직에 있어야 文才도 알릴 수 있고 또 문인들과의 교류도 그만큼 넓었기에 많은 시인들이 관직을 희망했었다.

벼슬길에 들어서려면 과거에 합격하거나 아니면 유력인사의 적극적인 천거가 있어야만 했다. 당나라에서 시인들이 자신의 시를 유력인사에게 보내고 뵙기를 청하는 시를 干謁詩(간알시)라고 한다. 맹호연은 고향에 있으면서 張九齡(장구령)에게 자신을 추천해 달라는 간절한 뜻의 간알시를 보냈다.

 望洞庭湖贈張丞相 망동정호증장승상
동정호를 바라보며 張승상에게 드리다.

八月湖水平　涵虛混太淸
팔 월 호 수 평　함 허 혼 태 청

氣蒸雲夢澤　波撼岳陽城
기 증 운 몽 택　파 감 악 양 성

欲濟無舟楫　端居恥聖明
욕 제 무 주 즙　단 거 치 성 명

坐觀垂釣者　徒有羨魚情
좌 관 수 조 자　도 유 선 어 정

팔월 동정호의 넘실대는 수면은

허공을 머금어 하늘과 뒤섞였다.

동정호(洞庭湖)

대기는 운몽택을 삶는 듯하고

파도는 악양성을 흔드는 것 같다.

물을 건너려 해도 배가 없으며

평소 생활이 天子께 부끄럽습니다.

낚시 하는 사람을 보고 있노라면

괜히 잡은 고기가 탐날 뿐입니다.

제목의 張丞相은 張九齡이다. 현종 개원 21년(733)에 張九齡(678-740)은 中書侍郞同中書門下平章事로 기용되었는데, 이는 재상급 직위이다.

전반 4구는 동정호의 경관을 통 크게 묘사하였다. 맹호연이 동정호를 묘사한 시는 두보만은 못하지만 그래도 '氣蒸雲夢澤하고 波撼岳陽城하다.'라는 구절은 호탕하다는 느낌이 온다. 이는 본론을 말하기 전에 배경음악을 깔 듯 자신의 文才를 내보인 것이다.

후반 4구는 직접적인 부탁의 말이다. 부탁의 말이라도 좀 비굴하다는 생각이 들지 않는 것은 전반 4구의 통이 큰 묘사가 있었기 때문이 아니겠는가? 뒷날 맹호연은 장구령의 막료로 일하게 된다.

맹호연은 '欲濟無舟楫'－배가 없다면 강이나 호수를 건널 수 없다. 이런 말은 어떤 요구 사항이나 부탁할 일이 있을 때 하는 말이며, '端居恥聖明'은 나라를 위해 일하지 못하니 부끄럽다는 뜻이며, '坐觀垂釣者'에서 낚시를 드리운 사람은 장구령과 같이 높은 벼슬을 하는 사람을 의미한다. 그리고 마지막으로 '徒有羨魚情'은 남이 잡은 물고기를 부러워하는(羨) 생각, 곧 '나도 당신처럼 벼슬을 하고 싶으니 좀 힘 좀 써 주시오'라는 뜻이다.

'臨淵羨魚(임연선어 ; 연못에 가서 고기를 낚다.)'는 누구에게나 공통된 심사이다. 물에서 다른 사람이 고기를 잡는 것 부러워 말고(臨河而羨魚), 집에 와서 그물을 짜는 것이 더 좋은 것이다(不如歸家結網). 그리고 괭이를 메고 비를 기다리느니(荷鋤候雨), 도랑을 치고 물을 끌어들이는 것이 더 나은 것이다(不如決渚).

그러나 그물을 짤 실도 없다면 어찌해야 하는가? 포기할 수 없다면 부탁할 수밖에 없을 것이다. 맹호연은 장구령보다 15, 6세 연하이었으니 이런 시를 보내도 괜찮았을 것이다.

사실, 사람 연분이란 것은 다 정해져 있는 것이다. 벼슬하는 사람은 그런 연분이 있기 때문이 아니겠는가? 각자 정해진 인연이 있으니 다른 사람을 부러워 말라(有因緣莫羨人)는 말이 왜 있겠는가?

맹호연은 과거에도 불합격했고 왕유의 도움을 받다가 玄宗의 직접적인 거절을 받아 고향으로 돌아온다.

歲暮歸南山 세모귀남산
세모에 남산에 돌아와서

北闕休上書　南山歸敝廬
북 궐 휴 상 서　남 산 귀 폐 려

不才明主棄　多病故人疎
부 재 명 주 기　다 병 고 인 소

白髮催年老　靑陽逼歲除
백 발 최 년 로　청 양 핍 세 제

永懷愁不寐　松月夜窗虛
영 회 수 불 매　송 월 야 창 허

北闕에 上書를 그만두고

남산의 낡은 오두막으로 돌아왔다.

재주도 없기에 明主도 나를 버렸고

잔병이 많으니 友人도 멀어졌다.

백발은 늙기를 재촉하는 듯

봄날은 세모를 빨리 가라 한다.

끝없는 회포 시름으로 잠 못 들고

소나무 비친 달에 밤 창문이 휑하다.

시인이라 하여 이슬 받아먹고 사는 사람이 아니다. 시인의 근심이 어
찌 좋은 시를 쓰기 위한 고민뿐이겠는가? 1, 2句에서는 北闕과 南山이
3, 4句에서는 不才와 多病 그리고 5, 6句에서는 白髮과 靑陽으로 상징되

는 세월이 모두 맹호연의 근심거리이다.

제목에는 근심이란 뜻이 조금도 보이지 않지만 이 시의 주제는 '愁'이고, 1에서 6구까지가 모두 맹호연을 잠 못 이루게 하는 걱정거리이다. 그런 근심을 더해 주는 것은 소나무에 걸린 달이었다. 이태백과 함께 술을 마시는 달이 아니었다.

여기서 남산은 종남산이 아닌 맹호연의 고향 南山이다. '不才明主棄'는 사실상 자신의 재능이 부족하기에 등용되지 못했다는 뜻이고, '多病故人疎'도 벗과 널리 교제하지 못한다는 謙辭(겸사)이었지만 이 시를 읽은 현종은 '내가 언제 卿을 버렸는가?'라고 맹호연을 힐난했다. 결국 자신이 등용되지 못했다는 우회적 표현이 현종의 노여움을 산 셈이었다.

'靑陽逼歲除' 구절에서 靑陽(청양)은 봄(春)이란 뜻이고, 歲除(세제)는 연말, 곧 歲暮(세모)이니 이런 典故는 지식이 없으면 알 수도 없고 쓸 수도 없다. 이것이 바로 시를 공부하려면 또 좋은 시를 지으려면 多讀해야 하는 이유이다.

결국 장안을 떠나오면서 맹호연은 왕유에게 자신의 의지를 확고히 보여주는 시를 보낸다.

 留別王侍御維 유별왕시어유
시어사인 王維를 떠나오면서

寂寂竟何待　朝朝空自歸
적　적　경　하　대　　조　조　공　자　귀

欲尋芳草去　惜與故人違
욕심방초거　석여고인위

當路誰相假　知音世所稀
당로수상가　지음세소희

只應守寂寞　還掩故園扉
지응수적막　환엄고원비

적막할 뿐 끝내 무엇을 기대하나?

날마다 빈손으로 홀로 돌아왔었소.

꽃다운 풀을 찾으려 나섰지만

친우의 곁을 아쉽게 떠난다오.

요직의 그 누가 힘써 주리오?

세상엔 知己가 드문 것이라오.

오로지 외로움을 이겨 가면서

돌아가 옛집 문을 닫고 살리오!

산수 전원시인에게 이런 슬픔이 있는 줄 누가 알리오?

首聯은 너무 침통하다. 이력서 백여 장을 보내 놓고 핸드폰을 바라보다가 다시 PC를 켜고 또 다른 스타일로 이력서를 작성하며 사진 값도 걱정해야 하는 요즈음 우리나라 젊은이보다 더 서글펐을 것이다. 왜? 맹호연은 이미 40이 넘었었다.

芳草를 찾아 장안까지 왔고 지인의 도움을 받아 애를 썼지만 이제는 포기하고 돌아가려는 頷聯〈함련 ; 律詩(율시)의 제3, 제4의 두 구. 前聯(전련).〉에는 왕유에 대한 미안함이 넘쳐 난다.

그러면서 頸聯〈경련 ; 율시에서 제5, 제6구. 제3련. 後聯(후련).〉에는 누구라 할

103

것은 아니지만 요로에 있는 사람들은 '왜 나를 몰라주는가?' 라는 분노와 함께 자기 합리화를 추구한다. 본래 세상에는 知音이 많지 않다는 것! 이것이 내 몫이려니 운명이려니 하고 그냥 잊어버리기에는 너무 가슴이 미어진다.

맹호연의 의지는 尾聯〈미련 ; 율시에서 제7, 제8구. 마지막 연. 結聯(결련).〉에 확실해진다. 적막한 고향에 가서 이제 세상에 대한 욕망을 접겠다는 서러움이 뚝뚝 떨어진다. 맹호연은 그렇게 돌아왔다.

맹호연은 이백과도 깊은 友誼(우의)를 맺고 있었다. 이백이 맹호연의 인품을 칭송한 다음 시를 읽어 보아야 한다.

 贈孟浩然 증맹호연
맹호연에게 주다. 〖李白〗

吾愛孟夫子　風流天下聞
오 애 맹 부 자　풍 류 천 하 문

紅顔棄軒冕　白首臥松雲
홍 안 기 헌 면　백 수 와 송 운

醉月頻中聖　迷花不事君
취 월 빈 중 성　미 화 불 사 군

高山安可仰　徒此挹清芬
고 산 안 가 앙　도 차 읍 청 분

나는 孟 夫子를 애모하나니
이분 풍류는 천하에 소문났지요.

젊어서 벼슬에 뜻을 두지 않았고

늙어도 청송과 백운에 노닐었지요.

달에 취하고 술을 자주 즐기며

꽃과 놀면서 벼슬하지 않았지요.

높은 산을 어이 아니 우러르리오.

다만 그런 맑은 향기 따라 가리다.

送孟浩然之廣陵 송맹호연지광릉
광릉으로 가는 맹호연을 전송하며 〔李白〕

故人西辭黃鶴樓　煙花三月下揚州
고 인 서 사 황 학 루　연 화 삼 월 하 양 주

孤帆遠影碧空盡　惟見長江天際流
고 범 원 영 벽 공 진　유 견 장 강 천 제 류

벗님은 서쪽의 황학루를 떠나서

꽃피는 삼월에 양주로 내려간다.

외로운 돛 멀어지다가 창공으로 사라지고

오로지 뵈나니 長江만 하늘 끝에 흐른다.

　봄 안개와 봄꽃이 뽀얗게 어우러진 춘삼월에 서쪽 황학루에서 작별을
한다. 맹호연은 배를 타고, 長江을 동쪽으로 내려가 광릉(揚州)으로 간다.
이백은 배를 타고 가는 맹호연을 전송하며 이 시를 지었다. 이백은 높은
황학루에서 멀어져 가는 외로운 배 모습이 푸른 하늘 속으로 들어가 안

보일 때까지 주시하고 있었다. 끝으로 벗을 태운 배는 스러지고 장강의 강물만이 보일 뿐이다.

1, 2구는 떠나는 사람을 읊었다. 여기에는 맹호연이 보인다. 그러다가 맹호연은 보이지 않고 배가 사라진 장강만이 화면에 가득하다. 이백의 슬픔은 단 한글자도 말하지 않았지만 3, 4구에는 우인을 보낸 공허한 심정이 행간에 가득하다.

'孤帆遠影碧空盡 惟見長江天際流'의 두 구절은 무한한 대자연속에서 작별하는 우인에 대한 그리움을 그림으로 그리고, 또 동영상처럼 찍어내어 많은 사람들이 기억하는 名句로 남았다.

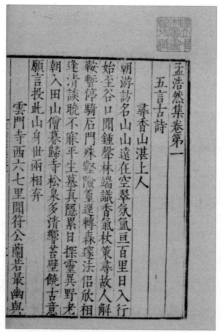

맹호연(孟浩然)의 맹호연집(孟浩然集)

14
詩佛(시불),
人仙(인선)

왕유

王維

 渭城曲 위성곡
渭城의 노래 〖王維〗

渭城朝雨浥輕塵　客舍青青柳色新
위 성 조 우 읍 경 진　객 사 청 청 류 색 신

勸君更盡一杯酒　西出陽關無故人
권 군 갱 진 일 배 주　서 출 양 관 무 고 인

위성의 아침 비는 흙먼지를 적셨고

객사의 푸른 버들 색도 싱싱하다오.

그대에 권하니 한잔 더 비우시길

서쪽 양관으로 가면 아는 사람 없으리오.

이 시는 악부시로 길 떠나는 사람을 전송하며 부르는 노래이다. 渭城
(위성)은 지금의 陝西省 咸陽市 관할의 區 이름인데, 그 당시에는 西域(서
역)으로 여행하는 사람을 이곳에서 전송했다. 제목을 〈陽關曲〉, 〈陽關三
疊(양관삼첩)〉 또는 〈送元二使安西〉라고 한 책도 있다.

이 시는 송별시 중에서 가장 잘 알려진 걸작으로, 唐宋代에는 송별의
술자리에서 혹은 주루에서 애창되었다. 처음 두 구에서는 이별의 계절
과 경치, 장소와 시간을 밝혔고 3, 4구에서는 술을 한 잔 더 권하는 이별
의 정을 토로하였다. 詩語가 질박하고 뜻이 돈후하며 영상이 생동하여
술자리에서 부르기에 딱 좋은 노래이다.

이 노래를 주루에서 어떻게 불렀을까? 그 창법에 대하여 소동파가 설
명한 글이 있는데 다음과 같다.

"전부터 전해오는 陽關三疊(양관삼첩)이 있는데, 지금은 노래하는 사람
이 각 구절을 두 번씩 두 번을 부르는데 이는 4첩이 되니 옳지 않다. 또
각 구를 세 번씩 부른다고 3첩이라고도 한다. 내가 密州에서 듣기로
는… 또 백거이가 읊은 '相逢且莫推謝醉 聽唱陽關第四聲'이라 하였는
데 '第四聲'은 '勸君更盡一杯酒' 句이다. 그러니 부르는 방법은 첫 구는
두 번 부르지 않고 나머지는 두 번씩 겹쳐 부르는 것이다."라고 하였다.
소동파의 설명대로 부르는 방식을 정리하면 아래와 같다.

渭城朝雨浥輕塵
위 성 조 우 읍 경 진

客舍青青柳色新
객 사 청 청 유 색 신

客舍青青柳色新 (1첩)
객 사 청 청 유 색 신

勸君更盡一杯酒 (백거이가 말한 제4성)
권 군 갱 진 일 배 주

勸君更盡一杯酒 (2첩)
권 군 갱 진 일 배 주

西出陽關無故人
서 출 양 관 무 고 인

西出陽關無故人 (3첩)
서 출 양 관 무 고 인

이런 명시를 술자리에서 부르는 운치는 어떠할까? 우리 대중가요에
도 시적 감흥이 넘치는 가사가 있긴 하지만 우리 시인들은 왜 대중가요
의 가사를 짓지 않을까? 하여튼 왕유의 이 악부시는 이별 술자리 노래
로서 최고 인기곡이었다.

王維(왕유, 692-761)의 字는 摩詰(마힐)이다. 盛唐의 산수 전원시인이며,
화가로서는 南宗畵의 開祖이다. 外號는 '詩佛'이며, 그의 시 400여 수가
지금 전해오고 있다.

왕유는 조숙한 천재로 알려졌으며 모친 崔氏의 교육 영향으로 불가에
귀의하여 형제가 모두 부처를 받들며, 항상 소찬을 들고 마늘과 파와 고
기를 먹지 않았다. 만년에도 오랫동안 채식을 하며 무늬 놓은 옷을 입지
않았다고 한다.

왕유는 당 현종 개원 원년(713) 과거에 장원으로 진사에 오른 뒤 太樂
丞(태악승)이 되었다가 허물에 연좌되어 濟州司倉參軍(제주사창참군)으로 좌

왕유(王維)

천도 당했었다. 뒷날 장구령의 천거로 右拾遺(우습유)가 되었다가. 감찰어
사를 역임하였다.

천보 14년(755)에 안녹산이 난을 일으키고 이듬해에 장안에 들어오자,
현종은 촉(蜀)을 향해 피난했고, 가는 도중 양귀비는 馬嵬坡(마외파)에서
죽었다. 그때 피난을 가지 못한 왕유는 안록산의 압력으로 원하지도 않
은 관직(僞官, 위관)을 맡았고, 이 때문에 난이 평정된 뒤에 형벌을 받아야
만 했었다. 안록산의 난 와중에 현종의 선양을 받아 靈武(영무)에서 등극
한 숙종은 왕유를 부역을 한 죄로 몰았다. 다행히 동생 王縉(왕진)은 자신
의 관직을 강등시키면서 형의 무죄를 변호하였고 뒤에 왕유의 〈凝碧詩
(응벽시)〉가 알려지면서 죄에서 벗어날 수 있었다.

안록산이 凝碧池(응벽지)에서 주연을 펼치고 梨園(이원)의 악공들을 강
제로 동원하자 악공들은 슬피 통곡했다. 왕유는 그 사건을 전해들은 뒤

악공들에게 감동하여 〈凝碧詩〉를 지었다.

萬戶傷心生野煙　百官何日再朝天
만 호 상 심 생 야 연　백 관 하 일 재 조 천

秋槐落葉空宮裏　凝碧池頭奏管絃
추 괴 낙 엽 공 궁 리　응 벽 지 두 주 관 현

천하가 상심하고 들 불 연기 피는데
백관은 언제 다시 천자를 뵈려나?
가을 홰나무 꽃이 빈 대궐에 지는데
응벽지 가에서는 풍악을 연주한다.

그 후 왕유는 다시 벼슬에 올랐으나 만년에 藍田(남전)의 輞川(망천)에 별장을 짓고 은거했다. 왕유는 상처하고서도 후처를 맞이하지 않고 홀로 30년을 지내다가 761년(759년?)에 죽었다.

왕유의 시에는 불교 용어나 典故(전고)가 나타나는데 불교사상이 시의 내용이 되기보다는 그의 산수자연시를 지탱하는 바탕이 되었다. 왕유가 자연을 관조하는 태도나 자연 속에 가뿐히 안겨 희열을 느끼는 것 모두가 불교와 관련 지어 생각할 수 있다.

李白이 道家 사상과 함께 협객의 기질이 나타나고 杜甫가 儒家 사상을 가지고 고통 받는 백성들을 이해하려고 했던 점, 그리고 왕유가 불교적 바탕에서 자연 속에 안주하려 했던 것은 서로 좋은 대조를 이루고 있다.

이백은 타고난 天才이고, 두보가 열심히 닦아 스스로 이룩한 '地才'

라고 한다면, 왕유는 '人才'라고 세 시인을 비교한 말이 있는데, 이는 아마도 거의 정확한 비교라 할 수 있다. 그리고 '天地人' 三才 중 人才라면 그만큼 人情이 많았다는 뜻도 들어 있다.

王維는 詩書畵(시서화)에 모두 뛰어났었다. 蘇軾(소식, 東坡)이 왕유를 평하여 '마힐(왕유)의 시를 감상하면 시 가운데 그림이 있고, 그의 그림을 보면 그림 속에 시가 있다.(味摩詰之詩, 詩中有畵, 觀摩詰之畵, 畵中有詩.)'라고 하였다. 이는 곧 詩情과 畵意(화의)의 合一이라 할 수 있으며 중국시의 전통에 영향을 끼쳤으며 중국인들의 미의식 형성에 큰 몫을 했다고 평가할 수 있다.

그럼 우선 왕유의 산수 전원을 읊은 시 중에서 유명한 작품을 몇 수 감상해 본다.

🌑 送別 송별

下馬飮君酒　問君何所之
하 마 음 군 주　문 군 하 소 지

君言不得意　歸臥南山陲
군 언 부 득 의　귀 와 남 산 수

但去莫復問　白雲無盡時
단 거 막 부 문　백 운 무 진 시

말에서 내려 술을 권하면서
묻기를, 당신 어디로 가시오?
그 사람은 뜻을 얻지 못했기에

남산 언저리에 은거한다네.
그럼 가시오. 더 묻지 않으리니
흰 구름이 다할 리 없을 터이네!

이 시는 남을 송별한 시가 아니고 자문자답하는 형식으로 자신의 은퇴하려는 심정을 적은 시로 해석하면 뜻이 잘 통한다. 즉 묻는 자도 왕유이고, 대답하는 사람도 왕유이다. 산수에 묻혀 언제나 흰 구름처럼 자유로울 수 있다면, 곧 스스로 즐겁다면 뜻을 이루지 못했다고 말할 수는 없을 것이다.

 山居秋暝 산거추명
산속 거처에 가을 해가 지다.

空山新雨後　天氣晚來秋
공산신우후　천기만래추
明月松間照　清泉石上流
명월송간조　청천석상류
竹喧歸浣女　蓮動下漁舟
죽훤귀완녀　연동하어주
隨意春芳歇　王孫自可留
수의춘방헐　왕손자가류

空山에 금방 비가 그치자
천기는 늦가을로 접어든다.
명월은 소나무 사이를 비추고

맑은 냇물은 돌 위를 흐른다.

대밭 시끄럽게 빨래한 여인들 돌아오고

연잎 흔들리니 고깃배가 지나간다.

어느 덧 봄꽃이 졌다고 하지만

귀인은 스스로 여기에 머물리라.

왕유의 은거지에 가을을 재촉하는 비가 내리다가 금방 그쳤다. 가을
비가 오는 그대로 날은 날마다 추워지니, 지금은 만추이다. 이 首聯에서
는 원경을 스케치하였는데, 이는 제목에 들어 있는 '秋' 에 대한 착실한
묘사이다.

가까이 보니 소나무 사이로 보름달이 비치고 맑은 냇물은 돌 위를 흐
른다. 頷聯(함련)은 왕유 신변의 묘사다. 늦가을의 초저녁 — 바로 제목의
暝(어두울 명)에 해당하는 이 시간 — 빨래하던 여인들이 무리 지어 떠들면
서 대밭을 지나간다. 그런가 하면 소리 없이 지나는 고깃배에 연잎이 흔
들린다. 動과 靜의 대비를 통해 경치의 묘사에서 분위기를 바꾼다. 이것
이 바로 頸聯(경련), 곧 起承轉結〈기승전결 ; 한시의 구성법의 한 가지. 첫 구에서 詩
意(시의)를 일으키고[기], 둘째 구에서 받아[승], 셋째 구에서 변화를 주고[전], 넷째 구에서
전체를 마무리함[결].〉의 전에 해당한다.

그러면서 尾聯(미련)에서는 왕유 자신의 심경을 말한다. 내 뜻과 상관
없이 계절은 순환한다. 지금은 봄꽃이 없는 계절이지만 귀인은 어디에
가겠는가? 내가 머무는 이곳도 매우 좋다는 뜻이다. 은거에 대한 자부
심과 함께 다른 귀인에게 은거를 권유하는 詩이다. 이 시를 조용히 읽어
보면 '詩中에 有畵하고, 畵中에 有詩' 라고 말할 수 있을 것이다.

왕유를 '詩佛'이라는 별칭으로 부를 때 누구든 불교와의 연관을 생각한다. 그가 30이라는 장년에 喪妻(상처)하고도 재혼하지 않은 것도 불교와의 연관이 있을 것이라 생각할 수 있지만 그것은 종교적 신념보다는 그의 생활 철학 때문이라고 보아야 할 것이다.

過香積寺 과향적사
香積寺에 들러서

不知香積寺　數里入雲峰
부 지 향 적 사　수 리 입 운 봉

古木無人徑　深山何處鍾
고 목 무 인 경　심 산 하 처 종

泉聲咽危石　日色冷青松
천 성 열 위 석　일 색 냉 청 송

薄暮空潭曲　安禪制毒龍
박 모 공 담 곡　안 선 제 독 룡

향적사까지 거리도 모르고
몇 리를 구름 속으로 걸었다.
고목 사이 인적 없는 좁은 길
깊은 산 어디서 들리는 종소리인가?
물소리도 돌 틈에서 목이 메고
빛이 있어도 청송에서 한기가 돈다.
어스름에 호젓한 물가를 돌아가
마음 편한 참선으로 욕망을 끊는다.

향적사(香積寺)

香積寺는 淨土宗의 본사로 陝西省(섬서성) 西安市 長安區에 있다. 당 고종 때 창건되어 중종 때부터(706) 향적사로 불리었는데, 당 武宗의 會昌法難(회창법난) 때 겨우 폐사를 면했고 宋代 이후 다시 향적사라 했는데 왕유의 시 때문에 더욱 유명해졌다고 한다.

이 시에 그려진 여러 경물, 예를 들어 雲峰, 無人徑(무인경), 鐘, 危石, 靑松이나 절에 도착하기 전 호젓한 물가(空潭)가 모두 靜物(정물)이면서 제자리에 잘 배치된 것 같다. 향적사를 찾아가는 여정을 잘 그릴 수 있고 이어 참선에 든 경지(制毒龍)가 눈에 보이는 듯하다.

왕유의 시에 묘사된 仙境(선경)은 '入禪(입선)의 경지', 곧 參禪(참선)의 境界(경계)이다. 그렇다고 왕유의 시가 고승의 偈頌(게송)과 같은 맛은 전혀 없다. 여하튼 시에 禪의 경지를 불어넣었다는 평가는 왕유 시의 또 다른 성취라 할 수 있다.

 終南別業 종남별업
終南山의 별장

中歲頗好道　晚家南山陲
중 세 파 호 도　만 가 남 산 수

興來每獨往　勝事空自知
흥 래 매 독 왕　승 사 공 자 지

行到水窮處　坐看雲起時
행 도 수 궁 처　좌 간 운 기 시

偶然值林叟　談笑無還期
우 연 치 임 수　담 소 무 환 기

중년에 불도를 좋아하여

만년에 남산 기슭에 산다.

신나면 곧잘 혼자 다니고

기꺼운 일은 절로 나만 안다.

걷다가 물이 다한 곳에 가면

때로는 앉아 구름 이는 델 본다.

우연히 산속 노인을 만나면

담소를 하며 돌아갈 줄 모른다.

'中歲頗好道'의 中歲는 중년, 好道는 佛道를 좋아한다는 뜻이다. 首句는 왕유의 은거 이유를 설명한 셈이다. 왕유가 불도를 좋아한 것은 그 모친의 영향이며 형제들이 모두 불도에 심취했었다.

이 시는 종남산에서의 한가한 생활을 노래했다.

首聯에서는 은거의 이유를 말했다. 이후 6구는 모두 왕유가 사는 모습이다. 頸聯(경련)의 '行到水窮處 坐看雲起時'는 천고의 절창이다. 앞산에서 구름이 일어나는 곳을 바라본다는 뜻이니, 이 일이 아마 최고의 '勝事(승사)'일 것이다.

여기서 중국인들이 지어낸 才談을 한 번 읽어보아도 괜찮을 것이다.

어느 날 왕유가 몸이 안 좋은 것 같아 藥材를 좀 사려고 藥鋪(약포)를 찾아갔다. 점포 안에는 묘령의 아가씨가 혼자 앉아 있었다. 왕유는 '젊은 아가씨가 약을 얼마나 알겠는가?'라고 생각하면서 말을 건넸다.

"잔치가 끝난 다음에 손님이 해야 할 일이 무엇인지 몰라서 그러는데 그런 일이 있는가?…"

그러자 아가씨가 금방 대답했다.

"잔치가 끝났으면 손님들은 당연히 돌아가야 합니다. 우리 집에는 좋은 當歸(당귀)가 많이 있습니다."

왕유는 빙그레 웃으면서 "돌아갈 때, 캄캄한 밤에도 길이 헷갈리지 말아야 하는데?"라고 말했다.

"늘 다니던 길은 괜찮습니다. 熟地黃(숙지황)이 필요하십니까?"

왕유는 기분이 좋았다.

"아가씨는 모란(牧丹)처럼 예쁘구먼! 아가씨 여동생도 있는가?"

"모란의 여동생 이름은 芍藥(작약)입니다. 오늘 좋은 작약이 들어왔습니다."

"먼 길을 가야 하는 사람이 꼭 있어야 하는 것은 무엇인가?"

"그것은 두말할 것 없이 遠志(원지)입니다. 얼마나 드려야 할까요?"

"百年이나 된 좋은 담비 가죽옷(貂裘 초구)은 없겠지?"

"우리 점포에 왜 陳皮(진피)가 없겠습니까?"

"나비들은 왜 꽃 사이를 날아다니는가? 그것도 알고 있는가?"

"胡蝶雙雙歸(호접쌍쌍귀)라는 시를 말씀하시는군요. 그것은 香附(향부)입니다."

왕유는 젊은 아가씨의 재담을 듣고 기분 좋게 그런 약재들을 사가지고 망천의 〈鹿柴(녹채)〉로 돌아왔다고 한다.

🟢 鹿柴 녹채

空山不見人　但聞人語響
공 산 불 견 인　단 문 인 어 향
返景入深林　復照靑苔上
반 경 입 심 림　부 조 청 태 상

空山에 사람은 보이지 않고
다만 사람 말소리만 울려온다.
지는 햇살 숲 깊게 들어와
다시 푸른 이끼 위를 비춘다.

〈鹿柴〉는 '사슴 우리'란 뜻으로, 왕유가 은거하는 輞川(망천, 今 陝西省
西安市 藍田縣의 鎭, 우리나라 面소재지 급)의 別墅〈별서 ; 농장이나 들에 따로 지은 집.
'墅'는 田園(전원)의 농막.〉에서 경치가 좋은 곳 중의 하나이다. 여기서 사슴
을 가두고 길렀다는 뜻은 아닐 것이다. 이 시는 왕유 40세 이후, 곧 왕유
후기 산수시의 대표 작품으로 알려졌다.

왕유의 산수를 읊은 시들은 그의 詩歌藝術의 진정한 대표작이라 할
수 있다. 五言 위주로 은거 생활과 전원을 묘사하며 청정하고 한적한 정
신세계를 그림 그리듯 그려내었다.

왕유의 작품에 불도와 은거의 사상이 농후한 것은 어렸을 적 가정의
영향도 있는데다가 정치적 좌절을 겪었고 아내와의 사별을 통해 불교적
사색에 가까워졌으리라 생각할 수 있다.

空山이란 어떠한 산인가? 새와 나무와 풀이 우거졌는데, 왜 공산이라 했는가? 단지 인적이 보이지 않는다는 뜻일 것이다. 그러나 보이지만 않을 뿐 사람은 산속에 있다. 그러니 무슨 말인지 알아들을 수는 없지만 말소리의 울림(響)은 들려온다.

한낮에는 숲이 깊어도 위에서 햇빛이 내리 비친다는 느낌이 온다. 그러나 해질 무렵이면 석양이 나무나 산의 이곳저곳을 비추고 그 중 한 줄기 빛이 바위 위에 내려와 이끼를 비출 때 이를 返影〈반영 ; 返照(반조)=①빛이 되비침. ②저녁 햇빛 석양. 낙조.〉이라 하였다. 어둠이 내리려는 산속에 따스한 기운을 주는 빛이라고 해석한 사람도 있다. 하지만 전체적으로 조용한 공간에 움직임을 느낄 수 있는 빛일 것이다.

심원한 의미가 있고 閑靜(한정 ; 한가롭고 고요함.)의 느낌을 전해 주고 담백한 雅趣〈아취 ; 아담한 情趣(정취). 고상한 취미.〉를 느낄 수 있어 이 시가 좋은 것이다. 글자의 뜻을 새긴 다음에 마음속으로 그런 정경을 그려보면 느낌이 올 것이라고 생각한다. 글자 20자의 절구를 설명하는 글이 수백 자라면 시의 맛이 가실 것이다. 좋은 음악을 들어 느낀다면 시도 읽어 느끼면 되는 것이지 사전적 설명이 많아야 감상에 도움이 되지는 않을 것이다.

🌑 雜詩 잡시

君自故鄉來　應知故鄉事
군 자 고 향 래　응 지 고 향 사

來日綺窗前　寒梅着花未
내 일 기 창 전　한 매 착 화 미

그대 고향에서 왔으니

으레 고향 일을 알고 있으리.

오던 날 우리 창문 앞에

寒梅가 아니 피었던가?

〈雜詠(잡영)〉이라고 제목을 단 책도 있는 아주 유명한 시이다. 어린아이들한테 漢字 연습의 교본으로 써 주고 싶은 글귀이다.

고향에서 온 사람을 만나 자기 집 앞에 매화가 피었던가를 물었다. 시인에게 일찍 피는 寒梅(한매)는 고향의 모습이다. 구구절절한 사연이 왜 궁금하지 않았겠는가? 고향에 대한 그 그리움을 쏟아 쌓아 둔다면 어찌 말로 다하겠는가?

詩는 정이다. 그리고 정은 상징이다. 내가 그리는 佳人이 있다면 그의 용모, 행동거지, 기쁨과 슬픔, 버릇, … 모든 것을 어찌 다 말하고, 그리고 거기서 무엇을 빼도 되겠는가? 가인에 대한 이미지 하나로 가인의 모두는 다 설명이 된다.

이 시인의 경우 한매가 고향의 상징이고 고향에 대한 정이다. 시인은 고향 소식에 목말라 했다. 다른 것을 묻지 않았다 하여 시인을 '무정한 사람' 이라고 할 사람이 있겠는가?

이 시는 陶淵明의 詩 〈問來使〉와 분위기가 비슷하다는 생각이 들기에 참고로 첨부한다.

❀ 問來使 문래사 〖陶淵明〗

爾從山中來　朝晚發天目
이 종 산 중 래　조 만 발 천 목

我屋南窓下　今生幾叢菊
아 옥 남 창 하　금 생 기 총 국

薔薇葉已抽　秋蘭氣當馥
장 미 엽 이 추　추 란 기 당 복

歸去來山中　山中酒應熟
귀 거 내 산 중　산 중 주 응 숙

그대는 산속에서 왔으니

얼마 전 천목산을 떠나 왔겠지?

내 집 남쪽 창 아래에

지금은 몇 떨기 국화가 자랐겠지?

장미는 그 잎을 이미 떨구었고

가을 난초는 으레 향기롭겠지?

산중으로 다시 돌아갈 때면

산중엔 술이 익었겠지?

❀ 竹里館 죽리관

獨坐幽篁裏　彈琴復長嘯
독 좌 유 황 리　탄 금 부 장 소

深林人不知　明月來相照
심 림 인 불 지　명 월 내 상 조

조용한 대숲에 홀로 앉아

거문고를 타고 또 긴 휘파람 불어 본다.

깊은 숲이라 사람들은 모르고

밝은 달이 떠서 나를 비춘다.

竹里館은 왕유의 망천별서 부근의 조용한 곳이다. 왕유는 망천별서 근처의 鹿柴(녹채), 竹里館(죽리관), 孟城坳(맹성요), 華子岡(화자강) 등 경치 좋은 20곳을 裴迪(배적)과 함께 거닐면서 시를 지었다고 《輞川集(망천집)》의 서문에서 밝힌 바 있다. 이러한 시들은 만년에 은거하면서 유유자적하는 심경을 경치를 통해 읊은 것으로, 이 〈죽리관〉 역시 많은 찬탄을 받는 시이다.

이런 시에는 그의 진심과 정감이 들어 있고 사물을 보는 시인의 따뜻한 정서와 興趣(흥취)를 느낄 수 있다. 실제로 왕유처럼 산수를 좋아하는 사람의 마음은 보통 사람이 알지 못한다. 왕유 자신도 나의 이러한 뜻을 사람들은 모르지만 明月은 나의 뜻을 아는 냥 나를 비춘다고 읊었다.

사실 이 시에서 특별히 좋은 표현이나 감동을 주는 언어, 인간을 깨우치는 警句, 또는 이 글자가 바로 '詩眼'이라고 비평가들이 좋아할 만한 글자도 없다. 경치를 서술한 '幽篁', '深林', '明月'이 있고, 시인의 동작을 묘사한 '獨坐', '彈琴(탄금 ; 거문고를 탐.)', '長嘯'가 있어 그냥 평범한 뜻을 가지고 있다. 그런데 누구나 다 바라보고 알고 있는 明月이 시인과 '相照' 하니, 이 앞의 6개 단어들이 모두 살아나고 움직이는 것이다.

字句는 특별하지 않지만 풍경은 그윽하고 주변은 고요하며 시인의 마음은 한없이 평화로우니 시가 전체적으로 무척이나 아름답다. 하여튼 시인 왕유의 능력은 정말 특별하다.

그러니 후세인들이 '唐詩를 三分天下하여 李白(仙), 杜甫(聖), 王維(佛)가 하나씩 나눠 가졌다.'고 말했을 것이다. 그리고 이들이 거의 동시대에 살았다는 것도 정말 특이하다.

山中送別 산중송별

> 山中相送罷　日暮掩柴扉
> 산 중 상 송 파　일 모 엄 시 비
>
> 春草明年綠　王孫歸不歸
> 춘 초 명 년 록　왕 손 귀 불 귀

산중에서 서로 헤어진 뒤에
날이 저물어 사립문을 닫는다.
봄풀이 내년에 다시 푸르면
벗은 오겠나? 아니 오겠나?

이 시에서 사립문을 닫는다는 것은 찾아올 사람이 없다는 의미이다. 그렇다면 여기서 시인의 고독을 느낄 수 있다고 해석한다면 그는 아마 왕유를 모르는 사람일 것이다. 은거하는 사람은 고독을 즐길 수 있으니 은거하는 것이다.

왕유의 송별시는 몇 가지 유형으로 나누어 생각할 수 있다.

友人이 임무를 받은 관리로서 任地를 향할 때 격려하며 국가를 위해 충성을 다해 달라는 뜻을 전달하는 이별의 시가 있다. 또 산수에 은거하려는 벗이나 가까운 지인의 이별을 진정으로 위로하며 아쉬운 정감을 가득 담아 표현한 전별의 시가 있다. 그리고 관리들이 보내온 시에 화답하는 이별의 시도 있는데, 그러한 시에는 敍景(서경 ; 경치를 글로써 나타냄.)에 중점을 두고 別離(별리)의 정을 표현하였다.

이 시는 기승전결이 확실하니 1구에서는 이별의 장소, 2구는 전송한 뒤 돌아왔고, 3구는 내년 봄을 언급한 뒤 4구에서 다시 오기를 기다리는 眞情을 말했지만 확신은 없는 것 같다.

이 시는 이별의 아쉬움은 이미 지난 것이고 내년 봄에 상봉의 기쁨을 기대하며 별리의 정을 담담히 받아들이는 시인의 마음을 그렸다. 그야말로 '의중에 또 다른 뜻이 있고(意中有意)', '맛보면 또 다른 맛이 나는(味外有味)' 詩라 할 수 있다.

왕유는 조숙했던 천재로 9살에 시를 지었고, 弱冠이 되기도 전에 그의 文名은 장안에 널리 알려졌었다.

현종의 형인 寧王(영왕, 李憲, 예종의 장남, 현종 이융기는 예종의 三男이었다.)은 무소불위의 권력과 향락을 즐기는 호색한이었다. 영왕의 이웃에 떡장수의 아내가 미인이라는 말을 들은 영왕은 떡장수에게 상당한 재물을 주고 그 아내를 강제로 데려갔다.

1년이 지난 뒤 영왕은 떡장수 아내를 치장시킨 뒤 떡장수를 불러 서로 만나게 했다. 그 모습을 여러 사람이 지켜보게 하였으니 악취미이고 일종의 가혹행위라 할 수 있다. 그 자리에 왕유도 있었다.

영왕은 떡장수 아내에게 "아직도 전 남편이 그리운가?"라고 물었다. 떡장수 아내는 아무 말 없이 서서 그냥 눈물만 흘렸다. 영왕은 이 장면을 본 문객들에게 시를 지어 달라고 부탁했다.

왕유는 곧 시를 지어 읊었다.

息夫人 식부인

莫以今時寵　能忘舊日恩
막 이 금 시 총　능 망 구 일 은

看花滿眼淚　不共楚王言
간 화 만 안 루　불 공 초 왕 언

생각지 마오. 오늘 총애로
예전 은애를 잊을 수 있다고.
꽃을 보아도 눈물만 가득
楚王과 말을 하지 않았네.

息(식)은 제후의 나라 이름이다. 戰國시대에 강국인 楚王은 息侯의 부인이 미인이라는 정보를 듣고 息侯를 잡아 죽이고 그 부인을 강제로 데려갔다. 그 息夫人은 초왕의 총애를 받으면서 아이를 둘이나 낳았지만 초왕과는 한마디도 말을 나누지 않았다. 어느 날 초왕이 그 연유를 묻자, 식부인이 울면서 말했다. "죽어 정절을 지키지도 못하고 두 남편을 섬기는데 무슨 면목으로 말을 하겠습니까?"

식부인(息夫人)

왕유는 이런 역사적 사실로 寧王을 깨우쳤으니, 젊은 날의 왕유는 권력자에게 바른말을 할 수 있는 기개가 있었다. 영왕은 떡장수의 아낙을 돌려주었다고 한다.

시인이 산수를 보는 안목은 어떻게 다를까?

같은 장소에서 같은 시기에 시를 짓게 하면 서로 완벽한 비교나 우열을 가릴 수 있을 수도 있을 것이라 생각할 수 있다. 그러나 시인의 개성과 보는 눈이 다르기에 그 우열을 가리기가 결코 쉽지는 않을 것이다. 우열의 판단보다는 그 차이를 느끼는 것이 더 중요할 것이다.

다음에 왕유의 산수시를 읽어볼 필요가 있다.

 酬張少府 수장소부

張 소부에게 주다.

晚年唯好靜　萬事不關心
만 년 유 호 정　만 사 불 관 심

自顧無長策	空知返舊林
자 고 무 장 책	공 지 반 구 림
松風吹解帶	山月照彈琴
송 풍 취 해 대	산 월 조 탄 금
君問窮通理	漁歌入浦深
군 문 궁 통 리	어 가 입 포 심

만년에 오직 조용한 곳을 좋아하고

만사에 관심을 갖지 않았소.

내가 봐도 좋은 방책이 없어

그냥 전에 살던 데로 돌아왔소.

솔바람이 불면 옷 띠를 풀고

산에 뜬 달이 밝으면 탄금하지요.

그대가 은거나 출사의 뜻을 물었지만

어부의 노래가 강가 안까지 들리네요.

〈酬張少府〉에서 '酬(갚을 수)'는 보내 온 것에 대한 답장이나 답례이며 주고받는다는 뜻이다. 少府는 縣의 치안 담당관이라 할 수 있다. 張少府의 人名은 미상이나 아마 出仕(출사 ; 관리가 됨. 관리가 되어 근무함.)를 권유하는 내용의 시를 보내온 것으로 추정할 수 있다.

그러나 왕유는 '나는 잘하는 것이 없다' 면서 산속생활에 대한 이야기를 하면서 정면 확답을 회피하다가 마지막에 '漁歌入浦深'이라고 禪意(선의)로 대답하였다.

漁歌入浦深의 결구를 '어부는 노래하며 물길 깊숙이 들어간다.' 또는 '어부의 노래가 강가의 안쪽까지 들려온다. ─그래서 이곳의 내가 들을 수 있다.' 그리고 '어부 노래가 강가 안쪽으로 사라진다.' 로 옮길 수 있는데, 禪問答(선문답) 같은 시구이니, 그 정경은 시를 감상하는 마음에 따라 달라질 것이다. 하여튼 왕유는 다시 벼슬길에 나갈 생각이 없다는 것은 확실하다. '漁歌'가 왕유의 답변이지만 노래하는 어부가 隱者(은자 ; 숨어서 드러나지 않는 사람.)는 아닐 것이다.

漢江臨眺 한강임조
漢江을 조망하다.

楚塞三湘接　荊門九派通
초 새 삼 상 접　형 문 구 파 통

江流天地外　山色有無中
강 류 천 지 외　산 색 유 무 중

郡邑浮前浦　波瀾動遠空
군 읍 부 전 포　파 란 동 원 공

襄陽好風日　留醉與山翁
양 양 호 풍 일　유 취 여 산 옹

楚의 변경은 三湘의 땅과 접했고
형문산에선 여러 지류와 통한다.
강물은 천지의 밖으로 흘러가고
山色은 강에서 보이다가 안 보이다 한다.
여러 고을이 물길 따라 널려 있고
파도는 먼 하늘도 흔드는 것 같다.
襄陽 땅 풍광이 좋은 날을 잡아

여기서 山翁과 함께 취하고 싶구나!

漢江은 漢水라고도 하고, 옛날에는 '沔水(면수)' 라 불렀다. 섬서성에서 발원하여 호북성의 漢口에서 長江에 합류되는 장강의 최대 지류이다. 지금도 중국 하천 중에서 가장 오염이 적은 강으로 꼽힌다. 水量이 많고 오염이 덜 된 이 한강의 물을 黃河로 공급하기 위하여 인공 터널과 수로를 뚫는 소위 '南水北調(남수북조)' 사업은 지금 중국 최대의 토목공사로 중국의 '제2 대운하' 또는 '중국식의 라인강' 이라 부르는 공사이다.

왕유는 襄陽(양양)에서 한강을 내려다보며 시를 읊었다. 시에서 '山色有無中' 이란 山의 形色이 있는 듯 없는 듯, 곧 구름과 안개가 많아 보이다 안 보이다 한다는 뜻이다. 襄陽(양양)은 소설 《삼국연의》에서 반드시 차지해야 할 用武之地이었다. 關羽가 魏의 七軍을 水葬한 곳도 이곳이다. 시에 나오는 山翁(산옹)은 竹林七賢의 한 사람인 山濤(산도)의 아들 山簡(산간)인데, 이 사람은 술을 무척이나 즐겼다고 한다.

시의 首聯은 荊楚〈형초 ; 나라 이름. 楚(초)나라의 딴 이름.〉의 지리적 위치의 대강을 말해 漢江을 설명하였다. 頷聯(함련)은 江流와 山色으로 주변 경관을 묘사하였다. 江流, 山色, 郡邑, 波瀾(파란 ; 파도)으로 이어지는 묘사가 기운차다.

頸聯(경련)은 한강에 따라 형성된 여러 성읍을 언급하였다. 이때에는 소설 《삼국연의》가 유행하기 훨씬 전이지만, 기본 상식이 있기에 옛날 삼국의 역사를 떠올렸으리라.

尾聯(미련)은 역시 사람에 대한 이야기로 끝을 맺었다. 옛 죽림칠현과 그 아들 한 사람을 들어 술을 마시면서 옛 회포를 풀어 보고 싶다는 시인의 마음을 언급하였다.

강가에서 시인 세 사람이 한 구절씩 읊었다.

　이백; 山隨平野盡　江入大荒流 ～　〈渡荊門送別〉
　　　　산 수 평 야 진　강 입 대 황 류　　　도 형 문 송 별

　두보; 星垂平野闊　月湧大江流 ～　〈旅夜書懷〉
　　　　성 수 평 야 활　월 용 대 강 류　　　여 야 서 회

　왕유; 江流天地外　山色有無中 ～　〈漢江臨眺〉
　　　　강 류 천 지 외　산 색 유 무 중　　　한 강 임 조

하여튼 느낌이 다르다. 이렇게 다른 느낌을 주는 것이 시인의 개성이
다. 누구를 좋아할지는 시를 읽는 사람에 따라 다를 것이다.

15

王維(왕유)의
친우

조영

祖詠

祖詠(조영, 699~746?, 咏으로 쓰기도 함.)은 낙양 출신으로 開元 12년(724) 진
사과에 합격하였으나 관직에 나가지 않고 汝墳(여분, 今 河南省 汝陽 일대)에
서 평범하게 살며 생을 마쳤다. 왕유, 儲光羲(저광희), 邱爲 등과 교유했
는데 특히 왕유와 우정이 깊어 酬唱〈주창 ; 詩文(시문)을 지어서 서로 贈答(증답)
함.〉한 작품이 많다. 그의 시는 自然景物을 읊거나 隱逸生活(은일생활)을
묘사한 시가 많다. 五絶〈終南望餘雪〉과 七律인〈望薊門(망계문)〉이 대표
작이고 明代에 편찬된《祖詠集》이 있다.

 終南望餘雪 종남망여설
종남산의 적설을 바라보다.

終南陰嶺秀　積雪浮雲端
종남음령수　적설부운단

林表明霽色　城中增暮寒
임 표 명 제 색　성 중 증 모 한

종남산 북쪽 경치 뛰어난데
쌓인 눈이 구름 위로 솟았다.
숲 너머로 또렷하게 개었지만
城中에 저녁 추위를 보태는구나!

　제목을 〈望終南殘雪〉로 쓰기도 하는데 장안성에서 남으로 보이는 종
남산이기에 終南 陰嶺(북쪽 봉우리)라 하였다. 1句에서 3句가 종남산의 雪
景이라면, 結句는 그 눈을 長安城까지 당겨온 것이라는 느낌이 든다. 설
경을 묘사한 시로서 人口에 膾炙(회자)하는 명품이다.

　1구 종남산의 경치만 빼어난 것이 아니라 起句로서 아주 빼어났으며
제목을 설명하고 있다. 承의 積雪도 곧 제목의 '餘雪'이며, 종남산의 우
뚝 솟은 기운이 느껴진다. 3, 4구는 제목의 '望'이니, 비나 눈이 개는 霽
色(제색 ; 쾌청한 모양. 맑게 갠 온화한 하늘. 霽 갤 제.)이 또렷한데도 城中은 춥기만
하다니 확실하게 言外의 뜻이 있다.

　이 시는 시인이 과거 시험의 詩題 〈終南望餘雪詩〉의 답안지라고 한
다. 과거의 형식은 본래 5언 12구(60字)의 排律(배율)로 지어야 하는데 시
인은 이 4구만 제출했다. 시험관이 까닭을 묻자, 조영은 '뜻은 다 들어
있습니다(意已盡矣).'라고 대답했다고 한다.

　과거 시험은 형식을 중요시 하는 시험인데 그런 형식에 구애받지 않
겠다는 시인의 당당한 긍지가 들어 있는 말이다. 사실 이 외에 더 무슨
내용을 보태야 하겠는가?

조영의 작품 하나를 더 읽어보면 아래와 같다.

望薊門 망계문

燕臺一去客心驚　簫敲喧喧漢將營
연 대 일 거 객 심 경　소 고 훤 훤 한 장 영

萬里寒光生積雪　三邊曙色動危旌
만 리 한 광 생 적 설　삼 변 서 색 동 위 정

沙場烽火連胡月　海畔雲山擁薊城
사 장 봉 화 연 호 월　해 반 운 산 옹 계 성

少小雖非投筆吏　論功還欲請長纓
소 소 수 비 투 필 리　논 공 환 욕 청 장 영

燕臺에 한번 가보고 나그네는 놀랐으니

군악이 시끄러운 곳은 漢의 군영이었다.

눈 덮인 만 리 땅에 찬 빛이 나고

변방의 아침 햇살에 높은 깃발이 펄럭인다.

벌판의 봉화는 胡地의 달에 연달았고

바닷가 구름 낀 산은 계성을 에워쌌다.

비록 젊은 나이에 붓을 던지진 않았지만

공을 세우려면 긴 밧줄 갖고 출정해야만 한다.

薊門(계문)은 幽州(유주)의 治所로 지금의 북경시, 정확하게는 北京大學과 淸華大學이 있는 北京의 海淀區(해정구)에 해당한다. 燕臺(연대)는 전국시대 燕나라 昭王이 인재를 초빙하기 위해 신축했다는 黃金臺(幽州臺)를 말한다. 投筆吏는 後漢의 班超(반초)를 지칭하는데, 반초는 붓을 던치고 창검을 쥐고 종군하여 대공을 세웠다. 長纓(장영)은 적의 포로를 묶는 긴 밧줄로 전한 무제 때 終軍(종군)이라는 장군이 長纓(긴 밧줄)으로 南越王을 묶어 오겠다는 말을 했다는 고사를 인용하여 사나이의 포부를 묘사하였다.

이 시는 일종의 변새시이다. 시인은 멀리 幽州의 옛 누대의 터에 올라 '心驚'으로 시작하여 報國(보국 ; 나라의 은혜를 갚음. 나라를 위해 충성을 바침.)의 의지를 새기고 있다. 지금은 唐의 軍樂 소리가 시끄럽지만 옛 漢의 군영이었던 곳이다. 그곳에서 바라본 積雪 萬里, 펄럭이는 깃발, 연달아 피어오르는 봉화, 바닷가의 雲山(운산 ; 구름이 낀 먼 산. 구름에 잠겨 있는 산.) 등을 보았고 또 그런 것들에 놀랐다(客心驚). 시인은 옛 班超처럼 또 南越을 원정한 사람처럼 큰 공을 세우고 싶다는 의지로 끝을 맺었다.

본래 시란 생활의 감정이다. 시 공부만 열심히 한다 하여 좋은 시가 써지는 것은 아니다. 지금은 문학 비평이라는 영역이 따로 있지만 시를 잘 평가한다 하여 명시를 쓰는 시인이 되지는 않는다.

당나라 시대에 '시는 灞橋(파교)와 눈보라, 그리고 나귀의 등에서 나온다.'라고 말한 사람이 있었다. 灞橋(파교)는 長安城 동쪽 파수를 가로지르는 다리인데 강 양쪽에 버드나무가 많았다고 한다. 사람들은 여기서 버드나무가지를 꺾어 주며 이별을 하였는데, 장안의 버드나무, 곧 이곳을 잊지 말라는 뜻과 함께 버들은 아무 곳에나 꽂으면 뿌리를 내리고 살기에 가는 곳에서 적응 잘하고 잘 견디라는 의미도 있다고 한다. 그리고 비나 눈이 오거나 바람 부는 특별한 날씨에는 옛 생각이나 그리움이 많고 나귀를 타고 여행을 할 때면 누구나 고향과 집 생각이 많이 난다. 곧 그러한 경험이 있어야 진솔하고 좋은 시를 쓸 수 있다는 의미이다. 결국 시는 靈感에서 나오고 영감은 경험에서 나온다.

조영의 〈終南望餘雪〉도, 그리고 〈望薊門〉도 모두 경험에 의한 시이다.

기왕 이야기를 풀었으니 한 가지를 더 보태야 한다.

시는 시인의 생각이나 정서를 옮기도 하지만 산수에 대한 묘사가 상당 부분을 차지하고 있다. 경치를 보고 거기에서 감정이 우러나와 경치나 심경을 묘사하게 된다. 이런 敍景(서경)에서 있는 그대로의 묘사가 우선이며 여기에는 특히 세밀한 관찰이 있어야 한다.

高適(고적, 700?-765)은 唐의 邊塞詩人(변새시인)으로 岑參(잠삼)과 함께 '高岑(고잠)'으로 병칭된다. 天寶 3년(744)에 이백, 두보 등과 어울려 황하 중·하류 지역을 유람하였다. 고적은 시를 늦게 배웠고 시인으로서는 가장 순탄한 관직생활을 한 사람으로 알려졌다.

고적이 안록산의 난 이후 揚州大都督府에 근무할 때 臺州를 순찰하려 杭州 淸風嶺을 지나는데 경치가 아주 좋았다. 마침 옛 절이 하나 있어 들어가 시를 지어 벽에 써 놓았다.

絕嶺秋風已自凉　鶴飜松露濕衣裳
절 령 추 풍 이 자 량　학 번 송 로 습 의 상

前村月落一江水　僧在翠微角竹房
전 촌 월 낙 일 강 수　승 재 취 미 각 죽 방

높은 산에 가을바람 날이 벌써 서늘한데
학이 날고 솔에 내린 이슬 옷이 눅눅하다.

달이 지는 마을 앞 강에는 물이 가득한데
스님은 산 중턱 대밭 모퉁이 방에 앉아 있네.

이 시에서 翠微(취미)는 산 중턱, 또는 靑山의 뜻으로 쓰였다. 고적은 스스로 만족하며 시를 계속 중얼거리면서 길을 떠났다. 그런데 가면서 전당강을 보았더니 달이 질 무렵에 바다 조수를 따라 강물이 절반쯤 낮아진다는 것을 확인했다. 고적은 다음 날 돌아오면서 그 절을 찾아가 '一江水'를 '半江水'로 고쳐 놓았다고 한다. 이리하여 '前村月落半江水'라는 명구로 남게 되었다.

세세한 관찰 이야기는 아니지만 고적의 〈別董大, 동씨 큰아들을 이별하며〉라는 시가 있다.

千里黃雲白日曛　北風吹雁雪紛紛
천 리 황 운 백 일 훈　북 풍 취 안 설 분 분

莫愁前路無知己　天下誰人不識君
막 수 전 로 무 지 기　천 하 수 인 불 식 군

천 리에 뻗친 누런 구름에 해가 지더니
북풍이 불며 기러기 날고 눈은 펄펄 내린다.
앞길에 친한 벗이 없다고 걱정 마시오.
세상에 어느 누가 그대를 알지 못하겠는가?

이러한 경치 묘사도 직접 경험하지 않았다면 결코 읊을 수 없는 名句이고, 진실한 우정을 나누지 않았다면 결코 쓸 수 없는 구절이다. 이처럼 시는 지식에 의해 창작되는 것이 아니라 가슴으로 쓰는 것이다.

16
詩仙(시선),
謫仙(적선)

이백

李白(二)

李白(701-762)의 자는 太白이고, 호는 淸蓮居士(청련거사)이다. 詩仙, 謫
仙人(적선인), 酒仙이라는 별칭 외에도 '詩俠(시협)' 이라는 별호도 가끔 볼
수 있다. 이백은 두보와 함께 중국인들이 공인하는 최고의 시인으로 보
통 '李杜' 라 병칭한다.

이백의 시 구절은 사람들의 일상용어가 되었는데, 그의 시는 마치 하
늘을 나는 天馬와 같고 行雲流水처럼 활달하고 자유로우며, 주체할 수
없이 넘쳐 나는 재기와 낭만, 천부의 화려한 언사가 모든 작품에 가득하
다. 이백의 시는 《全唐詩》의 161권에서 180권에 수록되어 있으며 《李太
白集》이 전해 온다.

이백의 祖籍은 隴西(농서) 成紀(今 甘肅省 天水市 秦安縣)이다. 이백은 측천

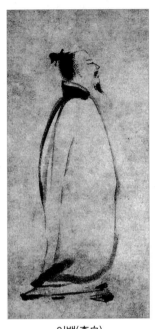

이백(李白)

무후가 집권하던 장안 원년(701)에 劍南道 綿州(면주, 今 四川省 江油市)에서 출생한 것으로 알려졌는데, 그가 成紀에서 태어나 5세 때 四川으로 이주했다는 주장도 있다.

이백은 어려서부터 글을 배웠을 것이고, 소년시절에는 諸子書와 史書를 공부하면서도 검술과 奇書와 신선에 관심을 갖고 司馬相如처럼 賦도 지었다.(十五觀奇書, 做賦凌相如.)

李白은 25세를 전후하여 四川을 떠나 각지를 유람하였다. 이백은 그 때 명장 郭子儀(곽자의, 697-781)와 사귀었고 나중에 장안에 들어와 賀知章의 천거로 현종을 알현했고, 天寶 원년(742)에 翰林供奉이 되었다. 현종에게 총애를 받으며 권력을 장악하고 있던 환관 '高力士가 이백의 신발을 벗겨 주고 양귀비에게 먹을 갈게 했다.(力士脫靴, 貴妃硏墨.)'는 이야기는 李白의 호방한 성격과 통제 받을 수 없는 그 개성, 그리고 황제 앞에서도 주눅 들지 않는 당당함을 증명한다.

이백은 이 무렵 장안에서 두보와 高適(고적)을 만나 교유한다. 이때 이백, 두보, 고적은

'醉眠秋共被(취해 잠을 잘 적에는 이불을 같이 덮었고),
攜手日同行(손을 잡고 날마다 같이 다녔다).'고 하였다.

(杜甫의 〈與李十二同尋范十隱居〉)

*携手〈휴수 ; 손을 마주 잡음. 親密(친밀)함.〉攜〈끌 휴. 잇다. 連(연)하다. 손에 가지다. 들다. 이끌다. 본자 攜. 동자 攜. 속자 携, 속자 攜.〉

전체적으로 이백의 인생행로는 결코 순탄치가 않았다. 이백은 자신의 의지로 모든 역경을 헤쳐 나가겠다는 장한 뜻도 있었다.

🌑 行路難 행로난 三首 (一)

… (前略)

欲渡黃河冰塞川　　將登太行雪滿山
욕 도 황 하 빙 색 천　　장 등 태 행 설 만 산

閑來垂釣碧溪上　　忽復乘舟夢日邊
한 래 수 조 벽 계 상　　홀 부 승 주 몽 일 변

行路難 行路難　　多岐路 今安在
행 로 난 행 로 난　　다 기 로 금 안 재

長風破浪會有時　　直挂雲帆濟滄海
장 풍 파 랑 회 유 시　　직 괘 운 범 제 창 해

황하를 건너려 하나 얼음이 물을 막고

태행산 오르려 해도 눈이 온산에 가득하네.

한가히 맑은 시내에 낚시를 드렸지만

홀연히 배를 몰고서 장안에 드는 꿈을 꾸네!

갈 길이 험하구나! 갈 길이 험하구나!

갈림길 많다지만 지금은 어디 있나?

큰바람 몰고 파도를 헤칠 날 있으리니

똑바로 구름 돛을 올리고 푸른 바다 건너리라.

* 碧溪〈벽계 ; 푸른빛이 감도는 시내를, 坐溪(좌계) 냇가에 앉아로 된 판본도 있다.〉
* 挂〈걸 괘 ; 매달다. 挂帆(괘범) ; 돛을 닮. 挂席(괘석) ; 배에 돛을 닮. 掛(걸 괘, 걸어 놓다.)를 쓴 판본도 있다.〉

이 〈行路難〉은 樂府詩 雜曲歌辭의 하나로 이백의 〈行路難〉은 모두 3 首이다. 인생살이의 어려움이나 이별의 아픔을 노래했는데 자유분방한 이백의 시풍과 그의 낭만적 인생관이 느껴진다.

시에 나오는 太行山은 愚公移山(우공이산)의 故事에 나오는데 이 산은 본래 지금의 河北省 東南에 있었는데 愚公이 太行山을 파 없애려 하자 天帝가 지금의 위치로 옮겼다는 산이다.

長風破浪(장풍파랑)은 큰 바람을 몰고 萬里 파도를 넘는다는 뜻이다. 젊은이 가는 길에 온갖 어려움이야 언제나 따른다. 황하를 건너고 太行山을 오르겠다는 큰 포부는 지금 장애물로 막혀 있다. 그러나 이백은 낚시로 그냥 세월만을 낚을 수는 없었다. 불우한 처지에 대한 비통과 울분이 아니라 호방한 젊은 포부를 노래했다. 큰 바람을 일으키고, 바람 가득한 큰 돛을 올리고 만 리 滄波(창파)를 건너려는 의지를 표현했다.

 渡荊門送別 도형문송별
荊門 건너에서 送別하다.

渡遠荊門外　來從楚國遊
도 원 형 문 외　내 종 초 국 유

山隨平野盡　江入大荒流
산 수 평 야 진　강 입 대 황 류

月下飛天鏡　雲生結海樓
월 하 비 천 경　운 생 결 해 루

仍憐故鄕水　萬里送行舟
잉 련 고 향 수　만 리 송 행 주

물을 건너 멀리 형문산을 지나

여기 와서 초의 옛 땅을 노닐다.

산은 넓은 들에 와서 스러지고

강은 거친 땅에 들어 흘러간다.

달은 나는 거울처럼 하늘에 떴고

구름 모여 바다의 누각을 만든다.

여전히 고향의 강물을 그리나니

만 리 밖 먼 곳에 배를 전송해주네.

荊門(형문)은 湖北省의 지명이며 산 이름이니, 형문은 江漢平原의 북쪽에 위치하여 동으로는 武漢과 연결되고 서로는 三峽(삼협)을, 남으로는 瀟湘〈소상 ; 瀟水 湖南省(호남성) 寧遠縣(영원현)에서 발원하여 湘水(상수)로 흘러 드는 강. 湘水(湖南省의 洞庭湖(동정호)로 흘러드는 강.〉과 통할 수 있는 지역으로 춘추시대 楚의 서쪽 변경이었다. 장안에서 내려가면 '荊州나 楚나라로 들어가는 門戶〈문호 ; 入口(입구)〉' 라는 뜻이다.

이백은 開元 13년이나 14년(726) 쯤, 25, 6세에 고향 蜀을 떠나 長江을 따라 여행하며 지은 시로 알려졌다. 시 제목에는 送別이라 했지만 송별의 대상에 대한 언급도 없고 자연 경관을 묘사하였기에 이백 스스로 '山

水의 송별을 받는 자신'을 읊었다고 생각할 수 있다.

'山隨平野盡(山은 平野를 따라 없어졌다)는 산이 드높고 힘차게 달려 왔다가 평야에서 없어졌다는 표현이다. 산이 없는 곳이 바로 평야이다. 이런 표현은 묘사의 대상을 바꾸어 생각한 것이다. 李陸史의 '모든 산맥 들이 바다를 연모해 휘달릴 때도 차마 이곳을 범하진 못하였으리라.'와 같은 의미이다.

이 구절을 '촉의 산들은 형문산에 와서 안 보인다.'라고 말한 사람은 책상에 앉아서 시를 풀이한 것이다. 해석은 그럴 듯하지만 이치를 따지 면 그럴 수가 없다. 물론 이백의 눈으로 안 보이지 마음속으로는 잊지 못한다고 보충할 수도 있다. 그러나 이백도 고향 촉에서 형문은 萬里라 고 묘사하였다. 사람의 시력이 그리 좋은 것이 아니다. 여기는 고향땅과 산천의 형세가 완전히 다른 곳이다. 그냥 이곳 산수를 묘사한 것이지 '고향의 산이 여기서는 안 보인다.'라는 풀이는 너무 관념적이다.

그리고 江入大荒流에서 長江은 大荒(대황), 곧 廣漠(광막)한 들이니 땅 의 끝과도 같은 江漢平原을 말한다. 산과 산 사이를 굽이굽이 돌아서 흐 르는 蜀의 강이 아니다. 강의 스케일이 달라졌다. 다만 배로 여행하기에 물은 고향과 이어졌다고 느꼈다. 그래서 고향의 강이 생각나고 고향의 강이 만 리 밖 여기까지 와서 나를 전송한다고 읊었을 것이다. 이 구절 은 '끊임없는 광음을 부지런한 계절이 먼곳 廣野(광야)에 피어선 지고 큰 강물이 비로소 길을 열었다.'가 연상되는 구절이다.

'山은 平野를 隨하여 盡하고, 江은 大荒에 入하여 流한다.'는 이 구절 은 이백 시의 웅장한 스케일과 무한대로 확대된 공간개념을 반증하는 구절이다.

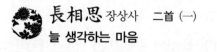

長相思 장상사　二首 (一)
늘 생각하는 마음

長相思　在長安
장 상 사　재 장 안

絡緯秋啼金井闌　微霜凄凄簟色寒
락 위 추 제 금 정 란　미 상 처 처 점 색 한

孤燈不明思欲絕　卷帷望月空長歎
고 등 불 명 사 욕 절　권 유 망 월 공 장 탄

美人如花隔雲端
미 인 여 화 격 운 단

上有青冥之長天　下有綠水之波瀾
상 유 청 명 지 장 천　하 유 록 수 지 파 란

天長地遠魂飛苦　夢魂不到關山難
천 장 지 원 혼 비 고　몽 혼 부 도 관 산 난

長相思　摧心肝
장 상 사　최 심 간

내 그리운 사람! 장안에 있네!

귀뚜리가 가을밤 우물가에서 우는데,

첫 서리 쌀쌀하여 대자리도 차갑다.

희미한 등불 하나 그리움도 끊기려 하는데

휘장을 걷고 달 보며 괜히 긴 한숨짓는다.

그대는 꽃처럼 구름 너머 저 끝에 있네!

위로는 끝없이 이어진 파란 하늘

아래엔 크게 출렁이는 푸른 물이다.

끝없는 하늘 먼먼 땅에 마음조차 날기 어려워

혼백은 꿈에서도 험한 관산을 넘지 못한다.

내 그리운 사람! 내 마음을 무너트렸네!

*上有靑冥之長天의 長이 高로 된 판본도 있다.

이 시는 악부시이니, 곧 노래로 부르기 위한 시이다. 〈長相思〉는 7言 古體의 악부시다. 그러나 파격적인 격식으로 창작되었다. 이백의 작시 연대에 대해서는 여러 설이 있다.

제목의 뜻은 '늘 생각하다'이다. '늘 생각하는 마음'은 그리움이다. 고향, 부모, 형제일 수도 있고 젊은이의 戀人일 수도 있으니 꼭 '異性' 만은 아닐 것이다.

이 시는 시작과 끝에 같은 구(長相思)를 반복하면서 3字 1句의 파격이 며 安은 韻字(운자)이다. 이백의 첫 부인은 許氏〈許紫煙－則天武后 시 재상을 역 임한 許圉師(허어사) 손녀〉인데, 李白은 安州(今 湖北省 安陸市)의 妻家를 근거로 생활하면서 수시로 각지를 여행했다고 한다.

이 시에는 相思의 고통을 잘 그려냈다. '長相思 在長安'의 두 구절은 3자의 파격이지만 사실 여기에 더 붙인다면 군말이 될 것이다. 귀뚜라 미와 첫 서리로 계절을 설명하여 감정을 끌어낸 다음에 孤燈(고등)으로 내 마음의 스산함을, 明月로는 상대의 아름다움을 형상화하였다. 그리 고 '임은 꽃처럼 구름 끝에 있다'면서 임을 향한 내 마음의 고통을 서술 하였다. 이어서 임을 마음으로 그리워하는 나는 여러 장애물과 지리적 공간을 극복해야 하는데 너무 어렵고 힘들어 내 마음이 꺾여 버린 것 같다는 애절한 표현으로 끝을 내었다.

　이 시를 두고 이백이 처자를 그리는 思婦詩라고 한다든지, 현종을 그
리는 思君詩라는 설명은 정말 억지이다. 처자식이 있는 사람도, 또 벼슬
하지 않는 사람도 누군가에 대한 그리움은 있다. 중년의 사나이는 꼭 아
내만 그리워해야 하고, 글줄이나 읽고 짓는 사람은 군주만 마음으로 戀
戀(연연)해야 하는가?

　인간의 감정을 인간의 도리만을 기준으로 해석하거나 평가할 수는 없
는 것이다. 이 시는 대중이 즐길 수 있는 악부시이다. 어느 시대건 대중
가요의 가사 내용은 작사자의 심경과 꼭 일치해야 한다고 생각한다면
정말 우스운 일이다. 그 그리움의 대상이 누구라고 지정하는 것은 진정
작자의 뜻과는 거리가 멀 것이다.

送友人 송우인

青山橫北郭　白水遠東城
청 산 횡 북 곽　백 수 요 동 성

此地一爲別　孤蓬萬里征
차 지 일 위 별　고 봉 만 리 정

浮雲遊子意　落日故人情
부 운 유 자 의　낙 일 고 인 정

揮手自茲去　簫簫班馬鳴
휘 수 자 자 거　소 소 반 마 명

　青山은 북쪽 성곽을 둘러싸고
　白水는 동쪽 성 밖을 감아 돈다.

여기서 이별을 하고 나면

날리는 쑥 솜처럼 만 리를 떠돌리라.

뜬구름은 나그네의 마음이며

지는 해는 벗님의 염려로다.

잡은 손 놓고 여길 떠나니

가는 말 울음소리만 남았다.

友人을 전송하는 시이니, 人口에 정말로 널리 회자되는 시이다.

浮雲은 定處가 없음을 상징하니 떠나가는 사람의 자유분방한 성격을 표현하고, 遊子는 나그네이다. '떠도는 구름은 나그네의 마음이다.' → 나그네의 마음은 떠도는 구름과 같다. 표현의 기교를 느낄 수 있다. 다음의 落日, 지는 해는 빨리 떨어진다. 여기서 落日은 친우가 나그네를 염려하는 마음은 잠시도 멈추지 않는다는 뜻일 것이다.

이 시는 실제적인 인물이나 환경이 구체적으로 나타나지는 않았으나 벗과의 이별이 산뜻하고 리얼하게 그려진 걸작으로 짜임새는 꿰어 놓은 구슬과 같다.

首聯은 이별하는 장소를 완벽한 대구로 묘사하였다. 青山과 白水는 아름답지만 그 다음은 孤蓬萬里이다. 孤蓬은 너무 쓸쓸한 정경이다. 그 이별하는 장소의 아름다움과 쓸쓸함은 바로 尾聯에서 다른 모습으로 그려진다. 곧 잡은 손을 놓고 갔는데 쓸쓸한 말의 울음소리만 남았다고 하였다. 보내는 사람의 눈에 들어왔던 청산과 백수는 다 사라졌다. 이 얼마나 애틋한 마음인가!

수련의 이별 장면 다음에 보내는 사람과 남은 사람의 마음이 그려진다. 가는 사람은 늦가을 바람에 날리는 쑥 솜처럼 만 리 밖을 떠돌 것이다. 나그네의 지친 肉身이 느껴진다.

그리고 나그네는 떠도는 구름(浮雲)처럼 자유롭고 한가할 수 있겠지만, 보내는 사람이 걱정해주는 마음은 지는 해(落日)처럼 잠시도 멈출 수 없다.

孤蓬, 浮雲, 落日은 이별의 상징이다. 거기에 마지막으로 蕭蕭(소소)한 말 울음소리를 추가로 더 첨가하여 완벽하게 이별을 묘사하였다. 그러니 名詩이고 絕唱이 아니겠는가?

나그네―우리는 가끔은 나그네가 되어야 한다. 누구와의 약속도 없이 또는 사업상의 목적 같은 것을 버려두고 정말 순수한 떠돌이가 되어 볼 필요가 있다. 그런 나그네가 되어 마음을 씻어야 한다. 가끔은 서글픔이나 외로움 같은 감정을 절실하게 느껴 보아야 한다.

静夜思 정야사

床前明月光　疑是地上霜
상 전 명 월 광　의 시 지 상 상
擧頭望明月　低頭思故鄕
거 두 망 명 월　저 두 사 고 향

침상 비춘 밝은 달빛을

땅에 내린 서리로 알았었네.

고개 들어 명월을 바라보고

고개 숙여 고향을 생각하네.

    천수백 년이 넘도록 중국인에게 가장 친숙한 시로 자리 잡은 작품이
며 識者층이면 누구나 외우고 오늘날의 중국인들이 지금도 故鄕하면,
가장 먼저 떠올린다는 名詩이다.

    讀音과 뜻이 모두 明麗(명려)하고 누구나 胸中(흉중)에 가지고 있는 보
편적인 鄕愁의 감정을 아무런 과장이나 수식도 없이 담담하고 소박하게
표현하였다. 그러면서도 사람의 가슴을 서늘하게 한다.

    셋째 句와 마지막 句의 '擧頭望明月'과 '低頭思故鄕'은 또 얼마나 絶
妙한 對句인가.

🌸 子夜四時歌 자야사시가　春歌

秦地羅敷女　採桑綠水邊
진 지 나 부 녀　채 상 녹 수 변

素手青條上　紅粧白日鮮
소 수 청 조 상　홍 장 백 일 선

蠶饑妾欲去　五馬莫留連
잠 기 첩 욕 거　오 마 막 유 련

秦 땅 나부라는 여인이
푸른 냇가에서 뽕을 따네.
흰 손이 파란 가지를 만지고
단장한 얼굴은 햇빛에 눈부시네.

누에 뽕을 주러 나는 가야하니

태수는 내 길을 막지 마시오.

李白의 〈子夜四時歌〉 중 春歌이다. 평민 여자가, 예쁜 여인이 뽕잎을 따고 있다. 그 주변에는 바람둥이 풍류아들이 모여들고 여인들을 엿보고 탐을 내게 마련이다. 특히 이 시에는 색채가 잘 묘사되었다. 素手와 綠水의 靑白 대비. 靑條, 紅粧, 白日에서 靑·紅·白 등의 색채에 경쾌하고 생동감 넘치는 모습이다.

〈子夜四時歌〉는 대중들이 부르는 노래 가사다. 그러므로 주로 부녀자들의 애절한 사랑의 심정을 주제로 한 것이다. 호탕하고 자유분방한 이백은 섬세한 아녀자들의 심정도 잘 그리고 있다. 그러하기에 시인으로 위대한 것이다.

이 詩는 6句에 평측법도 어긋나기 때문에 5言古詩로 보는 것이 타당하다는 견해도 많다.

 夜泊牛渚懷古 야박우저회고
우저에서 야박하며 회고하다.

牛渚西江夜　青天無片雲
우 저 서 강 야　청 천 무 편 운

登舟望秋月　空憶謝將軍
등 주 망 추 월　공 억 사 장 군

余亦能高詠　斯人不可聞
여 역 능 고 영　사 인 불 가 문

明朝挂帆去　楓葉落紛紛
명 조 괘 범 거　풍 엽 낙 분 분

우저에 배를 댄 서강의 밤
청천엔 조각구름도 없다.
배에서 가을 달을 보면서
공연히 謝장군을 생각해 본다.
나도 역시 시를 즐겨 읊지만
그분 같이 들어줄 이 없도다.
내일 아침 돛을 올리고 떠나면
단풍잎만 어지러이 떨어지리라.

牛渚山(우저산)은 安徽省 馬鞍山市(마안산시) 當塗縣(당도현)에 있는 산으로, 당도현은 江南水鄕으로 풍광이 수려한 곳이다. 이 우저산 아래로 長江이 흐르는데 험한 산이 장강으로 툭 튀여 나왔고 그곳을 采石磯(채석기, 磯는 강가의 자갈밭)라고 부른다. 전해 오는 이야기로는 이백이 거기서 술을 마시면서 달을 건지려고 물에 들어갔다고 한다. 당도현 靑山風景地區에 이백의 墓園이 있다.

長江의 安徽省(안휘성) 구간을 특히 西江이라 한다. 여기서는 南京이 가깝다. 東晉의 문장가인 袁宏(원굉, 328-376)이 여기서 시를 읊었고, 이를 그곳의 행정관이던 謝尙(사상, 이 사람은 채석기의 돌을 채취해 최초로 石磬을 만들만큼 음률에도 밝았다고 한다.)이 듣고 칭찬했다는 이야기가 전한다. 여기서는 이백 자신을 袁宏(원굉)과 비교하면서 자신의 시문을 알아줄 사람이 없다는 뜻을 표했다.

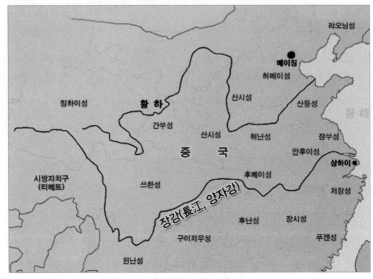

장강(長江, 양자강)

수련은 경치를 읊어 제목을 풀이하였고 頷聯(함련)과 頸聯(경련)에서는 袁宏과 謝尙의 故事를 빌어 자신의 회포를 말하고 尾聯에서 다시 떠난 다음의 경치를 그리면서 못다 한 감회를 다시 풀었다. 내용으로는 자기를 알아주는 사람이 없으니 떠나더라도 남는 아쉬운 뜻을 읊었다. 미련의 평범한 서술이 오히려 슬픔을 더해 준다.

여행 중인 李白이 내일 아침에 떠나는 것은 그럴 수 있는 것이고 가을이니 낙엽은 떨어질 것이다. 그런데 그 뒷맛은 쓸쓸하기만 하다. 자신의 不遇(불우)를 이야기 한 다음의 情景이라 슬픈 것인가?

이 시는 律詩이나 율시의 격식인 함련과 경련에서 對句가 이루어지지 않았으므로 파격이라 할 수 있다. 천재 시인인 만큼 율시의 격식을 엄격히 따르자면 못할 것도 아니지만 그럴 뜻이 없었다고 보아야 할 것이다.

🌀 清平調 청평조 三首 (一)

雲想衣裳花想容　春風拂檻露華濃
운상의상화상용　춘풍불함노화농

若非羣玉山頭見　會向瑤臺月下逢
약비군옥산두견　회향요대월하봉

구름은 옷이요 꽃은 얼굴이러니

춘풍이 난간을 스치면 진한 이슬이 맺힌다.

혹시나 군옥산에서 보지 않았다면

틀림없이 요대의 달 아래서 만났으리라!

🌀 清平調 청평조 三首 (二)

一枝紅艶露凝香　雲雨巫山枉斷腸
일지홍염노응향　운우무산왕단장

借問漢宮誰得似　可憐飛燕倚新妝
차문한궁수득사　가련비연의신장

붉고도 고운 꽃가지에 향기롭게 맺힌 이슬이니

雲雨가 되는 무산신녀는 괜히 애만 태운다.

묻노니 漢宮의 누가 귀비와 같으리오.

가련한 趙飛燕 단장을 마친 뒤에 이 같으리라.

🌸 清平調 청평조 三首 (三)

名花傾國兩相歡　常得君王帶笑看
명 화 경 국 양 상 환　상 득 군 왕 대 소 간

解釋春風無限恨　沈香亭北倚闌干
해 석 춘 풍 무 한 한　침 향 정 북 의 난 간

모란과 경국의 미인은 함께 즐거우니
군왕은 언제나 미소를 띠고 바라본다.
춘풍의 무한한 근심을 풀어 주면서
침향정 북쪽의 난간에 기대 서 있다.

天寶 2년(743)에 李白은 나이 43세로 翰林供奉(한림공봉)의 직을 받고 玄
宗 곁에서 궁중시인 格으로 있었다. 그때 현종이 양귀비와 함께 모란꽃
이 만발한 興慶宮 沈香亭〈沉(침) ; 沈의 속자로 된 판본도 있다.〉에서 이백으로 하
여금 시를 짓게 했다. 술이 거나한 이백이 즉석에서 〈清平調〉 (樂府의
曲名) 삼 를 지었다. 이는 貴妃의 미모와 자태를 충분히 칭찬해 준 악부
시이다.

'구름과 같은 옷'과 '꽃과 같은 얼굴' 그리고 春風처럼 온화하고 이
슬만큼 농염하다는 것은 보통의 칭찬이라 할 수 있다면, '선녀' 같다면
더 이상의 칭찬이 없으리라. 三首에서는 귀비는 그만한 은총을 받으면
서 政事로 고생하는 현종의 근심을 풀어 주는 소임을 다하였다는 칭송
의 뜻이 있다.

唐代에는 모든 사람들이 부귀를 상징하는 모란꽃을 애호했다. 한편 현종의 총애를 독차지한 양귀비는 풍만한 미인이었다. 현종은 모란과 짝을 이룬 양귀비를 함께 보며 미소를 지었을 것이다. 현종의 사랑을 독차지하며 낮에는 歌舞와 宴樂(연락)에 분주했고, 밤에는 雲雨의 정을 나누었을 것이니 미인은 피곤하였을 것이다.

이백은 제 2수에서 양귀비를 '一枝紅艷露凝香'이라고 치켜세웠다. 그러나 結句에서 '可憐飛燕倚新妝'이라고 한 말이 화근이 되었다. 곧 현종의 정치적 참모이며 궁중 호위의 군사를 지휘하며 심복 중의 심복이었던 환관 高力士가 '이백은 양귀비를 천한 신분 출신인 조비연에게 비유했다'고 참언하였다. 그전에 술에 취한 이백이 안하무인격으로 현종 앞에서 고력사에게 자기의 신을 벗기게 한 일이 있었고 이를 기회로 고력사가 이백에게 앙갚음을 한 것이다. 결국 이백은 天寶 3년(744)에 장안을 떠나간다.

사실 시인의 우수한 두뇌와 글솜씨로 타인을 격려하고 칭찬도 하지만 풍자하거나 심하다면 조롱할 수도 있을 것이다. 다른 표현은 그만 두고서라도 여기서 '傾國(경국)'이란 말이 그러하다.

경국지색—미인임에는 틀림없다. 역사적으로 미색에 빠져 나라를 거덜 낸 군왕도 많이 있었다. 양귀비가 미인이라는 것을 표현하는데 꼭 '경국' 이외에 다른 표현은 없었을까?

사실 실제로 뒷날 당나라를 기울게 한 사람이 양귀비였다. 양귀비—양국충—안록산—재상이며 간악한 李林甫 이런 사람들이 모두 다 고리처럼 연결되어 있었다. 현종은 60이 벌써 넘은 노인이었다. 사리 판단의 능력은 많이 쇠퇴해진 상태였고 너무 오랫동안 태평했다.

이백은 이미 나라가 기울수도 있다는 조짐을 보았을 것이다. 그래서 풍자의 뜻으로 아니면 칭찬하면서 비꼬는 의미로 새길 수 있는 악부시를 지어 올렸을 것이다. 이백의 두뇌라면 충분히 그러고서도 남을 것이다.

이백은 安史의 난이 일어난 뒤 756년 12월 현종의 아들 永王 李璘(이린)의 막료로 일하는데 永王이 모반을 꾀한다 하여 肅宗에게 피살되자 이백 또한 체포되어 옥에 갇히게 된다. 다행히 郭子儀가 극력 변호하여 사형은 면하고 夜郎(야랑, 今 貴州 關嶺縣 부근)으로 유배되는데, 759년 3월에 巫山을 지날 무렵 사면이 되었다는 소식을 듣는다. 이백은 즉시 배를 돌려 금릉을 향하게 된다. 이때 이백은 59세의 만년이었다.

 朝發白帝城 조발백제성
아침에 백제성을 떠나

朝辭白帝彩雲間　千里江陵一日還
조 사 백 제 채 운 간　천 리 강 릉 일 일 환
兩岸猿聲啼不住　輕舟已過萬重山
양 안 원 성 제 부 주　경 주 이 과 만 중 산

아침에 붉은 구름 사이로 백제성을 떠나
천 리나 되는 강릉 길을 하루에 도착했다.
양쪽 강 언덕에 원숭이 울음 그치지 않고
배는 가볍게 벌써 만 겹의 산들을 지났다.

백제성(白帝城)

이 시는 사면을 받은 기쁜 마음으로 금릉을 향해 내려가며 지은 시이다.

白帝城은 지금 重慶市 동부 長江의 북안, 奉節縣으로부터 8km 지점에, 전에는 瞿塘峽(구당협)을 내려다보는 지점이었으나 지금은 三峽大壩(삼협대패, sānxiá Dam) 때문에 수위가 높아져 강 가운데의 섬이 되었다.

千里江陵 – 백제성에서 장강을 따라 宜昌(의창)과 荊州(형주)를 거쳐 江陵까지는 1,200리 길이라 하였다. 이토록 먼 길이라는 거리를 강조, 강물 흐름이 아주 급하고 또 순풍이 불었기에 시속 3~40km로 배가 나아가 밤이 늦어서야 강릉에 도착했을 것으로 추정된다.

'兩岸猿聲啼不住'는 이백의 빠른 배가 내려가는 동안 이 산 저 산의 원숭이 울음이 계속 들려온다는 뜻이다. 어떤 好事家는 원숭이는 長江 南岸에서만 살고, 北岸에는 원숭이가 살지 않으니 '兩岸'이란 표현이 틀렸다고 주장하는 사람이 있다. 그러나 사실이 그렇다 하더라도 강폭

구당협(瞿塘峽)

이 매우 좁은 곳에서 메아리도 있는데 남안, 북안 어디서 들려오는지 구분할 수 없었을 것이다.

이 시는 시인의 紀行을 적은 시이기에 특별히 깊은 뜻은 없고 경쾌하고 가벼운 기분으로 감상할 수 있다. 起句에서는 출발지와 출발 시간의 아름다움으로 제목을 설명하였다. 次句에서는 목적지 강릉까지 걸린 시간을 말하여 감탄을 자아내게 하였다.

3, 4구는 원숭이 울음 속에서 첩첩산중을 뚫고 흐르는 장강의 모습을 연상케 해준다. 시를 읽는 사람도 시인과 같이 배를 타고 가는 느낌이 들 정도이다. 이 시는 '歷代七絕第一'이라는 찬사를 듣는 명작이다.

아무리 낙관적인 인생관을 갖고 천하를 유람한 이백이지만 이백의 근심 중 한 가지는 나이 먹으면서 老衰(노쇠) 하는 것이다. 이백은 '근심 =

백발' 이라는 공식을 생각하고 살았던 시인이다.

그런 근심 중 하나가 나이 먹으면서 老衰(노쇠) 하는 늙음이다. 이백은 늙어 가는 사내의 근심도 아주 뛰어나게 묘사했는데 다음의 〈秋浦歌〉 2수를 참고할 만하다. 이백은 流謫(유적 ; 죄인을 섬으로 귀양보내고 그곳에 있게 하던 형벌의 한 가지.)에서 풀려나 그 만년을 秋浦에서 보냈다. 秋浦는 지금의 安徽省(안휘성) 貴池縣으로 그때 은과 구리의 산지로도 유명했었고 753년경에 이 일대를 漫遊(만유 ; 마음 내키는 대로 이곳저곳을 한가로이 떠돌아다니며 노닒.)했었다.

❀ 秋浦歌 추포가　十七首 (其 十五)

百髮三千丈　緣愁似箇長
백 발 삼 천 장　　연 수 사 개 장

不知明鏡裏　何處得秋霜
부 지 명 경 리　　하 처 득 추 상

백발이 삼천 길인가
시름 때문에 이렇게 길었으리라.
알 수 없네! 거울 속 몰골이
어디서 이렇게 서리를 맞았는지.

兩鬢入秋浦　一朝颯已衰
양 빈 입 추 포　　일 조 삽 이 쇠

猿聲催白髮　長短盡成絲
원 성 최 백 발　　장 단 진 성 사

추포로 온 뒤 양 구레나룻이
하루아침에 갑자기 세어 버렸다.
원숭이 울음이 백발을 재촉한 듯
머리와 수염 모두 하얀 실이 되었다.

　백발이 어찌 '三千丈이겠는가? 길어 보았자 三尺長일 것이다.' 라고
평하는 사람은 과학의 합리성을 가지고 시를 읽는 사람이다. 이백은 백
발은 근심 때문에 생기는 것으로 생각하였다. 그 근심의 길이를 재어 본
다면 三千丈이 되고도 남을 것이다. 백발의 길이가 아니라 수심의 길이
일 것이다.

　이백의 시를 한마디로 표현하자면 '豪放飄逸(호방표일 ; 도량이 크며 작은
일에 꺼리낌이 없고 마음이 내키는 대로 하여 세속에 얽매이지 않음.)' 이라고 요약할
수 있다. 이는 그의 詩情이 무한히 넓고도 깊고 크며 힘차다는 뜻이며,
天馬가 하늘을 날 듯 아무 거칠 것도 없는 그런 자유의 세계이다. 그러
니 두보가 '落筆驚風雨(붓을 대면 비바람이 일고), 詩成泣鬼神(시가 써지
면 귀신도 운다).' 라고 말하였다.

17
酒仙(주선)

이백

李白
(二)

이백은 江陵에서 도사 司馬禎(사마정)을 만났다. 이백이 자신의 詩稿(시고)를 보여주며 가르침을 청했고 도사는 이백의 氣宇(기우 ; ①마음의 넓이. ②기백, 또는 기개와 도량.)가 軒昂〈헌앙 ; 풍채가 좋고 의기가 당당함. 軒擧(헌거).〉하고 非凡(비범 ; 평범하지 않은)한 자질에 놀라움을 금치 못하며 '有仙風道骨하니 가히 八極之表〈八方(팔방)의 멀고 너른 범위. 온 세상. 八紘(팔굉). 八荒(팔황)의 특이한 곳.〉를 神遊(덕과 지식이 두루 넓은 사람.)할 수 있으리라'고 말했다. 이는 이백이 '仙根'을 타고 났다는 의미이다. 이후 이백은 그야말로 '鵬程萬里〈붕정만리 ; ①머나먼 路程(노정). ②훤히 펼쳐진 긴 앞길.〉'의 유람을 계속한다.

그처럼 신선같이 천하를 유랑하면서 시를 짓는 이백이었으니, 이백을 '詩仙'이라 불렀던 것은 아주 적합한 호칭이라고 생각한다.

그러나 이 책에서 이백의 시와 문장을 전부 논하거나 소개할 수 없다. 동시에 술을 빼놓고 이백의 유랑과 시와 인생을 이야기 할 수도 없다. 이백을 酒仙이라 부르기에 여기서는 이백과 술을 중심으로 이야기를 풀어 가려 한다.

두보는 그의 〈飮中八僊歌(음중팔선가)〉에서 이백에 대하여 다음과 같이 표현하였다.

李白一斗詩百篇　長安市上酒家眠
이 백 일 두 시 백 편　　장 안 시 상 주 가 면

天子呼來不上船　自稱臣是酒中仙
천 자 호 래 불 상 선　　자 칭 신 시 주 중 선

이백은 술 한 말에 시 백 편을 지었고
장안의 거리 술집에서 잠을 잤었네.
천자가 불러도 배에 오르질 못했고
스스로 '저는 술에 빠진 신선'이라 했네.

여기에 있는 그대로 이백은 술 한 말을 마셨다면 시 백 편이 쏟아졌다. 그렇다면 이백은 술에 취해서 또는 술을 마시면서 시를 지었다고 생각해도 괜찮을 것이다. 자칭 '酒中仙'이니 간략히 酒仙이라 불러도 좋을 것이다. 술꾼들이 즐겨 소리치는 '一杯一杯復一杯'가 李白의 시라는 것은 웬만한 사람들은 다 알고 있다.

🌸 山中對酌 산중대작

兩人對酌山花開 一杯一杯復一杯
양 인 대 작 산 화 개　　일 배 일 배 부 일 배

我醉欲眠君且去 明朝有意抱琴來
아 취 욕 면 군 차 거　　명 조 유 의 포 금 래

두 사람이 대작할 제 뫼 꽃이 피었네.

한 잔 한 잔 다시 또 한 잔.

나는 취해 자려 하니 그대는 돌아가오.

내일 아침 생각나면 거문고를 안고 오시게.

　술 취하면 졸리고 … 나는 잘 것이니 그대는 돌아가라고 말할 수 있는
사이—흉금을 터놓고 즐길 수 있는 사이이니 술을 마셔도 기분이 좋을
것이다.

　산중에서 술을 마시며 悠悠自樂(유유자락)하는 모습은 이백의 다른 시
에서도 볼 수 있다.

🌸 山中答俗人 산중답속인

問余何事栖碧山 笑而不答心自閑
문 여 하 사 서 벽 산　　소 이 부 답 심 자 한

桃花流水杳然去 別有天地非人間
도 화 유 수 묘 연 거　　별 유 천 지 비 인 간

내게 어인 일로 산속에 사느냐 묻지만

웃고 대답을 하지 않아도 마음은 절로 한가롭다.

도화는 물에 떨어져 아득히 멀어지고

별천지 이곳은 속세가 아니라오.

　복숭화 꽃잎이 떠내려오면 무릉도원이 가깝다는 뜻이며 여기는 인간 세계가 아닌 별천지라 하였다. 그러니 그곳에서 詩仙이 어이 술을 아니 마시겠는가?

　산중에 살다 보면 술을 사러 보내기도 했는데 술을 기다리는 심정은 일각이 여삼추일 것이다. 그런 심정으로 그 시간에 시인이 그냥 기다릴 수는 없을 것이다.

✿ 待酒不至 대주부지

玉壺繫青絲　沽酒來何遲
옥 호 계 청 사　고 주 내 하 지

山花向我笑　正好銜杯時
산 화 향 아 소　정 호 함 배 시

晩酌東山下　流鶯復在茲
만 작 동 산 하　유 앵 부 재 자

春風與醉客　今日乃相宜
춘 풍 여 취 객　금 일 내 상 의

옥호에 파란 실을 매어

술 사러 보냈는데 어찌 이리 늦는가?

뫼 꽃이 나를 보고 피었으니
한 잔 마시기 딱 좋은 때로다.
해 저물도록 동산에서 마시는데
꾀꼬리 날며 다시 여기 찾아왔네.
봄바람과 취한 사람이
오늘은 서로 좋은 짝이 되었네.

* 流鶯復在兹에 鶯(꾀꼬리 앵)이 鸎(앵)으로 된 판본도 있는데, 같은 뜻으로 쓰이
는 자이다.

술병에 파란 실을 묶어서 보내는 것은 술을 사는 사람이 누구라는 것
을 알리는 방법이다. 주점에서는 그 파란 실을 보고서 어느 집에서 보

냈는가를 구별하고 단골이
면 좀 많이 줄 수도 있다.
시골 사람이 닭을 팔려면
닭의 다리에 풀을 매듭지
어 묶어 놓는데 이는 거래
에서의 관습이다.

술꾼에게 어느 날인들
술 마시기 나쁜 날은 없지
만 봄바람과 취객이 좋은
짝이 되었다는 이 표현은
정말 멋진 구절이다.

이백의 고향(현재 사천성 강유현에 위치)

李白은 각지를 떠돌았다. 여러 사람의 연구에 의하면, 李白은 24살이 되는 현종 개원 12년(724)에 고향을 떠나 각지를 여행하였다. 이후 李白이 다시 고향을 찾았다는 말은 없다. 8세기에 지금처럼 교통과 숙박, 음식과 의복문제가 쉽지 않은 그 시절에 평생을 떠돌았고 나그네가 되어 酒店에서 만나고 또 헤어졌다.

☯ 客中行 객중행

蘭陵美酒鬱金香　玉碗盛來琥珀光
난 릉 미 주 울 금 향　옥 완 성 래 호 박 광
但使主人能醉客　不知何處是他鄉
단 사 주 인 능 취 객　부 지 하 처 시 타 향

난릉의 울금향이 들어 있는 좋은 술
좋은 잔에 가득 채우니 호박 빛이다.
다만 주인이 손님을 취하게만 한다면
어디가 타향인지 알 수 없다네.

울금향 향기 좋고, 琥珀(호박)처럼 노란 술이 옥 술잔에 가득 찼다면 아니 마시겠는가? 또 아니 취할 수 있겠는가? 기분 좋게 취했는데, 어디가 고향이고 어디가 타향이겠는가? 술꾼에게는 좋은 술을 마실 수 있는 곳이 가장 마음 편한 고향일 것이다.

少年行 소년행

五陵少年金市東　銀鞍白馬度春風
오 릉 소 년 금 시 동　은 안 백 마 도 춘 풍

落花踏盡遊何處　笑入胡姬酒肆中
낙 화 답 진 유 하 처　소 입 호 희 주 사 중

장안의 젊은이들 金市의 동쪽에 모여

은빛 안장에 백마를 타고 봄바람을 쐬러 간다.

낙화를 밟으며 어디로 놀러 가는가?

웃으며 호희들이 있는 술집으로 들어간다.

五陵은 漢의 황릉인데, 여기서는 장안을 지칭한다. 장안에 있는 시장
중에서 金市가 가장 컸다고 한다. 은안백마는 멋지게 장식한 백마이니
귀족의 자제임을 알 수 있다. 봄날에 젊은이들이 모여 이민족인 胡(오랑
캐) 女人들이 서비스하는 술집으로 기세 좋게 들어가는 모습이 눈에 실
제로 보이는 것 같다.

金陵酒肆留別 금릉주사류별
금릉 주점에서의 이별

風吹柳花滿店香　吳姬壓酒勸客嘗
풍 취 유 화 만 점 향　오 희 압 주 권 객 상

金陵子弟來相送　欲行不行各盡觴
금릉자제내상송　　욕행불행각진상

請君試問東流水　別意與之誰短長
청군시문동류수　　별의여지수단장

바람 불어 버들개지 향은 술집에 가득한데
吳의 여인은 술 걸러 길손에게 마시라 권한다.
금릉 젊은이들 서로 이별하는데
가려 하나 가지 못해 저마다 술잔을 비운다.
그대에게 묻나니, 동쪽으로 흐르는 長江과
우리들 석별의 정은 어느 쪽이 길고 짧던가?

* 吳姬壓酒勸客嘗에서 勸이 喚(부를 환)으로 된 판본도 있다.

　金陵(금릉)은 지금 江蘇省의 南京으로 옛날 六朝의 도읍지인데, 建業
또는 建康이라고도 불렀다. 酒肆(주사)는 술집이고 留別은 길 떠나는 사람
이 자기에게 餞別宴(전별연)을 베풀어 주는 사람들과 작별한다는 뜻이고,
吳姬는 吳 땅의 젊은 여인이며, 壓酒(압주)는 '술을 거른다.' 는 뜻이다.

　당나라 시대의 술은 발효주 계통의 묽은 술(淡酒)로 지금의 烈性酒(열성
주)와 같은 40~50도의 毒酒가 없었다고 한다. 중국에서 증류에 의한 釀
造(양조)는 몽고족의 지배를 받던 元代에 시작되었다고 한다.

　이 시에서 壓酒(압주)는 항아리에서 발효된 누룩과 쌀 등을 자루에 담
아 눌러서 술을 거르는 행위이다. 손님 앞에서 직접 압주를 하여 내놓았
으니 거기에다가 물을 타서 양을 늘리지는 않았을 것이라고 생각이 된
다. 그렇게 압주를 하다 보면 쌀알이 들어가서 동동 떠다니는데 우리나

라에서는 동동주라고 부르는데, 白居易는 이를 '綠蟻(녹의, 蟻 개미 의)'라고 하였다.(綠蟻新醅酒 ~〈問劉十九〉)

이 시는 6구로 된 七言古詩로, 현종 天寶 9년(750) 李白의 나이 50세 때에 지은 시다. 또는 천보 2년(743) 그의 나이 43세 때 지은 시라는 주장도 있다. 李白은 平易(평이)한 필치로 담담하게 이별의 아쉬움을 표현했지만 술집이라는 배경과 술 그리고 이별의 정을 말했다.

이제 본격적으로 李白의 '술 권하는 시'를 읽어야 한다.

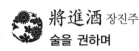

將進酒 장진주
술을 권하며

君不見　黃河之水天上來
군 불 견　　황 하 지 수 천 상 래

奔流到海不復回
분 류 도 해 불 부 회

君不見　高堂明鏡悲白髮
군 불 견　　고 당 명 경 비 백 발

朝如青絲暮成雪
조 여 청 사 모 성 설

人生得意須盡歡　莫使金樽空對月
인 생 득 의 수 진 환　　막 사 금 준 공 대 월

天生我材必有用　千金散盡還復來
천 생 아 재 필 유 용　　천 금 산 진 환 복 래

烹羊宰牛且爲樂　會須一飮三百杯
팽 양 재 우 차 위 락　　회 수 일 음 삼 백 배

岑夫子　丹邱生　進酒君莫停
잠 부 자　　단 구 생　　진 주 군 막 정

與君歌一曲　請君爲我傾耳聽
여 군 가 일 곡　청 군 위 아 경 이 청

鐘鼓饌玉不足貴　但願長醉不願醒
종 고 찬 옥 부 족 귀　단 원 장 취 불 원 성

古來聖賢皆寂寞　惟有飮者留其名
고 래 성 현 개 적 막　유 유 음 자 유 기 명

陳王昔時宴平樂　斗酒十千恣歡謔
진 왕 석 시 연 평 락　두 주 십 천 자 환 학

主人何爲言少錢　徑須沽取對君酌
주 인 하 위 언 소 전　경 수 고 취 대 군 작

五花馬　千金裘
오 화 마　천 금 구

呼兒將出換美酒　與爾同銷萬古愁
호 아 장 출 환 미 주　여 이 동 소 만 고 수

그대는 모르는가?

黃河의 물은 하늘 끝에서 내려와

바다에 가면 다시 돌아오지 못하는 것을!

그대는 모르는가?

부모들이 거울 보며 백발에 슬퍼하는 것을

아침엔 검은 머리더니 저녁엔 눈처럼 되었도다.

인생은 뜻을 이루었을 때 마음껏 즐겨야 하나니

술 단지가 괜히 달을 보게 하지 말아야지.

하늘이 나를 낳은 것은 필히 쓸모가 있을 것이니

千金을 모두 써 없애도 다시 돌아온다네.

양과 소 잡고 삶아 일단 즐겨야 하나니

한 번 마신다면 삼백 잔을 마셔야 하네.

잠부자여! 단구생이여!

술을 드리니 멈추지 마오.

그대 위해 한 곡조 부르니

그대는 귀 기우려 들어주기 바라오.

좋은 풍악 진수성찬 귀한 것 아니니

다만 바라노니 오래 취해 아니 깨어나기를!

예부터 성현들은 다 죽고 없지만

오로지 술 마신 사람 이름만 남았네.

陳王도 옛날에 평락원에서 잔치할 제

한말에 일만 금하는 술 마음껏 즐겼었지.

주인은 어찌 돈이 없다 말하는가?

곧바로 술을 사와야 그대와 대작하나니

오화의 말이라도 천금 나가는 갖옷일지라도

아이 시켜 갖고 가 좋은 술로 바꿔 오게 하여

그대와 함께 만고의 근심을 풀어야 한다오.

본시는 雜言句로 飮酒遊樂(음주유락 ; 술을 마시면서 놀고 즐김.)을 주제로 하였지만 인생을 달관한 시인 이백을 만날 수 있다. 한마디로 후련하게 내려 쓴 명시로, 규격도 음률도 따지지 않은 자유형의 詩로 浩蕩放逸(호탕방일 ; 즐거움이나 흥이 넘쳐 흐르고 행동이나 생활태도가 제멋대로임.)한 이백의 특성이 잘 나타난 시다. 기분 좋게 취한 이백이 호탕하게 노래하면서 걸어 나올 것 같은 시이기에 많은 사람들이 좋아한다.

黃河는 천상에서 내려온다. 대평원에서 황하 상류를 보면 하늘과 맞

닿았기에 하늘에서부터 흘러온다고 말했다. 광활한 대륙과 그리고 큰 강 ― 우선 스케일을 마음껏 넓혀 우리의 가슴을 시원하게 만들어 주고서 인생의 哲理를 전개한다. 짧은 인생을 어떻게 살아야 하는가?

金樽(금준)이 空對月(괜히 달을 바라보다)해서는 안 된다고 했다. 술 항아리는 다 마신 다음에 누워 있어야 된다는 뜻이다. 이는 지금도 마찬가지이다. 술집에서 뚜껑을 딴 소주병이 천장 보고 서 있으면 안 된다.

이 중간에 '天生我材必有用'을 언급할 필요가 있다. '天不生無用之人하고, 地不長無用之草.(하늘은 쓸모가 없는 사람을 낳지 않고, 땅은 쓸모가 없는 풀을 키우지 않는다.)'라 하였으니, 술꾼의 존재 이유를 밝혀야 한다. 존재 이유가 확실해야만 술을 마셔야 하는 당위성도 설명될 수 있는 것이다. 會須(회수)는 '반드시 ~해야 한다.(應該)'의 뜻, 그리고 '一飮三百杯'는 한 번 마신다 하면 3백 배라는 말이니 이 즘음의 2홉들이 소주로는 40병쯤 마셔야 된다는 계산인데, 다만 몇 사람이 이 정도 마셔야 하는지는 이백에게 물어보아야 한다.

'主人何爲言少錢'에서 何爲는 '왜 ~하는가?' 少錢은 '돈이 모자라다, 돈이 없다라는 뜻이니 주인이 먼저 이런 말을 한다면 술판은 사실상 깨진 판이다.

그러나 '五花馬나 千金裘(천금 구, 裘 갖옷 구)'를 술로 바꿔 온다면! 하! 이백을 '謫仙〈적선 ; ①仙界(선계)에서 벌을 받아 인간계로 귀양온 仙人(선인). ②당나라 시인 李白(이백)을 미화하여 이르는 말.〉'이라 불렀던 賀知章은 이백의 〈蜀道難〉을 처음 읽고 감격한 나머지 고급관리로서 허리에 차고 다니던 '金龜(황금 거북이)'를 풀러 주고 술로 바꿔 오라 하여 이백과 함께 마셨었다.

'與爾同銷萬古愁(여이동소만고수)' ―그대와 나 만고의 근심을 술로 풀어 버려야 한다. 그러나 매사에 합리성을 강조하는 사람들은 마실 때 근심을 잊는 것 같지만 잊는 것이 아니라고 말한다. 그러나 그 정도는 이백도 잘 알고 있었다.

抽刀斷水水更流 舉杯銷愁愁更愁
추 도 단 수 수 갱 류　거 배 소 수 수 갱 수

人生在世不稱意 明朝散髮弄片舟
인 생 재 세 불 칭 의　명 조 산 발 농 편 주

칼을 뽑아 물을 잘라도 물은 여전히 흐르고
술을 들어 시름 녹여도 시름 더더욱 많도다.
사람 세상 살기 내 뜻에 맞지 않으니
내일 아침 산발하고 조각배를 띄우리라.

〈宣州謝朓樓餞別校書叔雲(선주사조루전별교서숙운)〉의 한 부분

위의 시는 아마도 '오늘 저녁에 술이 있다면 오늘 밤에 마시고 취해야 하고(今夕有酒今夕醉), 내일 걱정거리가 생기면 내일 걱정하면 된다(明日愁來明日愁).'는 뜻일 것이다.

언덕이 있다 하여 천리마가 달리기를 멈추지 않는다. 결코 어디에도 매일 수 없는 이백의 豪氣(호기)에 狂飮高歌하는 이백의 모습이 그려진다. 그 무렵, 이백이 '뜻을 펼 수 없었던 현실에 대하여 울분을 토로했다'는 식의 해석에는 동의하기 어렵다.

본래 술 취한 '꿈속의 天地는 넓기만 하고(夢裏乾坤大), 술병 속의 세월은 잘도 간다(壺中日月長).'는 말처럼 '醉中에 別有天地'이거늘, 어찌

구양수(歐陽修)

울분을 삭이려 술을 먹겠는가?

宋나라 歐陽修(구양수)가 〈醉翁亭記(취옹정기)〉에서 '취옹의 뜻은 술에 있지 아니하다.(醉翁之意不在酒)' 라고 한 말은 술 취한 척 하는 사람을 말한 것이지 진정한 酒客을 지적한 것은 아닐 것이다. 주객은 술 자체를 즐긴다.

金樽清酒斗十千　玉盤珍羞値萬錢
금 준 청 주 두 십 천　옥 반 진 수 치 만 전

停杯投箸不能食　拔劍四顧心茫然
정 배 투 저 불 능 식　발 검 사 고 심 망 연

… (後略)

金樽의 좋은 술은 한 말에 일만 냥이고
玉盤의 귀한 안줏값이 일만 전이라네.
잔을 놓고 젓가락 던져 먹을 수가 없으니
칼을 뽑고 사방을 둘러보니 마음 막막하다네.

〈行路難(행로난) 三首(一)〉의 한 부분

세상살이란 본래 '東不成 西不就(이도 저도 되질 않는다.)'이며, '不

如意事常八九.(내 뜻대로 안 되는 일이 늘 열 중 여덟아홉)'라 하였다.
그리고 '有心栽花花不開나, 無心揷柳柳成陰.(뜻이 있어 꽃을 가꾸어도
꽃이 안 필 수 있지만, 무심히 꽂은 버들은 그늘을 이룬다.)' 이라고 했다.
좋은 술에 진수성찬을 보고도 먹을 수 없다면 그 마음이 어떻겠는가?

🌸 月下獨酌 월하독작　四首 其一

花間一壺酒　獨酌無相親
화 간 일 호 주　독 작 무 상 친

擧杯邀明月　對影成三人
거 배 요 명 월　대 영 성 삼 인

月旣不解飮　影徒隨我身
월 기 불 해 음　영 도 수 아 신

暫伴月將影　行樂須及春
잠 반 월 장 영　행 락 수 급 춘

我歌月徘徊　我舞影零亂
아 가 월 배 회　아 무 영 령 란

醒時同交歡　醉後各分散
성 시 동 교 환　취 후 각 분 산

永結無情遊　相期邈雲漢
영 결 무 정 유　상 기 막 운 한

꽃 사이에 술이 한 병이니

같이 할 사람 없이 혼자 마신다.

술잔 들어 달을 맞이하여

그림자와 함께 셋이 어울린다.

달이야 본래 마실 줄 모르고

그림자는 괜히 나만을 따라온다.

잠시 달과 그림자와 짝을 맺으며

즐기기야 오로지 이 봄날이다.

내 노래하면 달도 어정거리며

내 춤을 추면 그림자가 흔들린다.

멀쩡한 정신에는 같이 즐겼으며

취하면 제각각 흩어져 떠나간다.

오래도록 世情을 잊고 사귀자고

아득히 먼 은하를 두고 기약한다.

漢字의 酉(닭 유, 술 유) 변은 거의 술과 관계되는 글자이다. 酤(술 살 고),
酬(잔 돌릴 수), 酌(잔질할 작), 酣(술 즐길 감), 酩(술 취할 명), 酗(술주정할 후), 醒(술
이 깰 성) 등등 — 술을 사서 마시며 즐기고 취한 뒤에 깨어나는 酒客의 동
작이나 단계마다 해당하는 글자가 있다는 것은 중국인들이 그만큼 술을
즐겼다는 뜻이다.

이백의 〈月下獨酌〉은 모두 4수인데, 이는 그 중의 제1수이다. 이백은
달과 술을 사랑한 시인이었다. 밤하늘에 뜬 달은 만인에게 모두 골고루
빛을 주는 평등한 존재이기에, 곧 희망과 낭만의 대상이었다.

詩仙이며 酒仙이기에 이백은 자주 달을 노래했다. 특히 '술 취하기
전에는(醒時) 같이 즐기다가 취하면 각자 흩어진다.(醒時同交歡, 醉後各
分散.)'는 구절은 맑고 높은 교유를 의미한다.

이백의 이런 시구는 자연스레 나온 것이다. 힘들이지 않고 입에서 나

오는 대로 읊은 시로 하늘에 울리는 순수함이다. 우리가 이런 시를 읽고 감상할 수 있다는 자체가 축복이 아니겠는가?

☯ 月下獨酌 월하독작　四首 其二

天若不愛酒	酒星不在天
천 약 불 애 주	주 성 부 재 천
地若不愛酒	地應無酒泉
지 약 불 애 주	지 응 무 주 천
天地旣愛酒	愛酒不愧天
천 지 기 애 주	애 주 불 괴 천
已聞淸比聖	復道濁如賢
이 문 청 비 성	부 도 탁 여 현
賢聖旣已飮	何必求神仙
현 성 기 이 음	하 필 구 신 선
三杯通大道	一斗合自然
삼 배 통 대 도	일 두 합 자 연
但得酒中趣	勿爲醒者傳
단 득 주 중 취	물 위 성 자 전

하늘이 만약 술을 좋아하지 않았다면
하늘에 酒星이 없었을 것이다.
땅이 만약 술을 좋아하지 않았다면
땅에 응당 酒泉이 없었을 것이다.
하늘도 땅도 술을 이처럼 좋아하니
애주는 하늘을 우러러 부끄럽지 않다.

듣기로는 청주는 聖의 경지이고
그리고 탁주는 賢이라고 말한다.
청주와 탁주를 이미 마셨거늘
하필 신선이 되어야 하는가?
석 잔 술에 大道에 통하고
한 말 술에 자연과 合一한다.
그러니 술의 이런 재미를 안다면
술 아니 먹는 사람에게 말하지 마소.

위 시에서 酒泉은 지금의 甘肅省 서북부에 있는 市의 이름이다. 한
武帝 때 霍去病(곽거병)이 흉노와 싸워 대승을 거두었다. 이에 무제가 御
賜酒를 내렸는데 술은 적은 양이고 장졸은 많아 그 술을 샘에 쏟아 부은
뒤에 모두가 함께 그 우물물을 마셨다고 한다. 이후 그곳의 지명이 酒泉
이라는 아름다운 이름으로 남았다.

술을 즐기는 어느 누구든 陶醉(도취) – 기분 좋게 취함 – 했다면, 도취
할 수 있는 경지에 도달한 것으로 그날 하루는 보람 있게 살았다고 말할
수 있다. 업무상이나 계산적으로 마시는 술에는 情과 興이 없다.

이백은 왜 술을 마셔야 하는가를 논리적으로 풀어 말했다. 술의 재미
가 이처럼 좋은 데, 술에는 聖과 賢이 다 있는데, 청주나 탁주 가리지 않
고 마셨다면 굳이 신선이 되기를 바라느냐고 되묻고 있다. 그렇다면 그
대답은 딱 한마디 – '아니오!' 이다.

방 안에서 마시는 술보다 나무 그늘 아래서 마시는 술이 좋고, 벌건
대낮의 술보다 달밤에 달을 보며 마시는 술이 좋다. 달(月)과 술(酒) – 가

장 이상적인 組合(조합)이다.

　달밤에 술잔을 들고 달에게 물어보며(把酒問月) 대화를 나누는 시인
이백의 마음은 얼마나 흥겨웠겠는가?

把酒問月 파주문월
술을 들고 달에게 묻다.

靑天有月來幾時	我今停杯一問之
청 천 유 월 내 기 시	아 금 정 배 일 문 지
人攀明月不可得	月行却與人相隨
인 반 명 월 불 가 득	월 행 각 여 인 상 수
皎如飛鏡臨丹闕	綠煙滅盡淸輝發
교 여 비 경 임 단 궐	녹 연 멸 진 청 휘 발
但見宵從海上來	寧知曉向雲間沒
단 견 소 종 해 상 래	영 지 효 향 운 간 몰
白兎擣藥秋復春	嫦娥孤棲與誰鄰
백 토 도 약 추 부 춘	항 아 고 서 여 수 린
今人不見古時月	今月曾經照古人
금 인 불 견 고 시 월	금 월 증 경 조 고 인
古人今人若流水	共看明月皆如此
고 인 금 인 약 류 수	공 간 명 월 개 여 차
唯願當歌對酒時	月光長照金樽裏
유 원 당 가 대 주 시	월 광 장 조 금 준 리

하늘에 달이 있은 지 그 얼마나 되었는가?

나는 지금 잔을 멈추고 달에게 물어본다.

사람은 달에 올라갈 수 없지만

달은 운행하며 되레 사람을 따라 온다.

날아가는 거울같이 밝게 대궐 문을 비추고
어스름 안개 걷으며 밝은 빛을 쏟는다.
오직 뵈기는 밤에 바다에서 떠오르는 것이니
새벽 구름 사이로 사라지는 것을 어찌 알겠나?
옥토끼가 약을 찧고 가을 가면 다시 봄이 오는데
항아는 혼자 살고 있으니 누구와 이웃을 하는가?
지금 사람은 옛날의 달을 보지 못했지만
지금 달은 전에 옛사람을 비춰 주었다.
예나 지금 사람은 모두 흐르는 물과 같아서
밝은 달을 바라보기는 모두 이 같으리라.
오직 바라나니 노래하며 술을 마실 때
달빛은 오래도록 술잔을 비춰다오.

　　술과 달과 시인이 하나가 되었다. 시인의 자유분방한 낭만적 사색은
그 끝을 알 수 없다. 하늘을 날아 달에 왕복하고 옛사람을 생각하다가
현세의 인생을, 그리고 달빛이 영원토록 시인을 비춰 주기를 희망하고
있다.

　　이백 - 현종 - 양귀비의 연결고리에서 이백은 현종과 양귀비의 흥을
돋우는 방편으로 시를 지어 바치는 일 외에 할 일이 없었다. 한두 달이
야 즐겁고 흥겹겠지만 李龜年(이구년)이 노래를 하듯 이백은 시만 지을 수
가 있겠는가? 그것도 어전에서 부르면 달려가고, 또 나와서는?
　　이백이 현종의 조서를 받고 장안에 들어간 해가 천보 원년(742), 그의

나이 42세, 翰林供奉(한림공봉)으로 應製詩文(응제시문)을 지으며 다음 해까지 생활하는데, 〈淸平調〉의 내용에 대해 트집을 잡는 환관 高力士와 양귀비에 염증을 느낀다. 744년 이백은 현종에게 江湖로 돌아가겠다고 자청하여 허락을 받는다.

현종이 이백에게 "빈손으로 떠나게 할 수 없으니 무엇이든지 요구하라. 다 들어주겠다!"고 했을 때, 이백은 유람하면서 술을 사 먹

양귀비 상(楊貴妃 像, 화청지)

을 수 있도록 돈이 좀 있었으면 좋겠다.'고 말한다.

현종은 이백에게 金牌(금패)를 수여하였는데 거기에는 '천하의 無憂學士인 이백에게 칙서로 하사하노니(勅賜李白爲天下無憂學士) ~'라 하면서 '府에서는 千貫을 縣에서는 5百貫을 지급해야 한다. 문무 관원이나 군민들이 이백에 대한 예를 갖추지 않을 경우 이 조칙을 어긴 것으로 간주하겠다.'라고 써 주었다. 그러면서 현종은 별도로 황금 천 냥과 錦袍玉帶(금포옥대)와 말과 안장, 그리고 수행원 20여 명을 하사하였으며 떠나는 날에 관원들이 성 밖까지 나가 전송토록 특명을 내렸다고 하는데, 이를 賜金還山(사금환산)이라 한다.

그리고 744년 여름, 이백은 낙양에서 두보를 만났고 가을에서 이듬해 여름까지 두보, 고적과 함께 황하 하류 및 齊魯(제로)의 여러 지역을 유람

한다. 이 유람기간 중에 위에서 말한 〈把酒問月〉, 〈月下獨酌〉 등 수많은 명편이 탄생한다.

이백은 강남의 금릉이나 양주 일대를 즐겨 유람하며 술을 즐겼다. 때문에 長江 일대에는 '太白酒家', '太白遺風' 등 이백을 상호로 내건 크고 작은 주점들이 많다고 한다.

지금의 安徽省(안휘성) 동남부에 해당하는 宣城(선성)이라는 곳에서 이백은 우리에게 감동을 주는 시를 남겼다. 이백은 이전에 지금의 北京 지역인 幽州를 여행하다가 虎患(호환)을 당한 紀氏 성을 가진 노인을 구원해 준 적이 있었다. 이 紀叟(기수, 기씨 노인)는 나중에 선성에서 주점을 내고 술을 빚어 팔면서 옛 은혜를 갚으려 이백을 찾고 있었다. 마침 어느 날 이백은 장강 하류 지역을 유람하다 우연히 술집에 들렀는데 바로 기씨 노인의 주점이었다. 기씨 노인은 반가워 눈물을 흘리면서 최고 좋은 술로 이백을 모셨다. 이백은 노인의 정성이 하도 고마워 술집 대문에 시를 한 수 지었다.

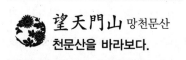

望天門山 망천문산
천문산을 바라보다.

天門中斷楚江開　碧水東流至此回
천 문 중 단 초 강 개　벽 수 동 류 지 차 회
兩岸清山相對出　孤帆一片日出來
양 안 청 산 상 대 출　고 범 일 편 일 출 래

天門山 가운데를 뚫고 楚江이 열리며

碧波는 동으로 흘러 여기서 돌아 나간다.

양쪽의 강가 청산이 서로 마주 보는데

돛단배 하나 해가 뜨자 하늘서 내려온다.

천문산은 하나였는데 그 가운데를 장강이 절단하면서 흘러온다고 생각한 이백이었다. 그리고 그 지역에서는 長江을 楚江이라 부르는데, 우리나라 부여 부근의 금강을 백마강이라 부르는 것과 마찬가지이다.

이후 이런 소문이 퍼져 많은 사람들이 기씨 노인의 술집에 와서 이백의 시를 읽으며 술을 마셨다. 기씨 노인의 술집은 〈太白酒家〉라 불리면서 날마다 번창했다.

일 년 뒤, 이백이 다시 찾아 왔을 때 기씨 노인은 죽고 없었다. 이백은 노인과 술과 옛일을 회상하며 망자를 위한 시를 지었다.

 哭宣城善釀紀叟 곡선성선양기수
선성의 술을 잘 빚던 기씨 노인을 애도하며

紀叟黃泉裏　還應釀老春
기 수 황 천 리　환 응 양 노 춘

夜臺無曉日　沽酒與何人
야 대 무 효 일　고 주 여 하 인

기씨 노인은 황천에서도

여전히 좋은 술을 빚고 있으리라.

무덤에 밝은 날이 없을 텐데
술을 빚어 누구에게 팔겠는가?

기씨 노인은 황천에 가서도 '老春'이란 좋은 술을 빚을 것이다. '春'에는 '술'이란 뜻이 있다. 唐代에 좋은 술을 春이라 불렀다고(酒也, 唐人名酒爲春) 한다. 지금도 그러하니 四川의 名酒 '劍南春(검남춘)'이 그 예이다. 당나라 때 四川은 劍南節度使 관할 지역이었다. '劍南春'은 '검남의 술'이란 뜻이다.(＊예전에 '春'에 '酒'의 뜻이 있는 것을 中文大辭典에서 찾은 뒤에 '얼마나 많은 것을 더 공부해야 할지?' 필자는 눈앞이 캄캄했었다.)

기씨 노인이 술이야 빚겠지만 내가 없으니 '누구에게 팔겠느냐'는 물음으로 그 애도의 정을 다 표현하였다. 이런 평범한 노인을 애도하는 이백의 아름다운 정이 진정한 휴머니즘일 것이다. 또 이 점이 바로 시인 이백의 위대한 점이다.

이백의 명성이 한창 무르익었을 때, 涇州(경주, 지금의 安徽省 涇縣)에 汪倫(왕륜)이란 사람이 있었다. 왕륜은 호탕한 성격에 의리를 알고 재물을 쓸 줄 아는 사나이로, 이백의 명성을 듣고 흠모하며 꼭 만나보고 싶었다. 왕륜은 어느 날 이백이 안휘 일대를 유람 중이라는 소식을 들었다. 왕륜은 자신의 지인을 통하여 이백에게 초청하는 글을 보냈다.

"貴公께서는 경치 좋은 곳에 유람하시길 좋아하십니까? 우리 이곳에 '十里의 桃花'가 있습니다. 공께서는 愛酒하신다 하니, 우리 이곳에는 '萬家의 酒店'이 있습니다."

이백은 서신을 받았지만 모르는 이름이었다. 그러나 예의를 갖춘 서신이고 '十里桃花'와 '萬家酒店'이 있다니 좋을 것이라 생각했다. 이백은 본래 떠도는 나그네이니 고향과 타향을 어찌 구분하겠는가? '但使主人能醉客(다만 주인이 객을 취하게만 한다면), 不知何處是他鄕(어디가 타향인지 알지 못하겠네!)' 아닌가?

이백은 기분 좋게 곧바로 왕륜을 찾아왔고, 왕륜은 이백을 환대하였다. 이백이 '십 리 길의 도화'를 보러 가자고 말하자 왕륜이 말했다. "이곳 桃花潭(도화담)은 그 주위가 십 리이기에 十里桃花라고 부릅니다. 그리고 우리 마을 술집 주인이 萬氏라서 우리는 萬家酒店이라 부릅니다."

십 리에 걸쳐 도화가 피어 있는 길을 걷고 여러 주점을 다니며 술을 마시겠다는 이백의 예상은 크게 빗나갔다. 이백은 웃을 수밖에 없었다.

그러나 왕륜의 환대는 극진했다. 그동안 준비해 두었던 가장 좋은 술과 음식으로 이백을 즐겁게 했다. 이백은 고담준론을 나누고 시를 이야기 하며 매일 인근의 경치 좋은 곳에서 즐겁게 지냈다. 54세의 이백은 이때(754), 〈過汪氏別業〉 二首를 지었다.

이백은 왕륜의 진심 어린 환대에 크게 감명을 받았다. 이어 이백은 왕륜과 헤어져야 했다. 이백이 배를 타고 떠나려는 순간 갑자기 마을 사람들의 踏歌(답가) 소리가 들렸다. 이백이 강 언덕을 바라보니 온 마을 사람들이 모두 나와 줄을 지어 서서 발로 장단을 맞추며(踏歌) 이백을 환송하는 노래를 부르고 있었다. 이백은 너무 감동해서 배를 멈추고 눈물을 흘리며 시를 지어 왕륜에게 주었다.

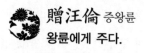

贈汪倫 증왕륜
왕륜에게 주다.

李白乘舟將欲行　忽聞岸上踏歌聲
이 백 승 주 장 욕 행　홀 문 안 상 답 가 성

桃花潭水深千尺　不及汪倫送我情
도 화 담 수 심 천 척　불 급 왕 륜 송 아 정

이백이 배를 타고 떠나려는 데
갑자기 언덕에서 답가 소리 들렸네.
도화연 깊이가 천여 자라 하지만
왕륜이 나를 보내는 정보다 깊지 않으리.

　이 한 수로 왕륜이란 이름은 영원히 남았고, '桃花潭水(도화담수)'는 이별의 정을 뜻하는 成語로 사용되기 시작했다. 뒤에 그곳 사람들은 그곳에 酌海樓(작해루), 文昌閣(문창각)을 지어 이백을 추모했으며, 또 '踏歌兩岸(답가양안 ; 양쪽 언덕에서 여러 사람이 손에 손을 잡고 발 장단을 맞추며 부르는 민속 노래.)' 이란 말이 생겼다. 지금도 경현의 도화담엔 이백을 그리는 사람들이 계속 찾아오고 있다 하니, 우리시대의 말로 하자면 '스토리 텔링'으로 성공한 관광지라고 할 수 있다.

　이제 이백의 이야기를 마무리해야 한다.
　李白은 肅宗 寶應 원년(762)에 族叔(족숙)이지만 자신보다 나이가 어리지만 當涂(당도) 현령이며 명필로 알려진 李陽冰(이양빙)을 찾아가 의지한다. 거기서 병이 깊어 다시 일어나지 못하고 이양빙에게 詩稿를 정리해 달라고 부탁한 뒤에 죽는다. 이양빙은 李白의 詩를 모은 《草堂集》의 서문에서 李白이 병사했다고 분명히 기록하였다.

그러나 중국인들은 李白의 평범한 病死를 믿고 싶지 않았을 것이다.

전해 오는 이야기로 李白은 '宮錦袍(궁금포)를 입고 采石江(채석강)에 유람하면서 당당히 온 세상을 압도하듯 마음껏 흥에 겨워 술을 마셨는데, 취해서 달을 건지려 물속에 뛰어들었다가 죽었다.'고 한다.

이를 '攬月落水(남월낙수)'라고 하며, 지금의 安徽省 馬鞍山市 采石磯 (채석기)란 곳이 바로 李白이 달을 건지려 했던 곳이라고 한다. 宋나라의 洪邁(홍매)도 그의 《容齋隨筆(용재수필)》에서 같은 이야기를 기록하였는데, 다만 이야기 앞에 '世俗言'이라는 말을 첨가하였다.

앞서 이백의 〈月下獨酌〉과 〈將進酒〉에서도 보았듯이 이백은 술을 정말 좋아했다. 밝은 대낮에 마시는 술보다 달을 보면서 마시면 훨씬 운치가 있다.

이백의 음주는 '狂飮(광음)'이란 표현이 더 좋을 것이다. 광음은 난폭한 폭음이 아니다. 광음은 술이 너무 좋아서 또 술 마시는 자리가 정말 흥겨워서, 그리고 술을 함께 하는 사람들을 진정 좋아하기에 마음껏 크게 마시는 술이다. 그러한 이백이 어찌 달을 좋아하지 않을 수 있겠는가?

중국인들은 하늘의 달을 '月(yuè)'이라 쓰지만 보통 '月亮(yuèliang)'이라고 말한다. 누구에게나 똑같이 어둠을 밝혀 주는 달이기에 중국인들에게 달은 高尚함과 公明正大의 상징이다.

하여튼 중국인들이나 술을 좋아하는 사람들은 '객지에서 쓸쓸한 病死'보다는 '술에 취해 물속의 달을 건지려 했던 낭만적 죽음'으로 이백을 기억하고 싶었을 것이다.

고적(高適)

高適(고적, 700?-765)의 字는 達夫이고, 滄州 渤海(발해, 今 河北省 滄縣)人으로 알려졌다. 高適은 매우 困窮〈곤궁 ; 가난하여 살림이 구차함. 窮困 (궁곤). 窮窘(궁군).〉하게 출생하여 한때 빌어먹으며 생활한 때도 있었다고 한다. 성격은 매우 호방하여 소소한 일에 구애받지 않으면서도 총명호학하였다. 20세경에는 제법 독서를 많이 했다고 자부하면서 文武를 겸비해야 한다며 무예를 배우기도 했다.

고적은 開元 23년에 장안에 와서 과거에 응시하였으나 낙방하였다. 동북에서 장안까지 와서 과거에 응시하느라고 비용은 모두 탕진하였는데 아무것도 얻은 것이 없었다. 고적이 눈으로 본 귀족자제들의 화려한 생활과 자신의 비참한 처지가 너무 크게 비교가 되니 그 감개를 시로 쓰지 않을 수 없었다.

行路難 행로난

長安少年不少錢　能騎駿馬鳴金鞭
장 안 소 년 불 소 전　능 기 준 마 명 금 편

五侯相逢大道邊　美人弦管爭留連
오 후 상 봉 대 도 변　미 인 현 관 쟁 유 련

黃金如鬪不敢惜　片言如山莫棄捐
황 금 여 투 불 감 석　편 언 여 산 막 기 연

安知憔悴讀書子　暮宿靈臺私自憐
안 지 초 췌 독 서 자　모 숙 영 대 사 자 련

장안의 젊은이들은 돈이 궁핍하지 않고
언제나 준마를 타고 황금 채찍을 휘두른다.
귀족들 서로가 큰길에 만나 몰려다니고
미인들 누구나 행락에 함께 놀려고 하네.
황금을 다투어 아끼지 않고 뿌려 대며
한마디 중히 여기며 돈을 아끼지 않는다.
가난한 선비 궁색한 사정을 그들이 어이 알리오.
밤이면 낡은 사당에 자며 홀로 불쌍해한다.

天寶 3년(744)에 고적은 이백, 두보 등과 어울려 황하 중·하류 지역을 유람하였다. 이어 천보 8년(749)에 封丘縣尉로 관직에 들어선 뒤 주로 변방에서 생활하였다. 고적이 처음 부임하면서 회포를 적은 시가 전한다.

可憐薄暮宦遊子　獨臥虛齋思無已
가 련 박 모 환 유 자　　독 와 허 재 사 무 이

去家百里不得歸　到官數日秋風起
거 가 백 리 부 득 귀　　도 관 수 일 추 풍 기

가련하게 늘그막에 벼슬길을 시작한 사람

홀로 빈방에 누우니 思念이 끝이 없다.

집을 떠나 백 리에 돌아갈 수도 없지만

부임 며칠에 가을바람만 불어온다.

고적은 천보 12년에 河西節度使 哥舒翰(가서한)의 막료로 근무하다가 안록산 난이 터지면서 관운이 트였다. 고적은 회남절도사, 팽주자사, 검남서천절도사가 되었다. 이후 刑部侍郎과 左散騎常侍(좌산기상시)를 역임하였는데 관직 생활이 가장 순탄했다고 알려진 詩人이다.

고적은 이백, 두보와 交友(교우)하면서 자극을 받아 '사람은 늙어도 詩心은 젊다. 나는 시로 젊어지련다.'라고 결심하며 늦게 시를 공부하기 시작하였다. 세상 경험이 풍부하였기에 곧 시인으로서 명성을 얻었다. 고적과 두보는 서로 시를 주고받으며 우정을 깊게 하였고 고적이 蜀 彭州(팽주)의 지방관으로 근무할 때 두보가 어려움을 호소하며 도움을 청하기도 하였다.

고적은 일반적으로 邊塞詩人(변새시인)으로 분류되면서 岑參(잠삼)과 함께 '高岑(고잠)'으로 병칭된다. 고적의 시는 강개, 호방하며 기상이 높아 氣骨을 겸비하였다는 평가를 받는다. 고적은 악부시 형식을 즐겨 채용하였는데 〈燕歌行〉이 그의 대표작으로 알려졌으며, 그의 작품을 모은 《高常侍集》이 전한다.

別董大 별동대 二首 (一)
동씨 첫째와 헤어지면서

千里黃雲白日曛　北風吹雁雪粉粉
천 리 황 운 백 일 훈　북 풍 취 안 설 분 분
莫愁前路無知己　天下誰人不識君
막 수 전 로 무 지 기　천 하 수 인 불 식 군

천 리 걸친 누런 구름에 해는 지려는데
북풍 따라 기러기 오고 눈은 펄펄 내린다.
가는 길에 知己가 없다 걱정하지 마오.
하늘 아래 누가 그대를 몰라주겠소?

변새 지방의 황량한 풍경, 사나이의 우정 그리고 진실한 마음 가진 사람이니 누가 당신을 몰라주겠느냐는 격려이면서 동시에 자신에 대한 채찍을 드는 시라고 해석하고 싶다.

唐朝에서는 이백의 詩, 張旭의 草書, 裴旻(배민)의 劍舞를 '三絶'이라 하였다. 이백도 배민에게 검무를 배운 적이 있었다.

張旭(장욱, 658?-747)은 書法家로 '草聖(초서의 성인)'이라 불리는데 開元 연간에 常熟尉(상숙위), 金吾長史를 지냈기에 '張長史'라고도 부른다. 장욱은 豪飮으로 소문이 나 두보의 〈飮中八僊(仙)歌〉에도 이름이 올랐던 大酒家이다. 두보는 그를 '張旭三杯草聖傳, 脫帽露頂王公前, 揮毫落紙 如雲烟.'이라 하였다. 장욱은 대취하여 소리를 한바탕 지른 다음에야 붓을 들고 초서를 썼기에 그의 초서를 '狂草'라고 불렀다. 高適이 張旭을 위해 지은 시를 소개한다.

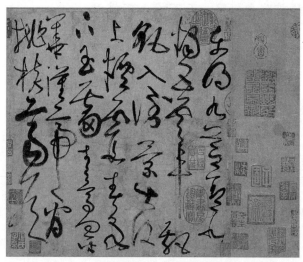

장욱(張旭)의 초서(草書)

醉後贈張九旭 취후증장구욱

世上謾相識 此翁殊不然
세상만상식 차옹수불연

興來書自聖 醉後語尤顚
흥래서자성 취후어우전

白髮老閑事 青雲在目前
백발노한사 청운재목전

床頭一壺酒 能更幾回眠
상두일호주 능갱기회면

세상에 서로 안다 쉽게 말하지만

이 노인은 전혀 그러하지 아니하다.

흥이 나면 글씨로 스스로 성인이며

취하면 하는 말이 더 종잡을 수 없다.

백발에 늙도록 한가한 직책이었으나

큰 꿈이 눈앞에 있는 듯 열심이었다.

침상에 있는 술 한 병이면

능히 몇 번이고 잠들 수 있었다.

　고적은 장욱보다 아주 어린 사람이었지만 장욱의 소탈한 성품을 잘 알았기에 이런 시를 쓸 수 있었을 것이다. 이를 본다면 眞正은 眞正으로, 人品은 人品으로 통하는 것이다.

五言長城
(오언장성)

유장경

劉長卿

유장경(劉長卿)

劉長卿(유장경, 709-780?)의 字는 文房이고, 현종 開元 21년(733) 진사과에 급제한 뒤 轉運使判官을 역임하고, 숙종 至德 연간(756-758)에 감찰어사를 지냈지만 무고에 의해 옥에 갇혔다가 풀려나 潘州南巴縣尉로 폄직되었으며 睦州司馬를 역임한 뒤 隨州刺史(수주자사)로 관직생활을 끝냈다. 보통 劉隨州라고 통칭하고 그의 문집 《劉隨州集》이 전한다.

유장경은 두보보다 3세 연장자였으며 肅宗(756-762), 代宗 연간(762-779)에 시인으로 명성이 높았는데 그의 시풍은 내용이 충실하면서도 엄정한 구상에 韻律을 중시하여 음조가 조화를 잘 이루었다고 한다. 특히 五言近體詩에 우수하여 '五言長城' 이라는 별칭으로 통하였으며, 王維에 견줄 수 있는 산수전원시를 지었고 客愁, 이별의 恨이나 한적한 심경을 주제로 한 秀作들이 많이 있다.

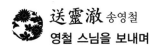

送靈澈 송영철
영철 스님을 보내며

蒼蒼竹林寺　杳杳鐘聲晩
창 창 죽 림 사　묘 묘 종 성 만

荷立帶夕陽　青山獨歸遠
하 립 대 석 양　청 산 독 귀 원

깊은 숲 속 죽림사
아득히 먼 저녁 종소리 들린다.
삿갓 메고 석양을 받으며
멀리 청산으로 홀로 돌아간다.

靈澈은 중당의 詩僧으로 字는 源澄(원징)이고, 속성은 湯으로 元和 11년(816)에 입적하였다. 詩僧 皎然(교연)과도 친분이 있었다. 유장경, 맹호연 등과 교유한 詩僧으로 《全唐詩》에 10여 수의 시가 수록되어 있다. 제목이 〈送靈澈上人〉으로 된 책도 있다.

竹林寺는 江蘇省 長江 남안에 있는 鎭江市의 佛寺이다. 어두워지는 저녁에 죽림사의 종소리를 들으며 등짐을 메고 석양을 받으며 외롭게 청산으로 돌아가는 승려의 모습이 눈에 보이는 듯한 한 폭의 그림이다. 그러면서 어지럽고 혼란하고 시끄러운 세상을 뒤로 하고 정적한 절로 돌아가는 은둔자의 외로운 심정이 나타난다.

이 시는 유장경의 禪味〈선미 ; 禪(선)의 취미. 脫俗(탈속)한 취미.〉가 확연히 드러 나는 시이다. 禪의 경지는 사람마다 다를 것이고 표현 또한 다를 것이며 읽는 사람의 느낌도 제각각이 아니겠는가? 사실 이러한 풍경에는 특별한 정이 있을 것이다.

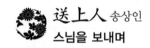

送上人 송상인
스님을 보내며

孤雲將野鶴　豈向人間住
고 운 장 야 학　기 향 인 간 주
莫買玉洲山　時人已知處
막 매 옥 주 산　시 인 이 지 처

외로운 구름이 야생 학을 따라 가려니
어찌 속세에 머물리오!
沃洲山에는 가지 마시오.
속인들이 모두 알고 있다오.

제목이 〈送方外上人〉으로 된 책도 있다. 方外上人은 '세상 밖에 사는

종남산(終南山)

스님'이고 上人은 불승에 대한 존칭이나, 여기서는 구체적으로 누구를 지적하는지 알지 못한다. 일설에는 靈澈 스님이라고도 한다. 옥주산은 浙江省 新昌縣에 있는데 부근에 유명한 天台山(천태산)이 있다. 불교나 도교에서 높이는 명산이며 道教 72洞天의 하나인데, 東晉의 불승 支道林(支遁, 314-366)이 여기서 학을 키우며 수도했다고 한다.

孤雲과 野鶴은 짝이 될 수 있을 것이다. 아니면 고운처럼 매인 곳이 없고 야학처럼 자유로운 上人이라고 풀어도 좋다. 시인은 여기서 전송하지만 마음은 上人을 따라가고 있으며 자신도 속세를 버리고 싶은 강한 욕구를 가지고 있다.

속세와 속인들을 멀리하고 虛靜(허정 ; 망상이나 잡념이 없이 마음이 항상 평정함.)한 자연 속에 살라는 당부를 빼놓지 않았다. '終南捷徑(종남첩경)'으로 생각하고 종남산에 들어가는 세속 관리를 본받지 말라는 뜻이라 해석할 수도 있다.

시인과 上人의 친밀한 정을 확실하게 느끼는 시이며, 惜別(석별)하면서도 挽留(만류)의 정이 넘친다. 또 風趣가 어울리고 뜻이 깊고 묘미가 있는 詩이다.

彈琴 탄금

冷冷七絲上　靜聽松風寒
영 령 칠 사 상　정 청 송 풍 한

古調雖自愛　今人多不彈
고 조 수 자 애　금 인 다 불 탄

맑고도 시원한 일곱 줄 소리

조용히 松風의 슬픈 소리 듣는다.

비록 옛 곡조라도 나는 좋은데

지금 사람들 연주하는 이 없다.

　제목을 〈聽彈琴〉이라고도 하는데, 琴聲을 빌려 자신의 뜻을 表明하였다.

　冷冷한 七絲의 소리는 다음 句의 '寒'에 이어진다. 여기서 '寒'은 슬픈 듯하면서도 맑은 소리이다. 3, 4句는 對偶(대우)를 이루고 知音을 찾기 어렵다는 뜻이니, 자신처럼 古雅한 知人이 없어 쓸쓸하다는 뜻으로 해석할 수 있으며, 재주를 지니고 있으면서 인정받지 못하여 불우한 자신에 대한 탄식이라고 풀이할 수도 있다.

　이 시는 七絃琴에 대한 칭송이면서 유장경이 그때 사람들처럼 천박한 時俗을 따르지 않겠다는 선언적 의미가 있다. 실제로 그러했기에 관직

생활에서 두 차례나 폄직되기도 하여 50세에서 55세에 이르는 시기에
睦州司馬라는 종 6품의 한직에도 있었다.

　이제 그의 대표작 하나를 읽으면서 유장경 이야기를 끝내려 한다.

 逢雪宿芙蓉山主人 봉설숙부용산주인
눈을 만나 부용산 민가에서 자며

日暮蒼山遠　天寒白屋貧
일　모　창　산　원　　천　한　백　옥　빈

柴門聞犬吠　風雪夜歸人
시　문　문　견　폐　　풍　설　야　귀　인

해가 저물고 먼 산은 잿빛인데
날은 차갑고 가난한 초가에 묵는다.
사립문에 개 짖는 소리 들리니
눈보라 치는 밤에 누군가가 돌아오네.

　날이 저물어 가난해 보이는 초가에 투숙을 한 나그네, 바람이 불고
눈이 오는 한밤중에 개가 짖고 누군가가 돌아온다는 시인데, 마치 굵직
한 선으로 대충 스케치한 〈寒山夜宿圖〉라고 제목을 붙인 그림을 보는
것 같다.

　왜 그런지는 모르지만 쓸쓸한 정경에도 정감이 가는 시이다. 마치 이
시는 유장경의 일생을 비유하여 그린 것 같다는 느낌이다. 많은 시인들
은 어렵고 힘들게 그러나 진실한 삶을 보냈다.

月夜 월야

今夜鄜州月	閨中只獨看
금 야 부 주 월	규 중 지 독 간
遙憐小兒女	未解憶長安
요 련 소 아 녀	미 해 억 장 안
香霧雲鬟濕	淸輝玉臂寒
향 무 운 환 습	청 휘 옥 비 한
何時倚虛幌	雙照淚痕乾
하 시 의 허 황	쌍 조 루 흔 건

오늘 밤 鄜州(부주)의 달을

아내는 혼자 보고 있으리라.

멀리서 그리는 어린 자식들

아직은 장안을 생각 못하리라.

밤안개에 구름 머리가 축축하고

달빛 아래 고운 팔이 차가우리라.

어느 날에나 창가에 기대어

둘이 눈물 마른 얼굴로 달을 보겠나?

두보(杜甫)

杜甫(두보)의 역경과 그 역경 속에서도 애틋한 가족 사랑을 느낄 수 있는 시인데, 숙종 至德 원년(756) 가을에 지은 것으로 알려졌다. 가족애를 착실하고 온화한 필치로 그렸으며, 아름다운 부인에 대한 사랑과 어린 자식들을 안타까워하는 아버지의 정이 섬세하게 나타나기도 했다. 또한 가족과 헤어져 울고 있는 두보의 눈물이 선명하게 그려지기도 하는 시이다.

鄜州(부주)는 지금의 陝西省(섬서성) 延安市 黃陵縣(황릉현)이다. 안녹산의 난(755-763)이 일어나기 바로 전에 두보는 奉先縣으로 가서 가족을 만났다. 그러자 난이 일어났고, 지덕 원년 5월 안녹산이 장안에 가까이 쳐들어오자 두보는 다시 봉선현으로 가서 가족을 데리고 白水縣으로 피난했다가, 다시 6월에는 부주로 가족을 피난시켰다.

그리고 숙종이 즉위했다는 소리를 들은 두보는 혼자서 蘆子關(노자관)을 지나서 숙종이 있는 靈武(영무)로 가려다가 도중에서 반군에 잡히어 장안으로 끌려왔다. 요행으로 지위가 낮았으므로 별로 해를 입지 않고 연금 상태로 지낼 수가 있었다. 그러나 두보의 심중은 몹시 괴로웠다. 이 시는 장안에서 부주에 있는 처자를 생각하며 지은 것이다. 당시 두보는 45세였다.

이 시에서는 두보가 달을 바라보고 있다는 묘사가 없다. 아내는 혼자 달을 보고 있을 것이지만, 아버지가 고생하고 있으리라 생각도 못하는 아이들은 잠들었을지도 모른다. 그러니 그 아이들이 더 가엾고 그리울 것이다. 수련에서는 달을 '獨看'하지만 尾聯에서는 '雙照(쌍조)'하는 모습을 그리고 있다. 이는 首尾相應(수미상응)이다. 부부의 마음은 이런 것이다.

杜甫(712-770)의 자는 子美이고, 호는 少陵野老(소릉야노), 또는 杜陵野客, 杜陵布衣라고 하였다. 그는 현실주의적 시인으로 그의 시는 사회의 실질을 기록하였다는 평가를 받고 있다.

晉(진)의 장군으로 삼국의 吳를 멸망시켰으며 左傳癖(좌전벽)이었던 杜預(두예)의 13세손이 바로 두보이다. 두보의 조부 杜審言(두심언, 645-708)은 측천무후 시기의 유명한 정치인이면서 시인이었다. 중국문학사에서는 杜審言(두심언), 李嶠(이교), 崔融(최융), 蘇味道(소미도)를 '文章四友'라 칭한다.

두보의 부친 杜閑(두한)은 낮은 지방관을 지냈지만 두보 대에 와서는 거의 몰락한 가문이었다. 두보는 河南 鞏縣(공현, 지금 河南省 鞏義市)에서 태어났는데, 祖籍은 湖北省 襄陽(양양)이다.

두보는 어려서부터 好學하였는데 7세에 시를 읊었던 조숙한 수재였다고 한다. 두보는 매우 열심히 면학했다. 두보는 그 자신이 〈奉贈韋左丞丈二十二韻〉에서 '讀書破萬卷(책 만권을 독파하면), 下筆如有神(글을 지을 때 신이 돕는 것 같다).'라고 할 정도로 열심히 글을 읽었다.

두보는 그가 24세 되던 해 장안에서 進士科에 응시하였으나 낙방한 뒤에 8, 9년간이나 齊와 魯 지역을 유랑했고, 이백, 고적 등과 교유했는데 〈望嶽〉, 〈飮中八僊歌〉 등은 이 시기의 작품이다.

천보 11년 그의 나이 40세에 參軍(참군) 벼슬에 나갔다가, 천보 15년에 安祿山이 長安을 함락하고 숙종이 靈武에서 즉위하자(756), 두보는 숙종이 있는 곳을 찾아가 배알하여 左拾遺에 임명되었다. 숙종 乾元 원년(758) 史思明의 반란이 계속되면서 嚴武(엄무)가 蜀을 평정하고 두보를 검교공부원외랑으로 초빙하였다. 두보는 친우 엄무의 도움과 후원 아래 成都 西郊의 浣花溪(완화계)에 초당을 짓고 일생 중 가장 평온한 시기를 보냈다. 그러나 두보는 실의와 곤궁 속에 시름하다가 代宗 大曆 5년(770)에 湘江(상강)의 배 안에서 당뇨병으로 급작스런 죽음을 맞이하니, 향년 59세였다.

두보는 左拾遺(좌습유), 檢校工部員外郎을 역임했기에 후세에 杜拾遺(두습유) 또는 杜工部라고 불린다. 또 장안 성 밖 少陵(소릉)에 초당을 짓고 거주한 적이 있어 杜少陵(두소릉)이라고도 불린다.

두보는 11세 연상인 이백과 함께 '李杜'라고 병칭되는데, 또 다른 시인 李商隱(이상은)과 杜牧(두목)은 '小李杜'라 하여 구별한다. 杜甫와 杜牧은 먼 宗親이라서 두보는 老杜라 불리기도 한다.

두보의 시는 약 1,500수가 전해 오고 그의 시집으로 《杜工部集》이 있

두보초당비정(杜甫草堂碑亭)

다. 이백을 詩仙이라 부르기에 두보는 '詩聖'으로 존경을 받고 있으며, 그의 시는 곧 당시의 역사적 사실을 기록한 것과 같아 '詩史'라고 부르기도 한다.

두보의 조부인 杜審言(두심언, 645?-708)은 才華가 뛰어난 사람이었으나 재주를 믿고 오만한 데가 있었다고 한다. 두심언은 고종 때(670) 진사에 급제한 뒤 隰城尉(습성위)를 지냈다. 나중에 洛陽丞(낙양승)이 되었다가 무후 때에는 吉州司戶參軍으로 폄직되기도 하였다.

이 무렵 吉州의 하급관리인 郭若訥(곽약눌)과 장관 周季重(주계중)이 두 심언을 모함하여 死罪에 빠뜨리자 杜審言의 13살 아들 杜幷(두병, 幷은 幷의 속자.)이 아버지를 위한 복수를 하려고 주계중의 집에 잠입해서 주계중을 찔렀고 두병은 현장에서 호위무사에게 잡혀 죽었다. 그런데 부상을 당한 주계중이 죽기 바로 직전에 "杜審言에게 그런 효자가 있는 줄은 나는 모르고 있었으며 곽약눌이 나에게 거짓말을 했다."고 말했다.

이는 당시에 큰 사건으로 이 소식을 전해들은 측천무후가 두심언을 불러 만났고 두심언의 시를 높이 평가해 주었다.

두심언의 차남이 杜閑인데 두한은 바로 두보의 부친이다. 두보는 두 심언의 장손이었으니 杜甫도 "내 할아버지의 詩는 예부터 제일이었다 (吾祖詩冠古)."고 말했다. 두심언은 近體詩〈근체시 ; 詩體(시체)의 이름. 唐代(당대)에 정형화된 律詩(율시)와 絕句(절구), 古詩(고시)와 상대되어 平仄(평측) · 字數(자수) · 對句(대구) 등에 엄격한 규칙이 있음.〉의 형성과 발전에 크게 기여하여 '五言律詩의 기초를 놓은 시인'으로 평가받고 있다. 두보는 이러한 조부의 유전자를 물려받았을 것이다.

✿ 春望 춘망

國破山河在　城春草木深
국 파 산 하 재　성 춘 초 목 심
感時花濺淚　恨別鳥驚心
감 시 화 천 루　한 별 조 경 심

烽火連三月　家書抵萬金
봉 화 연 삼 월　가 서 저 만 금

白頭搔更短　渾欲不勝簪
백 두 소 갱 단　혼 욕 불 승 잠

나라는 깨어져도 산천은 그대로니
성 안에 봄이 들고 초목은 우거졌다.
시절을 느껴 꽃에도 눈물을 뿌리고
이별의 한은 새소리에도 가슴이 뛴다.
봉화가 연이어 석 달을 계속하니
집안의 편지는 만금만큼 소중하다.
흰머리 긁어 대니 더 많이 빠져서
아무리 묶어도 동곳잠을 못 끼겠다.

〈春望〉은 아주 유명한 五言律詩로 율시의 표본으로 인용되는 걸작이
다. 두보가 안록산의 난으로 장안에 억류되어 있던 肅宗 至德 2년(757),
두보 46세 때의 작품이다. 두보의 憂國衷情(우국충정)이 봄날의 경관과 대
비되어 비감을 배가하는 시이다.

首聯에서는 國破와 城春으로 시대상황과 계절을 언급하여 제목의 뜻
을 말하고 있다. 인간들의 作爲(작위)로 나라는 부서졌으나 산하는 그대
로 있다. 난리에 시달린 사람에게 새봄의 정경은 슬픔만을 안겨 준다.

그리고 연이은 頷聯(함련)과 頸聯(경련)은 높은 곳에서 처자식이 있는
곳을 바라보며 느낀 감상이니, 시인은 지금 지치고 불안하며 전투에 놀
랐고 고향소식에 애를 태우고 있음을 알 수 있다. 끝으로 尾聯은 이런

상황에서 늙어 가는 시인의 모습을 그대로 묘사하고 있다. 미련에 묘사된 시인의 모습은, 곧 首聯의 '國破山河在'의 실상으로 오버랩 된다.

시인의 언사는 매우 평범하나 한 글자 한 구절이 고통이고 진실이기에 이보다 더 절실한 묘사가 있을 수 없다는 생각을 하게 된다. 시인이 겪는 고통이 정말로 극심하기에 그 언사가 읽는 이의 심금을 울리고 있다.

曲江 곡강 二首 (二)

朝會日日典春衣　每日江頭盡醉歸
조 회 일 일 전 춘 의　매 일 강 두 진 취 귀

酒債尋常行處有　人生七十古來希
주 채 심 상 행 처 유　인 생 칠 십 고 래 희

穿花蛺蝶深深見　點水蜻蜓款款飛
천 화 협 접 심 심 현　점 수 청 연 관 관 비

傳語風光共流轉　暫時相賞莫相違
전 어 풍 광 공 유 전　잠 시 상 상 막 상 위

날마다 조정에서 돌아와 봄옷을 저당 잡혀

날마다 강가에서 취하여 돌아온다.

술빚은 예삿일이라 가는 곳마다 널렸지만

사람의 칠십 세는 예로부터 드물었다.

꽃을 찾는 호랑나비 꽃 사이로 보이고

물을 차는 잠자리는 느릿느릿 난다.

내가 말하지만 봄날 경치는 모두 흘러가나니

잠시라도 함께 어울리며 서로 어긋나지 말기를!

곡강 풍경(曲江風景)

이 시는 두보가 肅宗 乾元 원년(758) 봄에 지은 시로 알려졌다. 당시는 안록산 반군으로부터 장안과 낙양을 수복하여 숙종도 장안으로 돌아왔던 때였지만 두보는 여전히 실의 속에 末職에서 가난한 생활을 하고 있었다.

이 시 전반 4구는 두보가 술을 마시는 정경인데 '酒債尋常行處有 人生七十古來稀' 라는 절창이 나왔다. 외상으로 달아 놓은 술값은 가는 곳마다 있으니 흔하고 흔한 예삿일이지만 인생 칠십은 예로부터 아주 희귀한 일이라 하여 외상 술값과 人生을 극적으로 대비시키고 있다. 그저 술 마시면서 술상에서 이야기하듯 담담하게 아무런 꾸밈도 없이 써 내려갔다. 그러나 여기에는 난리 끝에 세상살이의 어려움과 인생의 애환을 정겹게 토로하고 있다.

그리고 후반 4구는 평화롭고 한가한 봄날의 敍景<서경 ; 자연의 경치(풍경)를 글로 나타냄.>으로 자연에 몰입된 시인의 마음이며 이런 평화가 지속되기를 희망하는 염원이 나타나 있다.

두보는 安史의 난(755-763)과 그 이후 지방의 소소한 난리를 겪으며 평생을 고생했다. 두보에게 전쟁, 난리, 兵器 … 이런 말은 정말 피하고 싶었다. 때문에 두보는 아래와 같은 시를 짓기도 하였다.

安得壯士挽天河　盡洗甲兵長不容
안 득 장 사 만 천 하 　 진 세 갑 병 장 불 용

어떻게 하면 장사로 하여금 은하수 물을 끌어들여
모든 무기를 다 씻어 아예 못쓰게 할 수 있을까?

〈洗兵馬(세병마)〉의 마지막 聯

안사의 난 중에 官軍이 河南과 河北을 수복했다는 말을 듣고 고향으로 돌아갈 수 있다는 희망을 토로하며 아래와 같이 감격하기도 하였다.

白日放歌須縱酒　靑春作伴好還鄕
백 일 방 가 수 종 주 　 청 춘 작 반 호 환 향

대낮에 큰 소리로 노래하며 술을 마셨으니
봄날이면 짝을 지어 고향으로 가야지!

〈聞官軍收河南河北(문관군수하남하북)〉부분

그러나 두보는 끝내 낙양이나 장안에 다시 돌아가지 못하고 객지에서 죽었다. 현존하는 두보의 시 약 1,400수는 다음과 같이 4시기로 구분할 수 있다.

1) 讀書하고 유람하던 시기(35세 이전)

두보는 지금의 江西省, 浙江省(절강성) 일대와 山東省 북부와 河北省 남부를 유랑하였고 낙양에서 과거에 응시하였으나 낙제했다. 낙양에서 11세 연상인 李白을 만나 깊은 우의를 다졌는데 이백에게 시를 지어 증정했었다. 또 高適을 만나 3인이 梁과 宋(지금의 開封, 商丘市 일대)을 유랑하다가 齊州에서 헤어지고 이후 다시 만나지 못했다.

2) 長安에서 힘들게 지내던 시기(35세~44세까지)

두보는 장안에 와서 玄宗에게 賦(부)를 지어 올리기도 하고 貴人에게 시를 증여하면서 어떻게든 인정을 받고 벼슬길에 나서려고 힘들고 어려운 생활을 이어간다. 나중에 參軍이라는 말직을 얻지만 이 시기에 사회 실상을 고발하는 시를 많이 창작했다. 두보는 당시 時政을 비평하고 權貴의 행태를 풍자하는 〈兵車行〉과 〈麗人行〉 등 장편을 지었는데 그중에서도 〈自京赴奉先縣咏懷五百字〉가 가장 유명하다.

3) 안록산 난의 와중에서 벼슬 생활하기(45세~48세)

安史의 亂이 일어나고 潼關(동관)이 함락되자 두보는 가족을 두고 혼자 靈武로 새로 즉위한 肅宗을 찾아간다. 그 도중에 반군에게 사로잡혀 장안에 압송되었는데 혼란한 장안의 모습을 목격하고 관군의 패퇴 소식을 들으면서 〈月夜〉, 〈春望〉, 〈哀江頭〉 등의 시를 남긴다. 두보는 장안을 탈출하여 鳳翔(봉상)의 行在所에 가서 숙종을 알현한다. 그리고 左拾遺의 벼슬을 받는다. 그러나 재상인 房琯(방관)의 일로 忠言과 直諫을 했지만

동관(潼關) 고성(古城)

오히려 華州司功參軍으로 강등된다. 이 시기에 그가 목도한 바를 바탕
으로 〈三吏〉, 〈三別〉 등 불후의 명작을 남긴다.

4) 西南지방을 떠돌던 시기(48세에서 59세까지)

연속되는 관군의 패배와 흉년 때문에 두보는 관직을 버리고 가족을
데리고 피난하여 秦州(진주)를 거쳐 촉의 成都에 이른다. 거기서 친우인
嚴武의 도움으로 잠시나마 안정을 누렸다. 그러다가 嚴武가 入朝한 뒤
에 蜀 땅에서 徐知道의 반란이 일어난다. 두보는 梓州(재부), 閬州(낭주) 등
을 떠돌다가 다시 成都로 돌아온다. 嚴武가 죽은 뒤 두보는 夔州(기주)에
서 2년을 지내다가 다시 湖北, 湖南 一帶를 떠돌다가 59세를 일기로 湘
江(상강)의 배 안에서 죽었다. 두보의 죽음에 대해서는 여러 이견이 있다.
이 시기의 작품으로 〈春夜喜雨〉, 〈茅屋爲秋風所破歌〉, 〈病橘〉, 〈登樓〉,

〈蜀相〉, 〈登高〉, 〈秋興〉 등이 있다. 杜甫詩의 약 70% 정도가 이 시기의 작품인데, 많은 시들이 安史의 亂 전후 20여 년간의 사회 모습을 묘사하였다.

　두보는 큰 포부를 가진 시인이었으나 그 뜻을 펼 기회가 없었다. 두보는 개원 23년(735) 그의 나이 24세 청년으로 이백과 함께 지금의 낙양의 동쪽에서부터 산동 일대를 유람하였다. 그 무렵 태산을 바라보고 지은 시 〈望嶽〉은 두보의 시로서는 초기의 작품이면서 ’壓卷之作(압권지작)’으로 알려졌는데 그 시에서 ‘會當能折頂(꼭 태산의 정상에 올라), 一覽衆小山(뭇 작은 산들을 내려 보리라).’ 하면서 자신의 큰 꿈을 노래했었다.

　두보는 자신의 뜻을 유명한 역사 인물에 대한 느낌을 묘사하면서 피력하였다. 두보는 늙어서도 고적을 둘러보고 또 역사적 인물에 대한 시를 많이 지은 것은 다 그런 의미가 있을 것이다.

蜀相 촉상
촉나라 승상

丞相祠堂何處尋　　錦官城外柏森森
승 상 사 당 하 처 심　　금 관 성 외 백 삼 삼

映階碧草自春色　　隔葉黃鸝空好音
영 계 벽 초 자 춘 색　　격 엽 황 리 공 호 음

三顧頻煩天下計　　兩朝開濟老臣心
삼 고 빈 번 천 하 계　　양 조 개 제 노 신 심

出師未捷身先死　長使英雄淚滿襟
출 사 미 첩 신 선 사 　 장 사 영 웅 누 만 금

승상의 사당을 어디에서 찾을 수 있나?

금관성 밖 측백나무가 빽빽한 곳이로다.

햇빛 비친 계단에 봄풀은 절로 푸르고

나뭇잎 사이 꾀꼬리는 혼자 지저귄다.

세 번 찾아와 늘 천하대계를 위해 번민하였으니

兩朝에서 개국과 치국에 노신은 정성을 다했다.

출사하여 이기지 못하고 몸이 먼저 가니

언제나 영웅에게 눈물로 옷깃을 젖게 한다.

제갈량(諸葛亮)

蜀의 재상, 諸葛亮(제갈량, 181-234. 諸葛은 복성. 亮 밝을 량)이 청년 시 荊州의 襄陽(양양) 교외에서 耕讀(경독 ; ①농사짓기와 글 읽기. 농사일을 하면서 학문을 닦음. ②晝耕夜讀(주경야독).)할 때는 臥龍이라 불렸다. 제갈량이 유비가 삼고초려 했을 때 제안한 제갈량의 대책, 곧 '隆中對(융중대)'의 대책은 北쪽은 天時를 얻은 曹操라 不可取하고, 동남에서 地利를 얻은 孫權을 후원세력으로 만들면서 三分天下하되 人和를 바탕으로 세력을 키우면서 漢室 중흥을 도모하는 것이었다.

그 제갈량이 유비를 따라 臥龍岡(와룡강)을 나설 때는 서기 207년, 그의 나이 26세였다.

221년 유비가 蜀漢을 건국하고 稱帝할 때 제갈량은 40세로 승상이 되었고, 223년 유비가 백제성에서 죽을 때 제갈량은 42세로 아둔한 後主를 도와 촉한을 다스렸다. 227년 46세 때 〈出師表〉를 올리고 북벌에 나섰다가 234년 53세로 五丈原에서 죽었다. 사후에 시호가 忠武侯이기에 보통 武侯 또는 諸葛武侯로 불린다.

중국인들에게 제갈량은 가히 슈퍼맨으로 인식되고 있다. 전략, 정치, 치국과 문학은 물론 비를 내리고 바람을 불게 하였고 饅頭(만두)를 처음으로 만든 사람이었다. 제갈량에 대한 神話는 지금도 계속 창작되며 윤색되고 있다. 어려서 또는 젊었을 때 읽었던 《삼국지−三國演義》에 그려진 제갈량의 초상은 어른들의 머릿속에서 지워지지 않는다. 그리고 제갈량을 생각하면 늘 杜甫의 이 시를 생각하게 된다.

이 시는 두보가 숙종 上元 원년(760)에 지은 시로 알려졌다. 수련에서는 멀리서 본 무후의 사당에 대한 묘사인데 자문자답하였다. 함련은 가까이 사당에 도착하여 본 외관이다. 수련의 祠堂을 묘사한 것은 3구이고, 4구는 '柏森森'을 묘사하였다. 이처럼 경치를 묘사하였는데도 쓸쓸한 기분이 드는 것은 '自春色'과 '空好音'의 '自와 空'의 효과이다.

頸聯(경련)에서는 제갈량의 업적이다. 5, 6구에는 三顧草廬 − 隆中對策 − 三分天下 − 蜀漢開國 − 臨終託孤(임종탁고) − 後主輔弼(보필) − 爲國忠誠의 그 일생을 불과 14자에 다 담겨 있으며 축약이 이렇게 많은데도 부자연스러운 리듬이 조금도 없다.

그리고 마지막 聯에서는 出師表 - 북벌〈六出祁山(육출기산)〉- 五丈原의 죽음을 말하였는데, 사당을 참배하는 영웅만이 아니라 詩를 읽는 이의 마음까지 아프게 한다. 제갈량을 생각하면 그 다음에 누구나 두보의 이 구절을 떠올리니, 이것이 시의 功力이 아니겠는가?

두보는 〈詠懷古蹟〉 4首와 5首와 〈八陣圖〉에서도 제갈량의 공적을 아주 높이 평가하였다. 두보는 제갈량의 충성심을 높이 평가하였고 또 자신이 그런 충성심을 가슴에 품고 생활하였다.

 春日憶李白 춘일억이백
봄날 李白을 생각하다.

白也詩無敵　飄然思不群
백 야 시 무 적　표 연 사 불 군

清新庾開府　俊逸鮑參軍
청 신 유 개 부　준 일 포 참 군

渭北春天樹　江東日暮雲
위 북 춘 천 수　강 동 일 모 운

何時一樽酒　重與細論文
하 시 일 준 주　중 여 세 논 문

이백은 시에서 견줄 사람이 없고
뛰어나니 생각이 남과 다르다.
청신하기로는 庾信(유신)과 같고
빼어나기로는 鮑照(포조)와 같도다.
위수 북쪽에는 봄철 수목이

강동에는 해질 무렵의 구름.

언제 한 통의 술을 놓고

다시 더불어 시를 논하겠는가?

庚信(유신, 513-581)은 남조 梁에서 관직을 역임하다가 北周에 사신으로 갔다가 억류되어 그곳에서 관직생활을 한 六朝 최고의 시인이라 할 수 있고, 鮑照(포조, 412-466)는 남조 宋의 유명한 시인이다.

두보는 이백의 천재성을 잘 알고 있었다. 때문에 시에서는 견주거나 비교할 만한 사람이 없기에 '詩無敵'이고 그 자유분방한 생각은 어느 누구도 따라갈 수 없기에 '思不群'이라 하였다.

천보 5년(746)에 두보는 渭水(위수) 북쪽, 곧 장안에 있었고 그 무렵 이백은 江東에 있었다. 두보의 이백에 대한 존경과 그리움은 끝이 없었고 중국 문학사에서 이백의 천재성을 진정으로 칭찬한 사람은 두보가 아마 첫째일 것이다.

이백(701-762)은 杜甫보다 11년 年上이다. 두 사람은 天寶 3년(744)에 洛陽에서 교유했고, 또 河南과 山東의 각지를 함께 여행했다. 당시 이백은 44세로 잘 알려진 호탕한 시인이었다. 한편 두보는 33세로 초라하지만 진지한 선비 기질의 시인이었다.

두보는 이백을 좋아하고 존경하였기에 이백을 위한 시를 많이 지었다. 대개가 이백을 회상하거나 혹은 이백을 염려하는 시를 40여 편이나 남겼다. 한편 기구한 삶의 길을 걸었던 이백도 두보를 회상하는 시를 5-6편 정도 남겼다.

戲贈杜甫 희증두보

【李白】

飯顆山頭逢杜甫　頭戴笠子日卓午
반 과 산 두 봉 두 보　두 대 입 자 일 탁 오

借問別來太瘦生　總爲從前作詩苦
차 문 별 래 태 수 생　총 위 종 전 작 시 고

반과산에서 두보를 만났는데

머리에 쓴 삿갓은 높이 솟은 해 같았네.

묻나니, 수척한 그대 헤어진 뒤로도

언제나 예처럼 힘들게 시를 짓는가?

이백과 두보의 만남과 담소와 여행을 떠올리기에 충분한 시이다. 젊은 두보는 그때에도 여전히 진지하게 힘들여 다듬으면서 시를 지었던 모양이다. 헤어진 뒤에 이백이 두보를 그리워하는 시 하나를 더 읽어야 한다.

沙丘城下寄杜甫 사구성하기두보

【李白】

我來竟何事　高臥沙丘城
아 래 경 하 사　고 와 사 구 성

城邊有古樹　日夕連秋聲
성 변 유 고 수　일 석 연 추 성

魯酒不可醉　齊歌空復情
노 주 불 가 취　제 가 공 복 정

思君若汶水　浩蕩寄南征
사 군 약 문 수　호 탕 기 남 정

나는 여기 와 대체 무엇을 하나?
사구성에서 한가히 누워 있노라.
성의 주변에 큰 나무들이 많아서
종일 가을바람에 소리를 내고 있다.
魯에서 마시는 술 취하지 않고
齊에서 읊는 시 공연히 옛정만 그립다.
그대를 그리는 마음 汶水를 따라
호호탕탕하게 南으로 보낸다.

　沙丘는 지금의 河北省 廣宗縣 太平台鄕에 있는 길이 150m, 넓이 70m
의 큰 모래언덕을 말하는데, 옛날 秦始皇의 太平宮이 있었고 진시황이
여기서 병사했다고 한다. 당나라 때에는 魯에 속했던 땅이다. 汶水는 汶
河(문하)로 山東省 남부와 江蘇省 북부를 흘러가는 강이다.
　이 시에서 이백은 두보와 같이 齊와 魯의 여러 곳을 유람했던 추억을
회상하고 있다. 이백은 古樹의 나뭇잎이 바람에 흔들리는 소리를 듣고
있으니 '士悲秋'의 정서를 유감없이 묘사하고 있다. 魯에서 마시는 술
에 취하지 않는다는 뜻은 술이 본래 품질이 좋지 않아 취하지 않는다는
뜻으로 해설한 책도 있지만, 그보다는 杜甫도 떠나고 없어 홀로 마시니
술맛이 없다는 뜻으로 해석하는 것이 좋을 것 같다. 말하자면 이백의 두

보에 대한 우정이 그만큼 진하며 그런 그리움을 문수의 강물을 따라 흘러 보낸다고 읊었다.

盛唐 詩壇의 日月과 같았던 이백(701-762)과 두보(712-770)는 제각각 다른 개성을 가지고 서로를 걱정하는 우정을 간직했었다. 두 사람이 약 10년 차이로 태어나고 죽었다는 것도, 두 사람의 인생 역정이 비슷하면서도 차이가 나고 詩風 등 모든 면에서 서로 비교가 되기에 여기에 한번 정리를 할 필요가 있다.

우선 두 사람이 발휘한 시단에서의 광채는 한유가 '李杜文章은 在光焰萬丈(재광염만장; 광채 나기가 일만 길. 웅장한 기상이 있다.)' 이라고 말한 그대로의 巨星이었으며, 여기에 詩佛 王維(692-761)가 근접하여 기타 群星과 함께 盛唐의 詩壇은 唐詩의 최전성기였음을 먼저 염두에 두어야 한다. 여기서 이해를 위해 이백과 두보를 비교하면 다음과 같다.

○ 先祖-이백의 선조는 뚜렷하게 내세울 것이 없고, 언제 왜 入蜀하였는가도 불분명한 유랑민의 후예로서 李白에게는 협객의 기질이 있었다. 두보의 먼 조상은 서진의 장수로서 손권이 세운 吳를 멸망시킨 杜預(두예, 222-285)이다. 두예는 평소 학문을 좋아해 左丘明(좌구명)의 《春秋左傳(춘추좌전)》을 틈만 나면 읽었고 행군 중에도 사람을 시켜 말 앞에서 《좌전》을 읽게 하였다. 이에 사람들은 두예를 '좌전에 푹 빠졌다' 는 뜻으로 '左傳癖(좌전벽)' 이라고 불렀다.

杜甫의 祖父인 杜審言은 측천무후 시대에 관료이면서 詩人으로 이름이 났고 부친 杜閑(두한)은 지방관을 역임했다. 이렇듯 두보는 그 혈통에 儒家의 기질과 철학이 있었고 조상의 내력에 자부심을 가지고 있었다.

○ **才能**-재주는 둘 다 타고난 바가 있었다. 이백은 5세에 六甲을 외우고 10세에 백가서를 보았고, 15세에 둔갑에 관한 奇書를 읽고 司馬相如만큼 賦를 지었다는 조숙한 천재였다. 두보 또한 조숙하고 문재를 타고 났었다. 이백은 그 기질이 浩蕩(호탕)하고 飄逸(표일 ; 마음이 내키는 대로 하여 세속에 얽매이지 않음.)하여 풍류의 기질이 농후하였고, 두보는 讀書와 沈思하며 진지하게 刻苦勉勵(각고면려 ; 고생을 무릅쓰고 열심히 노력함.)하는 기질이었다고 요약할 수 있다. 때문에 이백은 형식을 벗어난 古體詩에서 빛을 발하며 천재성을 발휘하였고, 두보는 律詩의 珠玉(주옥)을 가다듬었다.

○ **環境**-이백과 두보 두 사람 모두 젊어서 각지를 유랑했다. 젊은 날의 유랑은 시인으로서의 기초 자양분을 습득할 수 있는 기회였다. 뒤에 이백은 酣飮(감음)하고 縱酒(종주)하며 傍若無人(방약무인)한 듯 天上天下를 휘젓고 놀았으며 재물의 소중함을 몰랐을 정도로 豪奢(호사)하였다.

그러나 두보의 가세는 일찍부터 기울어 경제적인 어려움에 봉착했었고 落第의 고배를 마셔야 했고 방랑과 질병 속에서 가족을 데리고 焦燥(초조 ; 애태우며 마음을 졸임.)하면서 懊惱(오뇌 ; 근심하고 괴로워함. 뉘우쳐 한탄하고 괴로워함. 〔懊憹(오뇌)〕.)했다.

成仙하고 싶은 방랑기질 속에 脫俗한 시풍을 가졌던 이백과 憂世憂民(우세우민)하는 眞情을 가슴에 품고 침울한 哀傷의 시를 썼던 두보는 이러한 환경의 차이가 있었다.

○ **사상과 성격**-이백은 그 바탕에 노장사상으로 향락적인 기질이 있었고, 두보는 儒家사상에 박애주의자였다고 말할 수 있다. 이백이 利

己的이고 知者이며 動的이었다면, 두보는 利他的이며 樂山의 仁者 기질을 발현하였다. 이백은 자신의 인생을 天地라는 逆旅(역려, 여관)를 잠시 들렸다가는 나그네로 보았고, 두보는 조그만 분수에 만족할 수 있는 안정을 희구하며 힘들게 살아야만 했다. 때문에 자기만큼이나 고통을 받는 서민들의 애환을 자신의 애환으로 느끼며 그 아픔을 사실대로 기록하려 애를 썼다.

이백이나 두보 모두 안록산의 난을 겪었다. 이백은 방관자적 입장을 견지하였고, 두보는 어떻게든 국가를 위해 봉사할 수 있는 기회를 찾으려 노력했지만 위대한 시인에게 관직은 어울리지 않는 옷과 같았다.

○ 詩風 – 이백은 귀족들의 富華한 생활을 겪어도 보았고 현종이나 權貴를 위한 봉사도 해 보았으나 두보는 오로지 평민들의 삶을 소재로 시를 썼다. 이백이 낭만적이고 唯美主義的이고 퇴폐적인 상상이나 주관적 감정이나 기분을 읊었다면, 두보는 사실적이고 인도주의적 사고와 사회의 일면을 사실적, 객관적으로 기록하는 시를 썼다.

이백의 시에 술과 여인의 아름다움을 그리고 낭만적 연애의 감정을 유감없이 표현했다면, 두보는 굶주림이나 疾苦〈질고 ; ①괴로워 함. ②病苦(병고).〉를 시의 주제로 삼았고 여인과의 연애감정을 토로한 시는 찾아볼 수가 없다. 이백은 그 천재성을 바탕으로 단숨에 즉석에서 완성하는 一氣呵成(일기가성 ; 단숨에 문장을 지어냄.)의 豪邁(호매 ; 성질이 호탕하고 인품이 뛰어남.)하고 淸逸(청일 ; 맑고도 속되지 않음.)한 시를 쓴데 비해, 두보는 人力으로 彫琢〈조탁 ; 詩文(시문) 따위의 字句(자구)를 아름답게 다듬음을 비유하여 이르는 말.〉하여 공을 들여 시 한 수를 완성했다고 말할 수 있다.

이러한 이백과 두보는 누가 더 어떻다는 優劣(우열)을 비교할 수가 없다. 두보가 이백만큼 그렇게 호탕할 수도 없고, 이백은 두보처럼 침울할 수 없는 기질이었으며, 이백의 〈蜀道難〉이나 〈將進酒〉같은 시를 두보에게서 기대할 수 없으며, 이백에게 〈兵車行〉같은 시를 써 보라고 권유할 수는 없었을 것이다.

安史의 난 중에 官軍이 相州에서 대패하였고 關中에 대기근이 들자 두보는 華州의 司功參軍職을 버리고 가족을 데리고 秦州나 同谷 등지를 떠돌다가 成都에 들어와 초당을 지었고(760), 762년에는 嚴武의 도움을 받아 잠시나마 비교적 안정된 생활을 했었다. 이때가 어찌 보면 두보의 만년에서 가장 행복한 시기였었다.

 客至 객지
손님이 오다.

舍南舍北皆春水　　但見群鷗日日來
사 남 사 북 개 춘 수　　단 견 군 구 일 일 래

花徑不曾緣客掃　　蓬門今始爲君開
화 경 불 증 연 객 소　　봉 문 금 시 위 군 개

盤飧市遠無兼味　　樽酒家貧只舊醅
반 손 시 원 무 겸 미　　준 주 가 빈 지 구 배

肯與鄰翁相對飲　　隔籬呼取盡餘杯
긍 여 린 옹 상 대 음　　격 리 호 취 진 여 배

집의 앞과 뒤 모두 봄물이 가득한데

다만 보이나니 물새 떼만 매일 날아옵니다.

꽃핀 小路는 손님 온다고 쓸지 않았었고

사립문은 오늘 손님 위해 처음 열었습니다.

시장이 멀어 저녁상엔 좋은 반찬이 없고

가난하기에 술동이엔 다만 묵은 술뿐입니다.

이웃 노인과 합석해도 괜찮다 하시면

울타리 넘어 불러서 남은 술 다하겠습니다.

　이 시는 두보가 761년에 成都 浣花溪(완화계)의 초당에서 생활할 적의 비교적 평온했던 시절의 시이다. 두보는 安史의 난을 피하여 759년에 성도로 흘러 들어와 760년 완화계에 초당을 짓고 安住하였다. 原註에는 崔明府가 찾아 주어 기뻤다(喜崔明府見過)는 註가 있는데, 최명부는 두보의 외가(淸河 崔氏) 쪽 사람이라고 알려졌다.

　'舍南舍北皆春水'에서 春水는 봄비에 불어난 물이니, 도연명의 '春水滿四澤'을 연상하면 된다.

　수련은 봄날 강가의 풍경이다. 물새들을 벗 삼아 시를 생각하는 평화

완화계(浣花溪)

로운 정경이다. 頷聯(함련)은 손님맞이 준비이다. 특히 '花徑不曾緣客掃 蓬門今始爲君開' 두보의 적막한 생활과 손님을 기다리는 진실한 마음을 보여주는 명구로 널리 알려졌다.

頸聯(경련)은 가난 때문에 많은 준비를 못한다는 아쉬움을, 그리고 미련에서는 이웃과 함께 하는 행복을 그렸다. 함련과 경련은 완벽한 대구를 이루고 있다.

두보의 평온했던 이 시절을 묘사한 또 다른 五言絕句인 〈絕句〉에도 평온한 두보를 생각할 수 있다. (제목 자체가 〈絕句〉이다.)

🌸 絕句 절구 二首 (其 二)

江碧鳥逾白　山靑花欲然
강 벽 조 유 백　산 청 화 욕 연

今春看又過　何日是歸年
금 춘 간 우 과　하 일 시 귀 년

강이 파라니 물새는 더 희고
산이 푸르니 꽃은 타는 듯하다.
이번 봄도 또 이리 보내니
어느 날이 돌아갈 해이겠나?

두보의 생애에서 두보를 잘 도와주었던 한 사람은 嚴武(엄무, 726~765) 이다. 代宗 寶應 원년(762)에 사천의 검남절도사로 있으면서 두보가 안정된 생활을 할 수 있도록 도와주었다. 나중에 吐蕃(토번)을 토벌한 공로가 있어 檢校吏部尙書가 되었고 鄭國公에 봉해졌었다. 嚴武도 詩를 잘 알 았는데 그의 〈軍城早秋〉가 비교적 잘 알려졌다. 성격이 매우 거칠었다 고 하지만 두보를 잘 도와주었던 사람으로 남아 있다.

奉濟驛重送嚴公四韻 봉제역중송엄공사운
奉濟驛에서 嚴公을 다시 전송하는 四韻

遠送從此別　青山空復情
원 송 종 차 별　청 산 공 부 정

幾時杯重把　昨夜月同行
기 시 배 중 파　작 야 월 동 행

列郡驅歌惜　三朝出入榮
열 군 구 가 석　삼 조 출 입 영

江村獨歸處　寂寞養殘生
강 촌 독 귀 처　적 막 양 잔 생

먼 길 보내지만 이제 헤어지는데
청산은 공연히 석별의 정을 보태네.
언제 다시 잔을 잡을 수 있을지
어제 달밤을 같이 걸어왔었네.
여러 고을서 칭송하며 아쉬워하고
三朝를 섬기는 영광을 누리시네.
강촌에 홀로 돌아가 그곳에서
쓸쓸히 남은 인생 보내야 하네.

奉濟驛(봉제역)은 지금의 四川省 중북부의 成都平原에 자리한 綿竹市 (면죽시)에 해당한다. 釀造業(양조업)이 발달하여 이곳에서 생산되는 '綿竹 大曲'과 특히 '劍南春(검남춘)'은 아주 유명한 술이다. 2008년에 대지진 이 일어났던 곳이다.

두보는 조정으로 들어가는 嚴武와 이별하면서 증별시를 한번 지었었 는데, 다시 이별의 시를 지었기에 '重別'이라 했다.

嚴公은 嚴武이니, 엄무는 토번을 무찌른 공으로 중앙으로 승진하여 장안으로 돌아갔다. 제목의 四韻이란 律詩라는 뜻이다. 율시는 2구마다 4번 압운한다. 운자를 10개 썼으면 十韻이니 20句가 된다. 본 詩에서는 情·行·榮·生이 韻字이다.

嚴武가 入朝한 뒤 바로 蜀의 군벌인 성도소윤겸 어사이던 徐知道가 亂을 일으킨다.(762) 杜甫는 난을 피해 梓州(재주, 今 四川 三台), 閬州(낭주, 今 四川 閬中)일대를 떠돌았고 서지도는 그 부장에게 살해된다.

다시 成都로 돌아온 두보의 생활은 어려웠다. 嚴武는 765년에 죽었고 두보는 다시 이곳저곳을 떠돌았다. 夔州(기주)에서 2년을 보내고 湖北, 湖南 一帶를 떠돌다가 湘江의 나룻배 안에서 59세로 770년에 병사한다.

이 시기에 두보는 〈水檻遣心〉, 〈春夜喜雨〉, 〈茅屋爲秋風所破歌〉, 〈病橘〉, 〈登樓〉, 〈蜀相〉, 〈聞官軍收河南河北〉, 〈登高〉, 〈秋興〉, 〈三絕句〉, 〈歲晏行〉 등 수백 수의 시를 남겨 安史의 亂 전후 20여 년의 사회모습을 묘사하였다. 그래서 두보의 시를 詩史라 부를 수 있는 것이다.

🌀 江村 강촌

清江一曲抱村流	長夏江村事事幽
청 강 일 곡 포 촌 류	장 하 강 촌 사 사 유
自去自來梁上燕	相親相近水中鳥
자 거 자 래 양 상 연	상 친 상 근 수 중 조
老妻畫紙爲棋局	稚子敲針作釣鉤
노 처 획 지 위 기 국	치 자 고 침 작 조 구
多病所須惟藥物	微軀此外更何求
다 병 소 수 유 약 물	미 구 차 외 갱 하 구

맑은 강물 한 굽이 마을을 품어 흐르고

긴긴 여름 강촌엔 일마다 한가롭도다.

절로 왔다 절로 가는 들보 위의 제비

서로 가까이 서로 다가가는 물새들.

늙은 아내는 종이를 그어 장기판을 만들고

어린아이는 바늘을 휘어 낚시 고리를 만든다.

여러 병에 필요한 것은 오직 약물뿐이니

지친 육신에 이것 말고 더 무엇을 바라리오!

名作에 名句이다. 그림같이 한가하면서도 평화롭고 두보 일가족은 행복해 보인다. 두보는 아무것도 바랄 것이 없었다. 오직 하나 병이 많은 지친 몸이기에 약이 필요했을 뿐, 두보의 이 행복은 오래가지 못했다.

百年已過半　秋至轉饑寒
백 년 이 과 반　추 지 전 기 한

爲問彭州牧　何時救急難
위 문 팽 주 목　하 시 구 급 난

백 년의 절반은 이미 지났고

가을이 되면서 주리고 춥기만 하다.

팽주의 목사에 도와 달라 하였지만

언제쯤 다급한 도움 소식이 올까?

백 년의 절반, 곧 50을 넘긴 늙고 병든 두보는 여러 친우의 도움을 받았다. 수확을 할 전답이 없기에 두보는 가을에도 내내 굶주림과 추위를 걱정해야만 했다. 彭州의 지방관인 高適(고적)은 두보와 함께 유람을 했던 친우였다. 두보는 고적에게 도움을 청하는 편지를 보냈을 것이고 그 도움을 애타게 기다리고 있다. 친우에게 도움을 요청하고 소식을 기다리는 심정이 오죽했겠는가?

🌸 貧交行 빈교행

翻手作雲覆手雨　紛紛輕薄何須數
번 수 작 운 복 수 우　　분 분 경 박 하 수 수
君不見管鮑貧時交　此道今人棄如土
군 불 견 관 포 빈 시 교　　차 도 금 인 기 여 토

손을 뒤집어 구름을 다시 엎어 비를 만드니
이리 저렇게 경박한 짓을 어찌 다 세겠는가?
그댄 관중과 포숙의 가난했을 때 사귐을 모르는가?
이런 우정을 지금의 사람들 흙처럼 버린다.

너무 유명한 시라서 더 이상 설명이 필요 없을 것이다. 人當貧賤語聲低(사람이 빈천하면 목소리가 낮아진다.)라 하고, 貧極無君子(가난한 집에 군자 없다.)라지만 身貧志不貧(몸은 가난하더라도 뜻은 가난할 수 없다.)이다. 결론은 貧賤識眞交(빈천할 때 참된 교제를 알 수 있고), 患難見眞情(환난에 참된 정을 볼 수 있다.)이라고 하였다.

有客有客字子美　白頭亂髮垂過耳
유 객 유 객 자 자 미　백 두 난 발 수 과 이

歲拾橡栗隨狙公　天寒日暮山谷裏
세 습 상 율 수 저 공　천 한 일 모 산 곡 리

中原無書歸不得　手脚凍皴皮肉死
중 원 무 서 귀 부 득　수 각 동 준 피 육 사

嗚呼一歌兮歌已哀　悲風爲我從天來
오 호 일 가 혜 가 이 애　비 풍 위 아 종 천 래

나그네여! 나그네여! 그 이름 子美로다

헝클어진 흰머리 귀밑에 늘어졌구나.

해마다 狙公(저공)을 따라 상수리를 줍나니

추운 날 해 저물도록 산골짝을 헤맨다.

중원에서는 소식 없어 돌아갈 수 없고

손발은 얼어 터지고 피부와 살이 죽었네.

아! 첫 노래여! 노래가 너무 슬프니

쓸쓸한 바람 나를 위해 하늘에서 불어오누나.

　건원 연간은 숙종 재위 중인 758년이다. 안록산의 난이 진행 중이었
고 두보는 동곡현에 우거하고 있었다. 狙公(저공)은 원숭이들을 키우는
사람인데 朝三暮四의 주인공이다. 저공을 따라 상수리를 줍는다는 것은
산에서 도토리를 주워 식량을 대신한다는 뜻이니, 그 생활이 원숭이와

무엇이 다르겠는가? 추운 날 산비탈을 오르내리며 도토리를 줍고 손발이 얼어 터졌고 살가죽이 죽어 간다는 두보의 모습이 그려진다. 두보는 '朱門酒肉臭(권문세가에서는 술과 고기가 썩고), 路有凍死骨(길에는 얼어 죽은 시신이 있다).'의 현장을 직접 목격한 사람이었다.〈自京赴奉先縣詠懷五百字〉

정말 두보가 이리 가난해야 하는가?

 旅夜書懷 여야서회
떠도는 밤에 회포를 쓰다.

細草微風岸　危檣獨夜舟
세 초 미 풍 안　위 장 독 야 주

星垂平野闊　月湧大江流
성 수 평 야 활　월 용 대 강 류

名豈文章著　官因老病休
명 기 문 장 저　관 인 노 병 휴

飄飄何所似　天地一沙鷗
표 표 하 소 사　천 지 일 사 구

작은 풀 미풍에 흔들리는 강 언덕에
높은 돛대 세우고 밤에 홀로 배를 대었다.
별빛 드리우는 들판은 끝없이 넓고
달은 떠오르고 큰 강은 흘러간다.
명성이 어찌 문장이 좋아야만 하는가?
벼슬은 늙고 병들어 그만두었노라.

떠도는 이 몸 무엇과 같겠나?
하늘과 땅 사이 한 마리 물새로다.

이 시는 대략 代宗 永泰 元年(765)에 가족을 거느리고 성도 초당을 떠나 배를 타고 동으로 흘러가며 雲安(지금의 四川省 雲陽縣)에서 지은 것이라고 알려졌다.

수련은 두보의 배를 중심으로 한 近景을 묘사하였다. '平野는 闊하고 星은 垂하며 大江은 流하는데 月은 湧한다.'는 뜻인데, 이를 어순을 바꾸어서 참신하면서도 힘찬 絕唱을 만들어 내었다.

똑같은 말도 시인의 손을 거치면 새롭게 변하다. 그래서 시인은 언어의 마술사라고 한다. 물론 그런 표현을 만들어 내려고 시인은 고심을 해야 한다.

함련은 배에서 바라보는 遠景을 묘사하였고, 尾聯(미련)의 飄飄(표표)는 정처도 없이 떠도는 모양이다. 두보는 자신을 '一沙鷗'라 표현하였는데, 이는 首聯의 '獨'과 相應한다.

곤궁과 실의에 찬 두보의 한숨에 읽는 사람도 가슴이 미어지는 것 같다. 두보는 자기의 신세가 강가에 홀로 된 물새와 같다고 했는데, 어쩌면 자신이 물새보다 더 불쌍하다고 느꼈을 것이다. 직업도 재산도 없는 두보에게 하루하루 끼니 때우기는 고통의 연속이었을 것이다.

중국 속담에 '들판의 참새가 쌓아 둔 양식이 없지만 천지는 넓다(野雀無糧天地廣).'라는 말이 있다. 또 '섣달에 아무리 눈이 쌓여도 참새는 굶어 죽지 않는다(臘月下雪餓不死麻雀).'고 하는 속담처럼 참새나 물새는 적어도 배를 곯지는 않는다.

이 시를 읽으면서 착하디착한 시인이 이런 곤궁에 처해야 하는가를 자꾸 생각한다. 시인과 가난은 형제간인가? 시인은 본디(固), 원래부터 가난한가(窮)? 아니면 시인은 당연히(固) 가난해야(窮) 하는가?

본래 '가난이란 선비의 日常이다(貧者士之常).'라고 스스로 위안하고 지내는 경우도 많다. 그러나 젊어 가난은 가난이라 할 것도 없지만(少年 受貧不算貧), 노년에 가난해지면 가난이 사람을 죽인다(老年受貧貧死 人).라고 하였다. 또 젊은이의 고생은 지나가는 바람이지만(後生苦 風吹 過), 늙은이의 고생은 진짜 고생이다(老年苦 眞個苦). 늙은 두보의 가난 이기에 가슴이 더 아프다.

이 시는 이백의 〈夜泊牛渚懷古(야박우저회고)〉와 분위기가 매우 비슷하다. 둘 다 강가에 배를 대고 일박을 한다. 그러나 나그네와 떠돌이의 차이라고 할 수 있는 분위기가 있다. 젊은 이백은 옛일을 회고하면서도 스케일이 크고 또 희망에 차 있다. 그렇지만 마지막 尾聯에는 슬픔이 배어 있다.

그리고 두보의 밤 배에도 근심과 걱정이 가득하다. 노년의 작품이라 생각하니 더욱 슬프기만 하다. 편의를 위하여 여기서 두 편의 詩를 나란히 써 놓고 읽어보면 느낌이 온다.

夜泊牛渚懷古 야박우저회고
(李白)

旅夜書懷 여야서회
(杜甫)

牛渚西江夜
우 저 서 강 야

細草微風岸
세 초 미 풍 안

青天無片雲
청천무편운

危檣獨夜舟
위장독야주

登舟望秋月
등주망추월

星垂平野闊
성수평야활

空憶謝將軍
공억사장군

月湧大江流
월용대강류

余亦能高詠
여역능고영

名豈文章著
명기문장저

斯人不可聞
사인불가문

官因老病休
관인노병휴

明朝挂帆去
명조괘범거

飄飄何所似
표표하소사

楓葉落紛紛
풍엽낙분분

天地一沙鷗
천지일사구

詩仙이고 詩聖이니, 두 시인의 광채와 불꽃이 萬丈만큼 치솟지만 그 느낌이 이렇듯 차이가 나는 것은 이백은 젊었을 때였고 두보는 늙어 이 시를 읊었다는 차이이다. 그래서 '세월 앞에 장사 없다'는 말이 나오는 것이다. 천재 시인 중에 누가 더 뛰어났는가의 비교가 아니라 '누구의 분위기가 어떠한가?'의 차이이다.

🌐 登岳陽樓 등악양루

昔聞洞庭水 今上岳陽樓
석문동정수 금상악양루

吳楚東南坼 乾坤日夜浮
오초동남탁 건곤일야부

親朋無一字 老病有孤舟
친붕무일자 노병유고주

戎馬關山北　憑軒涕泗流
융 마 관 산 북　빙 헌 체 사 류

옛날 동정호 소문을 들었었는데

오늘 악양루에 올랐다.

吳楚의 땅은 동남으로 트였고

天地의 낮과 밤은 여기서 떠오른다.

친척과 친구는 아무 소식 없고

늙고 병들어 배 한 척에 의지한다.

戰馬는 관산의 북으로 간다는데

난간에 기대니 눈물 콧물만 흐른다.

岳陽樓는 湖南省 岳陽市 岳陽古城의 서문 위에 자리 잡고 있는 강남 四大名樓의 하나이다. 아래로는 동정호를 굽어보고 앞에 君山을 바라보며, 북쪽으로는 長江이 흐르기에 '洞庭은 天下水요, 岳陽은 天下樓이다.' 라는 칭송을 듣는다.

옛날에는 '八百里洞庭'이라 하였으나 오랜 세월이 지나면서 토사가 쌓이고 개간으로 인해 면적이 크게 줄고 호수도 3개로 분리되었다. 전해오기로는 삼국시대 東吳의 대장 魯肅(노숙)의 閱軍樓(열군루)가 그 시작이라고 한다. 이후 巴陵城樓(파능성루)라고 불리다가 唐朝부터 악양루로 불렸다고 한다.

唐 開元 4년(716) 중서령이던 張說(장열)이 이곳 岳州로 폄직되어 와서늘 文人들과 이곳에 올라 시를 지었다고 한다. 이후 張九齡, 孟浩然, 李白, 杜甫, 韓愈, 劉禹錫, 白居易, 李商隱 등이 연이어 악양루에 올라 시

악양루(岳陽樓)

를 읊었는데 그중에서도 杜甫의 〈登岳陽樓〉는 千秋의 絶唱이라 하겠다.
두보는 代宗 大曆 3년(768)에 악양루를 찾았다.

　전반의 4구는 악양루에 오른 과정과 자연경관을 묘사했다. 후반 4구
는 시인의 심경을 읊었는데 '一句一哭'이 아닌 것이 없다.

　'親朋無一字' - 아마 이 구절을 쓰면서 두보는 눈물을 흘렸을 것이
다. '老病有孤舟' 늙고 병든 두보에게는 배 한 척만 있다. 無로는 그리

움을, 有로는 가난을 그려내었다. 곧 無消息의 그리움과 有孤舟의 빈곤은 두보의 현실을 극명하게 나타내 주고 있다.

이런 名句는 천자문만 배웠어도 읽을 수 있지만 아무나 쓸 수 있는 문장이 아니다. 이 구절에서 두보는 설움이 가슴까지 차올랐으리라!

'戎馬關山北'에서 戎馬(융마)는 戰馬이니 그때 당나라와 토번은 전쟁 중이었고 그 유명한 郭子儀(곽자의)가 唐軍을 지휘하고 있었다. 여기서 두보는 큰 한숨을 내쉬며 눈앞이 캄캄하다는 생각을 했을 것이다. 北은 '북으로 가다(향하다)'의 뜻이다. 다음 句의 流에 호응하니 동사로 풀이해야 하며 '관산 북쪽'이라 할 수 없다. 여기서는 北과 流로 전쟁과 고난을 사실대로 묘사하였다.

그리고 마지막 구절 '憑軒涕泗流'에서는 두보가 울음을 참고 있는 모습이 눈에 보이는 것 같다.

이 시는 산수자연의 경관을 소재로 하였지만 시인이 겪은 역경이 그의 山水詩를 슬픔으로 색칠하였다. 몸에 밴 가난이고 슬픔인데, 어찌 환하게 웃고 호탕하게 큰 소리를 치며 세밀하고 끈적끈적한 묘사를 할 수 있겠는가?

부귀와 빈천은 이미 팔자에 정해진 것(富貴貧賤 命中前定)이라지만, 사람이 가난하면 큰 뜻을 못 가진다(人貧志短).고 하였다. 말이 수척하면 털만 길어 보이고(馬瘦毛長), 사람은 궁하면 의지도 짧다(人窮志短).는 말도 있다. 그러기에 보통 사람들은 가난에 굴복한다.

두보의 시를 읽으면서 왜 이런 생각이 떠오르는 것일까? 두보의 뜻과 안목이 좁다는 뜻은 결코 아니다. 다만 두보에게 주어진 貧窮이 두보를 슬프게 했으니 시인에 대한 연민의 정이 가슴에 차오른다.

茅屋爲秋風所破歌 모옥위추풍소파가
초가가 秋風에 부서진 노래

八月秋高風怒號　卷我屋上三重茅
팔월추고풍노호　권아옥상삼중모

茅飛度江灑江郊　高者掛罥長林梢
모비도강쇄강교　고자괘견장림소

下者飄轉沈塘坳
하자표전침당요

南村群童欺我老無力　忍能對面爲盜賊
남촌군동기아노무력　인능대면위도적

公然抱茅入竹去　脣焦口燥呼不得
공연포모입죽거　순초구조호부득

歸來倚杖自歎息
귀래의장자탄식

俄頃風定雲墨色　秋天漠漠向昏黑
아경풍정운묵색　추천막막향혼흑

抱衾多年冷似鐵　驕兒惡臥踏裏裂
포금다년랭사철　교아악와답리렬

床頭屋漏無乾處　雨脚如麻未斷絕
상두옥루무건처　우각여마미단절

自經喪亂少睡眠　長夜霑濕何由徹
자경상란소수면　장야점습하유철

安得廣廈千萬間　大庇天下寒士俱歡顏
안득광하천만간　대비천하한사구환안

風雨不動安如山
풍우부동안여산

嗚呼　何時眼前突兀見此屋　吾廬獨破受凍死亦足
오호　하시안전돌올견차옥　오려독파수동사역족

팔월 가을 하늘 높은데 센 바람이 불어
나의 초가지붕 세 겹 이엉을 말아 날렸다.
이엉은 강을 건너 그 들판에 흩어졌는데
높게 날아간 것은 큰 나무 끝에 걸쳤고
낮게 떨어진 것은 웅덩이에 잠겨 버렸다.
남촌 애들은 내가 늙고 힘이 없다 깔보고
모질게도 내가 보는데 도둑질을 한다.
보란 듯이 이엉을 갖고 대밭으로 도망해도
입술이 타고 입이 말라 소리도 못 지르고
돌아와 지팡이 짚고 혼자 탄식하였다.
조금 있다가 바람이 멎더니 검은 구름이 밀려와
가을 하늘 아득히 해가 지고 캄캄해졌다.
무명 이불은 오래 되어 쇠처럼 차가운데
철없는 애가 뒤척이다가 발길질에 찢기었다.
비 새는 침상에 마른 곳이 없는데
빗발은 장대같이 그칠 줄을 모른다.
난리를 겪으면서 늘 잠이 모자랐는데
온 밤을 흠뻑 젖었으니 어찌 새우겠는가?
어디서 천만 칸의 큰 집을 지어
온 나라 궁한 선비를 모두 지켜 웃고 살게 하겠는가?
풍우에도 꿈쩍 않고 산처럼 편안한 그런 집.
아아, 언젠가 눈앞에 그런 집이 우뚝 솟아오른다면
내 집만 부서져 얼어 죽더라도 괜찮으리라.

두보가 이런 가을 태풍 피해를 당한 것은 숙종 上元 2년(761)이었다. 초가에 이엉이 다 날아갔는데 그것을 도둑질하는 아랫동네 아이들, 눈앞에 보고서도 소리 지를 기운도 없는 두보, 밤중에 퍼붓는 가을장마. 지붕이 새어 집안에 마른 곳도 없어 잠도 못 이루고 뒤척이는 노인! 그래도 천만 칸 큰 집을 지어 천하의 가난한 선비들이 웃는 얼굴로 살게 된다면 자신은 얼어 죽더라도 괜찮을 것이라는 독백에는 그저 눈시울만 젖어 온다.

'安得廣廈千萬間, 大庇天下寒士俱歡顔, 風雨不動安如山.'이 구절은 두보의 숭고한 감정이며, 두보의 위대함이며, 우리에게 감동을 주는 명구라 아니할 수 없다.

엎친 데 덮친 격으로 없는 살림에 지붕까지 바람에 날아갔으니… 시인의 가난이 이래도 되는가? 두보는 왜 이런 시련을 겪어야만 하는가? 생각할수록 가슴이 미어진다.

登高 등고
산에 올라서

風急天高猿嘯哀　渚清沙白鳥飛回
풍 급 천 고 원 소 애　저 청 사 백 조 비 회

無邊落木蕭蕭下　不盡長江滾滾來
무 변 낙 목 소 소 하　부 진 장 강 곤 곤 래

萬里悲秋常作客　百年多病獨登臺
만 리 비 추 상 작 객　백 년 다 병 독 등 대

艱難苦恨繁霜鬢　潦倒新停濁酒杯
간 난 고 한 번 상 빈　요 도 신 정 탁 주 배

빠른 바람 높은 하늘, 원숭이 울음 애달프고
파란 강가 흰모래에 새들은 날며 돈다.
가없이 먼 곳에 낙엽은 쓸쓸히 지고
끝없는 장강은 넘실대며 흘러온다.
만리 객지 서러운 가을에 늘 나그네 되어
평생 병을 안고 사나니 혼자 등고하였노라.
가난에 고통과 번민으로 흰머리만 많아졌고
지치고 힘들어 요즈음엔 탁주잔도 끊었노라.

登高란, 重陽節에 높은 곳(누대)에 올라 茱萸(수유) 나뭇가지를 머리에 꼽고 액운을 피한다는 풍습이다. 이 시는 唐나라의 한 시대뿐만 아니라 '七言律詩로는 역대 최고'라는 찬사가 조금도 과장이 아닐 것이다. 登高하여 소회를 읊었는데 기세가 호탕하면서도 마치 山水를 손바닥에 놓고 내려다보는 것 같은 느낌이 든다. 이 시는 大曆 2년(767)에 병중에 홀로 등고하여 읊은 시이다. 너무 슬퍼 이 시를 읽을 때마다 가슴속에서 뜨겁게 올라오는 격정을 느낀다.

首聯에서는 風急, 天高, 猿嘯哀와 渚淸, 沙白, 鳥飛回 6건의 景物을 단순히 나열만 했는데도 경치가 눈에 선하며 마치 빨리 지나가는 동영상과도 같다.

다음의 頷聯(함련)의 '無邊落木蕭蕭下'와 '不盡長江滾滾來'는 登高하여 내려다 본 長江의 웅장한 모습으로 완벽한 對偶를 이루었다. 여기서는 움직임의 속도가 갑자기 느려진다. 마치 슬로비디오로 遠景을 조망하듯 너른 들판과 넘실대는 장강만을 묘사하였다. 시를 읽는 사람도 여기서는 천천히 읽을 것이다. 이상의 4구로 경치를 묘사한 다음에 登高의 감회가 이어진다.

'萬里悲秋常作客'에 '百年多病獨登臺'에서는 시인이 다른 형제들과 함께 하지 못한다는 서글픔, 곧 나그네 설움이 화면에 가득하니 늙고 수척해진 시인의 구부러진 등이 보이는 것 같다. 이 구절이 이 율시에서 최고의 구절이다. '萬里悲秋'−고향에서 萬里를 떠나온 서글픈 가을 − 거기에 언제나 나그네가 되어 떠도는 시인이다.

그리고 마지막 尾聯의 '艱難苦恨繁霜鬢 潦倒新停濁酒杯'에서는 서글픔을 넘어 소리 없는 통곡이 들려온다. 이 尾聯의 슬픔은 역시 가난이다. '艱難(간난)'은 우리말 '가난'의 원말이다. 경제적인 궁핍 이외에 질병으로 인한 고생도 가난의 한 모습이다. 시인의 흰머리는 역경의 흔적이고, 나빠진 건강으로 濁酒 잔도 끊었다는 獨白은 읽는 사람을 우울하게 한다. 중양절 이날에도 막걸리 한잔 못 마실 질병과 가난−登高의 감회로는 정말 회색빛이다.

두보는 代宗 大曆 5년(770)에 죽는다. 그가 죽기 수개월 전에 지은 시를 읽으며 두보와 헤어져야 한다.

 江南逢李龜年 강남봉이구년
江南에서 李龜年을 만나다.

岐王宅裏尋常見　崔九堂前幾度聞
기 왕 택 리 심 상 견　최 구 당 전 기 도 문
正是江南好風景　落花時節又逢君
정 시 강 남 호 풍 경　낙 화 시 절 우 봉 군

岐王의 저택에서 자주 보았었고

崔九의 집에서도 몇 번 들었었다.

지금은 강남은 멋진 풍경인데

꽃 지는 시절에 다시 그대를 만났소.

李龜年(이구년)은 玄宗 때의 樂工으로 춤을 잘 추었던 李彭年(이팽년), 노래를 잘했던 李鶴年과 함께 형제가 명성을 떨쳤었다. 이구년은 어린 나이에 梨園에 들어가 善歌하며 각종 악기를 다루었고 작곡도 하며 玄宗의 인정을 받았다. 이구년 형제들은 장안에 큰 저택을 짓고 살았다. 安史의 亂 이후 각지를 유랑하다가 代宗 大歷 연간(766-779)에 湘潭(상담)에서 병사한 것으로 알려졌다.

落花時節 - 경치에 대한 서술이며 또한 情感 어린 묘사로 雙關語이다. 계절이 '꽃이 질 때'라는 뜻과 함께 이구년도 늙고 시절이 난리를 겪는 때라는 뜻이 있다.

1, 2구는 이구년의 전성기에 대한 묘사로 완벽한 대구를 이루고 있으니 尋常과 幾度 역시 對偶〈대우 ; ①짝. ②詩文(시문)의 대구. ③어떠한 명제에 대하여 종결을 부정한 것을 가설로 하고, 가설을 부정한 것을 종결로 한 명제.〉이다. 3, 4구는 대우가 없는 散句이며 두 사람 말년의 쓸쓸함을 묘사하였다. 강남은 호풍경의 호시절이지만 두 사람은 호시절이 아니었다.

이구년이나 두보 모두 전성기가 아닌 桑榆之年(상유지년, 만년)에 유랑하다가 정말 우연히 만났으니 기쁨은 잠시였고 슬픈 감정이 넘쳤을 것이라 짐작할 수 있다. 시구에 처량하거나 슬픈 언사는 없지만 평담한 이야기 속에 전체적으로 悲感이 충만하다. 이 또한 두보 시의 특징이긴 하지만 인생의 번영과 零落, 성세와 쇠퇴기를 생각하게 한다.

두보의 시를 詩史라 하고, 시인 두보를 詩聖이라 하니 더 이상 영광된 부름이 없을 것이다. 두보의 시는 그때의 모든 소재를 시로 표현했다. 그 시는 간결하면서도 정확하고 말은 平易하지만 그 포함된 뜻은 넓고도 깊다. 그의 삶은 진지했으며 가장 인간적이고 도덕적이었다. 그리고 그가 겪은 가난과 시련이 너무 가혹했기에 더더욱 가깝게 느껴지는 것 같다. 두보의 시를 읽는 우리는 모두 행복하고 두보를 그리는 마음은 착한 마음일 것이다.

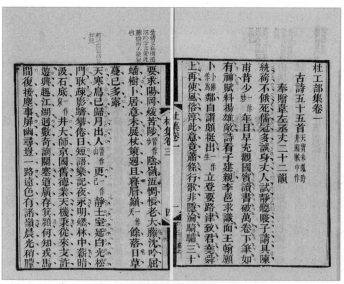

두공부집(杜工部集)

黃鶴樓
(황학루)

최호
崔顥

崔顥(최호, 704?~754)의 자나 호는 전해오지 않는다. 최호는 현종 開元 11년(723) 進士가 되었고 天寶 연간에 司勳員外郎을 역임하였다. 현존하는 詩는 겨우 40여 수이고 가장 유명한 시는 물론 〈黃鶴樓〉이다.

黃鶴樓 황학루

昔人已乘黃鶴去　此地空餘黃鶴樓
석 인 이 승 황 학 거　　차 지 공 여 황 학 루

黃鶴一去不復返　白雲千載空悠悠
황 학 일 거 불 부 반　　백 운 천 재 공 유 유

晴川歷歷漢陽樹　芳草萋萋鸚鵡洲
청 천 역 력 한 양 수　방 초 처 처 앵 무 주

日暮鄕關何處是　煙波江上使人愁
일 모 향 관 하 처 시　연 파 강 상 사 인 수

옛사람은 황학을 타고 가 버렸고
여기엔 덩그러니 황학루만 남았다.
황학은 한번 가고 다시 오지 않는데
흰 구름 만 천 년 내내 유유히 떠 있다.
맑은 강에는 한양의 나무가 또렷하고
앵무 섬에는 방초만 무성히 자랐다.
해는 지는데 고향은 어디인가?
안개에 물결치는 강은 나그네를 슬프게 한다.

南宋의 문학비평가인 嚴羽(엄우)는 《滄浪詩話》에서 최호의 〈黃鶴樓〉를 '唐人의 七言律詩 중 제일' 이라고 칭찬하였다.

최호의 재주는 비상하였으나 음주와 도박을 즐겨 품행은 재주에 걸맞지 못했다고 한다. 소년시절에는 閨情(규정)을 소재로 한 시가 많아 浮艶(부염 ; 깊이가 없고 겉만 화려함.)하고 경박한 느낌이었으나, 뒤에 변경의 要塞(요새)를 여행한 뒤로는 시풍이 雄渾奔放〈웅혼분방 ; 시문 등이 힘차고 圓熟(원숙)하고, 얽매이지 않고 자유롭고 기세가 대단한 모양이 힘참.〉해졌으며 각지를 유랑하면서 시에 몰두하여 사람이 수척해질 정도였다고 한다. 최호가 武昌을 여행하고 황학루에 올라 〈黃鶴樓〉를 지었는데, 뒷날 李白이 와서 최호의 시를 읽고서는 '眼前有景道不得(눈앞에 경치를 보고도 말로 할 수 없

황학루(黃鶴樓)

는데), 崔顥題詩在上頭(최호의 시는 머리 위에 있도다).' 라 감탄하고서
시를 짓지 못했다는 유명한 이야기가 전해 온다.

　黃鶴樓는 지금의 湖北省 武漢市 黃鶴山에 있는 누각이다. 강남 4대
名樓의 하나로 모두 5층에 높이가 50.4m라고 한다. 三國時代 吳의 黃武
2년(223) 처음 지어진 이후 계속 중건되었는데, 지금의 건물은 1985년에
重修한 것이다.

　王子安이라는 신선이 황학을 타고 자주 들렀다는 이야기와 費文褘(비
문위)라는 사람이 여기서 황학을 타고 승천했다는 이야기가 전해 온다.
또 八仙의 한 사람이며 劍仙, 酒仙, 色仙인 呂洞賓(여동빈)이 황학을 타고
이곳에 자주 와서 술을 마셨다는 이야기도 널리 알려졌다.

시의 전반 4구는 황학루에 대한 전설을, 후반 4구는 황학루에 올라온 나그네의 愁心을 묘사했다. 이 시의 운율을 따져 본다면 전반 4구는 平仄(평측)을 고려하지 않은 고체시에 속하며, 후반 4구는 格律에 일치한다는 분석도 있다. 전반 4구는 일필휘지로 써내려 간 듯 기세가 당당하다. 1, 3句는 보이지 않는 것을 2, 4句는 눈에 보이는 실물을 말했다.

후반 4구는 황학루에서 보는 장엄한 경치와 오히려 그 때문에 생기는 나그네의 향수를 그렸다. 漢陽樹(한양수)와 鸚鵡洲(앵무주)의 모습이 눈에 생생한데 아득한 長江의 물안개와 잔물결이 시인의 향수를 자극하였다.

이 시에서는 疊字(첩자)를 많이 사용했다. 悠悠(유유 ; ① 매우 한가한 모양. ② 느릿느릿한 모양.), 歷歷(역력 ; 분명한 모양.), 萋萋(처처 ; 초목이 무성한 모양.)가 그러하다. 또 黃鶴은 3번, 白雲은 2번, 人과 去와 空은 2번씩 쓰였다.

李白이 황학루에서 최호의 시에 감탄하고 시를 짓지 못했었는데 대신 금릉 봉황대에 와서 〈登金陵鳳凰臺〉를 지었다고 하는 이야기도 이미 널리 알려졌다. 金陵은 지금 江蘇省의 南京이고, 남경의 봉황산에 鳳凰臺의 옛 자취가 남아 있다고 한다.

 登金陵鳳凰臺 등금릉봉황대

〖李白〗

鳳凰臺上鳳凰遊　鳳去臺空江自流
봉 황 대 상 봉 황 유　봉 거 대 공 강 자 류
吳宮花草埋幽徑　晉代衣冠成古丘
오 궁 화 초 매 유 경　진 대 의 관 성 고 구

三山半落青天外　二水中分白鷺洲
삼 산 반 락 청 천 외　이 수 중 분 백 로 주

總爲浮雲能蔽日　長安不見使人愁
총 위 부 운 능 폐 일　장 안 불 견 사 인 수

봉황대에 봉황이 날아와 놀더니

봉황이 떠난 빈 봉황대에 강물만 흐른다.

吳宮의 화초는 한적한 소로를 메웠고

晉代의 귀족은 옛 무덤이 되었도다.

三山은 맑은 하늘 끝에 반쯤 솟았고

二水로 나뉜 가운데는 백로주가 되었다.

언제나 뜬구름은 해를 가리기에

장안을 볼 수 없어 나그네는 서글프다.

李白의 시는 최호의 〈黃鶴樓〉와 같이 천고의 절창이라는 점에서는 똑
같다. 그리고 〈黃鶴樓〉가 경물에서 촉발되는 향수를 노래했다면, 〈登金
陵鳳凰臺〉는 회고 속에서 憂國(우국)의 뜻을 밀도 있게 묘사했다는 큰 차
이를 말할 수 있다.

清末의 高步瀛(고보영)이란 사람은 "태백의 이 시는 전적으로 최호의
〈황학루〉를 모방하였으나 최호 시를 넘어서지 못하였고 結句만 좀 나은
것 같다."고 말했다. 하여튼 〈황학루〉와 분위기가 비슷하게 흘렀다는 것
은 부인할 수 없다.

이백은 首聯에서만 봉황대를 서술하였고 3, 4구는 옛날 영화의 덧없
음을, 그리고 5, 6구는 오늘의 경관을, 마지막 尾聯은 장안에 대한 그리

움으로 끝을 맺었다.

여기서 두 시의 느낌을 다시 비교하기 위해 나란히 적어본다.

<table>
<tr><td colspan="2" align="center">黃鶴樓_{황학루}</td></tr>
</table>

黃鶴樓황학루	登金陵鳳凰臺등금릉봉황대
崔顥	李白
昔人已乘黃鶴去 석 인 이 승 황 학 거	鳳凰臺上鳳凰遊 봉 황 대 상 봉 황 유
此地空餘黃鶴樓 차 지 공 여 황 학 루	鳳去臺空江自流 봉 거 대 공 강 자 류
黃鶴一去不復返 황 학 일 거 불 부 반	吳宮花草埋幽徑 오 궁 화 초 매 유 경
白雲千載空悠悠 백 운 천 재 공 유 유	晉代衣冠成古丘 진 대 의 관 성 고 구
晴川歷歷漢陽樹 정 천 역 력 한 양 수	三山半落青天外 삼 산 반 락 청 천 외
芳草萋萋鸚鵡洲 장 초 처 처 앵 무 주	二水中分白鷺洲 이 수 중 분 백 로 주
日暮鄉關何處是 일 모 향 관 하 처 시	總爲浮雲能蔽日 총 위 부 운 능 폐 일
煙波江上使人愁 연 파 강 상 사 인 수	長安不見使人愁 장 안 불 견 사 인 수

이백이 황학루에서 최호의 시를 읽고서는 시를 짓지 못하고 내려온 것과 똑같은 일이 뒷날 白居易(백거이)에게도 있었다.

長江의 三峽(삼협)은 풍경이 매우 아름다운데 그중에서도 巫山(무산) 神女峰은 경치뿐만 아니라 아름다운 사랑이야기가 전해 오는 명승지이다. 天帝의 막내 딸 瑤姬(요희)는 예쁘면서도 마음씨가 착했다. 요희는 산을 갈라서 장강의 물길을 터 주어 大禹(대우)의 치수 사업을 도왔고 죽은 뒤

신녀봉이 되었다는 전설이 생겨났다.

楚의 懷王(회왕)이 이곳을 유람하는
데 꿈에 무산의 神女라는 여인이 나
타나 "아침에는 구름이 되었다가 저
녁에는 비를 내린다."고 말했다. 그리
고 회왕과 雲雨의 즐거움을 함께 하
였다. 이후 회왕은 신녀봉 아래 '神女
祠'를 짓고 계절에 맞춰 제사하였다
고 한다. 이후 수많은 文人墨客이 여
기를 찾아 시를 읊었다.

삼협(三峽)

당 憲宗 元和 13년(818), 백거이는 江州(今 江西 九江市)司馬에서 忠州(今
重慶市 忠縣)刺史에 임명되었다. 백거이가 충주에 부임하려면 반드시 삼협
을 지나가고 틀림없이 이곳 신녀봉을 유람할 것이라고 짐작한 秭歸(자귀)
에 사는 繁知一(번지일)이라는 사람은 꼭 大詩人을 만나야겠다고 생각하
였다.

이에 번지일은 신녀사를 찾아가 눈에 잘 보이는 벽에 칠언절구를 써
놓았다.

忠州刺史今才子　行到巫山必有詩
충 주 자 사 금 재 자　행 도 무 산 필 유 시
爲報高唐神女知　速排雲雨候淸詞
위 보 고 당 신 녀 지　속 배 운 우 후 청 사

충주자사는 이 시대의 재자이시니

무산에 온다면 필히 시를 지으리라.
고당의 신녀에게 이를 알려주나니
서둘러 운우를 뿌리고 좋은 시를 기다리겠네.

　백거이는 삼협을 통과하면서 험한 물살에도 불구하고 배를 댄 뒤에 신녀사를 구경하며 거기에 쓰인 많은 시를 읽으며 경치를 감상하였다. 그러다가 번지일의 시를 읽고서는 빙그레 웃었다. 백거이는 신녀가 운우를 뿌린 뒤 자신의 청아한 시를 기다릴 것이라는 표현이 재미있다고 생각하였다.

　이후 백거이는 번지일을 불러 만났고, 자신은 신녀사에 들렀지만 거기에 쓰여 있는 沈佺期(심전기), 李端(이단), 皇甫冉(황보염) 등 선배들의 시가 모두 만고의 절창이기 때문에 자신은 시를 짓지 않았다는 말을 했다. 그러자 번지일이 물었다.

　"그렇다면 後人들은 前賢보다 더 뛰어날 수 없다는 뜻입니까?"

　이에 백거이가 웃으며 대답했다.

　"詩境은 언제나 무궁무진하기에 후인이 前賢보다 나은 시를 지을 수 있습니다. 그러나 먼저 지은 시보다 새로운 경계에 이르지 못한다면 먼저 시를 조금씩 바꾼 것뿐입니다. 그렇다면 그런 시를 지어 무슨 재미가 있겠습니까?"

　번지일은 백거이의 말에 수긍하였다. 백거이가 巫山을 읊지 않은 것은 이후 千古의 佳話(가화 ; 좋은 이야기. 아름다운 이야기.)로 전승되었다.

　다시 본 이야기로 돌아가 최초의 유명한 악부시 〈長干行(장간행)〉을 꼭 읽어보아야 한다. 이는 악부의 雜曲歌辭로 男女 相和를 내용으로 하는 그때의 대중가요라 생각하면 된다. 〈장간행〉의 長干은 지명인 長干里로 南京城의 남쪽이며 상업 및 유흥업이 번성했던 곳이라고 한다.

최호의 이 악부시는 모두 4수이다. 李白도 같은 이름의 〈長干行〉이라는 五古樂府의 명작이 있는데 30行의 장편이라 여기서는 수록하지 않았다.

 長干行 장간행　四首
장간리의 노래

君家何處住　妾住在橫塘
군 가 하 처 주　첩 주 재 횡 당
停船暫借問　或恐是同鄕
정 선 잠 차 문　혹 공 시 동 향

그대는 어디에 사시는가요?
이 몸은 횡당에 산답니다.
배를 멈춰 잠시 묻는 것은요
혹시 같은 고향 같아섭니다.

家臨九江水　來去九江側
가 임 구 강 수　내 거 구 강 측
同是長干人　自小不相識
동 시 장 간 인　자 소 불 상 식

내 집은 九江의 강가인데
九江을 따라 오르내렸지요.
다 같이 장간리 사람이거늘
어려선 서로 알지 못했네요.

下渚多風浪　蓮舟漸覺稀
하 저 다 풍 랑　연 주 점 각 희

那能不相待　獨自逆潮歸
나 능 불 상 대　독 자 역 조 귀

물 아래 쪽은 풍랑이 심하여
연꽃 따는 배는 거의 없다오.
어찌 나를 마주 보지 않고
홀로 물 거슬러 돌아가나요.

三江潮水急　五湖風浪湧
삼 강 조 수 급　오 호 풍 랑 용

由來花性輕　莫畏蓮舟重
유 래 화 성 경　막 외 연 주 중

三江도 강물이 빠르다지만
五湖의 풍랑도 사납답니다.
본래 연꽃 배야 가벼워야 하지만
연꽃 배가 무거워도 두려워 마오.

질박하면서도 솔직한 民歌이다. 이런 노래들을 술집에서 여인이 신명

나게 부를 수도 있고, 마을에서는 여인들이 큰 소리로 합창하면서 웃어 댈 만한 노래이다. 특히 제 4수에서는 남자가 연꽃을 따는 처녀의 배로 옮겨 타겠다고 노골적인 메시지를 노래하고 있다.

예로부터 미인은 젊은이를 좋아한다(自古嫦娥愛少年). 유혹의 적극성 이나 대담성은 언제나 여인 쪽이 강하다고 한다. 다만 평시에는 드러내 지 않을 뿐이다.

'집의 꽃은 들꽃 향기만 못하고(家花不及野花香)', '집의 음식은 맛 이 없고 남의 음식이 더 맛있다(家菜不香外菜香).' 라는 속담은 아내 아 닌 다른 여인에게 보다 더 많이 끌리는 남자의 속성을 말해 준다. 남자 가 여자를 구하기는 어렵지만(男求女難), 여자가 남자를 찾기는 쉽다(女 求男易). 하여튼 젊은 남녀는 '마른 장작 옆에 있는 뜨거운 불(猶如烈火 近乾柴)'처럼 불붙기 쉽다.

여기 이 악부시에서는 젊은 남녀가 서로 좋아한다는 정을 주고받는 다. 3수와 4수도 그런 분위기인데 하여튼 젊은 남녀의 사랑은 건강하고 아름답다.

시인 잠삼은 天寶 8년(749)에 安西節度使 高仙芝(고선지)의 속관인 判官
에 임명되어 長安을 뒤로 하고 西行하고 있었다.

 逢入京使 봉입경사
入京하는 使人을 만나다.

故園東望路漫漫　雙手龍鍾淚不乾
고원동망노만만　쌍수용종누불건

馬上相逢無紙筆　憑君傳語報平安
마상상봉무지필　빙군전어보평안

동쪽 고향을 보니 길은 멀리 이어졌고

두 소매가 젖었어도 눈물은 마르지 않는다.

馬上에서 서로 만나 지필이 없으니

당신께 부탁하니 평안하다고 말 전해주오.

객지로 가는 여행길에 아는 사람을 만났으니 얼마나 반갑겠는가? 노인네가 양쪽 소매로 계속 눈물을 닦아낸다고 하였는데 실제로 그렇게 줄줄 눈물을 흘렸겠는가? 고향을 멀리 떠난다는 설움을 강조한 표현일 것이다.

시는 가장 경제적인 문학 활동이다. 소설처럼 수만 자를 필요로 하지 않는다. 따라서 가장 정선된 글자를 딱 그 자리에 맞춰서 써야 한다. 그래야만 많은 생각을 가장 함축적으로 표현할 수 있다. 고향으로 이어지는 먼먼 길을 되돌아보는 심정, 그리고 마르지 않는 눈물로 고향 생각이 끝이 없음을 먼저 강조했다.

그리고서는 장안으로 출장을 가는, 아니면 장안으로 돌아가는 관리를 만났다. 이런저런 정경을 다 생략하고 지필이 없다고만 하였다. 그리고 말로 전해 달라는 부탁을 한다. 서로 갈 길이 바쁘고 부탁하고 싶은 말이 많겠지만 '報平安(보평안 ; 마음이 편안함을 입은 은혜를 항상 잊지 않고 있다.)'으로 요약했다.

1, 2구는 절경을 그리기 위한 배경 그림이 되고, 3구는 단순한 서술이며 4구가 바로 이 시의 요점이라 할 수 있다.

岑參(Cén Shēn, 잠삼, 715-770, 쏙 봉우리 잠)은 재상이었던 岑文本의 曾孫

잠삼(岑參)

으로 高適(고적)과 함께 唐代 邊塞詩(변새시)의 대표적인 시인이다.

어려서 가난했지만 經史를 공부하고 20세에 장안에 와서 벼슬을 구했으나 얻지 못하고 장안과 낙양 사이를 방랑했다. 天寶 3年(744), 30세에 진사과에 합격하여 兵曹參軍의 관직을 얻었고, 天寶 8년에 安西四鎭 節度使인 高仙芝(고선지)의 幕府書記가 되어 安西에 부임하니, 이것이 잠삼의 첫 번째 出塞이다. 이후 몇 차례에 걸쳐 총 6년여 동안 국경지역에 근무하였다. 나중에 嘉州刺史(가주자사)를 역임하였기에 '岑嘉州(잠가주)' 라고 부르기도 한다.

잠삼 시는 경치와 감회에 대한 서술이 뛰어나고 웅혼한 기풍을 느낄 수 있다. 그의 시 400여 수가 현존하는데 그중 70여 수가 변새시이다. 잠삼의 대표적인 변새시 하나를 읽으면 당나라 시절 서쪽 변경, 곧 변새의 모습을 그려볼 수 있다.

 白雪歌送武判官歸京 백설가송무판관귀경
백설가로 武判官의 귀경을 전송하다.

北風捲地白草折　胡天八月卽飛雪
북풍권지백초절　호천팔월즉비설

忽如一夜春風來　天樹萬樹李花開
홀여일야춘풍래　천수만수이화개

散入珠簾濕羅幕　　狐裘不暖錦衾薄
산 입 주 렴 습 라 막　　호 구 불 난 금 금 박

將軍角弓不得控　　都護鐵衣冷猶着
장 군 각 궁 부 득 공　　도 호 철 의 냉 유 착

瀚海闌干百丈冰　　愁雲慘淡萬里凝
한 해 난 간 백 장 빙　　수 운 참 담 만 리 응

中軍置酒飲歸客　　胡琴琵琶與羌笛
중 군 치 주 음 귀 객　　호 금 비 파 여 강 적

紛紛暮雪下轅門　　風掣紅旗凍不翻
분 분 모 설 하 원 문　　풍 체 홍 기 동 불 번

輪臺東門送君去　　去時雪滿天山路
윤 대 동 문 송 군 거　　거 시 설 만 천 산 로

山廻路轉不見君　　雪上空留馬行處
산 회 노 전 불 견 군　　설 상 공 류 마 행 처

북풍이 대지를 말아 오면 白草도 꺾이는데
胡地의 날씨는 팔월이면 눈발이 날린다.
홀연히 밤새 봄바람이 불었던 것처럼
천만 그루 온 나무에 梨花같은 눈꽃이 피었다.
주렴 사이 날려 든 눈발에 비단 휘장 축축하고
여우 갖옷 안 따습고 비단 이불도 얇기만 하다.
장군의 角弓도 당길 수 없고
도호의 철갑옷은 차더라도 입어야 한다.
드넓은 사막 이리저리 두꺼운 얼음이 깔리고
침침한 구름 암울하게 온 하늘을 덮었다.
中軍서 벌인 술자리 귀경하는 사람과 마시는데
호금과 비파에 羌人(강인)의 피리가 한데 운다.

분분히 저녁 눈은 군영 정문에 내리고

바람이 붉은 깃발을 흔들어도 얼어 아니 펄럭인다.

윤대성 동문에서 가는 그대를 전송하는데

떠나갈 적에 눈 내려 천산 길을 메웠다.

돌아간 굽은 산길에 그대 보이지 않고

눈 위엔 무심한 말 발자국만 남았도다.

제목 〈白雪歌送武判官歸京〉에서 歌는 악부시의 제목이다. 判官은 節度使, 觀察使, 防禦使의 屬官이다. 武判官은 절도사인 封常淸(봉상청)의 속관인데, 그 이상은 알 수 없다. 시에 나오는 白草는 북쪽 땅에 자라며 牛馬가 잘 먹는 풀 이름인데 가을이나 겨울에는 하얗게 고사한다. 白草는 서역을 상징하는 풀이다.

이 시는 북방 요새의 풍정을 읊었다. 都護 封常淸(봉상청)의 屬官(속관)인 武判官이 장안으로 돌아가게 되자, 군영에서 송별연을 베풀었을 때 지었을 것이다. 시 전체를 크게 네 개의 단락으로 나눌 수 있다.

제1단은 1聯의 두 구절, 북쪽 변경지대의 험악한 날씨를 사실대로 묘사했다. '휘몰아치는 북풍에 마른 흰 풀이 꺾어지고, 팔월인데도 벌써 눈발이 날린다.(北風捲地白草折, 胡天八月卽飛雪.)'

제2단은 2~5聯까지, '밤사이 봄눈 내린 듯 모든 나무에 눈꽃이 피었다.(忽如一夜春風來, 千樹萬樹梨花開.)', '주렴 사이로 날아든 눈발에 비단 장막을 적시고, 가죽옷도 따뜻하지 않고 비단 이불도 얇게 느껴진다.(散入珠簾濕羅幕, 狐裘不暖錦衾薄.)', '날씨가 차가워서 활을 당길 수 없고, 차가운 철갑이나마 그대로 걸치고 있다.(將軍角弓不得控, 都護鐵

衣冷猶著).', '넓은 사막에는 두꺼운 얼음이 덮였고, 침침한 구름이 참담하게 하늘을 덮고 있다.(瀚海蘭干百丈冰, 愁雲慘淡萬里凝.)' 특히 '忽如一夜春風來, 千樹萬樹梨花開.' 는 변새시 중에서도 절창으로 알려진 구절이다.

제3단은 6, 7聯으로 武判官을 위해서 송별의 술을 마시고 제4단은 8, 9聯으로 天山路의 눈길에 말 자국만 남기고 떠나갔다.

이 시에는 雪 字가 네 번 나온다. 1聯의 雪은 송별 전 사막의 雪, 7聯의 雪은 송별이 아쉬운 雪이고, 8聯의 雪은 돌아가야 할 길을 막는 雪이고, 9聯의 雪은 말 발자국이 찍혀 그리움을 남겨준 雪이다.

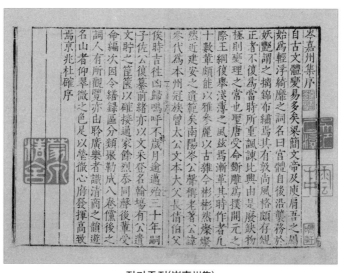

잠가주집(岑嘉州集)

24

玄宗(현종)의
사랑

매비
梅
妃

현종(玄宗)

玄宗이 양귀비에 빠지기 전에,
현종의 사랑을 많이 받았던 江采萍
(강채평, 710-756, 江采蘋이라고도 한다.)은
몸이 호리호리하면서도 몸매와 미
모가 뛰어났고 천성이 온유하며, 화
려한 의복이 아닌 단아한 옷을 즐겨
입었다. 그리하여 탈속한 듯 淸麗(청
려 ; 맑고 고움.)하면서도 고고한 품성

이 단연 돋보이는 후궁이었다. 물론 강채평이 실존했느냐, 아니냐는 논
란이 좀 있다지만 그녀의 시를 소개하려고 한다.

강채평은 閩(민)의 莆田(포전, 今 福建 莆田)에서 태어났다. 부친 江仲遜(강중손)은 대대로 이어온 의원이었다. 강채평은 9살 전후에 《詩經》을 즐겨 외었고 '비록 여자이지만 報國의 뜻을 갖고 살겠다.'는 말을 부친에게 했다고 한다.

강채평은 10여 세가 넘어가면서 花容月貌〈화용월모 ; (꽃다운 얼굴과 달같은 모습으로란 뜻으로) '미인의 모습'을 形容(형용)하여 이르는 말.〉에 天姿國色〈천자국색 ; 타고난 자질, 天稟(천품)으로 보아 나라 안에서 제일 아름다운 여자를 이르는 말. 國香(국향)〉이었고 琴棋(금기 ; 거문고와 바둑.)와 서화에 두루 박통했기에 원근에 이름을 널리 알렸다. 개원 14년(726) 현종의 최측근 환관이며 실력자인 高力士가 소문을 듣고 찾아와 16세의 강채평을 장안으로 데리고 갔다.

현종은 강채평을 보자마자 그녀의 뛰어난 자태와 해맑은 마음과 날렵한 몸매에 반해 마치 하강한 선녀를 본 듯 놀라움을 금치 못했다. 더군다나 강채평은 시문에도 뛰어나 현종과 시를 창화할 줄 알았고 악기에 정통하여 현종의 인정을 받았으며 能歌善舞하니 현종이 빠지지 않을 수 없었다. 강채평이 梨園(이원)에서 白玉笛(백옥적)을 연주할 때마다 현종은 넋을 잃을 정도였다고 한다.

강채평이 매화를 酷愛(혹애)하니 그 거처 주변에 매화를 많이 심었고 섣달이 지나면서 寒梅(한매)가 피면 곱게 단장하고 매화를 감상하며, 매화를 소재로 賦(부)를 짓고 읊어 현종으로부터 '梅妃'라는 애칭으로 불리었다. 현종이 총애하던 武惠妃가 개원 25년(737) 죽은 이후로 현종은 매비 강채평을 여전히 총애하였다.

그러나 양귀비가 입궁한 뒤로 현종의 매비에 대한 사랑은 조금씩 식어 갔다. 양귀비가 매비의 존재를 안 뒤에 그 질투가 나날이 심해졌고

매비(梅妃)

현종은 매비를 염두에 두더라도 귀비의 잔소리가 싫어 한두 번 만나기를 미루다 보니 아주 소원해졌다.

어느 날, 현종은 어린 환관을 통해 上陽宮에 독거하는 매비를 翠華閣(취화각)으로 불러 몰래 옛정을 풀려 했으나 귀비가 심어 놓은 耳目에 걸렸다. 취화각에 양귀비가 들이닥치기 전 다행히 매비는 피신하였으나 현장에 신발짝을 떨어뜨렸기에 양귀비는 울고불고 소란을 피웠고 현종은 낭패를 보았다. 이후 양귀비는 매비를 '梅精'이라 부르며 질투했고, 매비는 귀비를 '肥婢(뚱보 계집)' 라 부르며 멸시했다. 그러나 매비에서 멀어져 간 현종의 사랑은 돌아올 수 없었다.

매비는 총애를 잃고 홀로 지내는 서러움을 〈桔東賦(길동부)〉로 지어 현종에게 어렵게 전달했고, 현종은 그 시를 읽고 슬픔에 젖으면서도 귀비 때문에 어쩔 수가 없었다. 귀비는 이런 사실을 알고 더욱 길길이 설치며 '賜死' 해야 한다고 떼를 쓸 때 현종은 묵묵히 듣고만 있었다.

현종은 자신에 의해 버려진 매비를 무한 동정하며 미안해했기에 매비는 상양궁에 홀로 지낼 수 있었다. 현종과 귀비의 행락이 진할수록 현종은 한편으로는 매비가 그리웠다. 현종은 어느 날 비밀리에 진주를 비롯한 각종 구슬을 잔뜩 매비에게 선물로 보냈다. 그러나 매비는 〈謝賜珍珠〉라는 시와 함께 진주를 돌려보냈다.

柳葉雙眉久不描　殘妝和淚汚紅綃
유 엽 쌍 미 구 불 묘　잔 장 화 루 오 홍 초

長門盡日無梳洗　何必珍珠慰寂寥
장 문 진 일 무 소 세　하 필 진 주 위 적 요

버들잎 같은 두 눈썹 오래 그리지 않았고
화장품 남아 눈물과 함께 붉은 비단에 떨어집니다.
큰 문 안에선 온종일 빗지도 씻지도 않는데
어찌 진주가 적막한 사람을 위로하겠습니까?

어느 달이 밝은 밤에 현종은 勤政樓에 올라 달을 바라보며 이런저런 생각에 잠겼다. 그러다가 梨園子弟 몇을 데려다가 노래를 부르게 시켰다. 그중에서 어느 한 사람이 측천무후와 중종 때 재상 반열에 올랐으며 '文章四友'의 한 사람이던 李嶠(이교, 645-714?)의 시를 노래했다.

富貴榮華能幾時　山川滿目淚沾衣
부 귀 영 화 능 기 시　산 천 만 목 누 첨 의

不見只今汾水上　惟有年年秋雁飛
불 견 지 금 분 수 상　유 유 연 년 추 안 비

부귀와 영화는 얼마나 오래가는가?

산천은 바라보니 눈물로 옷을 적신다.

지금은 보이지 않지만 汾水에는

오로지 해마다 가을의 기러기가 난다.

현종은 옆에 시립한 신하에게 누구의 詩인가 물었다. 신하가 李嶠(이교)의 시라고 대답하자 눈물을 흘리면서 일어나 말했다. "이교는 정말로 才子로다!"

현종은 마음속으로 사랑했던 무혜비나 매비를 생각했을 것이다. 그리고 지금의 양귀비에 대해 가련한 생각, 그리고 만년의 자신에 대해서 인생무상을 느꼈을지도 모른다.

안록산의 난이 일어나고 반군이 潼關(동관)을 깨트렸다는 소식이 전해지자 현종과 양귀비는 서둘러 촉으로 蒙塵(몽진)한다. 현종은 피난길에 매비를 챙기지도 못했고, 양귀비는 마외파에서 자결한다.

현종은 아들 숙종에게 제위를 이양하고 쓸쓸히 장안으로 돌아왔다. 현종은 매비가 그리웠다. 그러나 어디에서도 매비의 소식을 들을 수 없었다. 현종은 상금을 내걸고 매비 소식을 탐문했다. 나중에 어떤 환관이 매비의 초상화를 현종에게 올렸다. 현종이 매비의 초상화를 보니 마치 살아 있는 듯, 금방이라도 살아 걸어 나올 것 같았다. 현종은 마음이 너무 아파 울면서 초상화에 칠언절구를 적었다.

題梅妃畵眞 제매비화진
매비의 초상화에 짓다. 〖玄宗 李隆基〗

憶昔嬌妃在紫宸　鉛華不御得天眞
억 석 교 비 재 자 신　연 화 불 어 득 천 진

霜綃雖似當時態　爭奈嬌波不顧人
상 초 수 사 당 시 태　쟁 나 교 파 불 고 인

예전에 미인 매비가 궁궐에 있을 때를 생각하니

화장을 하지 않았어도 본 모습 그대로구나.

하얀 비단에 비록 그때 모습과 닮았더라도

예쁜 눈길로 나를 보지 못하니 어이 하겠나!

뒷날 현종은 매비가 온천지 옆 매화나무 밑에 묻혔다는 소식을 듣는
다. 현종이 사람을 시켜 파 보니 갈비뼈 아래로 칼에 의한 상처가 있어
亂兵(난병)에 의해 피살되었음을 알았다. 이래저래 현종의 만년은 서글펐
다.

25

女中詩豪
(여중시호)

이야

李冶

　唐代의 李冶(이야), 薛濤(설도), 魚玄機(어현기), 劉采春(유채춘)을 보통 四
大女流詩人으로 손꼽는다.

　李冶(713?-784)의 본 이름은 李紿(이태)인데, 그녀의 字를 써서 李季蘭
(이계란)으로 기록한 책도 있다. 이야는 開元 초년(713)에 출생하였는데 어
려서부터 매우 총명하였다. 전해 오는 이야기에 의하면 5, 6세에 이미
문자를 알았는데 부친의 품에 안겨 뜰을 산책하다가 포도덩굴에 시렁이
없어 땅바닥에 퍼져 있는 것을 보고서 입에서 '經時未架却(때가 지났는
데도 시렁을 매주지 않아), 心緖亂縱橫(마음처럼 종횡으로 어지럽도
다).'라고 읊었다고 한다.

　이 말을 들은 부친은 아이가 커서 엄한 교육을 받지 못하면 혹 무슨

失行을 할까 걱정하였다고 한다. 결국 어느 정도 크자 도교의 사원인 玉眞觀이란 道觀(도관)에 보내졌고 이야는 여자 도사, 곧 道姑(도고 ; 여자 도사.)가 되었다.

그러나 여자 도사라지만 그녀의 才華(재화)는 결코 숨길 수도 또 가릴 수도 없었다. 이야는 시 뿐만 아니라 탄금에도 뛰어났기에 수많은 시인이나 명사들이 이야와 왕래하며 시를 주고받았다.

그 당시 유명하던 《茶經》을 저술한 시인 陸羽(육우, 陸鴻漸)가 李冶와 특별히 가까웠다는 이야기가 있었다. 하여튼 李冶에 대한 이런저런 이야기가 끊임없이 만들어졌던 것은 사실이다.

어느 날 李冶는 병석에 누웠다. 그녀가 비록 병석에 있지만 또 신분은 여자 도사로 世外人이지만 그렇다고 속세의 그리움과 번뇌를 초탈할 수는 없었다.

그때 마침, 오랫동안 소식이 없던 육우가 그녀를 찾아왔다. 李冶는 萬感이 교차하면서 아무 말도 건네지 못하고 뜨거운 눈물만을 흘렸다. 그리고 일어나 붓을 잡고 시 한 수를 써 내려갔다.

 湖上臥病喜陸鴻漸至 호상와병희육홍점지
호주에 와병 중 육홍점이 와 기뻐하며

昔去繁霜月　今來古霧時
석 거 번 상 월　금 래 고 무 시

相逢來臥病　欲語泪先垂
상 봉 내 와 병　욕 어 누 선 수

強勸陶家酒　還吟謝客詩
강권도가주　환음사객시

偶然成一醉　此外更何之
우연성일취　차외갱하지

전날 서리가 한창일 때 떠나더니

이제 안개가 짙을 때 돌아왔네.

서로 만나도 와병 중이라서

말을 하고프나 눈물이 먼저 흐르네.

도연명의 술을 애써서 권하고

사령운의 시를 전처럼 읊는다.

우연히도 술에 함께 취하니

이것 말고 무얼 더 하리오.

　총명 영특한 시인들이 느끼는 정서는 서로 왕래하면서 더 깊어지고
의미가 도타워진다. 때문에 시인들의 왕래는 보통 사람들의 왕래보다도
부단히 이어지게 된다. 서로의 깊은 마음을 알기에 술을 같이 하고 시를
말하는데, 그리고 더 무엇을 바라겠는가? 李冶의 인생과 실의가 시 속
에 녹아 있는 것 같다.

　천보 연간에 李冶도 이제는 늙었다. 玄宗은 그녀의 시명을 전해 듣고
광릉에 살고 있는 이야를 불러 만나 보려 했다. 李冶는 장안으로 떠나면
서 지인들에게 시를 남겼다.

恩命追入留別廣陵故人 은명추입유별광릉고인
황제 명에 의거 장안에 가면서 광릉의 벗들에게

無才多病分龍鐘　不料虛名達九中
무재다병분용종　불료허명달구중

仰愧彈冠上華髮　多慚拂鏡理衰容
앙괴탄관상화발　다참불경이쇠용

馳心北闕隨芳草　極目南山望舊峰
치심북궐수방초　극목남산망구봉

桂樹不能留野客　沙鷗也浦謾相逢
계수불능유야객　사구야포만상봉

재주도 없고 병든 몸 늙어 휘청거리는데

헛된 이름이 궁궐에 알려진 줄 몰랐었네.

위로 부끄럽게 관을 벗으면 백발이고

늙은 얼굴로 거울을 보기도 많이 부끄럽다.

북쪽 대궐로 가는 마음 방초를 따라가니

멀리 까마득한 남산의 옛 봉우리를 보련다.

계수도 나그네를 머물게 하지 못하는데

물새는 포구에서 느긋이 서로 만나는구나.

　이야는 이제 아무런 세속적 부귀나 욕심이 없음을 담담하게 서술하고 있다. 이야는 장안에 몇 달을 머물다가 회향하겠다고 요청했고 현종은 많은 하사품을 내렸다.

李冶는 당시의 명사인 朱放(주방), 閻士和(염사화), 승려 皎然(교연), 그리고 崔渙(최환), 肖叔子(초숙자) 등과 널리 교유하였다고 하는데 당시 사람들은 이야를 '風情女子〈풍정여자 ; 風致(풍치) 있는 情懷(정회)나 취향이 있는 여자. 風懷(풍회).〉' 라고 불렀고 그 명성은 廣陵(揚州) 일대에 널리 알려졌다. 시인 劉長卿은 이야를 '女中詩豪(여중시호)' 라 불렀고, 나중에 덕종 황제도 李冶를 알아 '俊嫗(준구, 뛰어난 노파)' 라 말했다고 한다. 이야는 결코 자신의 정감이나 시흥을 숨기지 않았으며 평담하면서도 명랑하여 '詩豪' 라는 별호에 부끄럽지 않았다.

전에 幽州節度使(유주절도사) 李懷仙(이회선)의 부장이었던 朱泚(주차, 742-784)는 이회선을 죽인 뒤에 유주절도사로 자립하였는데 그 주차가 德宗 興元 원년(784), 당나라에 반기를 들었으나 곧 평정된다. 그전에 李冶는 주차와 서신을 주고받은 것이 많았고 이런 사실이 드러나 이야는 체포되어 죽음을 당했다.

4대 여류 시인의 한 사람이라고 하는 魚玄機(어현기, ?-868)의 字는 蕙蘭(혜란)인데 李億納이란 사람의 첩이었다가 나중에는 여자 도사가 되어 咸宜觀(함의관)이라는 도관에도 있었고, 나중에 자신의 몸종을 때려죽인 죄로 체포되었다가 처형되었다고 한다. 온정균과 시를 주고받았다고 하는데 그녀의 시 한 수만을 소개한다.

送別 송별 〖魚玄機〗

水柔逐器知難定　雲出無心肯再歸
수 유 축 기 지 난 정　운 출 무 심 긍 재 귀

惆悵春風楚江暮　鴛鴦一隻失群飛
추 창 춘 풍 초 강 모　원 앙 일 척 실 군 비

물은 유연하여 그릇 따라 일정한 모양이 없고
구름은 무심코 생겼다가 쉽게 다시 사라진다.
봄바람 슬프고 초강에 날은 저무는데
원앙새 한 마리 무리 잃고 날아간다.

원앙은 짝을 채워 살고 또 무리 지어 날아다니는데 짝 잃은 한 마리를
보고 시인의 쓸쓸한 마음을 보태었다. 혼자 사는 것이 남자나 여인에게
모두 어려운 일인 것을 알기에 그 외로움이 곧 서러움으로 바뀐 것이다.

다른 여류 시인에 대해서는 薛濤(설도)편에서 다시 이야기를 하지만
여기서 그냥 묻어 버리기에는 아까운 이야기가 있다.

당 則天武后 如意 연간(692)에 남쪽 廣州에 7세(혹 9세)의 여자아이가 시
를 잘 짓는다 하여 측천무후가 불러 만나 보았다. 과연 영특하기에 여아
를 궁중에서 키우기로 하고 같이 온 언니만 돌아가게 하였다. 언니와 이
별하는 시를 지어보라 명하니, 7세 여아가 곧 시를 지어 올렸다.

送兄 송형   七歲女兒

別路雲初起　離亭葉正飛
별 로 운 초 기　이 정 엽 정 비

所嗟人異雁　不作一行歸
소 차 인 이 안　부 작 일 행 귀

헤어지는 길에 구름이 피고
떠나가는 정자에 낙엽이 날린다.
아아! 사람은 기러기와 다르기에
함께 나란히 돌아갈 수 없구나!

　기러기는 여러 형제들이 한 줄로 남쪽으로 날아갈 수 있지만 나는 그
렇지 못하다는 뜻을 말했다. 이 시를 본 측천무후는 아이를 불쌍히 여겨
언니와 함께 집에 보내 주었다고 한다.

26
최고 여류 시인

설도
薛濤

薛濤(설도, 768?-831)는 당나라 제일의 여류 시인이다.

그녀의 字는 洪度(홍도, 또는 宏度굉도)이고 장안에서 출생하여 아버지 薛鄖(설운)의 관직에 따라 蜀으로 왔고 父親 死後에 成都에서 생활하다가 죽었다. 설도는 촉에 온 절도사나 여러 관리들과 왕래하였는데 그때의 名士라 할 수 있는 元稹(원진), 牛僧孺(우승유), 張籍(장적), 白居易(백거이), 令狐楚(영호초), 劉禹錫(유우석), 張祜(장호), 段文昌(단문창) 등이 설도와 시를 주고받았다. 그중에서도 열 살 정도 연하인 元稹(원진)과의 交情이 가장 도타웠다고 한다. 설도가 살았던 중국 사천 成都에 지금은 望江樓(망강루) 공원이 있고 거기에 薛濤紀念館이 있다고 한다.

설도는 어려도 영리하고 音律에도 뛰어났다고 한다. 설도가 열 살 이전 어느 날, 아버지가 우물가의 오동나무를 보면서 시 운을 떼었다.

庭除一古桐　聳幹入雲中
정 제 일 고 동　용 간 입 운 중

뜨락의 섬돌 한그루 묵은 오동은
자라난 줄기 구름에 닿을 듯하네.

그러면서 딸에게 뒤를 읊어 보라고 말하자, 설도가 주저하지 않고 이어받았다.

枝迎南北鳥　葉送往來風
지 영 남 북 조　엽 송 왕 래 풍

가지는 남북의 새들을 맞이하고
잎사귀는 오가는 바람을 보내네요.

아버지는 순간 안색이 변하며 한동안 말이 없었다. 오가는 새들과 바람을 맞이하고 보낸다는 뜻이 부친에게는 어린 딸의 미래를 보는 것 같았을 것이다.

성도에서 부친을 잃은 설도는 모친과 함께 곤궁하게 살았다. 설도가 열여섯이 되자 타고난 姿色(자색)이 있고 시를 짓고 음률에 뛰어났기에 樂籍(악적)에 이름을 올릴 수밖에 없었다.

덕종 貞元 연간(785-804)에 당시의 劍南西川 節度使인 韋皐(위고)는 설도를 아끼고 좋아하였 는데 매번 잔치나 遊樂(유락 ; 놀며 즐김.)에 절도 사 관아로 불러 시를 짓게 하였다. 그러면서 薛濤에게 校書라는 관직을 받을 수 있도록 조 정에 표문을 올렸으나, 조정에서는 전례가 없 다며 인준하지 않았다. 그렇지만 그 이후 설도 는 薛校書로 불리었다.

위고가 죽은 뒤 成都에 부임한 武元衡(무원 형)은 설도의 명성을 듣고 설도를 악적에서 빼

설도(薛濤)

주었다. 설도가 妓女의 신분에서 벗어났지만 이미 미모와 명성은 널리 알려졌기에 당시 촉에 부임하는 節度使, 幕府佐僚, 귀인과 公子, 文人이 나 禪師나 道士들의 내방이 끊이지 않았다. 그중에서도 시인 元稹(원진) 과의 로맨스가 가장 널리 알려졌지만 설도는 시인으로서 고독한 생을 마감했다.

설도의 시는 특히 淸麗(청려)하다는 평가를 받고 있는데 〈送友人〉, 〈牡 丹(모란)〉 등이 유명하며 《全唐詩》에 그녀의 시 1권이 들어 있다.

送友人 송우인

水國蒹葭夜有霜　月寒山色共蒼蒼
수 국 겸 가 야 유 상　월 한 산 색 공 창 창

誰言千里自今夕　離夢杳如關塞長
수 언 천 리 자 금 석　　이 몽 묘 여 관 새 장

물가의 갈대에 밤들어 서리 내리고
차가운 달빛에 산색은 모두 검도다.
오늘 밤 지나면 천 리를 간다고 누가 말하나?
이별의 꿈자리 뒤숭숭 변방은 멀기만 하다.

　이 시는 변방으로 부임하는 지인을 보내는 시이다. '蒹葭(겸가)'는 갈
대이고 蒼蒼(창창)은 나무들이 짙푸른 모양이나 우거진 모양을 뜻하는데,
짙푸른 색은 사실 검은색에 가깝고 달빛 아래 산이 푸르게 보이지 않는
다. 밤에 내리는 서리의 처량함과 차가운 달빛의 쓸쓸함이 모두 시인의
뒤숭숭한 꿈자리로 이어질 것이다.
　여기서 여인의 섬세한 감정을 느낄 수 있는 설도의 작품을 읽으면 좋
을 것이다.

🌸 春望詞 춘망사　四首 (其 一)

花開不同賞　花落不同悲
화 개 부 동 상　　화 락 부 동 비

欲問相思處　花開花落時
욕 문 상 사 처　　화 개 화 락 시

꽃이 펴도 같이 즐기지 못하고

꽃이 져도 둘이 슬퍼 못하네.

서로 생각 하는 때를 물으려 하니

꽃이 피고 꽃이 질 때랍니다.

春望詞 춘망사 四首 (其 三)

風花日將老　佳期猶渺渺
풍 화 일 장 노　가 기 유 묘 묘

不結同心人　空結同心草
불 결 동 심 인　공 결 동 심 초

바람에 꽃은 지려 하는데

만나는 날은 아직 아득하구나.

한마음 맺지 못한 사람이라

공연히 풀로 同心을 지으려 하네.

여인의 그리움이 이렇게 애잔하단 말인가? 우리가 지금도 애창하는
金億(김억, 1896-?, 필명 岸曙)이 작사한 가곡 〈동심초〉는 이 시를 번안한 것
이다.

원진과 설도의 로맨스는 당시 시단에 널리 퍼졌었다. 원진이 죽은 아
내를 그리는 시 〈遣悲懷〉가 유명하지만 원진이 설도에게 보낸 〈寄贈薛

濤)도《全唐詩》에 수록되었는데 여기 소개한다.

寄贈薛濤 기증설도
설도에게 보내다.
【元稹】

錦江滑膩峨眉秀　　幻出文君與薛濤
금강활니아미수　　환출문군여설도

言語巧偸鸚鵡舌　　文章分得鳳凰毛
언어교투앵무설　　문장분득봉황모

紛紛辭客多停筆　　箇箇公卿欲夢刀
분분사객다정필　　개개공경욕몽도

別後相思隔烟水　　菖蒲花發五雲高
별후상사격연수　　창포화발오운고

금강이 기름지고 아미산은 수려하니

문군과 설도가 여기서 환생했구나.

뛰어난 말솜씨 앵무새 혀를 훔친 듯

문장은 봉황의 깃털을 나눠 가진 듯.

오가는 시인들 모두는 짓기를 멈추었고

수많은 관리들 익주에 벼슬을 하고자 했네.

이별의 그리움 안개 낀 강 건너에 있는 듯

창포가 피어난 그곳에 오색구름 높았네.

錦江(금강)은 四川에 있는 장강의 지류이고, 蛾眉山(아미산)은 사천을 대
표하는 명산으로 그 萬佛頂은 높이가 3,099m이다. 卓文君은 전한 사마

상여의 아내 이름이다. '夢刀'는 관리들의 승진을 뜻하는 전고인데, 여기서는 그 설명을 생략하려 한다.

이 시에서 원진은 설도의 언어와 문재를 높이 평가하였다. 시인들은 그녀 앞에서 붓을 멈추어야 했고 관리들은 설도를 보고 싶어 益州(익주, 四川)에서 벼슬을 하려 했다는 표현에서 설도의 인지도를 짐작할 수 있다. 원진은 이 시의 尾聯에서 설도에 대한 그리움을 강렬하게 표현하고 있다.

그러나 어차피 부부가 아니라면 헤어져야 한다.

원진은 목종 長慶 2년(822) 겨울, 재상급에 해당하는 中書門下同平章事로 승진한다. 그러나 3개월 만에 폄직되어 지방관으로 나갔다가 다음해(823)에 다시 越州(월주) 자사 겸 浙東觀察使(절동관찰사)로 부임한다. 여기서 薛濤를 다시 불러 詩酒를 즐기려는 생각도 있었지만 뜻밖에 월주에서 詩才는 설도보다 못하지만 음률에 통하고 花容月貌(화용월모)에 천상선녀와도 같은 劉采春(유채춘)을 만나게 된다. 기록에 의하면 유채춘은 그곳 광대인 周季南의 아내로 樂籍에 오른 기녀였다고 한다.

원진은 유채춘을 만나자 마자 한눈에 사랑에 빠지면서 설도는 완전히 잊어버린다.

어느 날, 유채춘은 주연에서 〈囉嗊曲(나(라)홍곡, 一名 望夫歌)〉 6수를 구슬프게 불러 원진을 비롯한 많은 사람들을 크게 감동시켰다. 나홍은 '멀리 간 사람이 돌아오기를 기다린다.'는 뜻이라 하니, 그 지역의 방언일 것이다. 그리고 나홍곡이 120수나 있는데 다른 문인들이 지은 것이다. 유채춘은 그 노래를 잘 불렀다는 이야기도 있다. 《全唐詩》에는 6수가 유채춘이 지은 시로 실려 있는데, 그중 3수는 다음과 같다.

囉嗊曲 라홍곡 (一)

不喜秦淮水　生憎江上船
불 희 진 회 수　생 증 강 상 선

載兒夫婿去　經歲又經年
재 아 부 서 거　경 세 우 경 년

秦淮河를 좋아하지도 않고

살면서 강의 배도 미워한다.

내 남편을 싣고 떠나갔는데

한 해가 가고 다시 일 년이 가네.

囉嗊曲 라홍곡 (三)

莫作商人婦　金釵當卜錢
막 작 상 인 부　금 채 당 복 전

朝朝江口望　錯認幾人船
조 조 강 구 망　착 인 기 인 선

장사꾼 아내는 되지 말지니

금비녀는 복채로 잡혀 버렸고

날마다 강가를 바라보면서

다른 이 배를 착각하기 몇 번이던가?

囉嗊曲 라홍곡 (四)

那年離別日　只道住桐廬
나 년 이 별 일　지 도 주 동 려

桐廬人不見　今得廣州書
동 려 인 불 견　금 득 광 주 서

어느 해 떠나가던 날

동려에 있겠다 말을 했지만

동려에 그 사람 없다 하고

오늘 받은 편지는 廣州서 보냈네.

　　상인 아내의 독수공방의 사무친 기다림과 슬픔이 절절히 나타나 있
다. 마지막 수의 桐廬(동려)나 廣州는 다 지명인데 광주가 더 남쪽이다.
광주는 이미 당나라 때부터 아라비아 상인들이 오가는 무역항으로 번창
하였다.

　　원진은 유채춘의 〈망부가〉를 듣고 그 자리에서 〈贈采春〉라는 제목의
시를 지어 건네면서 유채춘의 미모와 최고의 노래를 칭찬해 준다.

　　원진은 월주에서 문종 大和 3년(829)까지 7년을 머물렀다. 그는 竇鞏
(두공)이라는 시인을 막료로 데리고 있으면서 마음껏 山水와 吟詩와 飮酒
를 즐겼다. 원진 자신이 '因循未歸得(머뭇거리며 돌아가지 않는 것은),
不是戀鱸魚(농어를 좋아하기 때문은 아니다).' 라고 하였는데, 이는 아마
그의 진심일 것이고 그 뒤에는 유채춘이 있었다는 것을 누구나 다 알고

있었다.

겸해서 당대 여류 시인의 시를 하나 더 소개해야 한다.

杜秋娘－杜秋(두추, 生卒年 미상)는 금릉 사람으로 15살에 李錡(이기, 741-807)의 妾이 되었다고 한다. 憲宗 元和 2년(807)에 鎭海節度使인 李錡는 기병하며 造反했다가 한 달 만에 진압 피살되고, 杜秋娘은 잡혀서 궁중에 보내지는데, 이것이 오히려 전화위복으로 헌종의 총애를 받았다고 한다.

元和 15年(820) 헌종이 죽고 穆宗이 즉위하자, 그녀는 목종의 아들 李湊(이주)의 傅姆(부모, 여자 스승)가 된다. 뒷날 이주가 폐위되면서 두추낭은 고향으로 돌아갈 수 있었다.

시인 杜牧은 금릉을 지나다가 그녀의 궁색하고 늙은 모습을 보고 〈杜秋娘詩〉를 지어 그녀 대신 신세 한탄을 해 주었다는 이야기가 있다.

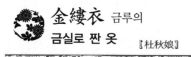

金縷衣 금루의
금실로 짠 옷　〖杜秋娘〗

勸君莫惜金縷衣　勸君惜取少年時
권 군 막 석 금 루 의　권 군 석 취 소 년 시
花開堪折直須折　莫待無花空折枝
화 개 감 절 직 수 절　막 대 무 화 공 절 지

당신께 권하나니 금실 옷이라 아끼지 마오.

당신께　말하지만 젊을 시절을 아껴야 한다오.

꽃피어 꺾을 만하면 바로 꺾어야 하나니

공연히 기다리다 꽃 없는 가지만 꺾지 마시오.

이 시를 '無名氏' 作으로, 또는 李錡(이기)의 작품으로 소개한 책도 있다. 이 시는 금실 비단옷을 아까워하지 말고 젊은 시절의 자신의 아름다움과 사랑을 마냥 취하고, 기회라 생각되면 꽉 잡으라는 메시지를 주고 있다.

두추낭은 가는 세월을 아쉬워했을 것이다. 歌妓나 妾室이나 젊은 미모가 기본 자산인데 세월 따라 미모가 쇠퇴하니 흐르는 세월에 대한 원망은 누구보다 더 절실했을 것이다.

젊음이나 시간은 곧 돈이다. 이는 경영학의 이론이 아니더라도 누구나 절감하는 것이다. '一寸光陰이, 곧 一寸金'이지만 寸金으로 寸陰을 살수는 없는 것이다. 그러나 세월은 선량한 사람을 저버리지 않는(歲月不負善良人) 법이다. 사람이 아무리 좋은 바탕을 타고 났어도 또 아무리 좋은 환경이라도 스스로 노력해야 한다.

젊어 독서에 마음을 기울이지 않으면(小時讀書不用心), 책 속에 황금이 있다는 이치를 모른다(不知書中有黃金). 그리고 玉도 다듬지 않으면 그릇(물건)이 되지 않는다(玉不琢不成器). '쇠몽둥이도 갈면 바늘로 만들 수 있고(鐵棒可以磨針)', 흙을 쌓으면 산을 만들 수 있다(積土可以成山)는 믿음을 갖고 열심히 노력하는 사람에게는 반드시 좋은 기회가 올 것이다.

27

寒山寺(한산사)의 종소리

장계

張繼

楓橋夜泊 풍교야박

풍교에서 밤을 지내다.

月落烏啼霜滿天　江楓漁火對愁眠
월 락 오 제 상 만 천　강 풍 어 화 대 수 면

姑蘇城外寒山寺　夜半鐘聲到客船
고 소 성 외 한 산 사　야 반 종 성 도 객 선

달 지고 까마귀 울며 온 하늘 서리 가득한데

강가 단풍과 고기잡이 횃불에 잠을 못 이룬다.

姑蘇城 밖 寒山寺의

한밤 종소리가 나그네 배에 들린다.

위 시는 너무 유명한 시이다. 이 시를 지은 張繼(장계, 727?~779)의 자는
懿孫(의손)이며, 中唐의 시인으로 襄州(湖北 襄陽市 襄州區) 사람이다.

현종 天寶 12년(753)에 진사가 되었고 안사의 난이 터지면서 江東에
피신해 살면서 詩僧 靈一, 長州의 縣尉(현위)인 劉長卿과 교유했던 것으
로 알려졌다. 이후 檢校祠部員外郎, 洪州鹽鐵判官을 역임하고 大曆末
(779)에 伉儷(항려, 부부)가 함께 洪州(今 江西省 南昌市)에서 죽었다.

唐代의 시인 중에서 張繼는 대가도, 명인도 아니고 그의 시는《全唐
詩》에 겨우 40수 정도 수록되어 있다. 그의 시는 풍경묘사에 특히 우수
한데〈楓橋夜泊〉은 그의 대표작으로 天寶 15년(756)에 蘇州에 머물 때 지
은 시로 알려졌다.

〈楓橋夜泊〉의 楓橋(풍교)는 江蘇省 蘇州市(上海市 부근) 서쪽 5km에 있는
石橋이다. 첫 구에서는 '月은 落하고, 烏는 啼하며, 霜은 滿天하다.'라
하여 계절로서는 가을이 깊었음을 알 수 있다. 그리고 江楓(강풍)과 고기
를 잡는 횃불인 漁火를 보면서 잠을 청하려 하니 시각으로는 한밤임을
알 수 있다.

그리고 姑蘇城(고소성)은 蘇州市이며 寒山寺라는 절에는 唐 太宗 貞觀
연간에 名僧인 寒山과 拾得(습득)이 天台山에서 여기로 와서 머물렀다고
한다. 마지막 구절의 '夜半鐘聲'의 종소리가 바로 논란의 소재가 되었
다.

풍교(楓橋)

詩 전체에 시각, 청각, 촉각의 모든 감각이 다 동원되었다. 달이 진 다음의 어둠, 강가의 단풍, 漁火 등 눈에 보이는 것들이 생각에 생각을 끌어낸다. 서리가 내릴 것 같은 가을밤의 한기는 촉각으로 전해지고 까마귀 울음소리도 들려 나그네가 不眠하는데 종소리까지 들리는 그 밤― 나그네는 정말 잠들기 어려웠을 것이다.

잠 못 드는 이 구절 '江楓漁火對愁眠'―여기에서는 '對'가 참 잘 쓰인 글자이다. 江楓과 漁火를 마주보면서 잠들려고 애를 쓰는 나그네의 그 모습이 눈에 보인다.

首句는 경치를 묘사하였다. 月落하고 烏啼하며 霜滿天이라 하였는데, 당연히 霜滿地가 되어야 한다는 것이다. 사실 서리는 땅이나 나뭇가지 등이 있어야 맺히는 현상이니 공중에 떠 있는 서리(霜)는 생각할 수 없다.

그리고 承句의 江楓을 江橋와 楓橋로 해석하는가 하면 愁眠을 愁眠山으로 해석하기도 한다.

3, 4구는 客愁로 잠을 못 이루는데 한산사의 종소리가 들려온다는 뜻인데, 과연 '寒山寺와 楓橋의 거리가 들을 수 있는 거리인가?' 또 '절에서는 한밤에 종을 치지 않는다.' '夜半이라 한 것은 잠을 못 이루다가 새벽에 잠깐 잠이 들었는데 새벽 종소리를 듣고 잠이 깨어 한밤중으로 착각한 것이다.' 등등 수많은 논쟁거리를 제공해 주었다.

특히 중국의 어느 대학입시의 物理 시험에서 本詩를 예문으로 제시하면서 '밤에 종소리가 客船까지 들리는 이유를 물리적으로 설명하라.' 는 문제가 출제되어 더욱 유명해졌다.

솔직히 이런 詩句는 단순히 文學徒만의 관심사가 되어서는 안 된다. 우리나라의 경우 '文科나 理科', '自然系와 人文系' 하면서 커다란 장벽을 만들어 놓고 자연계를 전공하는 사람은 詩를 읽지 않고, 인문계 전공은 '과학의 科' 字도 모르는 것이 당연한 것처럼 여기는 풍조가 있다. 그리고 같은 인문계열에서도 문학을 전공하지 않는 사람은 아예 詩를 모르는 병폐가 있는데, 이런 풍토에서는 교양이나 상식이 존속할 수 없다.

28

大曆十才子
(대력십재자)

　唐 代宗의 大曆 연간(766-779)에 시인으로 유명한 10인을 '大曆十才子' 라고 부른다. 그 이름은 책마다 조금씩 다르지만 대개 李端(이단), 盧綸(노륜), 司空曙(사공서), 錢起(전기), 韓翃(한굉) 등이 공통적으로 포함되고 있다.

　錢起(전기, 710?-782?)의 자는 仲文으로 天寶 연간에 진사에 등과하고 秘書省校書郎을 거쳐 尙書考功郎中과 翰林學士 등을 역임했다. 그때 사람들은 '前有沈宋(앞에는 沈佺期와 宋之問), 後有錢郎(뒤에는 錢起와 郎士元).' 이라 中唐 시인의 대표이며 대력십재자의 한 사람으로 錢起를 꼽았다. 그의 시는 오언이 주를 이루고 있으며 송별과 酬贈(수증)의 시가 많다. 또한 산수 속에서 은일을 따르고자 하는 내용의 시가 많은데 그 詩

格은 淸奇하고 문리가 淡遠하다는 평을 받고 있다. 그의 문집으로 《錢仲郎集》이 있다.

전기의 시 중에서 가장 잘 알려진 작품은 〈省詩湘靈鼓瑟(성시상령고슬)〉이다.

省試는 尙書省에서 주관하는 과거 시험이며 여러 가지 제한이 있다. 우선 6聯으로 지어야 하며 首聯은 반드시 제목에 관한 의미를 담고 있어야 하며 중간에도 對偶(대우)로 짜야 하고 같은 글자를 반복하여 쓸 수 없는 등 여러 가지 제약이 있어 그런 제약을 지키다 보면 佳作(가작)이 나오기 힘들다고 하였다. 전기의 이 시는 당나라 과거 시험의 작품 중에서는 가장 우수하다고 알려졌는데 여기에는 재미있는 이야기가 들어 있다.

즉, 錢起가 그야말로 起身(기신 ; 몸을 움직여 일어남.)하기 전에 독서를 하고 있는데 밖에서 시를 읊는 소리가 들려왔다. 전기가 문을 열고 나와 사람을 찾았으나 아무도 볼 수 없었다. 다만 전기의 귀에 들렸던 '曲終人不見 江上數峰靑' 이라는 구절은 또렷하게 기억되었다.

또 다른 이야기에는 장안에 응시하러 가는 도중에 京口(今, 江蘇省 鎭江市)의 旅舍(여사＝여관)에서 숙박했는데 꿈속에서 그 구절을 들었다고 하였다. 전기는 그 표현이 매우 청신하다 생각하고 두 구절을 기억하고 있었다.

錢起는 천보 10년(751)에 進士科에 응시하였는데 時題가 〈楚辭. 遠遊〉에 나오는 〈湘靈鼓瑟(상령고슬)〉이었다. '湘靈' 은 '湘江의 여신' 이란 뜻이다. 이에 전기는 기억하고 있던 두 구절을 마지막에 활용했고 그 결과는 장원급제였다. 전기는 귀신의 도움으로 그런 좋은 구절을 얻었다고 생각하였다. 시의 全文은 아래와 같다.

善鼓雲和瑟　常聞帝子靈
선 고 운 화 슬　상 문 제 자 령

馮夷空自舞　楚客不堪聽
풍 이 공 자 무　초 객 불 감 청

苦調凄金石　清音入杳冥
고 조 처 금 석　청 음 입 묘 명

蒼梧來怨慕　白芷動芳香
창 오 래 원 모　백 지 동 방 향

流水傳瀟浦　悲風過洞庭
유 수 전 소 포　비 풍 과 동 정

曲終人不見　江上數峰青
곡 종 인 불 견　강 상 수 봉 청

雲和山 거문고를 잘 연주하는 이는
상수의 여신이라고 늘 들어왔었네.
水神 풍이는 공연히 혼자 춤을 추고
상수의 나그네는 끝까지 듣지 못하네.
슬픈 음조는 금석마저 처량하게 하고
맑은 소리는 하늘 끝에 울려 퍼졌네.
창오산의 혼령도 옛정을 그리워하고
향초인 백지는 좋은 향을 내뿜었네.
흐르는 물을 타고 상수 가에 울리니
바람도 슬피 동정호를 지나가네.
曲이 끝났지만 사람은 보이지 않고
강에는 여러 봉우리들만 푸르다네.

雲和는 산 이름인데 이 산에서 나오는 나무로 琴瑟(금슬)을 만든다고 하였다. 帝子는 '堯임금의 딸로 舜임금의 아내인 娥皇과 女英이라는 湘水의 여신'이며, 馮夷(풍이)는 '黃河의 神 河伯'인데, 여기서는 일반적인 '水神'의 뜻으로 쓰였다. 楚客은 '楚의 湘江 지역을 떠도는 나그네'로 屈原(굴원)이나 賈誼(가의)를 상징한다. 蒼梧(창오)는 '舜임금이 죽었다는 산 이름'이고, 白芷(백지)는 향기가 나는 풀 이름이다. 전기의 이 시는 '不'字가 두 번 쓰였지만 시의 내용이 워낙 출중하여 크게 문제되지 않았다고 한다.

이 시는 神話와 전설을 바탕으로 음악 연주를 시인의 상상으로 표현하였으니 전체적으로 로맨틱한 분위기가 느껴진다. 아름다운 여신이 연주하는 음악이 끝이 났으나 사람은 보이지 않고 상강 주변 여러 산봉우리들만 푸르다는 마지막 구절은 시를 읽는 사람으로 하여금 꿈에서 깨어나 현실을 느끼게 하는 듯 신비롭다.

전기는 이 시를 통해 장원급제하고 文名을 얻었다. 그리고서 다시 약 1200년의 세월이 흐른 뒤 전기의 이 시는 또 한 번 유명해진다.

毛澤東(모택동, 1893-1976) – 湘江을 끼고 있는 湖南省의 湘潭(상담)에서 태어난 毛澤東(Máo zédōng)은 일생동안 4번 결혼을 했다. 1907년에 결혼한 첫 부인 羅一秀와는 동거를 하지 않았고 첫 부인은 1910년에 병사하였다. 1920년에 결혼한 楊開慧(양개혜)와는 3명의 아들을 두었는데, 1922년 생인 장남 毛岸英은 1950년 한국전쟁에서 전사하였다.

3번째 부인 賀子珍(하자진)과는 1928년 결혼하였고, 4번째 부인은 1938년에 결혼한 江青(Jiāng qīng)으로 文化革命 때 소위 四人幇(사인방)의 우두머리로 '紅都女帝'라는 별명을 얻었으며 중국 현대사에 큰 영향을 행사하다가 1976년 가을 毛澤東이 죽자 권력이 꺾이고, 1991년에 자결하였다.

江靑(1914~1991)의 本名은 李雲鶴(이운학)으로 毛澤東의 4번째 부인이었고, 그녀에게 毛澤東은 3번째 남편이었다. 본래 '藍蘋(남빈)'이란 예명을 가진 배우였으나 큰 명성을 얻지 못하고 있었다. 그녀가 延安에서 毛澤東을 만났고, 毛澤東은 錢起의 시 〈湘靈鼓瑟〉의 마지막 두 구절 '曲終人不見, 江上數峰靑'에서 江靑이라는 예명을 지어 주었다.(모택동 만나기 이전에도 '江靑'이라는 藝名을 사용했다고 주장하는 이야기도 있다.) 이를 본다면 모택동은 많은 독서를 했던 지도자였다는 사실을 알 수 있다.

錢起가 유명하기에 그의 시 한 수를 더 읽는 것도 괜찮을 것이다.

 ## 谷口書齋寄楊補闕 곡구서재기양보궐
谷口의 書齋에서 楊補闕에게 보내다.

泉壑帶茅茨	雲霞生薜帷
천 학 대 모 자	운 하 생 벽 유
竹憐新雨後	山愛夕陽時
죽 련 신 우 후	산 애 석 양 시
閑鷺棲常早	秋花落更遲
한 로 서 상 조	추 화 낙 갱 지
家童掃蘿逕	昨與故人期
가 동 소 라 경	작 여 고 인 기

골짜기는 초가를 에워쌌고

노을은 담쟁이 울타리를 비춘다.

竹은 비온 뒤에 말쑥하고

山은 석양 따라 아름답다.

한가로운 백로는 일찍 둥지에 들고

가을 꽃은 더욱 늦게 진다.

아이가 넝쿨 길을 청소한 것은

어제 우인과 약속했기 때문이지!

谷口는 지금의 陝西省 중부의 涇河(경하) 하류의 지명인데, 여기서 黃帝가 신선이 되어 승천했다고 한다. 楊補闕(양보궐)의 人名은 미상이고 보궐은 관직명이다. 薜帷(벽유)는 담쟁이가 무성하여 휘장을 두른 것 같다는 뜻이고, 竹憐은 '예쁘게 보이다' 라는 뜻이 어울리지 않아 '말쑥하다'로 번역했다.

泉壑(천학)과 雲霞(운하), 竹과 山 그리고 閑鷺(한로)와 秋花를 전부 의인화하여 구절의 주어로 묘사하였다. 이런 경치를 배경으로 삼고 집 주변을 깨끗이 청소하였으니 '친우여! 빨리 오시오!' 라고 부르는 것 같다. 1-6구에서 경치를, 그리고 7, 8구로 우인을 기다리는 시인의 마음을 표출하였으니 매우 짜임새 있는 서경시라 할 수 있다.

아름다운 자연은 거기에 사람이 있기에 아름다운 것이다. 사람이 아니 사는 정글을 아름답다고 생각하는 사람은 없다. 만년빙설의 대평원은 신비하거나 장엄하겠지만 사람이 살지 않는다면 그 아름다움을 누가 그려내겠는가? 그래서 인간이 가치가 있는 존재이고, 그러하기에 詩人이 있어야 한다.

29
蕩兒(탕아)의
回心(회심)

위응물

위응물의 다음 시를 읽어보면 王維의 시를 읽는 것 같은 느낌이 온
다.

 滁州西澗 저주서간
저주의 서쪽 시내

獨憐幽草澗邊生　上有黃鸝深樹鳴
독 련 유 초 간 변 생　상 유 황 리 심 수 명

春潮帶雨晚來急　野渡無人舟自橫
춘 조 대 우 만 래 급　야 도 무 인 주 자 횡

냇가에 절로 자란 풀을 홀로 좋아하나니
위로는 노랑 꾀꼬리가 깊은 숲에서 운다.
봄물은 비가 온 뒤 불어 급히 흐르지만
들판 나루에 행인 없어 배만 홀로 매였다.

위응물(韋應物)

〈滁州西澗〉은 '저주의 서쪽 시내'라는 뜻이다. 위응물은 782년에 滁州(저주, 滁 강 이름 저, 安徽省 滁州市)의 자사로 근무했었다. 1, 2句는 시인이 바라보는 주변의 경치이다. 개울가의 풀과 수풀 속의 꾀꼬리, 상과 하에서 靜과 動의 대비가 이루어졌다.

사람의 눈에 띄지 않는 곳에 무성하게 자란 풀을 시인은 좋다고 했다. 무성한 풀에서 나오는 방향이 있으며, 저절로 혼자 성숙한다는 의미를 부여할 수 있다. 그리고 깊은 숲 속에서 울며 나는 꾀꼬리는 매우 동적이다. 그 움직임은 비가 온 뒤에 급하게 불어나는 시냇물에서 한층 더 격렬해진다.

그러나 結句는 어떠한가? 평지의 나루터는 물살이 거세지도 않다. 비가 온 뒤의 저녁이라 건너는 사람도 없다. 빈 배만 비스듬히 매여 있다. 모든 것이 정지된 느낌이며, 모든 것이 다 虛靜(허정 ; 망상이나 잡념이 없이 마음이 항상 평정함.) 속에 멈췄다.

회화적 풍경 속에 시적 정취가 넘치는 서경시로 '野渡無人舟自橫'은 '詩趣'이면서 '畵趣'이다. 마치 그림을 그리듯 글을 지었다. 그렇다고 글 장난은 절대로 아니다. '無人'의 경지와 情景은 이처럼 따스하다.

宋나라에서 畵員(화원)을 선발하기 위한 실기 시험에서 '野渡無人舟自橫'의 詩意에 맞는 그림을 그리라고 하였다. 모든 화원들이 강변의 산수를 배경으로 빈 배를 그리면서 아무도 사람을 그려 넣지 않았다. 그러나 단 한 명은 강변에 매어져 있는 뱃머리에 새가 한 마리 앉아 지저귀고, 바로 그 위에 다른 새 한 마리가 내려앉으려는 모습을 그렸다고 한다. 물론 이 畵員이 합격했다.

시의 감상 또한 이런 것이 아니겠는가? 내가 이 시를 지은 시인이라면, 다음 비가 오는 날에 그 나루에 혼자 서 있을 것이다.

韋應物(위응물, 735?~792?)은 則天武后 때 재상이었던 韋令儀(위령의)의 손자이다. 韋應物은 현종 천보 연간(750)에 蔭補(음보)로 황제의 近侍(근시) 무사인 三衛郞이 되어 터무니없는 짓을 했던, 거의 불량배와 같은 행동으로 백성들을 괴롭혀 원성을 듣기도 했다. 위응물 스스로 자신의 부끄러운 과거를 시로 묘사하였다.

❀ 逢楊開府 봉양개부

少事武皇帝　無賴恃恩私
소 사 무 황 제　무 뢰 시 은 사

身作里中橫　家藏亡命兒
신 작 이 중 횡　가 장 망 명 아

朝持樗蒲局　暮竊東鄰姬
조 지 저 포 국　모 절 동 린 희

司隷不敢捕　立在白玉墀
사 예 불 감 포　입 재 백 옥 지

젊어서 현종 황제를 섬기었는데
특별한 성은을 믿고 무뢰배였었다.
스스로 마을서 되는 대로 놀았고
집에는 죄인도 숨겨 주었었다.
아침에 노름판 차려 놀아 댔고
저녁엔 이웃의 여인을 희롱했다.
관리도 체포를 감히 못했었으니
궁중의 측근 시위였기 때문이다.

위응물의 증조부가 측천무후 때 재상이었고, 조부가 宗正少卿이라는 관직에 있었기에 일종의 음서 혜택으로 삼위랑이 되었었다. '亡命兒'는 도망친 노비, 탈영병, 범죄를 저지르고 도피중인 자들을 지칭한다. 노름, 술, 부녀자 희롱이 젊은 날 위응물의 생활이었다.

安史之亂 중에 현종이 蜀으로 피난가면서 韋應物은 失職했고 주변 사람들의 따가운 시선을 견뎌야 했다. 동서양을 막론하고 '浪子回頭金不換(부랑자가 개심하면 황금으로도 바꾸지 않는다).'이라는 말처럼 이후 착실하게 독서를 하면서 행실을 고쳤다.

그리하여 代宗이 즉위하자(763) 洛陽丞(낙양승)이 되었다. 이후 德宗 建

中 4년(783)에 滁州刺史(저주자사)를 거쳐, 德宗 貞元 元年(785)에 江州刺史로 자리를 옮겼고, 이어 貞元 6年(790)에 蘇州刺史를 그만두고, 蘇州城外의 永定寺에 거주하다가 거기서 죽었다.

위응물은 '韋江州', '韋蘇州'로 불리는데, 그의 시풍은 왕유와 가깝고 언사가 간결하며 산수경관을 읊은 시가 많다. 송나라의 蘇軾(소식)은 위응물의 시에 대하여 아래와 같은 아주 인상적인 평가를 남겼다.

'樂天長短三千首(백락천의 5언7언의 삼천 수보다), 却愛韋郎五言詩(오히려 위응물의 오언시를 좋아한다).'

이제 위응물의 5언율시 하나를 읽어보기로 하자.

 長安遇馮著 장안우풍저
長安에서 풍저를 만나다.

客從東方來	衣上灞陵雨
객 종 동 방 래	의 상 파 릉 우
問客何爲來	采山因買斧
문 객 하 위 래	채 산 인 매 부
冥冥花正開	颺颺燕新乳
명 명 화 정 개	양 양 연 신 유
昨別今已春	鬢絲生幾縷
작 별 금 이 춘	빈 사 생 기 루

길손은 동쪽에서 왔으니

옷이 파릉의 비에 젖었구려.

객은 무슨 일로 왔나 물으니

나무 찍을 도끼 사러 왔다네.

한창 꽃이 피기 시작하였고

나는 제비는 새끼를 키웠었네.

전번 헤어지고 지금 또 봄이니

귀밑머리에 몇 가닥 실이 생겼네!

풍저는 《全唐詩》註에 '廣州의 錄事(녹사)를 지냈다'고 했다. 韋應物의 벗으로 당시는 은퇴하고 산중에 살고 있었다. 위응물은 풍저를 위해 몇 편의 시를 지었다.

이 시는 문답체로 된 五言古詩이다. 長安에서 우연히 친구를 만났다. 그 친구는 장안 동쪽 파릉에서 소나기를 맞고 왔을 것이다. 그의 옷이 아직도 빗물에 젖어 있다. 그 친구에게 '어떻게 왔느냐?'고 물으니, '산에 살면서 나무를 자른다, 그러므로 도끼를 사러 왔다.'고 대답했다.

'冥冥花正開(명명화정개), 颺颺燕新乳(양양연신유).'는 '서로 이별한 때'를 설명한다. 즉 우리가 작별한 때도 생명이 넘치는 봄철이었다. 그리고 또 봄에 만났다. 그런데 전보다 백발이 더 많아졌다. 피차 늙어 가는 인생의 덧없음을 한탄하는 시다.

여기서 위응물의 인정을 느낄 수 있는 시 한 수를 더 읽어도 괜찮을 것이다.

寄全椒山中道士 기전초산중도사
전초산의 도사에게 보내다.

今朝郡齋冷　忽念山中客
금 조 군 재 냉　홀 념 산 중 객

澗底束荊薪　歸來煮白石
간 저 속 형 신　귀 래 자 백 석

欲持一瓢酒　遠慰風雨夕
욕 지 일 표 주　원 위 풍 우 석

落葉滿空山　何處尋行跡
낙 엽 만 공 산　하 처 심 행 적

오늘 아침 관아가 썰렁하여

홀연 산속 도사가 보고 싶었다.

계곡 아래에서 잡목을 주어다가

돌아와 백석을 삶고 있으리라.

바라건대 술 한 바가지 들고 가서

먼데 비바람 치는 밤을 위로해야지.

낙엽이 空山에 가득할 텐데

어디서 그 행적을 찾겠는가?

　중국 신선들의 일반적인 특성은 인간과 달리 양식 걱정을 하지 않고
병에 걸리지도, 또 죽지도 않는다. 그리고 자신의 형체를 마음대로 바꿀
수 있다는 특성을 가지고 있다. 白石(흰 돌)을 끓여 먹는다는 이야기는

'신선의 이야기', 곧 仙話에 나오는 단골 소재이다. 《神仙傳》에 실려 있는 白石生의 이야기는 대략 다음과 같다.

백석생은 中黃丈人(중황장인)이라고도 부르는 黃帝(황제) 때 사람이다. 신선이 되었으나 승천하지 않았다. 그는 다만 長生을 귀하게 여겼고 金液(금액)을 가장 좋은 仙藥이라 생각했다. … 白石을 삶아 양식으로 대신했기에 또 白石山에 들어가 수련했기 때문에 白石先生이라고 불렀다. 그는 때때로 말린 고기인 脯(포)를 먹었고, 때로는 辟穀〈벽곡 ; (곡식 대신에) 솔잎·대추·밤 따위를 날것으로 조금씩 먹고 삾.〉을 했다. 하루에 삼사백 리를 갈 수 있었고 얼굴은 약 서른 살 정도의 젊은이 같았다고 한다. 2천 년을 넘게 살았다고 하는 백석선생에게 신선이면서 왜 승천하지 않느냐고 물었더니, "天上이 인간 세계만큼 즐겁지 않다."고 말했다고 한다.

'관아가 유난히 싸늘하고, 홀연히 산속에 사는 도사 생각이 난다.' 고 한 말은, 곧 '복잡한 벼슬살이에 시달린 그가 홀연히 은퇴하고 싶다.' 는 뜻이다. 그러나 속세를 떠나 숨어 사는 도사를 어디에 가서 찾으랴? 자기와 도사의 간격이 너무나 먼 것을 새삼 느끼고 있다. 1, 2聯은 산중의 도사를 생각하는 시인의 심경을 묘사하였다. 3, 4聯은 은자의 생활을 동경하는 시인의 마음을 읊었다.

다음은 약간 긴 장편이지만 딸을 시집보내는 아버지의 마음이 잘 나타나 있어 전문을 다 수록하였다. 부모와 자식, 아버지와 딸은 이렇듯 애틋한 정이 있으니, 이것이 바로 인륜이 아니겠는가?

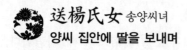
永日方慽慽　出行復悠悠
영일방척척　출행부유유

女子今有行　大江泝輕舟
여자금유행　대강소경주

爾輩苦無恃　撫念益慈柔
이배고무시　무념익자유

幼爲長所育　兩別泣不休
유위장소육　양별읍불휴

對此結中腸　義往難復留
대차결중장　의왕난부류

自小闕內訓　事姑貽我憂
자소궐내훈　사고이아우

賴玆托令門　仁恤庶無尤
뢰자탁영문　인휼서무우

貧儉誠所尙　資從豈待周
빈검성소상　자종기대주

孝恭遵婦道　容止順其猷
효공준부도　용지순기유

別離在今晨　見爾當何秋
별리재금신　견이당하추

居閒始自遣　臨感忽難收
거한시자견　임감홀난수

歸來視幼女　零淚緣纓流
귀래시유녀　영루연영류

긴긴 세월 늘 서글펐지만

보내야 하니 더 아득하도다.

딸애는 지금 시집을 가야 하고
큰 강에 작은 배 거슬러 간다.
너희는 어미 없이 힘들었는데
가엽다 생각에 더 사랑만 주었다.
어린 동생은 언니 손에 자랐으니
둘이 헤지며 울길 긋지 못하도다.
이를 보는 나도 애가 맺히지만
의당 가야니 더 머물 수 없어라.
어릴 적 크면서 내훈이 없었으니
시모 잘 모실지 내게도 걱정이라.
이제 좋은 집에 가게 되었으니
어여삐 살펴 주면 허물 거의 없으리라.
아껴 검약하기는 정말 지켜야 하니
혼수 두루 갖추길 어찌 바라겠나?
효순 공경으로 婦道를 지켜야 하고
용모와 행실에 법도를 따라야 한다.
헤어지긴 오늘 아침이지만
너를 언제나 다시 보랴?
평소엔 그런대로 보냈다지만
이별 앞에 홀연 참기가 어렵도다.
보내고 돌아와 어린 딸을 보니
흐르는 눈물이 갓끈 타고 내린다.

〈送楊氏女〉는 위응물이 딸을 양씨 집안에 시집보내면서 지은 시이다. '楊氏 소생의 딸'이라 해석할 수 있는데, 설령 양씨가 후처라 할지라도 그 딸이면 응당 자기 딸인데 '楊氏女'라면 좀 이상할 것이다. 우리나라에서도 楊씨 집안에 딸을 시집보냈다면 친정에서 그 딸을 지칭할 때는 '楊室人'이라 한다. 시집보낸 딸은 外人이니 시집 간 집안의 성씨로 부른다. 여기서도 같은 뜻이다.

딸아이를 보내는 아버지의 마음을 이처럼 담담하게 또 솔직하게 서술한 작품이 또 있겠는가? 일찍이 어머니를 여의고 아버지의 사랑만을 받고 자란 두 딸 중 큰아이를 시집보내는 아버지의 심정을 여러 면으로 세밀하게 그렸다. 담담한 묘사이기에 슬픈 감정이 더 크게 몰려오는 것 같다. 오늘의 감각으로도 애절한 父情을 느끼게 한다. 보내는 아버지의 마음과 사연, 딸아이에게 하는 당부의 말, 그리고 시집에서 귀여움 받으며 잘 살 것이라고 믿는 아버지의 마음이 글에 가득하다.

마지막 구절 - 보내고 돌아와 집에 남은 어린 딸을 보고 참을 수 없어 흐르는 눈물 - 평소의 엄격한 아버지 모습은 어디로 갔는가? 아버지도 울고 싶을 때에는 울어야 하고! 눈물이 갓끈을 타고 흐르니 - 흐르는 채 서 있어야 할 것이다.

30

詩(시)로 맺은 인연

고황
顧況

고황(顧況)

顧況(고황, 725~814?)의 字는 逋翁(포옹)이고, 호는 華陽眞逸으로 만년에는 悲翁이라 하였다. 肅宗 至德 2년(757) 進士가 되어 校書郎, 著作郎 등을 지냈으며 시를 잘 지었고 성격이 조용하고도 온화하였으며 功名이나 재물을 부러워하지 않았다고 한다. 고황의 시는 질박 평이하고 通俗流暢(통속유창 ; 전문적이 아니고 일반 대중이 쉽게 알 수 있는 글로 읽어 거침이 없다.)하면서도 두보의 현실주의적 시 정신을 이었으며 新樂府 시가 운동의 선구가 되었다는 문학사적 평가가 있다.

　당시 어떤 재상이 지방에 있는 그를 중앙으로 불러 요직을 맡기려 하였으나 그는 시를 지어 보내서 거절했다.

四海而今已太平　相公何用喚狂生
사 해 이 금 이 태 평　상 공 하 용 환 광 생

此身還似籠中鶴　東望瀛洲叫一聲
차 신 환 사 농 중 학　동 망 영 주 규 일 성

천하는 지금 아주 태평하거늘
상공은 어디 쓰려 바보를 부르는가?
이 몸은 새장에 갇힌 학과 같으니
동쪽의 영주를 보며 크게 우노라.

　고황은 자신을 狂人(미치광이, 바보)로 자처하면서 새장에 갇힌 鶴이라 비유하였다. 그리고 동해에 있는 신선의 거처인 瀛洲(영주)를 그리워 한다는 뜻을 밝혔다. 실제로 구황은 전 가족을 데리고 茅山이란 곳에 은거했다고 알려졌다.

　다음은 시인 고황의 〈宮詞〉(궁궐의 노래)라는 시이다.

玉樓天半起笙歌　風送宮嬪笑語和
옥 루 천 반 기 생 가　풍 송 궁 빈 소 어 화

月殿影開聞夜漏　水晶簾捲近秋河
월 전 영 개 문 야 루　수 정 렴 권 근 추 하

玉樓는 높이 솟고 생황에 노래 들리고
바람에 후궁들 웃고 떠드는 소리 들린다.
전각의 달그림자에 밤 물시계 소리 들으며
수정 발을 걷어 올리니 은하수가 가깝도다.

이 시는 노쇠하여 임금의 사랑을 받지 못하는 궁녀의 원한을 간접적으로 그렸다. 이 시에서 작자는 원망하는 심정을 직접 말하지는 않았지만 원망의 심정이 시구 사이에 느껴진다. 사실 '옥루에서 들리는 생황과 노래와 웃음소리'에 상대적으로 자신의 영락한 처지가 더 슬퍼졌을 것이다.

이러한 宮人들의 감정을 묘사한 시는 唐詩에 상당한 비중을 차지하고 있으며 또 우수한 가작도 많이 있다. 그러다 보니 궁인과 시인들의 로맨스가 만들어져 널리 알려진 것도 있다.

顧況(고황)이 과거 시험에 응시하려 장안에 있으면서 어느 날 詩友와 함께 花園湖에서 뱃놀이를 즐기고 있었다.(고황이 아니라 '盧渥(노악)'이란 사람으로 기록된 책도 있다.)

고황은 우연히 시구가 쓰여 있는 큰 오동나무 잎을 하나 건졌다. 그 잎에는 유려한 서체로 5언절구가 쓰여 있었다.

一入深宮裏　年年不見春
일 입 심 궁 리　연 년 불 견 춘
題詩一片葉　寄與有情人
제 시 일 편 엽　기 여 유 정 인

한번 깊은 궁궐에 온 뒤로
해마다 봄을 보지 못한다.
나뭇잎 하나에 시를 지어
사랑을 품은 분에게 보낸다.

이 시는 분명히 궁 안에 살고 있는 宮人이 지어 궁궐 안을 흐르는 냇물에 띄워 보낸 것이 확실하였다. 그러나 또 다른 책에는 이 시를 '宣宗 宮人 韓氏'가 지은 시라고 밝힌 책도 있다. 그러나 만약 선종 때의 궁인이었다면 고황과 생존 연대가 맞지 않는다. 그 시는 아래와 같다.

 題紅葉 제홍엽

【宣宗 宮人 韓氏】

流水何太急　深宮盡日閑
유 수 하 태 급　심 궁 진 일 한
殷勤謝紅葉　好去到人間
은 근 사 홍 엽　호 거 도 인 간

물은 어찌 이리 급히 흐르는가?
깊은 궁궐은 종일 한가롭다.
은근히 붉은 잎을 띄워 보내니
인간 세상에 잘 찾아가기를!

하여튼 고황은 오동나무 잎에 쓰인 시를 읽어 보고 깊은 궁궐에 머무는 궁인에 대하여 깊은 동정심을 갖게 되었다. 고황은 그 오동잎을 상자에 깊숙이 잘 보관하였다.

고황은 시를 적어 보낸 궁인을 생각하다가 결국 상사병에 걸린 듯 음식을 제대로 먹지도 못하며 수척해졌다. 고황의 벗들은 궁인의 '有情人'이 된 고황을 가엾게 여기며 여러 방면으로 수소문을 했다. 나중에 친우들은 궁 안의 韓翠屛(한취병)이라는 궁인이 시를 잘 짓는다는 소식을 듣고 전해 주었다. 그리움을 참을 수 없던 고황은 궁으로 흘러 들어가는 냇물의 상류에 가서 큰 오동잎에 시를 적어 흘려보냈다.

花落深宮鶯亦怨　上陽宮女斷腸時
화 락 심 궁 앵 역 원　상 양 궁 녀 단 장 시
帝城不禁東流水　葉上題詩寄阿誰
제 성 불 금 동 류 수　엽 상 제 시 기 아 수

꽃이 지는 깊은 궁궐은 꾀꼬리도 한스러우니
상양궁의 궁인이 애가 끊어지는 시절이로다.
궁궐도 동으로 흐르는 물을 막지 못하리니
잎사귀에 적은 시를 누구에게 보내야 할까?

그 오동잎은 궁궐로 흘러 들어갔고, 또 우연히 궁인 한취병이 건져내었다. 궁인은 자신의 시를 누군가가 주웠고 그도 자신을 생각하여 이 시를 지어 띄웠으리라 확신하였다. 한취병은 시를 읽고 이 사람이야말로 하늘이 자신에게 점지해 준 情人이라고 확실하게 믿었다. 한취병은 그리움을 가슴에 품고 다시 시를 지어 띄웠다.

一葉題詩出禁城　誰人酬合獨含情
일 엽 제 시 출 금 성　수 인 수 합 독 함 정

自嗟不及波中葉　蕩漾乘春取次行
자 차 불 급 파 중 엽　탕 양 승 춘 취 차 행

한 잎사귀에 쓴 시를 궁궐 밖에 보냈더니
누구신가 정을 담아 화답을 해 주셨군요.
저는 탄식하나니 물결에 떠가는 잎사귀처럼
출렁거리며 봄바람을 타고 갈 수도 없답니다.

시 한 수는 궁궐을 흘러나와 호수에 떠돌았고, 또 우연히도 고황의
친우가 그것을 건져 고황에게 전해 주었다. 고황은 분명 하늘에 있는 天
公이 밝은 눈으로 자신과 궁인을 내려다보고 있다고 생각하였다. 고황
의 연정은 이제 날로 깊어지면서 아름다운 인연이 이루어지기를 바랄
뿐이었다. 서로 얼굴은 물론 이름도 모르면서 만날 가능성도 없이 마음
으로만 이어진 사랑을 어이해야 하겠는가?

이후 고황은 몇 번의 과거에서 내내 불합격했다. 고황은 이제 功名에
대한 생각을 접었다. 공명도 이루지 못하고 사랑도 찾지 못한 고황은 河
中府 사람 韓泳을 찾아가 그 집안 문서 일을 맡아 하면서 하루하루를 지
내게 되었다. 그리고서 10년의 세월이 흘렀다.
　어느 날 한영은 고황을 안채로 들어오라고 했다. 그리고 한영이 고황
에게 말했다.
　"황제께서는 최근에 궁인들이 많아 본가로 돌려보내기로 하였네. 그

런데 이번에 출궁하는 궁인 중에 나와 같은 한씨가 있어 우리 집에 오기로 하였네. 그 여인은 지금 스물일곱이고 姿色(자색 ; 여자의 고운 얼굴.)이 제법이니 자네의 좋은 배필이 될 것이라 생각하는데, 자네의 생각은 어떠한가?"

그러자 고황이 대답하였다.

"저는 공명도 이루지 못했고 가진 것도 없는 가난한 서생일 뿐입니다. 지금 대인의 은덕을 입어 살고 있는 처지에 어찌 더 많은 것을 바라겠습니까? 그저 대인의 처분에 따르겠습니다."

한영은 두 사람이 부부 인연을 맺도록 모든 준비를 다 해주었다.

고황과 한씨의 신혼 첫 날, 고황은 10년 전 일을 생각하며 한씨 몰래 그동안 간직하고 있던 오동잎 시를 꺼내 보며 한숨을 지었다. 그러다가 얼핏 그 모습을 보고 있는 한씨를 보고 깜짝 놀라 숨겼다. 그러자 한씨가 더 놀라며 말했다.

"그 오동잎은 내가 시를 쓴 것 아닌가요? 어찌 그것을 갖고 계십니까?"

그러면서 한씨도 자신이 소중하게 간직한 오동잎을 꺼내 보였다. 고황과 한씨는 모든 것을 알았다. 자신들이야말로 天生配匹〈천생배필 ; 날 때부터 애당초 하늘이 맺어준 배필(인연 · 연분).〉임을 확인했고 뜨겁게 포용했다. 10년 동안 그리던 사랑이 이렇게 이루어지다니!

다음 날 한영은 많은 사람들을 초청하고 젊은 부부를 위한 피로연을 열어 주었다. 그러면서 웃으며 말했다.

"자네들을 중매하며 고생한 나의 고마움을 잊어서는 안 된다네!"

그러자 고황이 말했다.

"우리 부부는 이미 10년 전부터 약속을 하고 여태껏 기다렸었습니다!"

"그게 무슨 말인가? 어찌 10년 전부터 알고 있었단 말인가?"

이에 고황은 붓을 들어 시 한 수를 써 내려갔다.

一聯佳句隨流水　十載憂思滿素懷
일 련 가 구 수 류 수　십 재 우 사 만 소 회

今日却成鸞鳳友　方知梧葉是良媒
금 일 각 성 난 봉 우　방 지 오 엽 시 양 매

一聯의 아름다운 詩句가 물을 따라 흘러왔고

십 년의 근심은 가슴을 가득 채웠었네.

오늘에 아름답고 귀한 짝으로 맺어졌으니

이제야 아노니 오동잎이 바로 중매였었네.

한영과 여러 손님은 고황의 이야기를 듣고 모두 '기이한 일'이라 칭송하였다. 그리고 소문은 빨리 퍼졌고 듣는 사람 누구나 감탄치 않는 사람이 없었다고 한다.

31
《柳氏傳(유씨전)》

한굉(韓翃)

韓翃(한굉, ?-783?, 翃 벌레가 나를 굉)의 生卒 연도는 확실하지 않지만, 字는 君平으로 '大曆十才子'의 한 사람이다.

天寶 13년(754)에 進士가 되었고, 肅宗 寶應 원년(762)에 淄靑(치청)절도사인 侯希逸(후희일)의 막료로 근무하였다. 당 德宗 建中 初年(780)에 中書舍人이 되었다. 당시에 같은 이름이 또 한 사람이 있어 덕종이 '春城無處不飛花를 읊은 韓翃'이라고 지명하였다는 이야기가 전한다. '春城無處不飛花'는 韓翃

의 〈寒食〉의 한 구절이었다. 그만큼 그의 시는 유명하였다.

🌑 寒食 한식

春城無處不飛花　　寒食東風御柳斜
춘 성 무 처 불 비 화　　한 식 동 풍 어 류 사

日暮漢宮傳蠟燭　　輕煙散入五侯家
일 모 한 궁 전 랍 촉　　경 연 산 입 오 후 가

봄날 성 안에 꽃이 안 날리는 데 없고

한식날 동풍에 버들이 기울었다.

날이 지자 漢宮에서 새 불을 피워 나눠 주니

가벼운 연기가 다섯 제후 집에 흩어진다.

　동지로부터 105일, 청명 前 2일이 寒食인데, 불을 피우지 않고 찬 음
식을 든다. 춘추시대의 충신 介子推(개자추)가 음력 3월 5일 산중에서 불
에 타 죽은 것을 애석하게 여기고 불 피우는 것을 금했다. 한식이 끝나
면 궁중에서 느릅나무나 버드나무 가지에 새로 피운 불씨를 蠟燭(밀랍의
초)에 옮겨서 왕족이나 고관에게 하사했다고 한다.

　이 시는 단순히 자연만을 묘사하였고 시인의 의논이나 감정은 하나도
나타나 있지 않다. 시에 나오는 五侯家(오후가)는 漢 成帝가 외숙 다섯 명
을 동시에 侯로 봉했고 그들을 五侯라 한다. 또 桓帝(환제)가 한 날에 侯
로 봉한 다섯 명의 宦官(환관)을 지칭하는데 이들 때문에 조정의 기강이

문란해졌다고 한다.

　이런 종류의 시는 단순한 한식 풍경보다는 言外之音이 있다. 우선 唐代에 漢宮의 고사를 인용한 것이고 五侯라는 용어가 宦官(환관)과 관련이 있으니 '寒食'을 핑계로 풍자하는 뜻이 보인다. 結句에서 五侯가 황궁의 불을 촛불에 댕겨간다는 것은 唐나라가 환관에게 권세를 넘긴다는 암시로 보아도 된다.

　실제로 唐 헌종이 원화 15년(820)에 환관 진홍지에게 죽음을 당했는데, 환관들이 목종을 옹립하면서 진홍지는 오히려 중용되었다. 당의 목종과 경종, 문종은 모두 환관들에 의해 옹립된 황제이다. 또 문종 재위 중인 대화 9년(835)에는 환관들이 조정의 문무 대신들을 대거 학살한 '甘露之變(감로의 변)'이 일어난 뒤 문종은 환관들에 의해 연금되었다가 죽음을 당한다. 이후 환관들이 군정의 대권을 장악하고 황제의 폐위와 옹립에 간여하여 당의 멸망까지 진행이 된다.

　하여튼 한굉의 시는 '芙蓉(부용, 연꽃)이 물 밖으로 나오듯 시흥이 풍부하여 朝野의 인사들이 그의 시를 좋아하였다.'고 한다.

　韓翃(한굉)은 柳氏 성을 가진 歌妓를 사랑했는데 한굉과 가기의 애정 이야기는 뒷날 《柳氏傳》으로 만들어져 지금껏 전해 온다.

　'大曆十才子'의 한 사람인 한굉은 과거에 급제하기 전, 젊은 날 이웃의 부잣집 李氏와 친했다. 그 이씨 집에는 柳氏 성을 가진 歌妓(가기)가 있었다. 유씨는 본래 명문가의 처녀였으나 破家되면서 이씨 집에 흘러온 才媛(재원)이었다. 한굉과 유씨는 곧 사랑에 빠졌고, 이를 李氏도 인정하면서 결혼을 주선하고 있었다.

그러나 안록산의 난이 일어나면서 한굉은 절도사의 속관이 되어 전쟁 터로 나가야만 했다. 그리고 3년 뒤에야 한굉은 장안에서 유씨를 찾아 나섰다.

한편, 난중에 李氏 또한 몰락하게 되었는데, 그런 난리 가운데서 歌 妓(가기) 柳氏(유씨)는 머리를 깎고 여승이 되었다. 그러나 그 혼란한 세상 에 여승이라 하여 몸을 스스로 지키기는 어려웠다. 유씨는 우여곡절 끝 에 안록산 난 중에 전공을 세운 토번족 장수 沙吒利(사타리)의 차지가 되 었다. 이런 사실을 안 한굉은 몰래 사람을 시켜 유씨에게 글을 보냈다.

章臺柳 章臺柳 昔日青青今在否
장 대 류 장 대 류 석 일 청 청 금 재 부

縱使長條似舊垂 亦應攀折他人手
종 사 장 조 사 구 수 역 응 반 절 타 인 수

章臺의 버들이여! 장대의 버들이여!
옛날의 푸르른 모습은 지금도 그러한가?
만약에 긴 가지 그대로 예전처럼 늘어졌다면
그래도 혹시 타인의 손에 꺾이지 않았는가?

柳氏 또한 몰래 答詩를 보내왔다.

楊柳枝 芳菲節 所恨年年贈離別
양 류 지 방 비 절 소 한 연 년 증 이 별

一葉隨風忽報秋 縱使君來豈堪折
일 엽 수 풍 홀 보 추 종 사 군 래 기 감 절

버드나무 가지, 아름다운 절개

해마다 헤어져 있던 일이 한스럽지만

한 잎이 바람 따라 떨어져 가을이라 해도

만약 당신이 온다면 어찌 꺾이지 않으리오.

유씨는 마음만은 아직 한굉에게 있다는 확실한 사랑의 표시였고 동시에 와서 데려가 달라는 강력한 호소였다. 변함없는 사랑을 확인하고서 애를 태우던 두 사람은 어느 날 거리에 우연히 마주치게 되지만 서로의 마음을 하소연한 뒤 곧 헤어져야만 했다.

이후 식음을 거의 전폐한 한굉의 사정을 많은 사람들이 알게 되었다. 한굉의 동료인 許俊(허준)은 한굉에게 편지를 써 달라고 하였다. 그리고 그 편지를 가지고 몰래 사타리의 집에 숨어 들어가 유씨를 만난 뒤 유씨를 데리고 나와 한굉에게 넘겨주었다.

사타리가 비록 토번족이지만 그는 공을 세웠고 당당한 현직 관리였다. 그러니 한굉이 무단히 유씨를 차지할 수는 없는 일이었다. 한굉의 상관인 緇靑節度使(치청절도사) 侯希逸(후희일)은 이런 사연을 상세히 숙종에게 보고하면서 황제의 은총을 빌었다. 황제도 감동하여 사타리에게 비단 2천 필을 내려주며 유씨를 내주라 하자, 사타리는 유씨를 포기할 수밖에 없었고 한굉과 유씨의 사랑은 해피엔딩으로 끝이 났다.

이 이야기와 비슷한 짜임새지만 비극적인 시인이 있으니 소개를 아니할 수 없다.

趙嘏(조하, 806?-852?, 嘏 클 하)는 字가 承祐(승우)로 武宗 會昌 4년(844) 진

사에 급제하였다. 전례에 따라 과거 합격자들은 발표 후 3일째 되는 날 長安의 曲江池에서 열리는 '曲江會'에 참여하여 서로 축하하며 우의를 다졌다.

조하는 단번에 급제를 했거니와 며칠 후 금의환향하면서 이미 약혼자와의 결혼이 예정되어 있기에 무한 기뻐하였다. 그러나 사람 일이란 알 수 없는 일, 곡강회가 끝나면서 조하는 모친이 급하게 보내온 家書를 받았다.

가서에는 浙西節度使(절서절도사)가 조하 약혼녀의 미모에 반해 약혼녀를 강제로 데려갔는데 지금 어디에 있는지도 모르니 빨리 귀가하라는 내용이었다.

조하는 하도 낙담하여 동남쪽을 보며 크고 작은 한숨을 지며 시를 읊었다.

寂寞堂前日又曛　陽臺去作不歸雲
적 막 당 전 일 우 훈　양 대 거 작 불 귀 운
當時聞說沙吒利　今日靑娥屬使君
당 시 문 설 사 타 리　금 일 청 아 속 사 군

적막한 거처에 해는 또 지고
신방은 사라지고 돌아오지 않는 구름 되었네.
그전에 사타리의 이야기를 들었었는데
이번에 내 미인을 절도사가 차지했구나.

陽臺는 남녀가 같이 즐기는 곳이라는 사전적 의미가 있고, 靑娥는 미인이고 使君은 지방관아의 관리를 뜻하니, 여기서는 절도사를 지칭하였다.

조하의 낙담은 말로 이루 다 표현할 수 없었다. 절도사란 그 관할 지역의 군사권은 물론 행정과 인사, 조세의 부과와 징수 등 모든 권한을 장악한 사실상 지방의 王者와 다름이 없었다.

조하는 서둘러 고향 楚州로 돌아왔다. 조하는 예상 밖으로 쉽게 약혼녀와 상면했다. 조하의 진사 급제 사실을 알게 된 절도사는 나중에 문제가 생길 것이 두려워 약혼녀를 본 집으로 돌려보냈다.

조하의 품에 안긴 약혼녀는 서럽고도 서럽게 울고 또 울었다. 그동안의 핍박과 불안과 설움이 한꺼번에 밀려와 터지면서 지치고 허약해진 약혼녀는 조하의 품에서 그대로 눈을 감고 저세상으로 가버리고 말았다.

조하도 서럽게 울면서 약혼녀를 장사지냈다. 이제 조하는 벼슬이고 뭐고 아무 의욕도 생각도 없었다. 산천의 風光도 우인들의 위로도 아무 소용이 없었다. 조하는 달이 밝은 밤에는 더더욱 그리움으로 몸부림을 쳤다. 이 세상의 모든 것이 처량하고 슬펐다. 조하는 시를 지어 자신의 심경을 읊었다.

🌀 江樓舊感 강루구감

獨上江樓思渺然　月光如水水如天
독 상 강 루 사 묘 연　월 광 여 수 수 여 천

同來望月人何處　風景依稀似舊年
동 래 망 월 인 하 처　풍 경 의 희 사 구 년

홀로 강가 누각에 오르니 그리움만 아득하고

달빛은 물과 같고 물은 하늘과 같구나.

같이 와 달을 봤던 그 사람은 어디에 있는가?

풍경은 어슴푸레 옛날과 비슷하도다.

하늘과 하나가 된 물, 어스름 달빛 아래 희미한 풍경, 시인의 미어지는 가슴, 시인의 탄식, 그리고 '同來望月人何處' —시인의 절규가 들리는 듯하다.

趙嘏(조하)는 과거에 급제하고도 별다른 관직 없이 지내다가 850년경 渭南尉(위남위)를 지냈다. 젊어서부터 벗인 杜牧(두목)은 조하의 시 〈長安晚秋〉의 '殘星幾點雁橫塞(보이는 별 몇 개 사이로 기러기 날아가고), 長笛一聲人倚樓(피리 긴 가락에 나그네는 누각에 기댄다).' 구절을 좋아하여 칭찬을 그치지 않았기에 사람들은 조하를 '趙倚樓(조의루)' 라고 불렀다는 이야기가 전해 온다. 《全唐詩》에 2권의 시가 전한다.

32
人面桃花
(인면도화)

崔護(최호)의 생졸년은 알려진 것이 없다. 다만 그의 자는 殷功(은공)이고, 博陵(지금의 河北 定州市) 사람으로 알려졌다.

그는 잘생긴 인물에 다정다감하며 재주가 많은 사람이었다고 한다.

젊은 날 최호는 과거에 응시하였으나 낙방했다. 어느 해 청명 날에 최호는 혼자 장안 성남에 바람을 쐬러 나갔다. 한낮이 되어 갈증이 난 최호는 마을을 찾아가 어느 집 앞에 가서 문을 두드렸다. 한참 있다가 안에서 꽃같이 예쁜 처녀가 고개를 내밀었다.

최호는 깜짝 놀라면서 말했다.

"혼자 놀러 나왔는데 한낮이라 몹시 목이 마릅니다. 물을 좀 …"

처녀는 물을 떠다가 최호에게 주고서 잠시 서 있었다. 최호는 물을 마시고 물그릇을 주면서 처녀와 눈을 맞추었다. 최호가 돌아설 때까지 처녀는 뜰의 꽃이 핀 복숭아나무 아래에 서서 아무 말도 하지 않았다.

그날 이후 최호는 글공부를 하느라 성 밖의 처녀를 잊었다. 다음 해 청명 날에 최호는 작년에 보았던 처녀를 생각하며 그 집을 찾아갔다. 그러나 집안에서는 아무런 인기척도 없었다. 잠시 기다리다가 최호는 시를 지어 대문에 끼어 놓고 돌아섰다.

 題都城南庄 제도성남장
도성의 남쪽 농장*에서 짓다

＊農庄〈농장 ; 농사에 편리하도록 논밭 가까이에 지은 간단한 집. 農幕(농막). 밭집.〉

去年今日此門中　人面桃花相映紅
거 년 금 일 차 문 중 　 인 면 도 화 상 영 홍

人面不知何處去　桃花依舊笑春風
인 면 부 지 하 처 거 　 도 화 의 구 소 춘 풍

작년의 오늘 이 대문 안에는
얼굴과 桃花 함께 붉게 물들었었네.
얼굴을 모르지만 어디에 갔을까?
도화는 전처럼 춘풍에 웃고 있는데!

최호는 돌아오면서 자꾸 뒤를 돌아보았다. 며칠 뒤, 최호는 처녀의 얼굴이 그립고 또 궁금하여 다시 그 집을 찾아갔다. 그런데 그 집 안에서 늙은 영감의 구슬픈 통곡 소리가 들려왔다.

최호는 대문을 열고 뜰을 지나 안채로 들어섰다. 안에서 늙은 영감이 최호를 보고 나와 물었다. "자네가 최호인가?"

"자네가 내 딸을 죽였네. 이제 어찌할 것인가?"

최호는 당황했고 노인을 그저 바라보고만 있었다. 그러자 노인이 말했다.

"내 딸은 올해 열여섯인데 귀여운 딸이라서 문자를 가르쳤네. 작년 청명 날 이후 매일 무엇을 잃은 듯 허전해 했었네. 그래서 올 청명 날에 마음을 달래 주려 내가 데리고 바람을 쐬러 나갔었네. 돌아와 보니 자네의 시가 대문에 꽂혀 있었고 딸아이는 정신을 잃었네. 그리고서는 식음 전폐하여 지금 거의 다 죽어 가네!"

최호는 방으로 들어가 처녀를 안고 말했다.

"내가 왔습니다. 내가 최호입니다!"

처녀는 가늘게 눈을 떴다. 그리고 입가에 희미한 웃음이 피어났고…, 처녀는 천천히 소생했다.

노인과 최호의 기쁨은 이루 말할 수 없었다.

"자네가 내 딸을 살렸으니, 이제 자네가 데려 가게!"

노인은 단호히 말했고 최호도 기꺼이 처녀를 받아들였다. 복숭아꽃처럼 곱고 예쁜 얼굴, 그리고 두 눈에는 정이 가득했다.

당 德宗 貞元 12년(796) 최호는 진사에 급제했고, 文宗 大和 3년(829)에 京兆尹(경조윤)이 되었다가 머지않아 御史大夫를 역임하고 嶺南節度使에 올랐다.

시인으로서 최호의 시는 문사가 아름답고 시어가 청신하다는 평을 받고 있다. 《全唐詩》에 그의 시 6수가 수록되어 있지만 〈題都城南庄〉이 가장 유명하다. 최호의 이 사랑 이야기는 孟棨(맹계)의 《本事詩·情感》에 실려 있어 널리 알려졌다. 明代에는 雜劇〈人面桃花〉로 각색되어 공연되었으며, 현대에서도 1994년에 中國電視公司(中視)의 연속극으로 방영되었다고 한다.

전당시(全唐詩)

江南曲 강남곡

『李益』

嫁得瞿塘賈　朝朝誤妾期
가 득 구 당 고　　조 조 오 첩 기

早知潮有信　嫁與弄潮兒
조 지 조 유 신　　가 여 농 조 아

구당협의 상인에게 시집왔더니

매일매일 내 기대에 어긋난다.

일찍이 潮水가 믿을 만한 줄 알았으면

바닷가 사는 사람에게 시집갔으리라.

李益은 민간 가요의 특성을 가진 시와 악부를 많이 지었다. 이 시 역시 長江에서 살아가는 여인의 정서를 읊었다.

瞿塘賈(구당고)는 구당협의 상인이란 뜻인데, 구당협은 長江 三峽(삼협, 巫峽, 西陵峽)의 하나. 重慶市 奉節縣의 白帝城에서 巫山縣의 大溪鎭까지 8km로 三峽 중 가장 짧은 거리이며 강폭이 매우 좁다.(가장 좁은 곳 100m, 최대 150m)

이 악부시는 서정이 매우 婉曲〈완곡 ; ①(말이나 행동을) 드러내지 않고 빙 둘러서 나타냄. ②말씨가 곱고 차근차근함.〉한 閨怨〈규원 ; (버림 받거나 하여) 남편과 헤어져 사는 여자의 원한.〉의 시이다. 마치 상인의 아내 입에서 나오는 말 그대로 받아썼더니 시가 된 것 같다.

丈夫는 돌아온다고 말한 그날에 돌아오지 못하니 여인은 애가 탈 것이고 그것이 늘 반복되니까 怨이 되었다. 갯가 어부나 상인이면 물때가 되면 들어오고 나가니까 믿을 수 있어 '차라리 바닷가로 시집을 갔어야 하는데 …' 라는 원망은 매우 합리적이다. 그처럼 기다림에 지쳤다는 뜻으로 여인의 서정이 순수하니까 시에 대한 공감이 만들어진다.

李益(이익, 746-829)의 字는 君虞(군우)로 中唐 詩人으로, 또 邊塞詩로 이름이 났고 5언과 7언절구에 뛰어났다.

李益은 재상 李揆(이규)의 族子로 같은 집안의 '詩鬼' 라 불리는 李賀(이하)와 나란히 명성을 누렸다. 이익의 〈征人〉, 〈早行〉 등의 시는 詩畵로 그려 당시 사람들에게 널리 알려졌었다고 한다.

전해 오는 이야기로는 이익은 霍小玉(곽소옥)이라는 才貌雙全(재모쌍전)의 名妓와 시를 주고받으며 사랑을 약속했었는데 이익은 나중에 盧氏 집안 처녀와 결혼하였다. 거의 발광하다시피 된 곽소옥은 이익을 불러내 "李君! 李君! 나는 지금 죽어 버리겠다. 내가 죽은 뒤 악귀가 되어 기어이 당신의 처첩을 끝까지 괴롭히겠다."고 말한 뒤, 자결하였다. 이후 李益의 부부는 끝끝내 불화하였다고 한다.

하여튼 이익은 사람됨이 의심이 많았으며 질투와 시샘과 집착이 강했으며 처첩에 대한 단속이 매우 심해 그때 사람들이 이를 '李益疾(이익의 병)'이라 부를 정도였다고 한다.

李益의 동기가 모두 승진할 때 이익만 승진을 하지 못해 곧잘 우울했고 그 때문에 황하 북쪽 유주 일대를 유람하였다. 나중에 劉濟(유제)의 막료로 일하면서 유제와 시를 증답하였는데 원망의 뜻이 많았다. 당시 그가 지은 〈夜發軍中〉, 〈夜上受降城聞笛〉 등은 변새시로 널리 알려졌다.

憲宗도 그의 名聲을 알고 入朝하게 하여 秘書少監에 임명하였고, 이익은 뒤에 集賢殿學士를 역임하였다. 그러자 李益은 더욱 자신의 才學을 뽐내며 다른 文人들을 멸시하여 많은 사람과 어울리지 못했다. 결국 諫官이 李益이 幽州에 있으면서 늘 원한을 품었다고 하여 한때 폄직을 당하기도 했었다. 이익은 나중에 右散騎常侍를 역임한 뒤 文宗 때 禮部尙書를 지내고, 곧 죽었다.

당시 조정에 같은 이름의 李益이 있었는데, 시인 이익을 '文章李益'이라고 불렸다고 한다. 이익은 大曆十才子의 한 사람이다.

喜見外弟又言別 희견외제우언별
內從 아우를 반갑게 만났고, 이어 이별을 말하다.

十年離亂後　長大一相逢
십 년 이 란 후　장 대 일 상 봉

聞姓驚初見　稱名憶舊容
문 성 경 초 견　칭 명 억 구 용

別來滄海事　語罷暮天鍾
별 래 창 해 사　어 파 모 천 종

明日巴陵道　秋山又幾重
명 일 파 릉 도　추 산 우 기 중

십 년 난리를 겪은 뒤에

어른 되어 처음 상봉을 했네.

姓을 묻고 놀라 다시 보며

이름을 듣고 옛 얼굴 떠올렸네.

헤어진 뒤로 상전벽해 같은 일들을

이야기 다하니 저녁 종소리가 들리네.

내일이면 파릉 길을 가야 하니

가을 산은 또 몇 겹겹이련가?

　外弟는 內從(姑從) 아우니, 곧 內從 사촌이고, 중국인들은 '表兄' 또는 '表弟'라고 말한다. 시인으로 이름이 있는 盧綸(노륜)이 李益의 內從이었다고 한다.

사람이 살면서 만나고 헤어지는 일이야 다반사 아닌가? 어렸을 적 내 종 사촌과 같이 놀며 자랐고, 서로 못 보며 십 년 가까운 세월 난리를 겪은 뒤에 다시 만났으니 그 반가움이야 짐작할 만하다.

반가운 재회와 서글픈 이별 − 흔하고 흔한 인간사인데, 이 시는 담백한 언어로 만남의 과정과 정담, 그리고 헤어짐을 서러워하고 있다.

'問姓驚初見 稱名憶舊容'은 우리가 흔히 겪는 일이지만 이렇게 詩句로 읽으니 그 정경이 더욱 눈에 선하다. 문자의 힘이 언어와 다른 점이 바로 이것이다. 이 시에서는 精練된 문자와 白描〈백묘 ; 동양화 描法(묘법)의 하나. 진하고 흐린 곳이 없이 線(선)만을 먹으로 진하게 그리는 일.〉의 기법으로, 상세한 情節〈정절 ; ①마음과 행위. ②事情(사정).〉을 층층이 쌓아올리듯 서술하여 상봉과 別離의 정을 우리에게 전하고 있다.

 夜上受降城聞笛 야상수항성문적
밤에 수항성에서 피리 소리를 들으며

回樂峯前沙似雪　受降城外月如霜
회 락 봉 전 사 사 설　수 항 성 외 월 여 상

不知何處吹蘆管　一夜征人盡望鄕
부 지 하 처 취 로 관　일 야 정 인 진 망 향

回樂峯 앞의 모래는 눈처럼 희고

受降城 밖에 달빛은 서리 내린 듯하네.

어디서 들리는지 갈대 피리 소리에

오늘 밤 군사들은 모두 고향을 생각하네.

이 시는 中唐의 7언절구 중 걸작으로 알려졌으며 이익을 변새시인으로 불리게 한 명작이다. 변방에 출정하여 오랑캐의 침입을 방비하는 군졸들이 차가운 달밤에 애절한 갈대 피리 소리를 듣고 망향의 정을 달래고 있다는 내용으로 詩題나 詩想은 흔히 있는 것이다. 그러나 시의 구성이나 격이 탁월하여 많은 評者들이 7언절구의 대표작이라고 칭찬했다.

回樂峯은 寧夏回族自治區의 중부 黃河 동쪽의 靈武市 서남쪽에 있는 산이며, 受降城(수항성)은 본래 漢代에 흉노들의 투항을 받아들이려고 축조한 성이었으나 唐朝에서 突厥(돌궐)족이 강해지자 이들을 막기 위하여 黃河 외측, 곧 河套(하투) 북안(寧夏回族自治區의 銀川市 일대) 및 漠南 草原 지역에 축조한 여러 개의 성채를 말한다. 1, 2구에서는 변새 지역의 모래와 달빛조차 차갑다고 묘사하여 변새 지역의 삭막함을 먼저 말했다.

'不知何處吹蘆管 一夜征人盡望鄕' 이 구절이 아주 유명한 구절인데, 어디서 들리는지 피리 소리의 서글픔을 그렸다. 1, 2구에서 변방의 '景'을, 3구에서는 '聲'을, 그리고 4구에서는 '情'을 그려내어 삭막한 경관에 처량한 소리와 서글픈 정서를 보태었기에 思鄕의 정만 많이, 또 깊게 그리고 강하게 두드러진다.

한마디로 잘 그려진 시이다.

34

詩苦(시고),
詩囚(시수)

맹교

孟郊

遊子吟 유자음
나그네의 노래

| 慈母手中線 | 游子身上衣 |
| 자 모 수 중 선 | 유 자 신 상 의 |

| 臨行密密縫 | 意恐遲遲歸 |
| 임 행 밀 밀 봉 | 의 공 지 지 귀 |

| 誰言寸草心 | 報得三春暉 |
| 수 언 촌 초 심 | 보 득 삼 춘 휘 |

어머니 손의 바늘과 실

떠나는 아들의 옷을 짓는다.
떠날 즈음까지 꼼꼼히 꿰매기는
더디게 돌아올까 걱정하는 마음이다.
누가 말했나? 자식의 조그만 섬김으로
봄철 햇빛 같은 사랑에 보답한다고!

이 시는 객지로 떠나려는 자식을 걱정하는 어머니의 심정과 사랑을
그린 5언고시이다.

시에 나오는 慈母는 우리말로 그냥 '어머니'이다. '어머니'에는 아무
런 수식어도 보탤 필요가 없다. 遊子는 떠나는 아들이니 공부하러 가든,
發令을 받아 벼슬길에 오르든, 돈을 벌려고 집을 나서든 어머니의 자식
걱정은 끝이 없다. 중국에 '母子連心(어머니와 아들은 마음이 통한다)'이
며, 知子莫若母(아들은 어머니가 제일 잘 안다).'라고 하였으며, '兒行
千里母擔憂(아행천리모담우)'라는 속담이 있는데, 이는 자식이 천릿길을 가
면 어머니는 걱정을 메고 간다는 뜻이다. 이처럼 어머니의 자식 걱정은
끝이 없다.

寸草心은 한 치쯤 되는 풀과 같은 마음, 자식의 부모 생각이나 부모
모시는 정성이 별것 아님을 뜻한다. 그리고 三春暉(삼춘휘)는 봄 석 달 동
안의 햇빛이니, 온 만물을 낳고 키워 주는 봄의 태양빛이다. 자식의 조
그만 정성이나 부모 섬김으로는 어머니 은혜를 조금도 보답할 수 없다
는 反語的 표현이다.

이 시는 孟郊(맹교, 751-814)가 貞元 16년(800), 나이 50세로 溧陽(율양-강

맹교(孟郊)

소성 율양현)의 縣尉(현위)라는 지방의 末職에 있을 때 지난 날 어머님의 고마움을 회상하고 지은 시인데, 어머님의 자식 사랑은 끝없이 크고 자식의 효성은 너무나 미약하다고 회상하고 있다.

그런데 맹교는 시를 짓는 데에만 정신을 팔아 자신의 업무를 제대로 수행하지 못한다. 그래서 '假縣尉(가현위)'라는 임시직을 채용하여 업무를 수행케 하면서 맹교의 급료를 절반으로 깎았다는 이야기가 있다. 이를 본다면, 그의 가난이 그의 무능인지 아니면 성격 탓인가는 생각해 볼 문제이다.

가난하고 불우했던 詩人, 맹교는 字가 東野로 湖州 武康(지금의 浙江 德淸) 출신이다. 현존 詩歌 500여 수가 전하는데, 五言古詩가 많고 律詩는 하나도 없으며 위의 〈游子吟〉이 대표작이라 할 수 있다.

맹교는 46세에 진사에 급제하였는데 4년간 관직에 임용되질 못하다가 溧陽縣尉(율양현위)라는 지방 관직에 겨우 임용되었다. 임지로 떠나는 맹교에게 韓愈(한유)는 〈送孟東野序〉라는 長文의 名文으로 위로해 주었으니 그 불운이 어느 정도였는지 알 수 있다.

맹교는 평생 곤궁 속에 불우한 생활을 하였지만 世俗을 쫓지는 않았다. 맹교의 많은 작품들이 자신의 곤궁한 생활과 그에 따른 불평을 토로했다. 맹교는 일찍이 '惡詩皆得官, 好詩抱空山.(惡詩를 지은 사람들은 모두 벼슬을 하지만, 好詩를 지은 사람은 산에 은거한다.)'라고 자신의 우수를 읊었다.

시풍은 질박하지만 표현 기교에 힘을 쏟으며 좋은 시구를 얻기 위해 고심하여 用字造句에서 평이한 표현을 극력 피하였다. 韓愈의 칭찬을 받아 세상에 알려졌고 한유의 영향을 받아 신기하고 괴이한 표현이 많다. 그의 시문을 모은 《孟東野集》이 전한다.

烈女操 열녀조

梧桐相待老　鴛鴦會雙死
오동상대로　원앙회쌍사

貞婦貴殉夫　捨生亦如此
정부귀순부　사생역여차

波瀾誓不起　妾心古井水
파란서불기　첩심고정수

오동은 서로 마주 보고 시들고
원앙도 같이 죽는 줄로 안다오.
貞婦는 따라 죽기를 귀히 여기니
목숨을 버리기 또한 이와 같다오.
맹세코 풍파를 일으키지 않으려니
마음은 오래된 우물의 물이랍니다.

시인은 글자 하나하나를 고르고 다듬어 강한 호소나 심금을 울리는 쇳소리가 나도록 애를 써야 하는데 글자 한 자를 찾기 위한 고통을 수반한다. 이러한 고통을 詩苦라고 이름을 지을 수 있다.

五言絕句는 겨우 4행 20字이고, 여기에 기승전결의 구조가 있고 압운과 평측의 운율을 고려하여 시인 자신의 사상과 정서와 주장을 가장 함축적으로 집약하여 高雅하면서도 예술적 여운이 살아 있는 시를 창작해야 한다.

따라서 짧은 詩 하나에 그 작가의 수양과 인격, 교양과 학문이 다 드러날 수밖에 없다. 우선 주제와 그 주제에 따른 정서를 풀어내기 위하여 정경에 딱 맞는 정확하고 명료하면서도 생동감이 있는 청신한 시어를 고르기 위해 고민을 해야 한다.

평측에 맞게 글자를 다듬었어도 전체 정서의 흐름과 조화를 이루어야 하고 또 운을 맞추어야 한다. 운이 맞았지만 기승전결의 구조에서 적합하지 않거나, 또 좋은 뜻의 글자를 찾았는데 含意(함의)가 부족하다면 버려야만 한다. 그러니 시인이 얼마나 고심참담하겠는가? 곧 시인의 고민은 가장 적합한 시어의 선택과 운율의 유지라고 말할 수 있다.

맹교는 '一生空吟詩, 不覺成白頭.(한평생 쓸데없이 시만 읊느라 백발이 되는 줄도 몰랐네.〈送盧郎中汀〉)' 라 하면서 자신의 詩作에 대하여 다음과 같이 술회하였다.

🏵 老恨 노한

無子抄文字　老吟多飄零
무 자 초 문 자　노 음 다 표 령
有時吐向床　枕席不解聽
유 시 토 향 상　침 석 불 해 청

자식도 없이 시나 짓고 있는데
늙은이 시는 쓸쓸하고 처량하다.
때로는 누워서도 시를 읊어 보지만
이부자리는 시를 들어 알지 못한다.

元代의 元好間은 맹교에 대하여 '詩에 갇힌 사람'이란 뜻으로 '詩囚'
라고 표현하였는데, 이는 시 창작을 즐기는 것이 아니라 시 때문에 고생
을 한다는 의미일 것이다.

맹교는 진사과에 여러 번 낙방하였다. 가난한 살림에 나이는 먹고 과
거에는 낙방하고 …

一夕九起嗟　夢短不到家
일 석 구 기 차　몽 단 부 도 가

하룻밤에도 아홉 번씩 일어나 탄식하고
꿈도 짧으니 꿈에 집에도 못 간다.

과거 시험의 실패가 얼마나 큰 충격이었던가를 짐작할 수 있다. 그러다
가 貞元 12년(796)에 급제 하였을 때의 그 기쁨을 가히 짐작할 수 있으리라.

🌑 登科後 등과후

昔日齷齪不足夸　今朝放蕩思無涯
석 일 악 착 부 족 과　금 조 방 탕 사 무 애

春風得意馬蹄疾　一日看盡長安花
춘 풍 득 의 마 제 질　일 일 간 진 장 안 화

예전엔 눌려서 큰 소리도 못했는데
오늘은 마음껏 생각대로 말을 한다.
春風에 득의하니 말도 빨리 달려서
하루에 온 장안의 꽃을 다 보았네.

그러나 맹교의 가난은 여전했다. 明나라의 胡震亨(호진형, 1569-1645)의
《唐詩談叢(당시담총)》에 '島寒郊瘦(도한교수)'란 말이 있다. 당의 시인 '賈島
(가도)는 추위에 떨었고, 孟郊(맹교)는 수척했다.'는 뜻인데, 이들 두 사람
은 貧寒한 삶을 살았다.

맹교의 〈移居詩(이거시)〉에 '借車戴家具 家具少於車(수레를 빌어 가구
를 실었는데 가구가 수레보다 적었다.)'고 했었다. 또 〈謝人惠炭(사인혜
탄)〉에서는 '暖得曲身成直身(따뜻하니 굽었던 몸이 곧게 펴졌다).'이라
는 구절이 있다. 그렇다면 맹교는 가난을 타고난 시인일 것이다.

35
宮詞(궁사)의
일인자

왕건
王建

王建(767-830?)의 字는 仲初이고, 潁川(영천, 今 河南 許昌)사람이다.

왕건은 어린 시절 張籍(장적)과 함께 공부하였고 진사가 되어 元和 8년 昭應 縣丞을 長慶 원년(821)에 太府寺丞, 이어 秘書郎 등을 지냈다. 長安에 있으면서 張籍, 韓愈, 白居易, 劉禹錫 등과 교유했다. 나중에 太常寺丞과 陝州司馬를 지낸 뒤 文宗 大和 5년에 光州刺史가 되어 賈島(가도)와 왕래하였으나 이후 행적은 불분명하다.

평생을 절도사의 막료와 같은 하급 관리로 지내면서 사회실상을 고발하는 악부시를 많이 지었다. 그리고 왕건의 유명한 詩作으로는 《宮詞一百首》가 있는데, 이는 자신이 같은 宗親인 환관 王守澄(왕수징)으로부터 들은 이야기를 바탕으로 '宮詞〈궁사 ; 宮內(궁내)의 祕事(비사)나 소문을 풍자적으로 읊은 칠언절구의 詩體(시체).〉' 하나의 제목으로 일백 수(정확히는 107수)나 시로 읊었다는 것은 대단한 일이라 할 수 있다.

🌏 宮詞 궁사

日高殿裏有香烟　萬歲聲長動九天
일 고 전 리 유 향 연　만 세 성 장 동 구 천

妃子院中初降誕　內人爭乞洗兒錢
비 자 원 중 초 강 탄　내 인 쟁 걸 세 아 전

한낮 궁전에 향 연기 가득한데
만세 소리가 길게 하늘에 진동한다.
후궁 전각에 아기 처음 태어났다며
나인들이 다투어 세아전을 달라 하네.

洗兒錢(세아전)은 글자 그대로 아기를 목욕시키느라 애썼다며 주는 돈이다. 궁중에서 있을 수 있는 일이라 생각이 된다. 그러나 현종이 양귀비에게 내려 준 세아전은 한 편의 코미디이며 이 이야기는 오래오래 전해지며 많은 것을 생각게 한다.

安祿山(안록산, 703~757)을 胡人이라 하는데 정확하게는 이란계 소그디아나人〈Sogdiana 粟特, 속특 / 羯族(갈족)의 일부〉이며 돌궐족인 모친이 아들 안록산을 데리고 安氏에 재가하여 安氏 성을 사용하게 되었다. 소그디아나人들은 상업 활동이 활발했는데, 안록산은 6개 언어를 구사할 수 있었다고 한다.

안록산은 현종의 절대적인 신임을 얻어 3개소의 절도사를 겸직했을 뿐만 아니라 어사대부라는 중앙 관직을, 東平郡王이라는 작위를 받았다. 안록산이 현종의 신임을 얻을 수 있었던 것은 양귀비의 신임을 얻을 수 있었기에 가능했었다.

안록산이 양귀비의 신임을 얻을 수 있었던 것은 안록산의 재능이었다. 안록산의 재능은 '멍청하면서도 충직한 사람인 척하기', 곧 '완전한 僞裝(위장)'에 있었다. 현종이 안록산을 양귀비에게 처음 인사를 시키면서 "이 사람이 張守珪(장수규)의 養子였으니, 곧 나의 양자인 셈이다."라고 말했다. 그러자 안록산은 얼른 몇 걸음 물러나 땅에 이마를 조아리며 "이 아들은 어머님의 千歲를 축원하옵니다."라고 말했다. 그러자 현종은 "녹산! 자네는 지금 잘못했네! 모친에게 절을 올리기 전에 부친한테 절을 올려야 하네!" 그러자 안록산은 "저는 본래 塞外(새외)의 胡人입니다. 호인은 모친에게 먼저하고 부친에게는 뒤에 올립니다."라고 말했다.

이런 위트와 변신할 수 있는 재능이 바로 안록산의 능력이었다. 현종과 양귀비는 부부 이전에 시아버지와 며느리의 관계였었다. 일반인의 도덕관념으로는 도저히 용납될 수 없는 관계였고, 이는 현종과 양귀비의 치명적 약점이기도 했다. 그러나 안록산의 이 재치는 두 사람의 걱정을 완전히 날려 주었다.

'뱃속에 가득 찬 것은 충성심'이라고 둘러댈 수 있는 위트를 가진 안록산이었다. 안록산의 생일날 현종은 많은 선물을 하사하였다. 양귀비는 안록산을 입궁케 하여 목욕케 한 다음에 수놓은 비단으로 큰 포대기를 만들어 (안록산을 덮은 뒤에) 궁녀들이 비단 가마에 태워 들고 다니게 하였다. 현종이 떠들며 웃는 소리를 듣고 까닭을 묻자 측근들이 귀비가 아기 안록산을 목욕시킨다고 대답하였다. 현종은 귀비에게 '洗兒錢'을 하사하였고 마음껏 즐기게 하였다는 기록이 있다.

양귀비가 안록산에게 큰 포대기를 덮을 때 멍청한 척 분장하면서 100% 다 받아들여 양귀비를 기쁘게 했고 덩달아서 현종의 신임을 얻었다. 아들보다 나이가 어린 어머니는 세상 어디에도 없다. 그러나 안록산은 어리고 충성스러운 아들로 철저하게 분장하고 양귀비의 희롱을 받아들였다.

사실 늙은 현종과 30대의 한창 물오른 여인 양귀비, 그리고 당당한 체구에 코가 큰 안록산 – 이 세 사람의 관계가 원만할 수 있었던 것은 안록산의 충성심과 멍청한 아들 노릇 때문에 가능했을 것이다. 본래 남자의 色情을 알만큼 알고 있는 양귀비가 흔들릴 때, 어머니와 아들이라며 궁궐 깊은 곳에 출입하면서 생길 수 있는 일은 아무도 몰랐을 것이다. 하여튼 현종 때 궁궐의 이야기는 여러 사람에게 두고두고 여러 이야깃거리를 제공하였다.

行宮 행궁

〖元積〗

寥落古行宮　宮花寂寞紅
요 락 고 행 궁　궁 화 적 막 홍

白頭宮女在　閑坐説玄宗
백 두 궁 녀 재　한 좌 설 현 종

쓸쓸한 낡은 행궁에
궁궐 꽃은 적막 속에 붉었다.
머리가 하얀 궁녀들이 살면서
한가히 앉아 현종 때를 얘기하네.

　원진과 백거이는 친구였다. 白居易의 〈長恨歌〉를 읽을 때 길다는 생각보다는 참 재미있고 글이 좋다는 생각이 든다. 그렇다면 원진의 이 시는 너무 짧은 것인가? 낡은 별궁에서 머리가 하얗게 센 늙은 궁녀의 현종 때 이야기는 아마 죽을 때까지 계속해도 다 못할 것이다. 그렇다면 이 시는 결코 짧지 않다.

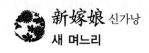
新嫁娘 신가낭
새 며느리

三日入廚下　洗手作羹湯
삼 일 입 주 하　세 수 작 갱 탕

未諳姑食性　先遣小姑嘗
미 암 고 식 성　선 견 소 고 상

三日 만에 부엌에 들어가서
손을 씻고 국을 끓인다.
시어머니 식성을 모르기에
먼저 시누이에게 맛을 보게 한다.

어떤 사람은 이 시가 과거에 합격한 뒤 처음 관직생활을 시작하는 사람이 윗사람의 성질을 파악하기 위해 동료에게 가르침을 구하는 뜻이라고 풀이하였다. 말이 되긴 되지만 꼭 그렇게 해석해야만 하는가?

일상생활을 소재로 한 아름다운 시이다. 새로 시집온 며느리의 조심성과 지혜를 엿볼 수 있다. 중국인들은 '신부가 대문에 들어오고 3일 동안은 빗자루를 들지 않는다(過門三朝 不動掃帚).'고 하였는데, 이는 신부를 맞이한 것이 바로 복이니, 복을 쓸어 내지 않는다는 뜻이다.

그러나 '며느리가 없을 때는 며느리를 생각하지만(沒有媳婦想媳婦), 며느리를 맞이하고 나면 며느리를 싫어한다(有了媳婦厭媳婦).'고 하였다. 또 '며느리는 처음 들어왔을 때 가르치고(敎婦初來), 며느리도 참고 견디면 시어머니가 되고(多年媳婦熬成婆), 며느리 노릇은 쉽고 시어머니 노릇은 어렵다(媳婦好做 婆婆難當).'고 하였다.

이런 속담을 본다면 사람이 사는 모습이나 시어머니와 며느리의 관계는 중국이나 우리나라나 마찬가지이다.

36

唐宋八大家
(당송팔대가)

唐宋八大家^(당송팔대가)의 한 사람인 韓愈^(한유)는 당나라 최고의 문장가이며 시인으로도 유명했다. 다음은 한유의 시 중에서도 가장 쉬우면서도 시의 맛이 나는 〈山石〉을 읽어본다.

🌸 山石 산석

山石犖确行徑微　黃昏到寺蝙蝠飛
산 석 락 학 행 경 미　황 혼 도 사 편 복 비

升堂坐階新雨足　芭蕉葉大梔子肥
승 당 좌 계 신 우 족　파 초 엽 대 치 자 비

僧言古壁佛畵好　以火來照所見稀
승 언 고 벽 불 화 호　이 화 내 조 소 견 희

鋪床拂席置羹飯　疏糲亦足飽我飢
포 상 불 석 치 갱 반　소 려 역 족 포 아 기

夜深靜臥百蟲絶　淸月出嶺光入扉
야 심 정 와 백 충 절　청 월 출 령 광 입 비

天明獨去無道路　出入高下窮煙霏
천 명 독 거 무 도 로　출 입 고 하 궁 연 비

山紅澗碧紛爛漫　時見松櫟皆十圍
산 홍 간 벽 분 난 만　시 견 송 력 개 십 위

當流赤足踏澗石　水聲激激風生衣
당 류 적 족 답 간 석　수 성 격 격 풍 생 의

人生如此自可樂　豈必侷促爲人鞿
인 생 여 차 자 가 락　기 필 국 촉 위 인 기

嗟哉吾黨二三子　安得至老不更歸
차 재 오 당 이 삼 자　안 득 지 로 불 갱 귀

산 돌멩이 어지러운 좁은 길을 걸어

해질 무렵 절에 드니 박쥐가 날고 있네.

법당에 올라 층계 앉으니 비가 막 그치며

파초 잎 크고 치자 봉오리 부풀었네.

스님이 낡은 벽화 보기 좋다면서

불 밝혀 비춰 주나 희미하기만 하다.

상 펴고 자리 보아 국과 밥을 차려주니

거친 밥이나 내 주린 배 채우기 족했네.

밤 깊어 홀로 누우니 온갖 벌레 그치고

달 맑게 산을 올라 빛이 사립에 들어오네.

날 밝아 홀로 가니 산길도 없는데

들고나고 오르내리며 구름 안갯속을 헤맸네.

붉은 뫼 꽃 푸른 골에 어지러이 빛나고

때로 본 솔과 참나무 모두 열 아름씩 되겠네.

물 건너려 맨발로 냇물 속 자갈 밟으니,

물 콸콸 소리에 바람은 옷깃을 날리네.

인생이 이러하면 절로 즐길 수 있으려니

어이해 쫓기면서 남에게 매여 살겠는가?

아아! 나와 같은 뜻 그대들이여!

어찌 늙도록 아니 돌아갈 수 있으리오?

한유(韓愈)

韓愈(한유, 768-824, 代宗 大曆 3년-穆宗 長慶 4년, 57세)의 字는 退之이다. 출생지는 河南 河陽(지금의 河南 孟縣)이고, 祖籍은 昌黎郡(창려군, 지금의 遼寧省 義縣)이기에 자칭 昌黎 韓愈라 하였고 사람들은 韓昌黎(한창려)라고 불렀다. 만년에 吏部侍郎(이부시랑)을 역임했기에 韓吏部라 하며, 시호가 文公이기에 韓文公이라고도 지칭한다. 또 柳宗元과 함께 당시의 古文運動을 주도했기에 두 사람을 韓柳(한유)라 병칭한다. 한유는 散文과 詩에서 골고루 유명하며 그의 문집으로 《昌黎先生集》이 있다.

    한유는 출생하면서 곧 어머니가 죽었고, 3살에 부친도 돌아가신다. 그래서 형의 손에 의해 양육되고, 형의 관직에 따라 각지를 전전하다가 형이 죽자 조카 韓老成과 함께 형수 鄭氏의 손에 양육된다. 韓愈는 7세 부터 독서를 시작하여 13세에 문장을 짓고 德宗 貞元 2년(786) 과거에 응시하지만 낙방하고 貞元 8년(792)에야 진사에 급제하였지만 吏部試 에는 연속 낙방하였다. 貞元 12년(796)에야 절도사 막료로 근무를 시작 한다.

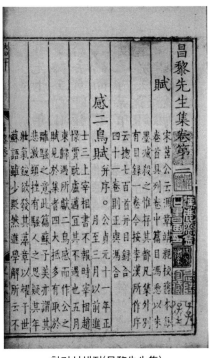

창려선생집(昌黎先生集)

貞元 17년(801)에 국자감 四門博士가 되었고, 다음 해 유명한 〈師說〉을 지었다. 조카 韓老成이 먼저 죽자 〈祭十二郎文〉을 지었고, 憲宗 元和 6년(811)에 國子博士가 되어 〈進學解〉를 지었다. 憲宗 元和 14년(819)에 〈諫迎佛骨表〉를 지어 불교 숭상과 폐단을 극간하다가 광동성 지역의 潮州刺史(조주자사)로 폄직을 당하였다. 潮州(조주)에 부임하여서는 治民과 興學에 힘썼다. 穆宗이 즉위하자(820) 장안에 돌아온 뒤 國子監의 총장이라 할 수 있는 祭酒(좨주)를 지내고 兵部侍郎 등을 역임하다가 57세에 병사하였다.

한유는 문학을 '道를 밝히는 도구(文以載道)'로 보았고, 유교의 도덕을 담고 있지 않은 문장은 가치가 없으며, 세상의 교화에 도움이 되지 않는 문학은 쓸모가 없다고 주장하였다. 한유는 자신이 古文(고문)을 배우고 쓰는 것은 유가의 道를 배우고 실천하는데 목적이 있다고 하였다.

한유의 이러한 문학론에 의거하여 한유의 문장은 내용도 풍부하고 형식도 다양하여 여러 문체에 두루 통달하였으며 새로운 것을 힘써 구하면서도 구상이 기이하고도 웅대하며 기세가 당당하면서도 사상과 감정이 풍부한 명문장을 많이 지었다.

韓愈의 文章으로는 불교와 노장사상을 비판하며 유가의 도를 밝히는 문장이 많은데, 〈師說〉, 〈原性〉, 〈原道〉, 〈諫迎佛骨表〉, 〈進學解〉, 〈送窮文〉, 〈柳子厚墓志銘〉 등은 우리에게도 잘 알려진 명문장이다. 한유는 유종원과 함께 唐宋八大家로 손꼽히고 있다.

韓愈는 中唐에서 백거이와 함께 시단의 영수로 독특한 시풍을 확립하였다. 한유의 시는 문장에서처럼 복고적 기풍이 강하게 나타나고 있다. 한유의 시는 종래와 다른 새로운 표현을 중시하였고 남들이 잘 사용하지 않는 문자를 사용하여 기이한 詩語를 많이 사용하였다. 때문에 그의 시는 '奇險怪僻(기험괴벽)'하다는 평과 함께 대상물을 세밀히 묘사하고 설득하려는 뜻을 담고 있기에 그의 시는 '散文的(산문적)'이라는 평가도 받고 있다. 하여튼 한유의 영향을 받은 시인으로 孟郊(맹교), 賈島(가도)가 유명하고 盧仝(노동)과 李賀(이하)도 그의 영향을 받았다.

앞의 시 〈山石〉은 詩의 첫 두 글자를 그대로 詩題로 삼았다. '黃昏到寺蝙蝠飛'이 구절은 중국인들에게 환영을 받는 시 구절이다. 蝙(박쥐 편), 蝠(박쥐 복), 곧 박쥐는 天鼠(천서, 하늘을 나는 쥐), 飛鼠(비서), 夜燕(야연, 밤 제비)이라고도 부른다. 중국의 박쥐는 혐오의 대상이 아니라 행복과 장수의 상징으로 통하는데, 박쥐 5마리의 그림은 五福(壽, 富, 康寧, 攸好德, 考終命)을 의미한다. 박쥐를 거꾸로 그려 놓은 것은 하늘에서 내려오는 복, 곧 '하늘이 주는 福'이란 의미이다. 이는 福(fú)과 蝠(fú)의 발음이 같기 때문이다. 그렇지만 '祿從天上至 福向醜人來(祿은 하늘로부터 내려오고, 福은 못생긴 사람에게로 온다.)'라는 중국의 속담이 있으니, 못 생겼다 하여 福이 없는 것도 아니다. 그렇지만, 또 '一切禍福 自作自受(모든 화와 복은 스스로 만들고 스스로 받는 것.)'라 하고, '禍福無門 唯人所招(화와 복은 문이 없어도 사람이 불러들이는 것.)'이라 하였으니, 어쩌면 박쥐와는 상관없을 것이다.

앞의 〈山石〉은 한유가 德宗(재위 779~805) 貞元 17년(801년) 7월에, 다른 사람들과 함께 낙양 북쪽의 惠林寺에 갔을 때 지은 것이지만 여러 異說이 많다. 당시 한유의 나이는 34세였다. 한유는 정원 18년에 四門博士를 거쳐 監察御史가 되었다. 그러나 다음 해 정원 19년에는 宮市의 폐를 極

諫하다가 陽山현령으로 폄직되었다. 그때는 당파 간의 대립이 심하던 때였으며, 특히 한유는 사상적으로 유교의 정통을 남다르게 옹호하고 불교를 배척한 극단주의자였다.

그러므로 이 시에서도 '아아! 나와 뜻을 함께 하는 그대들이여(嗟哉 吾黨二三子)'라고 한 것이다. 또 '인생을 이렇게 자연과 더불어 즐길 수 있거늘(人生如此自可樂), 하필이면 궁색하게 남에게 구속을 받으며 벼슬살이를 하랴(豈必侷促爲人鞿).'고 한 심정도 알 수 있을 것이다. 그러나 실제로 현실 정치에 분주했던 한유는 다시 이 절을 한가하게 찾아가지 못했다.

詩句의 첫 말을 따서 詩題로 삼은 것은 《詩經》의 예를 본뜬 것으로 깊은 뜻은 없다. 이 시는 한유의 대표적인 紀行詩인데, 僻字(벽자)와 기이한 표현이 많아 난해한 한유의 다른 시가와 달리 평이한 서술과 순차적 묘사로 청신한 맛을 주면서도 짧은 수필을 읽는 듯하다.

韓愈 작은 형의 손자, 곧 한유의 姪孫〈질손, 한유의 조카(姪)라는 주장도 있다.〉인 韓湘子(한상자)는 仙骨을 타고났으며 그 품성이 세속 사람과 크게 달랐다. 번화하고 농염한 것을 싫어하고 담백하고 청아, 한적한 것을 좋아하였고 심지가 곧았다.

한상자가 "제가 배우고자 하는 것은 종조부님과 다릅니다."라고 할 때마다 한유는 한상자를 크게 꾸짖곤 했다. 그렇지만 한상자는 수련의 비법을 마음에 깊이 새겨 두었고, 外丹(외단)인 黃白之術, 곧 煉丹術(연단술)의 수련에 전념하였다. 氣가 內丹이라면 藥은 外丹이다. 곧 연단에 성공하여 仙丹을 만들어 복용한다면 上仙이 될 수 있다고 믿었다.

어느 날, 한상자는 스승을 찾아 도를 배우겠다고 출가하여 마침내 純陽 呂洞賓(여동빈)과 雲房선생인 鍾離權(종리권)을 만나 도술을 전수 받았다. 어느 날, 한상자는 깊은 산속을 돌다가 붉은 복숭아(仙桃)가 무르익은 것을 보았다. 한상자는 복숭아나무에 올라가 선도를 따려다가 가지가 부러지면서 땅으로 떨어졌다.

그 순간, 한상자는 肉身을 벗어 두고 마치 매미가 껍질을 벗어 두고 창공으로 날아가듯 승천했다. 도교에서는 이를 尸解(시해)라고 한다. 그러나 같은 시해라도 한밤중의 시해보다 한낮에 승천하는 백일 시해를 상대적으로 더 높게 평가한다.

중국인들이 추앙하고 좋아하는 八仙의 한 분인 한상자는 종조부인 한유를 선계로 인도하려고 했다. 그러나 한유가 당대의 명사이며 문장가로 이름을 날리고 있어 특별한 도술로 그의 마음을 바꾸려고 했다.

어느 날, 한유의 생일이었다. 한유는 여러 고관과 文友들을 불러 잔치를 벌였다. 그때 한상자가 도사의 모습으로 집안에 들어섰다. 한상자는 질손으로서 종조부에게 건강을 축원하는 잔을 올렸다. 한유는 마음 속으로 크게 기뻐하면서도 진노했다.

"너는 어찌하여 아무 소식도 없었느냐? 그간 어디서 무엇을 배웠는지 시를 지어 너의 공부와 뜻을 말해보아라."

그러자 한상자는 즉석에서 시를 읊었다.

靑山雲水隔　此地是吾家
청 산 운 수 격　 차 지 시 오 가

終日餐雲液　清晨啜落霞
종 일 찬 운 액　청 신 철 낙 하

琴彈碧玉調　爐煉百硃砂
금 탄 벽 옥 조　노 련 백 주 사

寶鼎存金虎　芝田養白鴉
보 정 존 금 호　지 전 양 백 아

一瓢藏造化　三尺斬妖邪
일 표 장 조 화　삼 척 참 요 사

解造醇醴酒　能開頃刻花
해 조 순 예 주　능 개 경 각 화

有人能學我　共同看仙葩
유 인 능 학 아　공 동 간 선 파

구름 저편 청산 속
그곳이 나의 집이라.
온종일 구름을 삼키고
맑은 새벽엔 안개를 마신다.
거문고로 벽옥조를 타고
화로에는 온갖 朱砂(주사)를 제련한다.
寶鼎(보정)엔 金虎를 새기고,
영지 밭엔 흰 거위를 기른다.
표주박에 온갖 조화를 담고
삼척검 휘둘러 요괴를 베리라.
물로 醇醴酒(순예주)를 빚고
한순간에 꽃을 피우리라.
누구든 나를 따라 배운다면
같이 仙花를 보리라.

한유는 한상자의 시를 보고 놀라며 물었다.

"네가 정말 한순간에 꽃을 피게 할 권능을 갖고 있느냐?"

한유는 즉석에서 맹물로 술을 만들고 꽃을 피워 보라고 명령했다. 한상자는 커다란 나무통을 내다가 물을 반쯤 채우게 한 뒤 놋쇠 양푼을 덮고 주문을 외었다. 잠시 후 놋쇠 양푼을 들춰보니 나무통 안에는 아주 잘 익은 순예주가 담겨 있었다.

그리고 화분에 흙을 담은 뒤, 병풍으로 잠시 가려 놓았다가 병풍을 걷으니 그곳엔 모란과 비슷하나 더 크고 진한 보라색의 아름다운 꽃이 피어 있었다. 이것이 바로 한순간에 피어나는 頃刻花(경각화)이다.

한상자는 하인을 시켜 화분을 한유에게 올렸다. 한유가 자세히 보니 꽃잎에 시 두 구절이 새겨져 있었다.

雲橫秦嶺家何在　雪擁藍關馬不前
운 횡 진 령 가 하 재　설 옹 남 관 마 불 전

한유는 시구를 읽고도 무슨 사연인지 알 수가 없었다.

"뒷날에 직접 경험하실 것입니다. 다만 天機를 미리 누설할 수 없습니다."

여기서 이야기를 바꾸면, 당 憲宗(헌종, 재위 805~820)은 불교를 좋아하여 독실하게 숭배했다. 그 재위 중 서역에서 승려 편에 석가모니의 몸에서 나온 眞身舍利(진신사리)를 보내왔다. 그것은 크고 하얀빛이 나며 투명하고 정결한 사리였다.

헌종은 크게 기뻐하며 봉상이라는 곳까지 나아가 성대한 의식을 거행하고 부처의 사리를 친히 모셔 환궁했다. 그 당시 여러 신하 중 그 누구도 불교가 나라를 다스리는 바른 가르침과 시책이 아니라고 반대하지 못하였다.

그러나 당시 형부시랑의 직책을 맡은 한유는 표문을 올려 불교는 정도가 아닌 이단의 가르침이며 佛骨(사리)을 숭배하는 어리석음과 헌종의 잘못을 깨우치려 했다.

한유가 상주한 표문을 읽은 헌종은 크게 노했다. 헌종은 한유를 강등시켜 외직인 멀리 남쪽, 지금의 광동성 潮州刺史(조주자사)로 내보냈다. 한유는 즉시 임지로 출발해야 했다.

한유는 가족과 이별한 뒤 조주를 향해 길을 나섰다. 길을 떠난 지 오래된 어느 날 붉은 구름이 사방에서 일어나며 차가운 바람이 몰아치더니, 곧 엄청난 눈이 쏟아지기 시작했다.

한유는 험한 눈보라 속에서 앞으로 계속 나아갔으나 높은 산등성이 어느 곳인가에 이르러서는 더 갈 수가 없었다. 이미 눈은 서너 자나 쌓여 말도 갈 수 없고 길을 찾을 수도 없었으며, 잠시 쉴 만한 인가나 돌아갈 길도 없었다.

바람은 점차 사나워지고 눈이 휘날려 옷마저 모두 젖어 추위와 굶주림 그리고 절망 속에 낙담한 한유에게 누군가가 눈을 치우며 다가오는 사람이 있었다. 한유가 자세히 바라보니 그는 다름 아닌 한상자였다. 한상자는 한유 앞에 다가와 말했다.

"종조부님께선 그 전날 꽃잎에 쓰여 있던 시 구절을 기억하십니까?"

그 말에 한유는 한참동안 크게 탄식하더니 한상자에게 말했다.

"세상만사가 이미 다 정해진 운수가 있는 법! 내가 너를 위해 그때의 시 구절을 마저 다 지어 보겠다."

그리고서는 눈보라 속에서 시를 읊었다.

 左遷至藍關示姪孫湘 좌천지남관시질손상
좌천길에 남관에서 질손 湘에게 주다.

一封朝奏九重天	夕貶朝陽路八千
일 봉 조 주 구 중 천	석 폄 조 양 로 팔 천
本爲聖明除弊政	敢將衰後惜殘年
본 위 성 명 제 폐 정	감 장 쇠 후 석 잔 년
雲橫秦嶺家何在	雪擁藍關馬不前
운 횡 진 령 가 하 재	설 옹 남 관 마 부 전
知汝遠來應有意	好收吾骨瘴江邊
지 여 원 래 응 유 의	호 수 오 골 장 강 변

한통의 상소를 아침에 궁궐에서 상주하고
저녁에 폄직되어 조양 땅 팔천 리를 간다.
본디 폐하를 위해 폐정을 막으려 했는데
감히 쇠약해진 몸으로 여생을 걱정하랴.
구름 비낀 秦嶺에 나의 집은 어디인가?
눈이 막힌 藍關에 말도 가지 못하누나.
네가 멀리 왔으니 응당 뜻이 있는 줄 아노니
장기 어린 강가에 나의 시신이나 잘 거두어 다오.

한유는 한상자의 도움을 받아 남관의 객사에 도착해 같이 유숙했다.
한유는 질손 한상자의 말이 허황된 것이 아니며 그 도술이 진실임을 알았다. 그날 밤, 한유와 한상자는 지나간 일과 수도와 연단에 대해 서로 많은 이야기를 주고받았다. 한상자는 종조부의 건강을 위해 仙家의 攝生〈섭생 ; 건강의 유지와 증진에 힘씀. 養生(양생). 攝養(섭양).〉에 대한 비결을 설명해 주었다.

다음 날, 한상자는 한유와 헤어지며 약 호리병을 하나 주었다.

"이 호리병의 약을 복용하시면 추위와 더위를 막을 수 있습니다."

한유는 무엇인가 크게 깨달을 수 있는 것 같았다. 한상자는 한유를 위로하며 말했다.

"종조부께서는 곧 장안으로 복귀하실 것입니다. 조급하게 걱정하지 마시고 마음 넉넉하게 기다리십시오. 조정에 다시 들어가실 것입니다."

한유는 이별이 너무 섭섭했고 한상자는 표표히 떠나갔다. 뒷날 한유는 조주자사로 백성들에게 선정을 베풀었다. 그곳 주민들이 악어에 잡아먹히는 등 악어 피해가 속출하자 〈祭鱷魚文(제악어문)〉을 지어 제사하자 악어가 사라졌다고 한다. 이 〈제악어문〉은 《고문진보》에 실려 있어 아주 유명한 문장이 되었다.

물론 여기에는 한상자의 도술이 크게 작용했다고 한다. 이후 한유는 나중에 조정에 복귀하였고 國子祭酒(국자좨주)를 거쳐 吏部侍郎(이부시랑)을 끝으로 목종 때 正果(정과, 善終)를 얻었다고 한다.

37
推敲(퇴고)와
苦吟(고음)

 尋隱者不遇 심은자불우
隱者를 찾아갔으나 만나지 못하다.

松下問童子　言師采藥去
송 하 문 동 자　언 사 채 약 거

只在此山中　雲深不知處
지 재 차 산 중　운 심 부 지 처

소나무 아래서 동자에게 물으니

대답이 '사부는 약 캐러 갔는데

지금 이 산속에 계시지만
구름이 깊어 계신 곳을 모르겠다.' 하네.

가도(賈島)

이 시는 賈島(가도, 779-843)의 시이다.

'松下' '童子'는 물론 '採藥'과 '山中', '雲深' 모두가 은자에 대한 설명이며 은자의 생활이다. 대개의 해설이나 번역이 아래 三句를 童子의 말로 해석하였다. 그 童子는 '구름이 깊어 어디 계신 지 알 수 없습니다.' 라고 거의 詩人 수준으로 대답을 하였다.

이 詩에는 시인의 질문이 모두 생략되었다.

처음에 시인이 동자에게 '師傳(사부)님 계시냐?' 하고 물으니, 童子는 '採藥去'라 했다. 그러자 시인이 '어디서 약 캐시는데?' 하고 또 물었을 것이다. 그러자 동자는 '이 산에서 캡니다.' 라고 대답했을 것이다. 그러니 시인이 다시 '산속 어딘지 아느냐?' 라고 물으니, '雲深不知處'라 했을 것이다.

사실 구름이 없다 하여도 산중에 있는 사부가 보이지 않을 것이다. 약초를 캐러 다닐 때는 이 산 저 산 정처도 없이 다니니 동자는 사부가 있는 곳을 모를 것이다. 다만 시인이 실없는 질문을 계속하니 동자는 이렇게 대답할 수밖에 없었다.

그러나 해석을 달리할 수 있다. 시의 주인공은 동자가 아니라 시인이다. '採藥去'만이 童子의 대답일 것이다. '只在此山中, 雲深不知處.'는 童子의 대답을 들은 뒤에 흘러나오는 시인의 獨白이다. 하필 오늘 따라 山中에 구름이 짙다는 감탄이며 구름 때문에 山景도 못 보고, 그리고 은자도 만나지 못하는 아쉬움의 獨白일 것이다.

賈島(가도, 779-843)의 字는 浪先(閬先, 낭선)으로 范陽(범양, 今 河北省 涿州市〈탁주시〉) 사람이다. 가도는 貧寒하여 일찍이 승려가 되어 法號를 無本이라 했었다. 憲宗 元和 5년(810) 장안에 와서 張籍을 만났었다.

그가 낙양에서 한유의 행차와 부딪칠 때는 승려의 오후 외출이 금지되던 때였다고 한다. 가도는 한유의 가르침을 받아 가며 환속하여 과거에 여러 번 응시하였으나 급제하지 못하다가 穆宗 長慶 2년(822)에 진사과에 급제하였다. 이후 관직생활은 불우하기만 했다.

가도는 이른바 '苦吟派(고음파)'에 속하는 시인이다. 가도는 '一日不作詩, 心源如廢井.(하루라도 시를 짓지 않으면 마음은 말라 버린 우물과 같다.〈戲贈友人〉)'고 말했다.

잘 알려진 典故인 '推敲〈퇴고 ; 글을 지을 때 字句(자구)를 다듬어 고치는 일.〉'란 말 자체가 가도로부터 나왔다. 가도는 元和 5年(810) 겨울 나귀를 타고 가면서 '鳥宿池邊樹, 僧推月下門.'에서 推(옮길 추, 밀 퇴)를 쓸 것인가, 敲(두드릴 고)를 쓸 것인가 고민했었다. 韓愈(한유)의 의견을 따라 敲로 정했다는 故事에서 나온 말.〔僧敲月下門(승고월하문)〕

題李凝幽居 제이응유거

閑居少隣幷　草徑入荒園
한 거 소 인 병　초 경 입 황 원

鳥宿池邊樹　僧敲月下門
조 숙 지 변 수　승 고 월 하 문

過橋分野色　移石動雲根
과 교 분 야 색　이 석 동 운 근

暫去還來此　幽期不負言
잠 거 환 래 차　유 기 불 부 언

한거하면서 이웃하는 이 거의 없고
풀 자란 좁은 길은 거친 뜰에 닿았다.
새들은 연못 가 나무에 잠들었고
승려는 달빛 아래 문을 두드린다.
다리를 지나면 들판의 색이 달라지고
돌무지를 지나니 구름이 피어난다.
잠시 떠났다가 이리 다시 돌아왔으니
약조했던 날짜를 어기지 않았네.

가도는 한유의 지적대로 '僧敲月下門'으로 하였는데, 나중에 이를 회
고하며 아래와 같이 읊었다.

題詩后 제시후

二句三年得　一吟雙淚流
이 구 삼 년 득　일 음 쌍 루 류

知音如不賞　歸臥故山秋
지 음 여 부 상　귀 와 고 산 추

二句를 삼 년 만에 얻어

一吟에 눈물만 흐르네.

친구가 알아주지 않으면

고향 가을 산속에 은거하리.

　가도는 어느 날, '落葉滿長安(낙엽은 장안에 가득하고)'의 다음 구를
생각하다가 '秋風吹渭水(가을바람은 위수에 불어온다)'라는 구절이 입
에서 절로 나왔다. 가도는 나귀 위에서 혼자 좋아하다가 다른 귀인의 행
차와 부딪쳐 하루 저녁을 갇혀 있었다는 이야기도 있다.

　이처럼 가도는 기이하고 古拙(고졸 ; 예스럽고 소박한 멋이 있음.)한 표현을
얻으려 글자 하나하나에 온 심혈을 기울였다. 그리하여 '夜吟曉不休(밤
부터 새벽까지 쉬지도 않고), 苦吟鬼神愁(고생하며 읊으니 귀신도 걱정
해 준다).'라고 하였다. 여기에서 賈島를 비롯하여 비슷한 시풍을 가진
시인들을 지칭하는 '苦吟詩派〈고음시파 ; 고심하여 詩歌(시가)를 짓는 갈라져 나온
계통.〉'라는 말이 나왔다.

　이들 유파의 시인들은 대부분 불우한 생애를 보냈다. 그래서 그런지

363

이들의 시에는 세상에 대한 불만이 가득했었다. 賈島 보다 1세대 정도 앞서 살았던 孟郊(맹교, 751~814) 역시 그러했다.

당 말기에 들어오면서 과거제도도 타락한다. 그리하여 權貴의 추천이나 후원이 없으면 합격이 정말 어려웠다. 입신출세의 첫 관문인 과거에서의 낙제, 공공연히 이루어지는 부정을 목도하거나 들었을 때 그 불만이 어떠했겠는가?

가도는 穆宗 長慶 원년(821) 과거에서 낙방한다. 그때의 과거 시험관인 知貢擧(지공거)는 가도도 잘 알고 있는 錢徽(전휘)라는 사람이었는데도 낙방했고 합격자들이 모두 권문세가의 자제라는 사실을 알았을 때 그 분노는 극에 달했다.

그 다음 해 과거 시험에서는 平曾(평증) 등 10여인이 '擧場十惡(거장십악 ; 과거를 보이는 장소에서 10인의 악한 사람.)'으로 지목되어 배척당할 정도였다. 이 무렵 가도의 불평이 가득 찬 시를 한 수 읽어보아야 한다.

🌑 **題興化園序** 제흥화원서

破卻千家作一池　不栽桃李種薔薇
파 각 천 가 작 일 지　부 재 도 리 종 장 미

薔薇花落秋風起　荊棘滿庭君始知
장 미 화 락 추 풍 기　형 극 만 정 군 시 지

일천의 민가를 부수고 연못을 하나 만들고
桃李를 심지 않고 장미를 키웠네.

장미의 꽃이 지고 가을바람 불어오면

가시만 뜰에 가득한 것을 그대는 알게 되리라.

    우선 민가 일천 호를 부수었다는 것이 원성의 대상이 된다. 桃李는
꽃도 좋고 나중에 열매도 여는 과수이니 선량하고 유능한 군자를 상징
한다. 꽃은 예쁘다지만 가시가 있는 장미는 상대적으로 소인을 지목한
것이다. 보이지 않는 분노가 글자 사이에 가득하다.

    賈島의 不平, 좋게 말하면 義憤(의분 ; 정의감에서 우러나는 분노.)을 느낄 수
있는 행동으로 옮기기 직전의 비분강개한 마음을 숨김없이 묘사한 아래
와 같은 시도 있다.

劍客 검객

十年磨一劍　霜刃未曾試
십 년 마 일 검　상 인 미 증 시
今日把贈君　誰爲不平事
금 일 파 증 군　수 위 불 평 사

십 년에 칼 한 자루를 갈고 갈아

서릿발 칼날을 아직 시험하지 않았다.

오늘 한 자루를 당신께 드리오니

누가 공평치 못한 일을 하겠는가?

십 년간 외길로 공부를 한 자신의 성과를 칼(劍)로, 그리고 이 칼을 받는 君으로는 자신을 이끌어 준 韓愈(한유)를 지칭했을 것이다. 그렇다면 劍과 君의 관계가 형성된다. 가도의 마음속에는 정의구현을 위한 강력한 열정이 가득했다. 한유도 가도를 하늘이 보낸 인재라면서 가도를 몹시 아꼈다.

 贈賈島 증가도

『韓愈』

孟郊死葬北邙山　日月星辰頓覺閑
맹 교 사 장 북 망 산　일 월 성 신 돈 각 한
天恐文章渾斷絕　再生賈島在人間
천 공 문 장 혼 단 절　재 생 가 도 재 인 간

맹교가 죽어 북망산에 묻히자
일월성신은 갑자기 심심해졌네.
하늘은 문장이 모두 끊어질까 걱정하여
다시 가도를 보내어 세상에 살게 했네.

賈島는 5언율시에 뛰어났으며, 가도의 시는 意境이 孤苦荒涼(고고황량)하다는 평을 듣는다. 姚合(요합, 779?-846)과 賈島(가도)는 친우였고 시풍도 비슷하여 후세에 '姚賈(요가)'라 함께 지칭하였으며 '姚賈詩派'라고도 부른다. 姚合의 5언율시 한 수만을 소개하면 다음과 같다.

閑居 한거

〖姚合〗

不自識疏鄙　終年住在城
부 자 식 소 비　종 년 주 재 성

過門無馬迹　滿宅是蟬聲
과 문 무 마 적　만 택 시 선 성

帶病吟雖苦　休官夢已清
대 병 음 수 고　휴 관 몽 이 청

何當學禪觀　依止古先生
하 당 학 선 관　의 지 고 선 생

미천한 나를 내가 알지 못하지만

늙도록 성 안에 살고 있다.

대문에 멈췄던 수레 자국도 없고

집안에 가득한 매미 소리뿐,

병들어 힘들여 시를 읊곤 하지만

벼슬을 쉬노니 꿈도 깨끗하도다.

언제쯤 참선과 달관을 터득하여

옛 도를 지키는 선각자에 의지하려나?

*鄙 ; 시골 비, 변방 비, 인색할 비, 더러울 비(陋).

'元稹은 가볍고 白居易는 俗하며(元輕白俗), 孟郊는 냉정하고 가도는
수척(郊寒島瘦)하다.' 라는 蘇軾(소식)의 평가는 동시대 시인의 특징을 잘
요약한 말이다.

38

詩豪(시호)

유우석

劉禹錫

　劉禹錫(유우석, 772-842)의 字는 夢得(몽득)이다. 唐나라의 著名詩人이며 中唐 문학을 대표하는 인물의 한 사람이다. 貞元 9년(793)에 柳宗元과 함께 진사에 급제하여 이름을 날렸다. 이후 감찰어사를 지낸 뒤 王叔文의 천거를 받아 요직을 역임하였으나 33세 때 805년 順宗의 禪讓⟨선양 ; 임금의 자리를 유덕한 사람에게 물려줌. 禪位(선위).⟩에 따라 왕숙문이 실각되면서 그도 郎州(今 湖南省 常德市) 司馬로 폄직되어 10년을 지내야만 했다.

　柳宗元(유종원), 劉禹錫(유우석), 陸淳(육순), 呂溫(여온), 李景儉(이경검), 韓曄(한엽), 韓泰(한태), 陳諫(진간) 등 여덟 사람은 왕숙문과 함께 順宗의 뜻을 받들어 개혁 정치를 시도하였다. 이를 순종의 연호를 따라 '永貞革新(영정혁신)' 이라 하는데, 순종이 재위 1년을 못 채우고 양위한 뒤 곧이어

유우석(劉禹錫)

죽었고 다음에 憲宗이 즉위한다. 따라서 이들 8명은 모두 지방 관아의 司馬로 좌천되는데 이들을 '八司馬'라 통칭했다.

이후 廣東 지방의 지방관을 역임한 뒤 文宗 太和 2년(828) 장안으로 돌아와 太子賓客을 역임하였기에 '劉賓客'이라고도 부르고, 檢校禮部尚書와 秘書監의 虛銜〈허함 ; 職銜(직함). 관리의 位階(위계).〉을 받았기에 '秘書劉尚書'라고도 부른다. 그러나 다시 정치적 소용돌이에 휘말려 지방으로 좌천되어 지방관으로 떠돌아야만 했다. 유우석은 특별한 능력을 가진 시인이며 문재였으나 너무 솔직하거나 아니면 경박한 일면이 있어 '才勝薄德'했다고 말할 수 있다.

劉禹錫의 시풍은 질박하면서도 자연스러우며 웅혼하고 상쾌하고도 호탕한 기운이 있어 당시 사람들이 '詩豪(시호 ; 뛰어난 시인.)'라는 별칭으로 불렀다. 만년에 白居易와 아주 친했으며 백거이와 함께 '劉白'으로 불리었다. 또 元稹(원진) 등과 함께 詩와 음악의 융화, 문자와 음악의 융화를 꾀했기에 많은 사람들이 즐겨 그의 시를 외었다고 한다.

지금 그의 시 800여 수가 전해지는데 서민들의 생활모습과 咏史(영사 ; 역사적 사실을 주제로 하여 시가를 지음.), 懷古(회고), 抒情(서정)을 읊은 명작이 많고 우정을 중시하여 많은 사람들이 그를 좋아하였다고 한다. 특히 〈柳枝詞〉, 〈竹枝詞〉, 〈楊柳枝詞〉 등은 民歌的인 시가라서 그 당시에도 널리 불렸다고 한다.

🎋 竹枝詞 죽지사 二首 (一)

楊柳青青江水平　　聞郎江上唱歌聲
양 류 청 청 강 수 평　　문 랑 강 상 창 가 성

東邊日出西邊雨　　道是無晴卻有晴
동 변 일 출 서 변 우　　도 시 무 청 각 유 청

버들은 푸르고 강물은 잔잔한데
낭군이 강에서 부르는 노랫소리 들린다.
동쪽은 해가 났는데 서쪽은 비가 내리니
정분이 있는가 아니면 없다는 말인가?

유우석은 유종원과 함께 영정혁신에 참여했다가 朗州(지금의 湖南省 常德市)의 司馬로 좌천되어 거기서 10년을 지낸다. 821년에는 다시 四川의 동부지역 夔州(기주) 자사로 나갔는데 그 지역의 소수 민족들은 산과 강에서 일하면서 노래를 즐겨 불렀다. 〈竹枝〉는 그들의 민요이다.

여기서 날이 개었다(有晴), 아니 개었다(無晴)의 晴(qíng)은 情(qíng)의 雙關隱語(쌍관은어)이니, '有晴'은 '有情'의 뜻이다. 한쪽 산에 비가 오고 다른 산에는 해가 나는 것처럼 알 수 없는 것이 남녀의 애정일 것이다.

남녀의 애정만큼이나 인생의 榮枯盛衰(영고성쇠 ; 성함과 쇠함, 번영함과 쇠멸함.)는 정말 알 수 없는 것이다. 유우석이 백거이와 주고받은 시에는 그러한 인생 哲理가 담겨 있다.

 酬樂天揚州初逢席上見贈 수낙천양주초봉석상견증
백락천의 〈揚州初逢席上(양주초봉석상)〉에 대한 답시

巴山楚水凄凉地　二十三年棄置身
파 산 초 수 처 량 지　이 십 삼 년 기 치 신

懷舊空吟聞笛賦　到鄕翻似爛柯人
회 구 공 음 문 적 부　도 향 번 사 난 가 인

沈舟側畔千帆過　病樹前頭萬木春
침 주 측 반 천 범 과　병 수 전 두 만 목 춘

今日聽君歌一曲　暫凭杯酒長精神
금 일 청 군 가 일 곡　잠 빙 배 주 장 정 신

巴山과 長江의 처량한 땅에서

이십삼 년 간 버려진 신세였다오.

옛 생각에 하릴없이 〈聞笛賦〉를 읊었고

고향에 가더라도 자루가 썩은 옛사람이라오.

가라앉은 배 곁으로 수천 척 배가 지나가고

병든 나무 앞에 온 나무가 봄을 맞는다오.

오늘 그대의 노래 한 곡을 들으면서

잠시 한잔 술의 의지해 정신을 맑게 한다오.

이 시에 나오는 파산은 사천 땅을 상징하고 楚水는 長江의 중상류 지역을 의미한다. 이곳은 유우석의 근무지였었다. 敬宗 寶曆 2년(826) 유우석은 和州에서 낙양으로 돌아가면서 揚州에 들러 친우 백거이와 만난다. 백거이는 술자리에서 〈취중유이십팔사군〉 시를 지어 805년부터 826년까지 23년간 유우석의 불우한 관직 생활을 위로한다. 여기에 유우석이 화답한 시가 바로 이 시이다.

이 시에서 〈聞笛賦〉를 지은 사람은 竹林七賢〈죽림칠현 ; 晉(진)나라 초기에 노자와 장자의 허무주의를 숭상하여 죽림에 묻혀 淸談(청담)을 일삼던 일곱 선비. 곧 阮籍(완적)·阮咸(완함)·嵇康(혜강)·山濤(산도)·向秀(상수)·劉伶(유령)·王戎(왕융)〉의 向秀(상수, 向 성씨 상)이고, '爛柯人〈爛柯(난가) ; 도끼 자루가 썩음. 바둑이나 음악 등에 심취하여 시간 가는 줄을 모름. 故事 ; 晉代(진대)의 王質(왕질)이 石室山(석실산)에 나무하러 갔다가 신선들이 바둑 두는 것을 구경하느라 도끼 자루가 썩는 줄도 몰랐다는 고사에서 나온 말.〉' 이란 신선이 바둑 두는 것을 구경하다 보니 도끼 자루가 섞었다는 王質이란 사람이다. 이 두 사람을 언급한 것은 자신이 먼 벽지에 하도 오랫동안 근무하다 보니 세상 흐름을 모른다는 탄식의 뜻이다.

그리고 5, 6구의 가라앉은 배 곁으로 수천 척의 배가 오가고 병들어 죽은 나무 앞에 수만 그루의 나무가 봄을 맞아 잎을 피운다는 이 구절은 인생의 哲理를 담은 名句이니 우리가 오래 기억해야 한다.

사실 인생이란 그런 것이 아닌가? 침몰한 배는 몰락한 인생이고 병들어 죽어 가는 나무는 경쟁에서 패배한 인생이다. 병들어 고생하는 지인이 있다고 내가 신음해야 할 이유는 없다. 불우하게 궁벽한 지방으로 떠돌았던 유우석에 비교한다면 백거이의 관직생활은 그야말로 순탄했다. 자청해서 외직으로 나왔어도 경제적으로 번영하는 강남의 지방관이었다.

인생이 다 그런 것 아니겠는가?

🦢 烏衣巷 오의항

朱雀橋邊野草花　烏衣巷口夕陽斜
주 작 교 변 야 초 화　오 의 항 구 석 양 사

舊時王謝堂前燕　飛入尋常百姓家
구 시 왕 사 당 전 연　비 입 심 상 백 성 가

주작교 주변에 들꽃이 피고
오의항 입구에 석양이 기운다.
옛날에 王氏 謝氏 집에 들던 제비들이
지금은 보통 백성들 집에 날아든다.

〈烏衣巷〉은 역사의 흥망을 노래한 시이다. 이 시의 3, 4句는 인생의
성쇠를 말할 때 흔히 나오는 구절이다.

오의항은 지금의 南京에 있는 지명이다. 巷(거리 항, xiàng)은 주택가의
골목, 북방의 胡同(hútòng), 대도시의 弄(lòng)과 같다. 오의항은 秦淮河(진회
하) 남안에 있는 東晉(동진)시대의 귀족 마을이었다. 본래는 삼국시대 吳
의 궁궐 수비대가 주둔하던 자리이며 수비대의 복장이 검은 옷이었기에
그런 이름이 붙었다고 한다.

시에서 舊時는 東晉 시대(316-420)이고, 王謝는 琅邪(낭야) 王氏와 陳郡
謝氏를 의미하는데, 두 성씨는 모두 5호족을 피해 북에서 남으로 이주
해 온 귀족들이었다.

이 시는 劉禹錫의 〈金陵五題〉의 하나이다. 유우석은 석두성 등 금릉

의 고적을 찾아 시를 읊었으니 서경의 시이지만 懷古詩(회고시)이다. 이 시는 분명 고적을 읊었지만 그 뜻은 매우 상징적이다. 이 시의 주제는 인간의 榮枯盛衰〈영고성쇠 ; 성함과 쇠함. 번영함과 쇠멸함. 榮落(영락).〉이다. 현재의 南京은 唐代에는 金陵이었지만 吳나라 이후 東晉에서는 국도로 번영했었다. 유우석은 東晉 이후 귀족들의 마을로 번성했던 오의항의 황폐한 모습을 서글프게 묘사했다.

'野草花'와 '夕陽斜'는 對偶(대우)이면서 쇠락의 상징이다. 사람이 많이 산다면 들꽃이 자라고 꽃을 피울 수 있겠는가? 그리고 제비(燕)를 보고 인간의 영고성쇠의 흐름을 객관적으로 증명하듯 묘사하여 이보다 더 적절한 비유가 또 있겠나? 라는 생각이 든다. 이는 자세한 관찰과 깊은 사색이 아니라면 생각해 낼 수 없는 뛰어난 묘사이다. 시가 얼마나 좋은가는 그 시가 얼마나 많은 뜻을 함축하고 있느냐에 달렸다.

西塞山懷古 서새산회고
西塞山의 회고

西晋樓船下益州　金陵王氣黯然收
서 진 루 선 하 익 주　금 릉 왕 기 암 연 수

千尋鐵鎖枕江底　一片降幡出石頭
천 심 철 쇄 침 강 저　일 편 강 번 출 석 두

人世幾回傷往事　山形依舊枕寒流
인 세 기 회 상 왕 사　산 형 의 구 침 한 류

今逢四海爲家日　故壘蕭蕭蘆荻秋
금 봉 사 해 위 가 일　고 루 소 소 노 적 추

西晉의 軍船이 익주에서 내려가니

금릉의 王氣는 슬그머니 끝이 났다.

천 길의 쇠사슬을 강바닥에 깔았어도

한 폭의 항복 깃발 석두성에서 나왔다.

일생에 몇 번이나 지난 일을 슬퍼해야 하는가?

산들은 예와 같이 차가운 장강 위에 누웠도다.

지금은 四海가 한 집이 된 시절이니

낡은 성루 쓸쓸한 물 억새의 가을이로다.

〈西塞山懷古〉(金陵懷古로 된 책도 있다.)는 회고시로 西晉 太康 원년(280)에 大船團이 익주를 출발하여 吳를 공격하여 멸망시킨 때의 상황을 시로 읊었다. 서새산은 지금 湖北省 大冶市 동쪽에 있는 산이다.

江東에 할거한 孫權은 이곳에 石頭城 요새를 쌓고 建業이라 칭했다. 229년에 정식으로 손권은 칭제하면서 東吳의 황제로 즉위한다. 이후 금릉은 吳, 東晋, 宋, 齊, 梁, 陳까지 六朝의 수도로 계속 발전하여 중국 4대 古都의 하나가 되었다. 멸망 당시, 吳의 황제는 폭군 孫皓(손호)이었다. 石頭城은 南京 방어의 요새지인데 남경 淸凉山의 일부분으로 남경의 별칭으로도 통한다.

전 4구는 역사적 사실을 읊었다. 서진의 武帝(사마염)가 王濬(왕준)에게 명해 東吳를 공격케 했고 오의 폭군 손호는 쇠사슬을 강 속에 장치하며 저항했지만 나라는 망했다.

5, 6구의 對偶는 시의 맛을 느낄 수 있으며, 어쩌면 인간사와 자연의 관계를 깨우쳐주고 설명해주는 名句이다. 末聯 모든 사람들의 평화공존

은 시인의 희망일 것이다.

전해 오는 이야기로는 元稹(원진), 유우석, 위응물 등이 白居易의 집에서 술을 마시며 南朝의 흥망을 이야기 하면서 〈金陵懷古〉라는 제목으로 시를 지었는데, 유우석이 이 시를 읊자 백거이는 '넷이서 용을 더듬었는데 그대가 여의주를 움켜쥐었도다. 다른 사람이 용의 발톱이나 비늘을 가진 들 무얼 하겠나!' 라면서 시 짓기를 그만 두었다고 한다.

이왕 역사 흥망을 묘사한 시를 이야기 하는 김에 劉禹錫의 시 하나를 더 감상해도 괜찮을 것이다.

蜀先主廟 촉선주묘

天地英雄氣　千秋尚凜然
천지영웅기　천추상늠연

勢分三足鼎　業復五銖錢
세분삼족정　업부오수전

得相能開國　生兒不象賢
득상능개국　생아불상현

凄凉蜀故妓　來舞魏宮前
처량촉고기　내무위궁전

천지에 가득한 영웅의 기개
천 년이 지난 지금에도 늠름하다.
천하를 나눠 삼국이 정립하며
帝業은 漢을 부흥하였다.
제갈 승상을 얻어 개국할 수 있었으나

아들이 있지만 현인을 닮지 않았다.

처량한 촉나라의 歌妓는

魏나라 궁에서 춤춰야만 했었네.

유비(劉備)

蜀漢(221-263 존속)의 개국 군주 劉備(유비, 昭烈帝, 先主)의 묘당은 四川省 成都市 남문 武侯祠大街에 있다. 중국 유일의 君臣을 合祀한 사묘인데, 武侯祠와 昭烈廟堂과 무덤인 惠陵을 합하여 조성되었으나 사람들은 武侯祠라 통칭한다.

촉한과 유비, 제갈량, 후주 유선 등은 모두 《삼국연의》를 통해 우리에게 친숙한 이름이다. 전반 4구는 유비의 업적으로 漢을 부흥했다는 사실을 서술하였다. '三足鼎(삼족정)'은 제갈량의 三分天下와 대립 항쟁을 뜻한다. 그리고 五銖錢(오수전)을 인용하여 漢의 계승을 서술한 것은 詠史詩(영사시 ; 역사적 사실을 주제로 하여 시가를 지음.)로서 아주 우수하다 할 수 있다. 후반 4구는 유비가 죽은 뒤 촉의 멸망을 묘사한 것이니 역사의 아픔을 魏 궁궐에서 춤추는 歌妓를 통하여 그려내었다.

유비의 뒤를 이은 후주 劉禪(유선)은 서기 207년 생으로 223년에 즉위하여 263년까지 41년을 재위하다가 魏에 멸망당한 뒤 271년에 65세로 죽었다. 당시로서는 장수했고 개인적으로는 유복한 일생이었다.

위나라 장수 등애에게 항복하고 나라를 잃은 후주 유선은 몇몇 신하와 자식들과 함께 낙양으로 호송된다.(서기 263년) 이때 위의 실권을 장악한 사마소가 유선을 보고 크게 꾸짖고는 후주 유선을 安樂公에 봉하고, 나라를 파멸로 끌고 간 내시 黃皓(황호)를 처형한다.

어느 날, 사마소는 유선을 불러 잔치를 베풀면서 악공들에게 蜀의 의상을 입혀 촉의 음악을 연주하게 하였다. 이에 촉의 신하들이 모두 감상에 젖어 눈물을 흘리는데 유선만은 혼자 마냥 웃으며 즐거워하였다. 술이 어지간히 돌자 사마소는 신하를 둘러보며 말했다.

"사람이 무정하다더니 저 사람 같을 수 있겠는가? 비록 제갈공명이 살아 보필했어도 오래 가지 못했을 터인데, 더구나 姜維(강유) 따위가 어쩔 수 있었겠는가?"

그리고는 후주에게 물었다. "고국 땅이 생각나지 않는가?"

이에 후주는 "이곳이 즐거우니 촉에 대한 그리움은 없습니다(此間樂不思蜀也)."라고 대답했다. 이후 사마소는 후주 유선에 대해서는 아무런 걱정도 하지 않았다고 한다.

유우석의 散文 〈陋室銘(누실명 ; 누추한 집. 비좁은 집.)〉은 《古文眞寶》를 통해 널리 알려진 名文이기에 다음에 수록한다.

"山不在高, 有仙則名. 水不在深, 有龍則靈. 斯是陋室, 惟吾德馨. 苔痕上階綠, 草色入簾靑. 談笑有鴻儒, 往來無白丁. 可以調素琴, 閱金經, 無絲竹之亂耳, 無案牘之勞形. 南陽諸葛廬, 西蜀子雲亭. 孔子云, 何陋之有."

39

唐宋八大家
(당송팔대가)

먼저 柳宗元(유종원)의 동영상 시 한 편을 감상할 필요가 있다.

🌑 漁翁 어옹

漁翁夜傍西巖宿　　曉汲淸湘燃楚竹
어 옹 야 방 서 암 숙　　효 급 청 상 연 초 죽

煙消日出不見人　　欸乃一聲山水綠
연 소 일 출 불 견 인　　애 내 일 성 산 수 녹

回看天際下中流　　巖上無心雲相逐
회 간 천 제 하 중 류　　암 상 무 심 운 상 축

늙은 어부는 저녁 무렵 서암에서 잠자고

새벽 맑은 상강 물을 길어 초죽을 태운다.

안개 걷히고 해 올라도 사람은 뵈지 않고

어여차! 한 소리에 산수가 푸르렀다.

돌아보니 하늘 끝서 중류로 내려오는데

바위 위엔 무심한 구름이 뒤를 따른다.

* 煙消日出不見人에 消가 銷(사라지다 소)로 된 板本(판본)도 있다.

우리나라 고등학교 한문 교과서에도 수록될 만큼 평이하지만 아주 유명한 시이다. 유종원이 805년 永貞革新(영정혁신)이라는 정치 소용돌이에 휘말려 지금의 호남성의 서남쪽으로 廣東省과 접경하고 있는 永州의 司馬로 폄직되었는데 그곳 영주에서 읊은 詩이다. 永州는 湘江(상강)의 상류에 위치한다.

시에 나오는 '西巖'에 대하여 永州의 西巖(서암)이라는 친절한 註가 있다. 그러나 이쪽에서 서암이면 저쪽에선 東巖이다. 굳이 永州, 아니면 어느 고을의 서암이라는 註가 없어도 괜찮다. 배를 젓는 노인이 가다가 힘들면 아무데서나 배를 대면 그뿐이다. 西巖은 시인이 그려낸 풍경화의 아주 작은 일부일 뿐이다. 湘江(상강, 湘水)은 湖南省 최대의 河流로 廣西省에서 발원하여 永州, 衡陽, 長沙(호남성 省都)를 거쳐 洞庭湖(동정호)로 유입되는 총 길이 800여 km의 큰 강이다.

이 시는 漁翁을 그림 속의 한 가운데 배치한 뒤 그 주변을 시간에 따라 묘사하였다. 저녁-밤-새벽-아침-한낮으로 시간이 가면서 漁翁은

동정호(洞庭湖)

배를 댄 다음에-잠자고-물 길어 밥 짓고-어옹이 떠나 안 보이고-그곳엔 구름만 떠 있다는 시각적 묘사에 뛰어난 정경을 보여준다.

모든 것이 정지되어 움직임이 없는 것 같지만 사실은 모든 것이 다 움직였다. 이런 묘사가 가능한 것은 시인의 外功은 물론 內功의 실력이 있기 때문이다. 곧 자연과 인간을 일치시키며 살았기에 이런 표현이 가능할 것이다.

柳宗元(유종원, 773-819)의 字는 子厚로, 唐代 河東郡人(今 山西省 永濟市) 출신으로 唐代의 저명한 문학가로 唐宋八大家〈唐·宋代(당송대)에 활약한 여덟 사람의 대문장가. 곧 韓愈(한유)·柳宗元(유종원)·歐陽脩(구양수)·蘇洵(소순)·蘇軾(소식)·蘇轍(소철)·曾鞏(증공)·王安石(왕안석).〉의 한 사람이다. 유명 작품으로는 〈永州八記〉 등 600여 편의 시문이 있는데 후세인들이 편집한 《柳河東集》이 있다. 柳州刺史(유주자사)를 역임했기에 '柳柳州'라고도 하며 韓愈(한유)와 함께 古文운동의 영도자로 '韓柳'라 병칭한다.

유종원(柳宗元)

유종원은 代宗 大曆 8년(773)에 장안에서 출생하였고 부친의 관직을 따라 각지를 옮겨 다녔다. 793년에 21세의 유종원은 진사에 급제하여 크게 명성을 떨쳤다. 그러나 부친이 작고하자 상을 마치고 관직에 나가지만 관로는 순탄치 않았으며 첫 부인도 병사한다.

그 후 805년에 德宗이 죽고 황태자 李誦(이송)이 즉위하니, 이가 順宗이다. 순종은 永貞으로 개원하고 王叔文(왕숙문)을 등용하여 여러 개혁을 시도한다. 혁신적인 유종원은 왕숙문과 政見을 같이하고 개혁에 동참하는데 이때 유종원과 韓泰, 劉禹錫, 陳諫(진간) 등이 젊은 혁신 그룹을 형성한다.

그러나 순종은 中風에 걸려 親政을 펴지 못하자 王叔文 등이 실무를 도맡아 혁신정책을 과감하게 펴는데, 이를 역사에서는 永貞革新이라 부른다. 그러나 영정혁신은 그 반대세력과 환관세력에 의해 저지당하고 순종은 제위를 태자에게 물려주는데, 이를 永貞內禪(영정내선)이라 부른다. 결국 영정개혁은 6개월의 혁신으로 끝나고 개혁에 참여했던 젊은 세력들은 각 지방의 司馬라는 낮은 한직으로 밀려난다. 유종원 또한 永州(今 湖南省 永州市)의 司馬로 좌천되는데 이때 좌천한 8인을 특별히 '8司馬'라 부른다.

유종원이 永州司馬로 폄직될 때, 그는 33세였고 67세의 노모를 모시고 부임했는데 거처가 없어 龍興寺라는 절에서 살았다고 한다.

결국 유종원의 정치적 포부는 영영 좌절된다. 대신 유종원은 영주에서 10년을 거주하면서 많은 詩文을 창작한다. 유종원은 憲宗 815년에 장안에 올라왔다가 다시 먼 남쪽의 柳州(지금의 廣西 柳州市) 자사로 발령을 받는다. 819년에 유종원은 대 사면을 받지만 유주에서 47세의 아까운 나이에 생을 마감한다.

유종원은 문장의 道도 중요하지만 文 자체도 중요하다고 강조하였다. 유종원은 문장이 아니라면 道가 전해지지 않는다고 강조하였다. 곧 文의 정신과 함께 형식으로서의 문체도 중요한 것으로 보았다. 한유가 儒家사상만을 강조하였으나 유종원은 불교나 노장사상 또 諸子百家의 학설도 취해야 한다고 주장하였다.

유종원의 名文章으로서 〈封建論(봉건론)〉, 〈捕蛇者說(포사자설)〉, 〈羆說(비설 ; 큰 곰에 대해서 이야기하다.)〉, 〈蝜蝂傳(부판전 ; 벌레 이름. 작은 몸집으로 무거운 물건을 잘 지고 간다는 벌레.)〉과 〈永州八記(영주팔기)〉와 같은 山水遊記가 우수하고 〈三戒〉와 같은 寓言文도 많은 사람들이 즐겨 읽는 글이다. 유종원은 문장으로는 韓愈와 나란히 일컬어지고, 시로는 위응물과 나란한 명성을 누렸다.

🌐 江雪 강설

千山鳥飛絶　萬徑人蹤滅
천 산 조 비 절　만 경 인 종 멸

孤舟簑笠翁　獨釣寒江雪
고 주 사 립 옹　독 조 한 강 설

온 산에 새도 날지 않고
만 길에 사람 자취 끊겼다.
쪽배에 도롱이 쓴 노인은
언 강의 눈을 혼자 낚는다.

柳宗元의 古文은 우뚝 솟은 산처럼 청신하다고 한다. 유종원의 시 또
한 그러하며 잡티가 없다. 孤寂(고적 ; 외롭고 쓸쓸함.)이 무엇인가를 아주 잘
체험한 유종원이기에 이처럼 고적한 시를 쓸 수 있다.

작자가 貞元 21년(805)에 33세로 永州에 좌천되었을 때 쓴 시다. 비장
한 생명감이 넘치고 있다.

높고 넓은 웅장한 대자연 속에서 말없이 그러나 끈질기게 삶을 영위
하고 있는 늙은이에 초점을 맞춘 한 폭의 청신한 그림 같은 시다. 유종
원의 시나 글 속에는 삶의 숨결이 넘치고 있다.

'千山鳥飛絶'과 '萬徑人蹤滅'은 하늘과 땅 사이에 모든 움직임이 멈
추었다는 것을 묘사하였다. 〈江雪〉은 1, 2구에서는 '絶과 滅'로 한겨울
雪景의 자연을 묘사했다. 그리고 3, 4구의 '孤와 獨'으로 설경 속의 인
간을 그려내었으니 그야말로 절창이라 아니할 수 없다.

이 시의 주제는 漁翁의 고독이라고 생각할 수도 있다. 이 시 기승전
결의 첫 자를 연결하면 '千萬孤獨'이고, 끝 글자를 연결한다면 '絶滅翁
雪'이다. 翁이나 雪은 금방 없어질 수 있는 존재이다. 유종원 자신의 모
습을 어옹에 투영한 것은 아닐는지 한번은 생각해 볼 필요가 있다.

우리가 남자 테너 가수의 우렁찬 목소리에서 힘을 느낀다면 이렇게 氣骨이 느껴지는 시를 쓴 시인에게서는 무엇인가를 느낄 수 있다. 천지를 들었다 놓았다 할 수 있는 창조주의 힘 같은 것을 느낀다. 조물주가 이 세상을 만들었다면 그것을 이렇게 잘 표현할 수 있는 筆力 또한 조화롭다고 해야 할 것이다.

아마도 이 〈江雪〉시에 묘사된 도롱이를 쓴 노인은 지난여름에 西巖에서 잠을 자고 湘江의 물을 긷고 楚竹을 태워 아침을 짓는 연기를 피운 바로 그 노인일 것이다. 유종원의 七言古詩 〈漁翁〉은 첫 구의 두 글자가 제목이었는데 이 겨울의 노인은 마지막 구의 마지막 두 글자 〈江雪〉로 제목을 달게 하였다.

여기서 유종원의 山水詩 한 수를 더 감상해도 좋을 것이다.

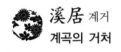

溪居 계거
계곡의 거처

久爲簪組束　幸此南夷謫
구 위 잠 조 속　행 차 남 이 적

閒依農圃鄰　偶似山林客
한 의 농 포 린　우 사 산 림 객

曉耕翻露草　夜榜響溪石
효 경 번 로 초　야 방 향 계 석

來往不逢人　長歌楚天碧
내 왕 불 봉 인　장 가 초 천 벽

오랜 벼슬살이 얽매였었는데

요행히 남쪽 벽지에 유배되었네.

한가히 농부 이웃에 의지하니

우연히 산림 은사와 비슷하네.

아침엔 일하며 이슬 젖은 풀을 매고

밤에는 배 저어 골짝바위를 울린다.

오가며 만나는 사람도 없으니

긴소리 노래에 남쪽 하늘 푸르다.

柳宗元은 永貞 14년(798) 26세에 集賢殿正字가 되어 약 8년 여러 관직을 거쳤고, 貞元 21년(805) 33세에 남쪽의 벽지인 永州의 司馬로 좌천되어 愚溪에 살았다. 각 州의 지방행정관은 刺史(자사)이고, 司馬란 자사의 보좌관이지만 실무도 권한도 없는 閒職(한직)이었다.

그리고 14년간을 영주와 柳州에서 유배생활과 같은 관직에 있었다. 永州는 湖南省 서남부의 벽지로 南蠻(남만)이라 통칭되는 여러 소수 민족들이 한족과 혼거하고 있었다. 그 어렵다는 進士 합격자인 중앙 관료를 이런 벽지에 좌천시킨 것은 거의 유배나 마찬가지였다. 楚天碧의 楚는 춘추전국시대의 나라이름이지만 지금의 湖南省과 湖北省 지역을 지칭하는 지명으로도 쓰인다.

이 시에도 원망의 글자는 보이지 않아 원망하지 않는 것 같지만 원망의 뜻은 가득하다. 유종원은 애써 자연 속에 그리고 주어진 여건에 적응하면서 오히려 즐기는 편이었다. 때문에 그는 '沈吟亦何事(어찌 침울하게 노래를 하랴), 寂寞固所欲(적막한 생활은 바라던 바였노라).'라고 읊었다.

40

樂天(낙천), 香山居士(향산거사)

백거이(白居易)

백거이는 당의 시인 중에서 장수했으며 관운도 비교적 평탄했었다. 그 時運이나 詩的 재능은 타고났다고 보아야 한다. 시인으로서 유명도를 따지자면 이백이나 두보 그리고 왕유 수준에서 백거이를 꼽아야 할 것이다. 무엇보다도 그의 시가 평범한 것 같으면서 읽기 쉽기에 누구나 즐겨 감상할 수 있다는 점도 꼭 기억해야 한다.

백거이는 평생 술을 즐겨 많이도 마셨기에 술에 대한 이런저런 이야기도 많다.

때문에 우선 술자리 이야기부터 시작하려 한다.

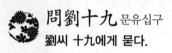

問劉十九 문유십구
劉씨 十九에게 묻다.

綠蟻新醅酒　紅泥小火爐
녹 의 신 배 주　홍 니 소 화 로

晚來天欲雪　能飲一杯無
만 래 천 욕 설　능 음 일 배 무

개미가 동동 뜨는 새로 담근 술에
붉은 진흙의 작은 화로도 있다네!
저녁 되면서 눈이 내릴 날인데
한잔 하러 오겠나? 아니 오겠나?

이 시는 친우를 술자리에 초청하는 시이다.
비오는 날이나 눈이 내리는 날이면 으레 술 생각이 나게 되어 있다.
劉十九라는 벗은 백거이가 江州에 좌천되었을 때 자주 어울렸다. 같은
시기에 쓴 〈劉十九同宿〉이라는 시를 보면 함께 놀고 마시는 사이였다.
綠蟻(녹의)는 맑은 술 위에 동동 뜨는 쌀알이다. 겨울이라서 방안에 붉
은 작은 화로를 준비해서 술을 데운다. 겨울에는 술을 적당히 데워서 마
셔야 취기도 빨리 오른다.
이 시는 元和 12년(817) 백거이가 江州에서 지은 시라고 알려졌다. 당
시 그는 강주에 좌천되었으며 나이는 46세였으니, 그 나이에서 붓을 잡

으면 시가 쏟아지는 경지에 이르렀을 것이고 쉽게 써 내려갔지만 묘미를 다 갖추었고 거의 삼매경에 이르렀다는 느낌이 온다.

시인들은 대개 술을 좋아하였다. 우선 이백과 두보에 대한 언급은 그만두고서라도 도연명도 술을 좋아하였지만 경제적으로 여유가 없어 좋은 술을 마시지 못하고 그것도 농부나 나무하는 사람들과 논두렁이나 나무 그늘 아래서 마셨다.

그러나 백거이는 벼슬자리도 괜찮았고 家産도 있어 집에서 담근 좋은 술을 어린 가기나 노비들의 시중을 받으며 상류명사인 裴度(배도)나 劉禹錫(유우석), 元稹(원진) 등과 어울려 마셨다.

백거이의 친우가 이런 시를 전달 받았다면 그 누가 멈칫거리거나 거절했겠는가?

백거이는 자신의 집에 가기를 두고 술을 즐길 정도였다. 백거이 집의 樊素(번소)라는 가기는 노래를 잘했고, 小蠻(소만)이라는 가기는 춤에 뛰어났다. 그래서 백거이는 '櫻桃樊素口(앵도는 번소의 입), 楊柳小蠻腰(버들은 소만의 허리).'라고 말했었다. 백거이가 나이를 들어가면서 소만은 더욱 풍만하고 요염해졌기에 백거이가 이를 시로 읊었다.

🌸 楊柳枝 양류지

一樹春風萬萬枝　嫩如金色軟於絲
일 수 춘 풍 만 만 지　눈 여 금 색 연 어 사

永豐西角荒園裏　盡日無人屬阿誰
영 풍 서 각 황 원 리　진 일 무 인 속 아 수

봄바람에 흔들리는 버들 수만 가지
연한 노란색에 명주실보다 부드럽다.
영풍의 서쪽 황량한 뜰 안에
종일 아무도 없는데 누구에게 의지하나?

이 시는 그 예쁘고 날씬하여 사랑을 받던 소만의 허리나 자태도 이제
나이가 드니 사람들의 관심에서 멀어진다는 뜻이 들어 있다.

당 宣宗 재위 중(847-860)에 궁중에서 가기들이 이 시를 노래로 부르자
선종이 누구의 시이며 영풍이 어디냐고 물었다. 옆에서 백거이의 시이
며 영풍은 洛陽의 마을 이름이라고 말하자, 선종은 낙양에 가서 그 버드
나무 가지를 꺾어다 심으라고 분부했다고 한다.

백거이가 시인이고 풍류기질이 있기에 술과 여자를 좋아했다고 볼 수
도 있지만, 어쩌면 그것이 인간의 숨길 수 없는 본성이 아니겠는가? 사
실 풍류와는 상관없이 술과 여색, 돈과 재물은 사람마다 다 좋아하지만
(酒色錢財人人愛), 그중에서도 술과 여색은 사람을 다치게 하고 일을 그
르친다(酒色傷人酒色誤事). 아무리 덩치가 작은 사람일지라도 '술이 들
어갈 창자는 바다만큼이나 넓고(酒腸寬似海), 여색을 탐하는 마음은 하
늘만큼 크다(色膽大如天).' 그리고 술잔에 빠져 죽은 사람은(酒杯裏淹死
的人) 바다에 빠져 죽은 사람보다 오히려 더 많다(比大海的還要多).

그렇다 하여 이런 이유로 술을 안 먹는다면 그 사람은 거의 바보이
다. 술이 知己를 만나면 천 잔도 많지 않다(酒逢知己千杯少). 그리고 오
늘 이 저녁에 술이 있다면 오늘 취해야 하고(今夕有酒今夕醉), 내일의

걱정거리는 내일 걱정하면 된다(明日愁來明日愁).

세상을 살아가는 것이 다 그렇고, 최소한의 윤리란 것도 별것 아니다. 내 행동, 내가 책임지면 된다. 내가 빚은 탁주를 내가 마시고(自釀的苦酒自己喝), 내가 심어 기른 쓴 과일도 내가 먹으면 된다(自栽的苦果自己吃). 내가 지은 나의 업보는 내 술을 내가 마시듯 책임지면 되는 것이다. 그러면 최소한 남에게 폐를 끼치지는 않을 것이니, 이것이 곧 바른 생활이며 樂天이 아니겠는가?

白居易(백거이, 772-846)의 字는 樂天(낙천)이고, 號는 香山居士 또 醉吟先生(취음선생)이다. 祖籍은 山西 太原이다. 백거이가 활동하던 시기는 安史의 난 이후 사회 풍조가 바뀌어 낮은 계층 출신도 고관으로 승진할 수 있는 기회가 열려진 시대였다. 때문에 백거이가 중앙정부의 고관까지 승진할 수 있었다.

백거이는 德宗 貞元 16년(800)에 진사과에 급제한 뒤 한림학사, 左拾遺(좌습유) 등을 역임하였다. 백거이는 牛李당쟁에 휘말리지는 않았지만 한때 忠州刺史로 나갔다가 복귀하여 형부상서 등을 역임하고 75세에 죽었다.

백거이는 新樂府 운동을 주창하면서 문학은 실생활과 遊離〈유리 ; (다른 것에서) 떨어짐, 또는 떨어져 존재함.〉될 수 없다고 주장하였다. 그는 문학의 사회적 작용을 중시하여 예술을 위한 문학이 아니라 인간과 사회를 위한 문학을 해야 한다고 주장하였다. 곧 '文章合爲時而著(문장은 시대에 맞게 지어야 하고), 歌詩合爲事而作(시가는 실제를 위해 창작되어야 한다).'면서 실질을 떠나 미사여구나 늘어놓는 문학에 반대하였다.

비파행(琵琶行)

백거이는 특히 長詩에 능했으며 中唐을 대표하는 시인으로 그의 시 3,000여 수가 전한다고 하니 多作하는 작가임에는 틀림이 없다. 백거이의 시는 諷諭詩〈풍유시 ; 넌지시 타이름. 諷喩(풍유).〉, 閑寂詩(한적시 ; 한가롭고 쓸쓸함.) 그리고 感想詩(감상시 ; 마음에 느껴 생각함.) 등으로 대별할 수 있다. 백거이의 〈秦中吟〉 10수와 〈新樂府〉 50수는 풍유시의 대표작으로 당시 백성들의 어려운 생활을 사실대로 묘사하였다. 그리고 〈長恨歌〉와 〈琵琶行(비파행)〉은 감상시에 속한다. 그의 시 작품은 平易하면서도 인정에 가까워 어린이나 노파, 병졸 등 누구나 다 읽고 감상할 수 있다고 하였다.

〈醉吟先生傳(취음선생전)〉은 그의 자서전이라 할 수 있고, 〈與元九書〉는 백거이와 元稹(원진)과의 우정을 알 수 있는 글이다. 거기에 나오는 '達則兼濟天下(뜻을 얻으면 온 천하를 구제하고), 窮則獨善其身(뜻을 펴지 못한다면 오직 내 몸만을 善하게 한다).' 은 그의 인생철학이라 할 수 있다. 여기서 백거이의 정서를 느낄 수 있는 7언절구를 한 수 감상해야 한다.

🏵 大林寺桃花 대림사도화

人間四月芳菲盡　山寺桃花始盛開
인 간 사 월 방 비 진　산 사 도 화 시 성 개

長恨春歸無覓處　不知轉入此中來
장 한 춘 귀 무 멱 처　부 지 전 입 차 중 래

인간세상 사월에 꽃이 다 졌는데
산속 절간 도화는 이제 한창 피었네.
봄이 간데 찾을 곳 없어 늘 서운했는데
여기 슬쩍 숨어 있는 줄 몰랐었네.

　사람들이 사는 평지와 산속 절의 風光이 이리 다른 줄을 시인도 몰랐기에 놀라움이 담겨 있는 시이다. 백거이가 원화 12년⁽⁸¹⁷⁾ 46세에 江州司馬로 근무할 때 廬山^(여산)에 있는 上大林寺에서 지은 시로 알려졌는데 노년에 가까워도 풍부한 감정을 지닌 시인의 마음을 느낄 수 있는 시이다.

여산(廬山)

白居易와 문학적 동지인 元稹을 나란히 '元白'이라 칭하며, 劉禹錫(유우석)과 唱和〈창화 ; ①한쪽에서 부르고 다른 한쪽에서 이에 화답함. 呼應(호응)함. ②남의 시의 운에 맞추어 시를 지음. ③시가를 서로 주고 받음.〉한 시가 매우 많은데 사람들은 '白劉'라 병칭한다. 노년의 백거이가 劉禹錫과 술을 마시고 읊은 시가 있다.

 與夢得沽酒閑飮且約後期 여몽득고주한음차약후기
몽득과 술을 사 한가히 마시고 또 다음을 기약하다.

少時猶不憂生計　　老後誰能惜酒錢
소 시 유 불 우 생 계　　노 후 수 능 석 주 전

共把十千沽一斗　　相看七十缺三年
공 파 십 천 고 일 두　　상 간 칠 십 결 삼 년

閑征雅令窮經史　　醉聽淸吟勝管弦
한 정 아 령 궁 경 사　　취 청 청 음 승 관 현

更待菊黃家醞熟　　共君一醉一陶然
경 대 국 황 가 온 숙　　공 군 일 취 일 도 연

젊었을 적에도 생계 걱정을 안했거늘
늙어서 누군들 어찌 술값을 아까워하랴?
둘이서 만 냥에 술 한 말을 사서 마시는데
서로가 바라보니 칠십에서 셋이 모자란다.
한가히 술잔을 세어 가며 경사를 논하고
취해서 읊는 시를 들으니 풍악보다 좋구나.
나중에 국화 피고 집에서 담근 술이 익어서
그대와 같이 취하면 함께 기분 좋으리라.

제목의 夢得은 유우석(772-842)의 字이고, 유우석과 백거이는 동갑이었다. 둘다 시나 문장으로서는 서로 조금도 양보하지 않을 정도로 뛰어난 수재들이었으며 시풍도 비슷했기에 둘이 친우가 되기에 딱 맞았을 것이다. 또 백거이는 원진과의 우정도 매우 돈독했었다.

낙양 근교에 우리나라 관광객이 많이 찾는 龍門 석굴이 있고 그 하천을 하나 건너면 香山인데 그 향산에 白居易의 묘와 초당이 있다.

 賦得古原草送別 부득고원초송별
詩題 古原草로 송별하다.

離離原上草 一歲一枯榮
이 리 원 상 초　일 세 일 고 영

野火燒不盡 春風吹又生
야 화 소 부 진　춘 풍 취 우 생

遠芳侵古道 晴翠接荒城
원 방 침 고 도　청 취 접 황 성

又送王孫去 萋萋滿別情
우 송 왕 손 거　처 처 만 별 정

무성하게 자란 벌판의 풀
해마다 한 번씩 죽다가 살아난다.
들불에 타도 아니 없어지고
春風이 불면 다시 살아난다.
멀리 뻗은 방초는 옛길을 덮었고
햇살 받은 푸른빛 荒城에 닿았다.

395

이제 떠나는 그대를 보내니
우거진 풀에 이별의 정이 가득하다.

제목의 賦得(부득)은 '詩題를 얻다' 라는 뜻인데, 이전 사람의 詩題나
詩句를 나의 詩 제목으로 삼을 경우 '賦得'이란 말을 붙였다. 이 시는
제목이 〈春草〉로 된 판본도 있다.

離離(이리)는 풀이 무성한 모양, 또는 분명한 모양(歷歷역력)이다. 이 시
에서 가장 유명한 구절은 '野火燒不盡' － 野火에 燒해도 不盡하다는 잡
초의 생명력이다. '燒不盡(타 없어지지 않는다)'를 '들풀의 강인한 생명
력처럼 소인은 결코 사라지지 않는다.'는 식의 해석, 곧 小人을 풀에 비
유했다고 평하는 것은 지나친 비약일 것이다. 어디에든 잡초는 있다. 그
리고 어느 시대나 어디에나 소인은 있지만 이 시는 그냥 잡초를 묘사했
다고 보아야 한다.

또 '春風吹又生' － 春風이 불어오면 또 살아난다. 자연의 이치를 설
명한 단순한 구절에 哲理까지 들어 있어 모든 사람이 인용하고 또 활용
하는 구절이다.

이 시는 白居易가 16세에 지었다고 하는데 믿을 수 있겠는가? 믿기지
않겠지만 사실이다. 이 시는 실제로 이러한 이별을 겪은 시인의 경험이
아니라 순수한 창작이다. 그러니 더 놀라울 수밖에 없다.

백거이가 16세 때 과거에 응시하러 長安에 와서 이 시를 가지고 著作
郎이며 시인인 顧況(고황, 725-814?)을 만나러 갔다. 고황은 白居易의 명
함을 보고서 "장안은 쌀값이(白) 너무 비싸 살기가(居) 쉽지 않다(弗易)."
라고 말했다. 그러나 앞의 4句를 읽고서는 곧 바로 "이런 재주를 가졌으

면 쉽게 살기가 어렵지 않지!(有才如此 居易不難)"라며 감탄했다고 한다.

'一歲一枯榮'은 비단 풀만이 아니라 인간에게도 해당되는 天理가 아니겠는가? 인생의 榮華와 몰락은 말라죽는 풀보다 더 비극적이다. 그리고 3, 4구에 표현된 '春風吹又生'−野草의 완강한 생명력은 千古傳誦(천고전송)의 名句이다. 특히 혁명이나 큰 거사를 선동할 때 이 구절은 어느 표현보다도 더 선동적이며 모든 사람들에게 자신감을 불어 넣어 준다.

5, 6구의 古道와 荒城은 이별의 아픔을 드러내기 위한 배경 그림으로 등장했고, 8구의 萋萋(처처 ; 초목이 우거진 모양.)는 首聯의 '離離'를 받으면서 '무성한 풀'을 바라보며 슬픔을 연상하는 극적인 반전을 이룬다.

들풀의 강인한 생명력을 표현한 백거이의 이 구절이 오늘날까지 혁명가들에게 가장 좋은 말로 회자될 줄은 아마 시인 본인도 생각하지 못했을 것이다.

중국에서는 농민들의 봉기(起義, 기의), 군대의 반란, 종교적 소요, 왕조 전복을 위한 易姓革命(역성혁명) 등이 계속되었다. 그때마다 농민이나 다수의 군중을 선동할 만한 글귀나 명문장이 필요했다. 이는 최근 국민당과 공산당의 혁명투쟁에서도 마찬가지였다.

'작은 불씨 하나가 넓은 들판을 태울 수 있다(星星之火 可以燎原).'는 말은 작은 실수가 큰 화근을 초래하거나 미세한 세력이 엄청나게 커진다는 뜻으로, 주로 혁명과 같은 상황을 표현할 때 사용하는 말이다.(星星은 부싯돌을 서로 부딪쳤을 때 튀는 불씨를 말한다.)

또 燎原烈火(요원열화)는 '불타는 넓은 들판의 뜨거운 불길'이란 뜻으로 '맹렬한 기세'를 의미한다. 그리고 '人多力量大, 柴多火焰高.(사람이

화청지(華淸池)

많으면 역량이 크고, 땔감이 많으면 화염도 높다.)'라면서 여러 사람의 적극적 참여를 유도한다.

그리고 '小石能打破大缸(작은 돌멩이가 큰 항아리를 깨뜨리고)'하고, '一石激起千層浪(돌 하나가 천 겹의 물결을 일으킨다).'이라며 선동하기도 한다. 어느 정도 분위기가 무르익으면 '山雨欲來風滿樓(산속에 비가 오려 하니 누각에 바람이 가득하다. ; 唐 詩人 許渾의 詩句)'라는 말로 큰 사건이 터지기 전의 긴장 상황을 표현한다.

우리나라 관광객이 많이 들르는 중국 西安의 驪山(여산) 아래에 玄宗과 楊貴妃 사랑의 무대인 유명한 온천 華淸池가 있다. 화청지는 수려한 풍경과 질 좋은 지하 온천수 때문에 역대 제왕들의 관심을 끌었었다. 西周의 幽王(유왕)은 여기서 봉화 불을 올려 제후들을 농락했었고, 진시황이나 漢 武帝도 모두 이곳에 行宮을 설치했었다. 여기에는 당 太宗의 목욕탕인 星辰湯(성신탕)과 현종과 귀비의 침소인 飛霜殿(비상전), 蓮花湯(연화탕) 등 유적이 남아 있다.

거기에 양귀비의 하얀 조각상을 사진 찍는 사람은 많지만 그 뒤의 건물 안에 명필로 써 붙인 백거이의 〈長恨歌〉를 읽는 이는 거의 없었다. 그러나 백거이 하면, 곧 〈長恨歌〉를 연상한다.

〈장한가〉는 唐 玄宗(재위 712-756)과 楊貴妃의 사랑과 비극을 읊은 장편서사시이다. 안녹산(安祿山)의 난을 피해 촉(蜀)으로 피난 가던 도중 馬嵬坡(마외파)에 이르자, 현종의 근위병들이 양귀비의 사촌인 楊國忠을 죽이고 이어 양귀비마저 처단할 것을 강력히 요구하였다. 안녹산에게 쫓기는 몸인 현종이 어쩔 수 없어 거부하지 못하고 머뭇대자 환관 高力士가 貴妃에게 비단 한 필을 전한다. 귀비는 마외파의 驛館 뜰 배나무에 목을 맨다. 그때 현종의 나이는 71세였고, 양귀비는 38세였다. 그 후 난이 진압되고 다시 환궁한 늙은 현종은 비탄에 젖어 몽매간에도 양귀비를 연모했다. 이렇듯 애절했던 현종의 슬픈 사랑이야기를 백거이가 漢武帝와 李夫人의 고사에 가탁하여 생생하게 그려낸 장편이다.

玄宗이 총애하던 武惠妃가 開元 25年(737)에 죽는다. 後宮에 아무리 美人이 많다지만 玄宗의 뜻에 맞는 여인이 없었다. 이에 18子인 壽王의 왕비 楊氏가 미인이라는 말을 高力士로부터 듣고 자신의 며느리를 불러 보니 과연 미인이었다. 양씨는 양현염의 딸로 蜀에서 태어났지만 10세에 부친을 여의고 叔父의 손에 양육되다가 16세인 735년에 壽王 李瑁(이모)의 妃가 되었고 이미 두 아들을 출산했었다.

현종이 양씨를 만나 본 뒤에, 모친 두태후의 명복을 빌게 한다는 이유로 양씨를 여도사로 만들어 道觀(道敎의 사원)에 밀어 넣고 道號를 太眞이라 했다. 아들 수왕을 재혼시키고, 그 한 달 뒤에 太眞은 還俗하여 귀비로 책봉되는데(745) 이때 貴妃는 26세, 현종은 61세의 노인이었다. 귀비는 756년까지 12년간 현종의 총애를 독점했었다. 현종은 712년 28세에 즉위하여 756년까지 45년을 재위하고, 762년 78세에 죽는다.

사실 양귀비와 玄宗의 결합과 애정은 비도덕적이고 비정상적이었다.

아무리 기운이 왕성하고 풍류를 아는 황제라는 점을 감안하더라도, 자신의 며느리를 강제로 이혼케 하여 아내로 맞이했다는 자체가 비도덕적이었다. 결국 '安史의 난'으로 양귀비는 마외파의 驛館에서 목을 매어야 했고 현종은 슬픔과 실의 속에서 帝位를 아들에게 넘겨주어야 했다. 말하자면 '安史의 난'과 당의 國運이 기우는 계기가 된 것은 현종과 귀비의 애정이었다.

그 이전 현종의 할아버지인 高宗은 아버지 太宗의 후궁인 武才人(武后)을 절에서 데려와 황후로 삼았었는데 물론 애틋한 사랑이 있었다고는 하지만 그 결과는 당 왕조의 중간 단절이라 엄청난 파장을 불러왔었다.

이러한 비정상적인 애정은 太宗도 예외가 아니었다. 태종은 '玄武門의 변'을 통해 동생인 齊王 李元吉을 죽이고 그 아내, 곧 弟嫂(제수)를 데려다가 사랑하고 거기에서 所生을 얻기도 했었다. '貞觀의 治'라는 선정을 행한 태종이 武氏를 궁으로 불러들인 결과는 측천무후의 등장을 초래했고, '開元의 治'를 이룩한 玄宗이 양귀비를 사랑한 결과는 安史의 난과 당나라의 쇠퇴를 불러오는 단초가 되었다.

그래서 帝王이건 평민이건 모든 행실이 도덕적이어야 한다는 교훈이 통하는 것이다. 아무런 실효가 없어 보이는 인륜이라는 도덕이 인간의 삶에서 가장 중요하다는 것을 알아야 한다.

현종과 양귀비의 사랑이 참된 애정이었는가?

사실 이런 물음은 어리석은 질문이다. 현종은 60세가 넘은 노인이었고, 양귀비는 20대 후반의 풍만한 육체와 고운 피부를 가진 여인이었다. 노인이 탐하는 것은 욕정이고, 귀비는 그 상대가 황제라서 사랑하지 않을 수 없었으니 참사랑은 아니었을 것이라는 합리적(?) 주장이 꼭 맞지는 않을 것이다. 왜냐하면 애정이라는 감정은 합리적 이성으로 설명될 수 없기 때문이다.

분명 20대와 60대의 사고와 감정이 다르고 육체적 능력이 차이가 있는 것은 사실이지만, 애정이라는 감정이 20대에는 순수하고 60대는 그렇지 못하다고 단언할 수 있겠는가?

젊었을 적에 누구보다도 풍류를 알고 풍류를 즐긴 현종이었으며 정치에 마음을 쓰다 보니 그리고 재위기간이 오래다 보니 해이해질 때가 된 것은 확실하였다. 그렇다 하여 그 사랑이 참사랑이 아니라고 할 수 있겠는가? 하여튼 알 수 없고 세속적인 잣대로 잴 수 없으며 헤아릴 수 없는 것이 애정이다.

〈長恨歌〉를 읽으면 女色으로 인하여 자신을 망친 현종을 탓하려는 생각보다 한 사랑을 위해 靈界(영계 ; ①정신의 세계. 정신 및 그 작용이 미치는 세계. ②영혼의 세계. 죽은 뒤의 세계.)까지 찾아 헤맨다는 작품의 구상에 감동하게 된다. 더욱이 뭇 여성을 마음대로 즐길 수 있는 황제가 오직 양귀비 한 여성만을 그토록 열렬하게 사랑하고 연모했다는 구성은 독자에게 그의 사랑의 순수함을 공감케 해줄 것이다.

백거이가 이 시를 지을 때는 대략 나이 35세 때로, 헌종(憲宗) 원화(元和) 원년(806) 겨울 혹은 이듬해 봄일 것이라고 한다. 그의 벗 陳鴻(진홍)이 쓴 〈長恨歌傳(장한가전)〉 끝에 백거이가 시를 쓰게 된 동기가 적혀 있는데, 대략 다음과 같다.

'원화 원년 12월에 교서랑으로 있는 백거이는 盩厔縣(주질현)의 縣尉(현위)로 부임했고, 같은 읍에 사는 陳鴻(진홍), 王質夫(왕질부)와 함께 仙遊寺(선유사)에 갔다가 현종과 양귀비의 故事를 들어 이야기했으며, 그 자리에서 왕질부가 "희한한 일이니만큼 비범한 재주를 가진 사람이 윤색을 해야 한다. 낙천은 시에도 깊고 情도 많으니 시로 지어 보게.(樂天深於詩, 多於情者也.)"라고 했다. 이에 〈장한가〉를 지었으니, 작자의 뜻은 연애 고사에 감동되었을 뿐만이 아니라 잘못된 처사를 비판하고 후세에 교훈을 주고자 했다.(意者不但感其事, 亦欲懲尤物, 窒亂階, 垂誡於將來者也.)'고 하였다.

특히 〈장한가〉는 후세에도 많은 영향을 주었으며, 元代의 白樸(백박, 1226-1306, 關漢卿, 王實甫, 馬致遠과 함께 '元曲四大家'의 한 사람)의 〈梧桐雨(오동우)〉, 清의 저명한 극작가인 洪昇(홍승, 1645-1704)의 〈長生殿〉같은 잡극의 모체가 되었다.

전해 오는 이야기에 백거이는 젊은 날에 '湘靈(상령)'이라는 처녀를 사랑했지만 문벌이니 기타 여러 사정으로 헤어질 수밖에 없었다. 헤어지면서 문재가 넘치는 백거이는 시를 지어 아가씨에게 주었다.

不得哭暫別離　不得語暗相思
부 득 곡 잠 별 리　부 득 어 암 상 사

兩人知外無人知　彼此甘心無後期
양 인 지 외 무 인 지　피 차 감 심 무 후 기

울 수도 없어 숨어 이별하나니
말도 못하고 몰래 그리워한다.
우리 둘 말고 남은 모를 것이니

서로 체념하고 다음 기약도 없다.

여기에는 젊은 연인들의 뜨거운 사랑과 견딜 수 없는 이별의 아픔이
배어 있다.

그리고 10년이 훨씬 지난 30대 후반이 사나이의 가슴에는 첫사랑의
아픔이 여전히 남아 있었다. 그리하여 〈장한가〉의 제일 마지막 부분은
이렇게 끝이 난다.

七月七日長生殿　夜半無人私語時
칠 월 칠 일 장 생 전　야 반 무 인 사 어 시

在天願作比翼鳥　在地願爲連理枝
재 천 원 작 비 익 조　재 지 원 위 연 리 지

天長地久有時盡　此恨綿綿無絶期
천 장 지 구 유 시 진　차 한 면 면 무 절 기

七月 七日 長生殿에서

한밤 아무도 모르게 속삭일 적에

하늘이라면 *比翼鳥가 되고 싶으며

땅에서라면 *連理枝가 되길 빈다고 했네.

천지가 오래 간다지만 다할 때 있으나

우리의 한은 이어져서 끝날 날 없으리.

* 比翼鳥(비익조) ; 암수가 다 눈과 날개가 하나씩이어서 짝을 짓지 아니하면 날
  지 못하여 늘 날개를 나란히하고 난다 하여 부부의 의가 좋음을 이르는 말.
* 連理枝(연리지) ; 두 나무의 가지가 맞닿아서 결이 통하여 하나가 된 것. ㉠화
  목한 부부의 비유. ㉡남녀가 정을 맺음의 비유.

사랑의 애틋한 염원을 이렇게 명문장으로 표현한 절창은 일찍이 또 이후에도 없다. 이런 감정은 가슴으로 겪어본 사람이 아니라면 결코 머리로 생각해 낼 수 없다. 아마도 〈장한가〉는 백거이 자신의 첫사랑에 대한 연민으로 이어졌을 것이다.

여기서 백거이의 권학문을 언급하고 넘어가야 한다.

"學은 不可以已니 青은 取之於藍하나 而青於藍하고, 冰은 水爲之나 而寒於水니라."로 시작하는 荀子의 〈勸學篇〉은 누구나 즐겨 읽는 글이다. 北宋 眞宗의 〈勸學詩〉는 白話文으로 쓰였는데, '富家不用買良田하고 書中自有千鍾粟'으로 시작한다. 이어 書中自有黃金屋과 書中有女顔如玉을 말하면서 책 속에 돈과 대 저택과 미인이 있고 높은 자리가 보장된 아주 현실적인 사례로 학문을 권하고 있다.

朱子의 '少年易老學難成'은 사실이지만 한창 나이의 젊은이들에게는 절실하게 다가오지 않는다. 백거이의 권학시는 젊은이보다는 부모와 家長에게 교육의 책임을 강조하는 내용이다. 여기에 그 원문만을 소개한다.

白樂天勸學 백낙천권학

有田不耕倉廩虛　有書不敎子孫愚
유전불경창름허　유서불교자손우

倉廩虛兮歲月乏　子孫愚兮禮儀疎
창름허혜세월핍　자손우혜예의소

若惟不耕與不敎　是乃父兄之過歟
약유불경여불교　시내부형지과여

41

白居易(백거이)의
知己(지기)

원진(元稹)

元稹(원진, 779-831)의 字는 微之(미지)로, 洛陽人이며 排行이 9번째이므로 元九라고도 부른다. 白居易의 명문장인 〈與元九書〉는 원진에게 보낸 장문의 편지글이다. 원진은 白居易와 함께 '新樂府' 운동을 제창하였기에 대개의 경우 白居易와 나란히 '元白'으로 불린다. 원진과 백거이는 거의 30년간 친교를 맺고 있으면서 詩歌의 통속화와 대중화를 주창하여 대중의 환영을 받았으며 이들의 이러한 시풍을 특히 唐 憲

宗의 연호를 따서 元和體〈원화체 ; ①매우 화려함. ②唐(당)의 元和(원화) 연간에 사용된 元稹(원진)과 白居易(백거이)의 시풍.〉라고 불렀다.

원진은 8세에 아버지를 여의고 모친을 따라 鳳翔(봉상)의 외가에서 성장하였고, 15세인 德宗 貞元 9년(793)에 급제하여 校書郎이 되었다.

貞元 15년(799), 河中府에 근무하였고, 元和 5년(810)에 환관과 싸운 일로 江陵府 士曹參軍으로 폄직되었다. 관직 생활의 풍파를 겪으면서 知制誥(지제고)를 역임하며 조서의 초안을 마련하는 일도 하다가 穆宗 때 재상의 자리에 올랐다가 裴度(배도)와 뜻이 맞지 않아 동주자사로 나가기도 했고 나중에는 무창군절도사로 있다가 임지에서 죽었다.

元稹은 艶詩(염시 ; 사랑하고 그리워하는 마음.)와 죽은 이를 애도하는 悼亡詩(도망시)를 잘 지었는데 情意가 진지하여 자못 감동을 준다. 그리고 장편의 악부시 〈連昌宮詞〉는 노인의 입을 빌어 安史의 난 전후 사회상황과 權貴들의 황음부패를 묘사하였다.

원진은 품행이란 면에서 볼 때 문제가 있었던 것은 사실이고, 특히 여색에 대해서 후세인들의 도덕적 질책을 받기도 했다.

원진은 전기소설 〈鶯鶯傳(앵앵전)〉의 작가로도 유명하다. 원진이 자신의 여성편력을 변명하기 위해 썼다는 傳奇인 〈鶯鶯傳〉은 〈會眞記〉라고도 불리는데 뒷날 王實甫의 元曲 〈西廂記〉의 原典이 되었다. 그의 저서로 《元氏長慶集》 60권이 있다.

원진은 첫 아내인 崔鶯鶯(최앵앵)을 버리고 25세에 그때 工部尙書인 韋夏卿(위하경)의 딸 韋蕙叢(위혜총, 당시 20세)과 결혼하였다. 당시에 원진은 文名도 없었고 낮은 관직에 있었지만 당시 두 사람의 애정은 매우 도타웠다고 한다.

많은 책에서 韋氏를 첫 번째 부인이라 하였는데 이는 사실과 다를 수 있다. 15세에 과거에 급제하여 벼슬길에 나아간 사람이 25세 때에 처음으로 위씨와 결혼했다는 것은 당시 일반적 사회적 통념으로 납득이 어렵다.

近人 陳寅恪(진인각, 1890-1969, 中華民國 清華大學國學院 四大導師의 한 사람)의 지적대로 최초의 본처(崔鶯鶯, 최앵앵은 元稹의 傳奇 중의 여주인공 이름)를 버리고 韋氏와 再婚하였을 것이다.

명문 권세가의 딸인 위혜총은 원화 4년(809)에 27세의 나이로 세상을 뜨는데 원진은 하남에서 관직 생활을 하느라 장례를 치르러 올 수도 없어서 매우 가슴 아파했다고 한다. 그러나 이후 원진의 벼슬길은 비교적 순탄했다. 원진이 사랑했던 부인을 애도하는 시는 매우 절절하여 죽은 아내를 그리는 悼亡詩(도망시)로는 아주 우수하다는 평가를 받고 있다. 本詩는 그러한 위씨 부인에 대한 추모시라 할 수 있다.

 遣悲懷 견비회 三首 (一)
슬픈 회포를 보내다.

謝公最小偏憐女	自嫁黔婁百事乖
사 공 최 소 편 련 녀	자 가 검 루 백 사 괴
顧我無衣搜藎篋	泥他沽酒拔金釵
고 아 무 의 수 신 협	이 타 고 주 발 금 채
野蔬充膳甘長藿	落葉添薪仰古槐
야 소 충 선 감 장 곽	낙 엽 첨 신 앙 고 괴

今日俸錢過十萬　與君營奠復營齋
금 일 봉 전 과 십 만　여 군 영 전 부 영 재

謝公의 사랑을 받던 막내딸이었는데
검루에게 시집온 뒤로 모든 것이 힘들었지요.
내가 옷이 없다고 자신의 옷상자를 뒤졌고
나를 위해 술을 사려고 금비녀를 뽑아 주었지요.
나물로 배를 채우며 센 콩잎도 맛있다 했고
낙엽이 땔감이라 고목 홰나무를 올려다보았지요.
오늘엔 나의 녹봉이 십만 전이 넘으니
그대를 위해 제사하고 또 재를 올려 주겠소.

　이 시의 전 6구는 모두 죽은 부인 위씨에 대한 칭송이다. 수련에서는
명문대가였지만 미관말직이고 가난한 자신과 결혼하고서 힘들게 살았
다는 총론을 서술하였다.

　이 시에 나오는 '謝公'은 東晉의 명사인 陳郡 謝氏의 謝安(320-385, 字
安石, 동진 최고의 정치가이며 군사전략가. '東山再起'의 주인공)이다. 사안은 자기
형의 막내딸, 그러니까 조카가 영특하여 특히 귀여워하고 아껴 주며 보
살펴 주었다고 한다. 여기서는 그런 형제관계를 정확히 따지지 않고 그
냥 사안의 어린 막내딸로 표현했다. 이는 원진이 자신의 죽은 부인 韋氏
가 명문가 출신임을 암시한 구절이다. 그리고 黔婁(검루)는 춘추시대 齊
國의 가난했으나 명성이 있던 高士인데, 원진은 자신을 검루와 같다고
생각하였다.

시에서는 자신에게 헌신하느라고 당신은 옷을 팔고 금비녀도 뽑아 주었다는 구체적 사례를 들었고 음식과 요리에도 그토록 고생한 일을 묘사하며 눈물을 흘렸다. 그리고 마지막에서는 이제는 생활이 많이 좋아졌다며 지금의 부귀를 같이 누리지 못하는 아쉬움을 표하면서 당신을 위해 제사는 물론 재를 올린다며 시를 마무리했다.

그러나 원진이 죽은 부인 위씨를 진심으로 사랑했고 그리워했어도 혼자 살 수는 없었다. 원앙새는 짝을 잃으면 영원히 다른 짝을 찾지 않는다(鴛鴦失偶, 永不重交.)고 한다. 아내가 죽은 뒤 30여 년을 혼자 지냈던 王維와는 체질이 달랐던 것 같다.

元稹은 繼室로 裴氏를 맞이하였고, 蜀에서는 薛濤(설도)라는 유명한 기녀이면서 才子佳人(재자가인 ; 재주 있는 젊은 남자와 아름다운 여자.)인 시인을 만나 아름다운 사랑을 연출했다.

遣悲懷 견비회 (二)

昔日戲言身後意　今朝都到眼前來
석 일 희 언 신 후 의　금 조 도 도 안 전 래

衣裳已施行看盡　針線猶存未忍開
의 상 이 시 행 간 진　침 선 유 존 미 인 개

尚想舊情憐婢僕　也曾因夢送錢財
상 상 구 정 연 비 복　야 증 인 몽 송 전 재

誠知此恨人人有　貧賤夫妻百事哀
성 지 차 한 인 인 유　빈 천 부 처 백 사 애

옛날 죽은 다음의 일을 농담처럼 했었는데

오늘 모든 일들이 눈에 그대로 보인다오.

입던 옷들은 보이는 대로 남에게 주었지만

반짇고리는 차마 열 수 없어 그대로 있다오.

지난 정을 생각하면 하인들이 안쓰럽고

그러다 꿈에 보이면 紙錢을 태워 보낸다오.

이런 한이야 사람마다 다 있다고 알지만

가난했던 부부라서 모든 일이 서글펐다오.

一首에서는 생활상의 어려움, 곧 '百事乖〈백사괴 ; 여러 가지의 일을 어기다. 온갖 일을 배반하여 서로 어기다. 萬事(만사)가 어그러진다.〉'를 묘사하였지만 여기서는 모든 일이 슬프다는, 곧 '百事哀'를 말하고 있다. 一首에서는 옛 典故가 인용되었으나 二首에서는 전고가 없이 일상생활의 추억을 말해 애달음(哀)을 더하고 있다.

'貧賤夫妻百事哀(가난한 부부는 모든 일이 애처롭다.)'는 중국인들이 속담처럼 인용하는 말인데, '糟糠之妻不下堂(조강지처불하당)'이라는 俗言과 뜻이 상통하는 말이다.

사실 부부는 인연이다(夫妻是緣). 좋은 인연이든 나쁜 인연이든(善緣惡緣) 인연이 없었으면 결혼하지 않았을 것이다(無緣不娶). '百世의 인연이 있기에 같은 배를 타고 건너며(百世修來同船渡), 千世의 인연이 있어야 한 베개를 베고 잘 수 있다(千世修來共枕眠).'는 말처럼 부부의 인연은 특별하다.

서로의 차갑고 뜨거운 것을 아는 사이가 바로 부부이며(知冷知熱是夫妻), 부부의 은혜와 사랑은 쓰고도 달다(夫妻恩愛苦也甛). 부부는 한 얼굴이다(夫妻一個臉)이란 말처럼 태도나 관점이 같으며 부부는 같은 복을 누린다(夫妻是福齊). 그러기에 젊어서 부부가 늙어서는 친구이며(少年夫妻老來伴), 사랑하는 부부는 대부분 장수한다(恩愛夫妻多長壽).

'집이 가난하면 어진 아내를 생각한다(家貧思良妻)'고 하였으니, 어려운 가정일수록 아내가 현명해야 한다. 어진 처가 있으면 남편에게 화가 없고(妻賢夫禍少), 가정에 어진 아내가 없다면 반드시 의외의 재난을 당한다(家無賢妻 必遭橫禍).

'시골마을 부부는 언제나 같이 다닌다(村裏夫妻 步步相隨).'는 말의 정경을 생각해 볼 필요가 있다. 논으로 밭으로 부부가 한 줄로 따라다니면서 농사를 짓는 그 마음은 가난을 함께 이기자는 의지일 것이다. 때문에 '역경의 친구(患難朋友), 고생할 때 부부(艱苦夫妻)'라고 하였다.

가난한 집에서는 온갖 일이 모두 어렵게 되지만(貧家百事百難做), 부잣집에서는 귀신을 부려 맷돌을 돌린다.(富家差得鬼推磨)고 하였다. 아내가 현명하면 살림이 좋아지는 것은(妻賢家道興) 사실이다. 그러기에 빈천할 때 사귄 친구를 잊을 수가 없는 것이고(貧賤之知不可忘), 고생을 같이한 아내를 버릴 수 없는 것이다(糟糠之妻不下堂).

🌑 遣悲懷 견비회 (三)

閒坐悲君亦自悲　百年都是幾多時
한 좌 비 군 역 자 비　백 년 도 시 기 다 시

鄧攸無子尋知命　潘岳悼亡猶費詞
등 유 무 자 심 지 명　반 악 도 망 유 비 사

同穴窅冥何所望　他生緣會更難期
동 혈 요 명 하 소 망　타 생 연 회 갱 난 기

惟將終夜長開眼　報答平生未展眉
유 장 종 야 장 개 안　보 답 평 생 미 전 미

한가히 앉아서 그대 그리면 나도 슬플 뿐

한평생 백 년은 모두 얼마나 되겠소?

鄧攸가 無子한 것은 끝내 운명이라 알았고

潘岳의 悼亡詩도 부질없는 글이겠지요.

同穴에 함께 묻히기를 어찌 바라리오.

다르게 사니 인연으로 만나기도 어렵다오.

다만 밤새워 언제나 뜬 눈으로 지내면서

평생 근심하며 지낸 당신께 보답하리다.

＊惟將終夜長開眼에 惟가 唯(오직 유. 다만. 비록 ~하더라도)로 된 板本도 있다. 惟
(오직. 다만. 홀로. 유독)으로 唯·擢字와 같은 뜻으로 쓰인다.

이 시를 통해서 원진과 韋氏 사이에서는 혈육이 없었음을 알 수 있다.

鄧攸(등유, ?-326)는 서진~동진 시대에 걸쳐 살았던 사람으로 '영가의
난'을 당해 가족을 데리고 南으로 피난하면서 죽은 동생의 아들, 곧 조
카를 살리기 위해 친 자식을 버렸으나(舍子保侄) 끝내 자식을 다시 얻지
못했다고 한다. 곧 '등유처럼 착한 사람도 자식을 못 두었다면 천명일
것'이라며 자신과 위씨 사이에 자식이 없음을 위로하는 뜻이 있다.

그리고 潘岳(반악, 247-300)은 보통 潘安이라 부르는 西晉의 시인이다.
반악은 유명한 미남자로 《世說新語》에 의하면, 반악이 외출할 때마다

도성 안의 부녀자들이 반악을 보려고 수레에 몰려들며 과일을 주어 과일이 수레에 가득 찼다는 '擲果盈車(척과영거)'의 주인공이다. 또 으레 미남자를 말할 때는 '潘安之貌'라고 한다. 반악은 여러 관직을 역임하다가 西晉의 '八王의 亂' 때 피살됐다.

여기에 나오는 '長開眼(언제나 눈을 뜨고 있겠다)'이라는 말도 설명이 필요한 말이다. 홀아비 鰥(환, 老而無妻)과 홀어미 寡(과, 老而無夫)는 보통 쓰는 말이다. 그런데 鰥(환)의 鰥魚(환어)는 특히 '홀로 있기를 좋아하며 근심 때문에 눈을 감지 못한다는 전설속의 민물고기'이다. 본래 모든 물고기는 눈을 감지 않는다. 元稹이 '늘 눈을 뜨고 있겠다.'라는 말은 평생을 홀아비로 지내겠다는 다짐이지만 단지 이 시를 지을 때의 생각이었을 뿐이다.

'지키질 못할 약속'을 하는 사람은 언제나 '약속할 때는 지키겠다는 마음이 있었다.'라고 변명을 한다. 元稹의 진실 여부를 따지려 한다면 그 또한 부질없는 일이 아니겠는가? 원진은 다만 시인으로서 사랑했던 아내의 죽음을 슬퍼하는 시를 지었다.

1首는 죽은 아내의 살아 있을 때를 회상하며 슬퍼했다. 2首에서는 아내의 죽음 이후의 그리움을 절절하게 묘사하였다. 3首는 '이 또한 운명이 아니겠소! 같이 묻히기도 어렵고, 살아 있는 사람처럼 다시 만나기도 어렵지만 평생 당신을 그리겠소.'라면서 변함없는 사랑을 다짐하고 있다.

어차피 죽음이 부부를 갈라놓는 것은 정한 이치이고, 젊어서 보낸 아내에 대한 그리움은 더 절절한 것이다. 아내를 보낸 애통한 감정을 시로 읊은 悼亡詩(도망시 ; 아내의 죽음을 비통해하는 시.)가 많은 것은 사실이지만 이 원진의 시가 많이 읽혀진 것은 그 짜임이 훌륭하기 때문일 것이다.

죽은 아내는 평생 어려운 살림을 하다 보니 근심이 많았을 것이고 그러니 미간을 펴지 못했다.(未展眉)—이는 다시 1首의 '百事乖(백사괴)'로 다시 이어진다. 그리고 그 다음은 제 二首의 '百事哀'에 이어진다. 人生事가 순환한다면 슬픔 또한 순환할 것이다.

하여튼 부부간 사랑보다 더한 사랑은 없다(至愛莫過於夫妻)지만, 부부는 사랑하는 원수(夫妻是個冤家)라고도 말한다.

시인 劉禹錫(유우석, 772-846)이 낙양의 한직에 잠시 근무할 때, 자신의 匡國濟民(광국제민 ; 나라를 바로잡고 모든 백성을 구제함.)의 포부는 사실상 실현될 수 없다는 것을 알았다. 나라의 요직에 있는 관리 그 누구도 사회 현실에 관심을 갖고 바로 잡으려는 뜻이 없었다. 그저 태평한 분위기 속에서 하루에 한 달, 그리고 일 년을 즐기며 살 뿐이었다.

유우석은 어느 날 李紳(이신, 772-846)의 연회에 초청을 받았다. 사실 白居易(772-846), 유우석, 이신 이 세 사람은 모두 동갑이었다. 또 우연의 일치겠지만 세 사람 모두 같은 해에 죽은 것으로 나타난다. 백거이, 원진, 이신은 시풍이 비슷하고 거의 절친한 사이였는데, 세 사람 중에서 이신의 文名이 조금 처질뿐이었다. 백거이는 유우석의 성품과 文才를 잘 알고 '詩豪'라 부르며 존경했었다. 때문에 유우석과 이신도 서로의 이름을 잘 알고 있었다.

유우석이 永貞革新(805)으로 중앙정계에서 밀려 궁벽한 서남쪽 지방관으로 떠돌 때, 백거이와 이신 등은 그러한 시련을 겪지 않았다. 백거이나 원진도 지방관으로 근무했었지만 그들의 지방관은 풍류를 즐길 수 있어 여유가 있는 직분이었다. 때문에 유우석과 白—元—李紳의 생활과 생각은 서로 많이 달랐을 것이다.

李紳은 젊어 부친의 임지를 따라 강남의 無錫에서 살다가 元和 원년(809) 진사에 급제한 뒤 여러 관직을 순탄하게 역임하고 원화 말년에 中書舍人으로 있다가 지방관을 거쳐 武宗 會昌 연간에 재상의 반열에 올랐던 사람이다. 다만 신장이 작아 '短李'라는 별명으로 불렸지만 원진, 백거이와 함께 新樂府 운동을 주창했던 문인이었다.

이신의 시에서 가장 잘 알려진 것은 그의 〈憫農〉 시이다.

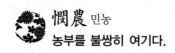

憫農 민농
농부를 불쌍히 여기다.

春種一粒粟　秋成萬顆子
춘 종 일 입 속　추 성 만 과 자
四海無閑田　農夫猶餓死
사 해 무 한 전　농 부 유 아 사

봄에 곡식 한 알을 심어

가을에 만 개 낱알이 되네.
나라에 노는 땅이 없는데
농부는 되레 굶어 죽는다.

 憫農 민농 (其二)
농부를 불쌍히 여기다.

鋤禾日當午　汗滴禾下土
서 화 일 당 오　한 적 화 하 토

誰知盤中餐　粒粒皆辛苦
수 지 반 중 찬　입 입 개 신 고

김을 매다 보니 해는 午時인데
땀은 방울방울 땅에 떨어지네.
누가 알겠나? 밥상의 밥이
한 알 한 톨 모두 쓰린 고생이라네.

이 시는 〈古風〉이라는 제목으로 불리기도 한다. 시의 내용에 있는 봄
에 한 알을 심어 만 톨을 수확한다는 말은 과장이다. 물론 곡식의 종류
에 따라 차이가 있지만 대략 1:100 정도로 생각하면 비슷할 것이다. 그
러하니 농사만 제대로 짓는다면 굶어 죽는 사람은 없어야 정상이다. 그
런데 왜 농부가 아사하겠는가? 그 대답은 자명하다. 나라에서 너무 많
이 수탈하고, 극소수에 의해 너무 많은 것이 낭비되기 때문이다.

이런 시를 지을 줄 아는 지식인이라면 농부의 그 고통을 정말 잘 알고

있는 사람이다. 그런데 꼭 그런 것만은 아니다. 시의 내용이나 風格과 시를 지은 사람의 品格이 언제나 일치하지는 않을 것이다.

유우석이 이신의 잔치에 초대를 받아서 참석했고 주인과 인사를 나누었을 것이다. 山海珍味, 화려한 옷차림이나 장식, 가재도구, 그 속에서 술이 서너 잔 돌았을 것이고, 다음에 주인의 신호에 의해 가무가 시작되고 온 뜰에는 화려한 장식에 고운 화장을 한 미녀들이 넘치고 높고 낮은 가락에 흐느적거리는 춤을 추고, 사람들은 기분 좋아 큰 소리로 웃으며 술 마시고, 안주 먹고 ….

유우석은 이신의 〈憫農(민농 ; 가엾이 여기는 농민. 농민을 근심하다.)〉 시를 마음에 떠올리며 울적했을 것이다. 이런 음주가무와 산해진미에 대한 탐닉이 관리의 本領은 아니다. 유우석은 분위기에 어울리지 않게 '人生無常'을 생각하고 있었는지도 모른다.

얼굴이 붉게 탄 듯 기분이 한층 고조된 이신이 침울해 하는 유우석에 다가와 술을 권하면서 분위기를 띄운다며 큰 소리로 말을 했다.

"일찍부터 大官의 詩名이 진동하는 것을 잘 알고 있었습니다. 말 그대로 久聞이 不如一見 아니겠습니까? 기왕에 오늘 이런 寒舍에 枉臨해 주셨으니 華句佳篇(화구가편)을 한 수 남겨 주시면 무한 영광이겠습니다. 하하하!"

그런데 여기까지야 아무 일도 없었다. 문제는 유우석이 적당히 사양하지 못하는데서 시작된다. 유우석의 그 강직한 성격이 여기서 주인의 체면이나 비위를 맞추는 글을 지을 리는 없을 것이다.

文如其人!—유우석은 앉은 자리에서 고개를 조금 들어 키 작은 李紳

을 한번 쳐다본 다음에 곧바로 써 내려갔다.

鬆髻梳頭宮樣裝　春風一曲杜韋娘
권 계 소 두 궁 양 장　춘 풍 일 곡 두 위 낭

司空見慣渾閑事　斷盡東南刺史腸
사 공 견 관 혼 한 사　단 진 동 남 자 사 장

곱게 틀어 올려 빗질한 궁중 머리 모양에
춘풍 속에 〈두위낭〉 곡조가 한 가락이라.
司空이야 이런 한가한 놀이에 익숙하지만
동남쪽 자사는 애간장 끊어져 없어지누나.

司空은 李紳이니, 주인장이야 이런 화려한 놀이에 익숙하겠지만 동남쪽 변방에서 刺史(지방관)를 지내고 올라온 나의 애간장은 끊어질 것 같다는 絕句를 읊었으니 자리가 어찌 되었겠는가?
詩文은 바로 그 사람이다.

唐나라에는 名筆이 많았다. 太宗 李世民 역시 명필이었다고 한다. 그래서 태종 때에 虞世南(우세남), 歐陽詢(구양순, 557-641), 褚遂良(저수량) 등 명필이 태종 주변에 포진했었다. 태종이 王羲之(왕희지)의 〈蘭亭序帖(난정서첩)〉을 손에 넣을 수 있었던 것도 태종이 그만한 명필이었다는 사실을 반증하는 이야기이다.
그리고 성당의 顔眞卿(안진경, 709-785)과 중당의 柳公權(유공권, 778-865)도 명필로 아주 유명하였다. 특히 구양순, 안진경, 유공권, 그리고 元나라

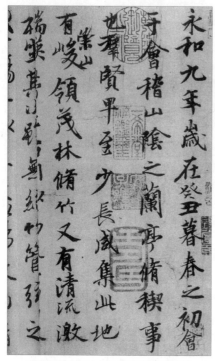

왕희지(王羲之) 난정서첩(蘭亭序帖)

의 趙孟頫(조맹부)를 '楷書四大家(해서사대가)'라고 부른다. 유공권은 안진경의 후계자로 인정을 받으면서 보통 '顔柳'라 병칭하며 그 書法의 특징을 '顔筋柳骨(안근유골)'이라 일컫는다.

유공권의 자는 誠懸(성현)으로 29세에 진사과에 장원급제한 뒤, 시인으로서도 이름을 날렸으며 才思가 민첩하고 응답이 빠른 사람이었다고 하니 요즈음 말로 머리 회전이 아주 빠른 사람이었다. 유공권은 穆宗(재위 820-824)의 특별한 발탁으로 太子少師를 역임하였다. 목종이 유공권에게 楷書(해서)의 正道를 묻자, 유공권은 '用筆在心하고 心正則筆正입니다.'라고 말해 목종의 특별한 인정을 받았다는 이야기가 전해 온다.

어느 날 文宗(재위 827-840)이 미앙궁에서 곁에 시립한 유공권에게 말했다.

"짐에게 매우 기쁜 일이 있나니, 그전에는 변방 장졸들에게 봄옷을 제때에 공급하지 못했으나 올해는 2월에 모두 보냈소."

유공권이 곧 바로 축하한다며 칭송하자 문종이 말했다.

"경은 말로만 축하하지 말고 시로 축하해 보시오."

그러자 옆에 있던 다른 신하들도 빨리 지어보라고 재촉하였다. 유공권은 그 자리에서 바로 시를 읊었다.

去歲雖無戰　今年未得歸
거 세 수 무 전　금 년 미 득 귀

皇恩何以報　春日得新衣
황 은 하 이 보　춘 일 득 신 의

지난해에 전쟁이 없었지만

올해에는 아직 돌아가지 못했네.

황제의 은공을 어이 갚으리오.

봄날에 새 옷을 받았네.

문종은 매우 기뻐하며 말했다.

"옛날 曹植(조식)은 일곱 걸음에 시를 지었다는데, 경은 겨우 세 걸음에 시를 완성했구려!"

그러면서 즉석에서 특별한 상을 내렸다.

어느 여름날, 문종은 무슨 생각이 났는지 유공권과 여러 대신들을 불러 시 이어짓기를 하자고 하였다. 그러면서 문종이 먼저 한 聯을 읊었다.

人皆苦炎熱　我愛夏日長
인 개 고 염 열　아 애 하 일 장

모두 염천의 더위가 싫다지만

나는 여름날 기나긴 낮이 좋다.

이는 여름날 더위를 모르고 지내는 제왕이기에 읊을 수 있는 구절이
었다. 다음으로 유공권이 뒤를 이어 읊었다.

薰風自南來　殿閣生微涼
훈 풍 자 남 래　전 각 생 미 량

훈풍이 남에서 불어오면
전각은 조금 서늘해지네.

사실 이런 내용은 별 뜻 없이 재치 있게 맞장구친 것이고 문종으로서
는 言語와 문채도 좋고 자신의 구절을 합리화시켰을 뿐만 아니라 마무
리까지 해 준 구절이라 매우 기뻐하였다. 문종이 이를 對聯으로 궁전 벽
에 써 붙이고 흡족해 하자 대신들은 다투어 황제의 시가 뛰어나다고 더
큰 소리로 칭송했을 것이다.

이런 이야기에 대하여 뒷날 宋나라 蘇軾(소식, 東坡)은 "유공권은 小人
이니, 문종의 聯詩는 아름답지만 바른말이 없다(有美而無箴)〈箴(잠)은 충고
나 권고의 뜻〉."라고 말했다. 그러면서 소동파가 그 뒤를 다시 더 보충하였
다.

人皆苦炎熱　我愛夏日長
인 개 고 염 열　아 애 하 일 장

薰風自南來　殿閣生微涼
훈 풍 자 남 래　전 각 생 미 량

一爲居所移　苦樂永相忘
일 위 거 소 이　고 락 영 상 망

願言均此施　清陰分四方
원 언 균 차 시　청 음 분 사 방

모두 염천의 더위가 싫다지만

나는 여름날 기나긴 낮이 좋다.

훈풍이 남에서 불어오면

전각은 조금 서늘해지네.

일단 거처를 바꾸어 보면

苦樂은 길이 서로 잊을 것이다.

하고픈 말은 이를 공평히 베풀어

서늘한 그늘을 천하에 나눠야 한다.

소동파의 보충 내용은 '뜨거운 여름을 싫어하는 사람과 거처를 한번 바꿔 보면 그 고통과 즐거움을 서로 잊을 것이다. 여름에도 시원하게 지낼 수 있는 서늘한 그늘, 곧 백성들의 고생을 덜어 주는 혜택을 골고루 누릴 수 있도록 君臣이 함께 노력해야 한다.'는 뜻이다. 만약 시가 이렇게 지어졌다면, 이는 '有美而有箴'이라고 말할 수 있을 것이다.

제목의 李紳과 관계없는 이야기가 길어졌지만 요점은 '무엇인가 뜻이 있는 시'를 지어야 한다는 뜻이다. 유우석의 시는 그야말로 돌덩이로 直球(직구)를 던져 주인인 李紳과 참석자들을 깨우쳤다. 그리고 文宗과 柳公權은 시인이기 전에 그들이 황제와 大臣이기에 그 시는 당연히 메시지를 담아야 한다는 뜻이다.

이렇게 되면 시문학의 순수에서 벗어나 시의 기능이나 효용성을 강조하는 것이 되지만 그러한 기능이 없는 문학, 곧 무지개 같이 아름답지만 잡을 수도 없고 아무런 효능도 없는 시가 꼭 좋은 것만은 아닐 것이다.

방건

方乾

　杜甫의 詩作은 매우 열심이면서도 성실하여 조금도 빈틈이 없었다. 시 한 수를 지으면서도 계속 읽고 또 읽으며 마음에 흡족할 때까지 수정에 보완을 거듭하였다. 두보의 초옥이 바람에 날려 지붕이 없어졌던 그 후에도 두보는 소리 내어 외며 시 짓기에 열중이었다.

　어느 날 두보가 시를 짓고 잠시 밖을 나와 보니 朱山이란 곳에 사는 친우 한 사람이 망연히 앉아 있었다. 두보가 언제 왔느냐? 왜 안 들어왔느냐고 물었을 때 그 친구가 말했다.

　"시를 하도 열심히 외기에 시흥을 깰 수 없어 잠시 기다렸을 뿐이요. 그런데 兄丈께서는 讀書破萬卷하였기에 下筆如有神할 텐데 어찌 시 한 수를 위해 그리 고생을 하시오?"

그러자 두보가 웃으면서 말했다. "陶冶性靈하여 存底物하고(성령을 도야하여 사물을 철저히 탐구하고), 新詩開罷에 自長吟(새 시를 시작하고 마치면서 오래 읊다)해야 합니다. 또 爲人性癖이 探佳句하여(내 사람 됨이 좀 괴벽하여 좋은 구절을 탐하다 보니) 語不驚人이면 死不休(시어가 사람을 놀래게 못한다면 죽더라도 그칠 수 없다.)하는 것입니다."

'讀書破萬卷 下筆如有神'은 〈贈韋左丞丈〉에 나오는 구절이니, 이는 두보가 독서와 학문을 바탕으로 정확하면서도 神韻(신운)이 깃든 시를 지으려 노력했다는 뜻이다.

그리고 '陶冶性靈存底物 新詩開罷自長吟'은 두보 〈解悶, 其五〉의 구절이고, '爲人性癖探佳句 語不驚人死不休'는 두보의 〈江上値水如海勢聊短述〉의 구절이다.

이를 본다면, 두보는 학문적 바탕 위에 부단한 노력으로 그의 시를 神聖의 경지에 끌어 올렸다고 볼 수 있다. 후세 사람들이 두보를 詩聖으로 존경하면서 두보의 시를 즐겨 읽는 것은 두보의 이런 성실한 과정을 거쳤기 때문일 것이다. 그리고 이러한 노력은 이백이 그의 천재성을 바탕으로 '李白一斗詩百篇'과는 본질적으로 다른 것이다.

晚唐의 시인 方乾(방건, 809?-888)은 字가 雄飛인데, 睦州의 桐廬(동려) 사람이다.

중국 본토에서 나온 책은 簡化字로 '方干'으로 되어 있어 우리나라에서 '방간'으로 표기하기도 하고 심지어는 '方于(방우)'라고 엉뚱한 사람으로 만들기도 했다. 간체자로 '干'은 乾(gān, 마를 건, 하늘 건)과 幹(gàn, 줄기 간)의 의미이다. 簡化字 '方干'을 대만에서 출간된 책에는 '方乾'으로 되어 있으니 우리나라에서는 '방건'으로 읽어야 맞을 것이다.

방건은 인물이 아주 못생겼고 입술이 너무 짧아(입이 작다는 뜻은 아니다) 사람들이 '缺脣先生(결순선생)'이라고 했다니 그 생김새를 짐작할 수 있다.

사실 예나 지금이나 중국이나 우리나라나 우선은 외모를 보게 된다. 중국에 '七分人才 三分衣飾'이란 속담이 있는데, 사람의 7할은 학식이나 재능이고 3할은 옷이나 외모라는 뜻이다. 또 '遠敬衣帽近敬財'라는 말은 '먼 데서 온 사람은 옷이나 모자를 보고 존경하고, 가까운데 사람은 재물을 보고 존경한다.' 하였으니, 외모는 상당한 자산이며 밑천이라 아니할 수 없다.

하여튼 방건은 외모 때문에 과거에도 여러 번 낙방하였고 뛰어난 재능을 가지고도 관직에 나갈 수 없었다. 그리하여 방건에 대하여 '官無一寸祿이나 名傳千萬里'라고 말했다. 방건은 고향 땅 會稽(회계)의 鏡湖에서 시를 지으며 은거하였는데 당시 賈島(가도), 姚合(요합) 등과 시를 주고 받았으며 시인 徐凝(서응)의 인정을 받았었다.

어느 무더운 여름 날 황혼 무렵, 방건은 더위를 견디지 못하고 목욕을 하는데 밖에서 빗줄기가 쏟아지는 듯 수많은 매미가 한꺼번에 울기 시작하였다. 방건은 목욕을 하던 일도 잊은 채 멍하니 집 밖을 향해 생각에 잠겼다. 한참 뒤, 얼마나 지났는지 매미 소리도 들리지 않았다.

그때 방건은 갑자기 벌떡 일어나 아래옷만 하나 걸치고 이웃 마을의 우인 집을 향해 달려갔다. 방건은 대문을 두드렸고 우인은 잠을 자다가 나왔다.

"아니 이 밤에 옷도 안 입고 무슨 일이신가?"

그러자 방건은 숨을 헐떡거리면서 말했다.

"삼 년 전에 이루지 못한 구절이 있었는데 오늘 그 대구를 찾았네! 이 기쁜 소식을 자네한테는 꼭 알려야 하기에 이렇게 달려왔지!"

방건은 아주 기분 좋게 당당하게 말했다. 그 우인이 다시 묻자, 방건은 "에~, 蟬曳餘聲過別枝(매미는 소리를 길게 늘이며 다른 가지로 옮겨가네)야!"

이로써 방건의 〈旅次洋州寓居郝氏林亭〉이 완성이 되었는데 그 시는 아래와 같다.

旅次洋州寓居郝氏林亭 여차양주우거학씨임정
여행하며 양주의 학씨 숲 속 정자에서 묵으면서

擧目縱然非我有 거 목 종 연 비 아 유	思量似在故山時 사 량 사 재 고 산 시
鶴盤遠勢投江嶼 학 반 원 세 투 강 서	蟬曳餘聲過別枝 선 예 여 성 과 별 지
凉月照窗歟枕倦 양 월 조 창 의 침 권	澄泉繞石泛觴遲 징 천 요 석 범 상 지
青雲未得平行去 청 운 미 득 평 행 거	夢到江南身旅羈 몽 도 강 남 신 여 기

눈을 들어 바라보니 내 고향은 아니지만
생각으론 고향에 있을 때와 닮았구나.
학은 빙빙 멀리 돌아 강의 섬까지 날고
매미는 소리를 늘려 다른 가지로 옮겨간다.

창에는 차가운 달빛 지친 몸 베개에 기대니

맑은 냇물은 돌 틈을 지나 천천히 흐른다.

청운을 얻지 못하고 평생 살아야 하나니

꿈에선 강남 갔지만 몸은 나그네 되었네.

방건의 집은 강남이고, 洋州는 섬서성의 洋縣으로 漢水의 북쪽에 있다. 이 시에서는 시구가 잘 짜였고 시인의 失意와 처량한 모습이 잘 나타나 있다.

수련에서는 타향에서 나그네가 되었으니 눈에 보이는 것은 모두가 내 것이 아니니 고향 생각이 간절하다는 뜻이다. 頷聯(함련)의 경치 서술은 아주 뛰어난 妙手와 같으니 방건이 3년 동안이나 완성치 못했던 구절이다.

실제로 鶴의 비상은 보통 새와 다르다. 학은 빙빙 돌아 더 크게 더 높이 날아오른다. 이를 시인은 遠勢라고 하였다. 학의 둥지는 산기슭의 나무이지만 먹이는 강 가운데 섬에서 구한다. 이 구절에서는 소리 없이 나는 학의 힘찬 비상이 그려지며 그 意態(의태 ; 마음이 움직이는 상태. 마음의 상태.)가 淸遠(청원 ; 맑고도 먼 길을 오가며)하며 갈고 닦은 듯 수없이 바꾸기를 계속한 시인의 모습이 느껴진다. 그러나 매미는 힘차게 울어대다가 소리를 낮추며 질질 끌다가 잠시 그치고 다른 가지로 날아간다.

큰 학과 작은 매미 힘찬 비상과 매미의 餘音이 대조를 이룬다. 가을 매미 ─ 이제 곧 죽어야 할 매미의 처량한 울음이 시인의 하소연처럼 느껴지는 구절이다.

頸聯(경련)에서는 전체적으로 나그네의 지치고 피곤한 모습이 그려진다. 그리고 마지막 尾聯(미련)에서는 靑雲⟨청운 ; ①높은 명예나 벼슬을 비유하여 이르는 말. ②立身出世(입신출세)를 뜻하는 말.⟩ 위를 평범하게 걸어갈 수 없는 시인의 아픈 가슴, 생계를 위한 벼슬살이가 아닌 시인의 포부를 펴 보고 싶은 그 관직을 향한 동경, 그러나 자신의 부족한 외모 때문에 유력한 權貴의 천거도 기대할 수 없는 그 슬픔을 이해해야 할 것이다.

시 한 구절을 얻기 위하여 삼 년을 생각한 方乾처럼 당 말기에 周朴(주박, ?-879)이란 시인이 있었다. 그는 神州의 절에 머물기도 했었는데 좋은 시, 좋은 구절을 얻기 위해 그는 생각에 생각을 거듭했다. 경치를 보고선 아주 적합한 구절을 얻으려 해가 지도록 절에 돌아가지 않을 때가 많았다. 어쩌다가 좋은 구절을 찾아내면 손발로 춤을 추며 어린아이처럼 좋아했는데 누가 옆에 있거나 없거나 마음껏 기뻐하였다. 사람들은 그런 그를 가끔은 놀려 주기도 했다.

어느 날 周朴은 절간을 나서서 들판을 한참동안 노닐다가 어디인지도 모르고 길을 따라 걸었다. 주박은 앞에 무거운 나뭇짐을 지고 가는 노인을 보았다. 주박은 그 노인에게 다가가 다짜고짜 자신이 짐을 져 주겠다면서 큰 소리로 시 한 구절을 읊었다.

子孫何處爲閑客　松栢被人伐作薪
자 손 하 처 위 한 객　　송 백 피 인 벌 작 신

자식은 어디서 한가히 놀고 있는지
나무는 노인이 베어서 땔감이 되었네.

그러나 그 다음이 생각이 나질 않았다. 나무를 지고 가던 노인은 미치광이가 자기 나무를 빼앗아가려는 줄 알고 짐을 버리고 달아나 관아에 가서 신고를 했다. 관아 포졸이 뛰어올 때까지 주박은 나뭇짐 아래에서 시 읊기를 계속하고 있었다.

주박의 이런 이야기가 퍼지면서 어떤 사람이 언젠가 주박을 만나면 놀려 주기로 작정을 했다. 그는 나귀를 타고 지나가다가 혼자 중얼거리는 주박을 보자 주박 가까이 가면서 큰 소리로 시를 읊었다.

禹力不到處　河聲流向東
우 력 부 도 처　하 성 유 향 동

禹임금의 힘이 닿지 않은 곳에선
황하가 소리를 내며 동으로 흘러가네.

나귀를 탄 사람은 주박이 들으라고 큰 소리로 몇 번을 읊었다. 그러자 주박이 나귀의 뒤를 쫓아 달려왔다. 나귀를 탄 사람은 아무렇지도 않은 듯 반복해서 외며 주박이 따라오지 못할 정도로 달렸다. 주박은 "잠깐 멈추시오!"를 반복하며 계속 따라왔다. 나귀를 탄 사람은 3, 4십 리를 달린 뒤 그제야 멈추었다. 주박은 얼굴이 하얗게 질린 채 숨을 가쁘게 몰아쉬면서 더듬거렸다.

"그 시는 내가… 내가 지은 시입니다. 내 시는 그게 아니고! 東이 아니고… 河聲에 流向西입니다. 河聲流向西, 河聲流向西입니다."

나귀를 탄 사람은 빙그레 웃은 다음 시치미를 떼고 갈 길을 갔다.

다음 周朴의 시는 널리 알려진 시이다.

塞上曲 새상곡

一陣風來一陣沙　有人行處沒人家
일 진 풍 래 일 진 사　유 인 행 처 몰 인 가

黃河九曲冰先合　紫塞三春不見花
황 하 구 곡 빙 선 합　자 새 삼 춘 불 견 화

한바탕 바람 불면 한 차례 모래바람이니
행인이 가는 곳에 인가도 없다.
황하의 아홉 구비에 얼음이 먼저 어니
봄날의 붉은 長城에 꽃도 볼 수 없다.

주박은 평생 벼슬을 구하지 않았다. 황소의 난 이후 황소가 주박을 불러 벼슬을 내리려 했을 때 주박은 "나는 천자가 주는 벼슬도 마다했는데, 어찌 도적의 벼슬을 받겠는가?"라고 말해 황소에게 살해되었다고 한다.

唐나라가 망하고(907), 중국은 五代十國의 분열시대를 겪는다. 어느 공식 기록에도 그 이름을 찾아볼 수 없지만, 시를 즐기고 시 짓기에 몰두하는 和尙이 도성 안의 절에 살고 있었다.

그 화상이 어느 해 팔월 中秋에 조용한 경내를 말없이 혼자 거니는데 갑자기 구름이 걷히면서 만월이 중천에 나타났다. 그 화상은 만월을 보고 목탁을 놓으면서 저도 모르게 중얼거렸다.

"此夜一輪滿(오늘 밤 바퀴같이 둥글다.)"

그러나 다음 구절이 떠오르질 않았다. 법당에서는 방장스님의 조용한 독경소리만 들리고 …

하여튼 첫 구절을 얻었으니, 곧 좋은 다음 구절이 떠오르겠지 생각하면서 밤새 뒤척였다. 그렇게 세월이 흘러 다음 해 중추절―그날은 청명한 하늘에 구름하나 없어… 화상은 달을 기다렸다. 달이 떠오르고도 한참이 지난 한밤중에, 화상의 입에서 드디어 다음 구절이 터져 나왔다.

"淸光何無處(밝은 빛이 어딘들 없으랴!)"

다시 한 번 읊어 확인을 한 뒤 화상은 종루로 달려갔다. 그리고 자신도 모르게 종을 치기 시작했다. 한밤에 도성 안에서 종소리가 나다니! 무슨 변고가 일어났는가? 절 안의 모든 중들과 도성 안 많은 사람들이 놀라 잠을 깨었다.

南唐의 後主는 관원을 보내 종을 친 화상을 잡아오라고 했다. 후주에게 끌려간 화상은 자초지종을 설명하고 자신도 모르게 너무 좋아서 종을 쳤다고 말했다. 시를 아는 후주였기에 처벌대신 '詩僧'이라는 좋은 별호를 내렸다고 한다.

44
밤손님에게
시를

이섭
李渉

李涉(이섭, ?-830?)은 호가 淸溪子이다. 廬山(여산)에 은거하다가 나중에
절도사의 막료로 일했었고, 穆宗 長慶 원년(821)에 太學博士를 역임했었
다. 평소에 여행을 즐겨 했는데 시와 인품이 모두 뛰어났었다.

再宿武關 재숙무관

遠別秦城萬里遊　亂山高下出商州
원별진성만리유　난산고하출상주

關門不鎖寒溪水　一夜潺湲送客愁
관문불쇄한계수　일야잔원송객수

433

秦城을 멀리 두고 일만 리를 왔는데
높고 낮은 산을 거쳐 상주를 지났네.
關門도 차가운 냇물을 막아 두지 못하니
밤새워 소리 내 흐르며 객수를 실어 보낸다.

나그네의 여행과 객수를 잘 표현했다는 생각이 든다. 이런 이섭이 어느 날 강가 마을에서 자다가 綠林豪客(녹림호객)을 자처하는 밤손님을 맞이하게 되었다.

녹림호객은 갖고 있는 재물을 달라고 했을 것이고, 이섭은 담담하게 도둑 일행을 훈계했다.

"노잣돈 남은 것이야 얼마든지 줄 수 있지만 그래도 예를 지켜 여차여차하니 도와 달라고 해야지! 이렇게 무례하다면 끝까지 이런 짓만 하고 살 것인가?"

그러자 도둑이 무릎을 꿇고 잘못했다고 말을 하며 "어르신은 누구십니까?"라고 물었다.

그러자 이섭의 하인이 "이 분은 태학박사이신 이섭 대인이시다."라고 말했을 것이고, 도둑은 감격하면서 '박사님의 시'를 한 수 써 달라고 부탁했다. 이에 이섭이 붓을 들고 시를 지었다.

 井欄砂宿遇夜客 정란사숙우야객
정란사란 곳에서 자다가 밤손님을 만나다.

暮雨蕭蕭江上村　綠林豪客夜知聞
모 우 소 소 강 상 촌　녹 림 호 객 야 지 문

他時莫用相廻避　世上如今半是君
타 시 막 용 상 회 피　　세 상 여 금 반 시 군

밤비가 부슬부슬 내리는 강가 마을에서
녹림의 사나이가 밤에 인사를 한다고 왔네.
다른 날 서로 간 회피할 필요도 없으려니
요즈음 세상에 절반은 그대 같은 사람이라오.

　綠林君子는 그렇게 떠나갔다. 후일 어떤 사람이 循州(순주)란 곳에서
큰 비를 만나 어떤 큰 집에 들어가 하룻밤을 지내게 되었다. 이야기 끝
에 시인 이야기가 나오고 주인장이 아는 시인으로 '박사 이섭'을 말하
여 서로 이야기 하다 보니 그 주인은 그 옛날 비 오는 밤에 이섭을 찾아
온 밤손님이었다고 한다. 그래서 '回心〈회심 ; ①좋지 못한 마음을 고침. 改心(개
심). ②옛날의 愛情(애정)을 되찾음.〉' 이 고귀한 것이라고 한다.

45

晩唐 詩壇(만당 시단)의
거목

허혼
許渾

許渾(허혼, 791-858, 渾 흐릴 혼)의 字는 用晦(용회, 또는 仲晦)이고, 潤州 丹陽 (今 江蘇 丹陽)사람이다. 文宗 太和 6년(832)에 進士에 급제하고, 宣宗 初에 監察御史가 되었다가 睦州(목주), 郢州(영주)의 刺史(자사)를 역임하였다.

그의 많은 律詩와 絕句는 대개 山林에 노닐거나 이별을 묘사한 작품 이 많다. 詩句가 원만하며 잘 다듬어졌다는 평을 들었는데 當時의 유명 한 시인인 杜牧(두목)이나 韋庄(위장) 등이 그를 따랐다고 한다. 그의 詩句 중에서 〈咸陽城東樓〉의 '山雨欲來風滿樓'가 아주 유명한데, 그의 시 500여 수가 전해 온다.

咸陽城東樓 함양성동루

一上高城萬里愁 일 상 고 성 만 리 수	蒹葭楊柳似汀洲 겸 가 양 류 사 정 주
溪雲初起日沈閣 계 운 초 기 일 침 각	山雨欲來風滿樓 산 우 욕 래 풍 만 루
鳥下綠蕪秦苑夕 조 하 녹 무 진 원 석	蟬鳴黃葉漢宮秋 선 명 황 엽 한 궁 추
行人莫問當年事 행 인 막 문 당 년 사	故國東來渭水流 고 국 동 래 위 수 류

높다란 함양성에 오르니 만 리 고향이 그립다.

갈대와 버들은 고향의 모래섬 비슷하구나.

구름이 막 내려앉은 시내와 해가 지는 누각에

산속에 비가 오려는지 정자엔 바람이 가득하다.

새들은 풀밭에 앉고 秦의 궁터는 어두워지는데

단풍든 수풀에 매미 우는 옛 궁궐의 가을이다.

길 가는 사람들 그때 일을 묻지 마시구려.

흘러간 옛터의 동쪽으로 渭水는 흐른다.

제목을 〈咸陽城西樓晚眺(함양성서루만조)〉로 된 책도 있으니, 秦의 수도 咸陽은 長安에서 가깝지만 이미 폐허이기에 동쪽 누각인지 서쪽 누각인지 알 수 없었던 것 같다. 詩의 溪는 '함양의 磻溪'이고, 閣은 '慈福寺 閣'이라는 註가 있다. 마치 우리나라 흘러간 옛 노래 〈황성옛터〉를 듣는 느낌이다.

이 시의 주제는 '愁'이다. 첫 구의 '萬里愁'ㅡ고향 생각에서 시작하여 가을 황혼의 폐허에는 바람이 불고 있다. 나그네가 아무도 秦과 漢代의 이야기를 묻지 않는다는 것은 이제 완전히 잊혀진 일이라는 뜻이다. 그렇지만 그때나 지금이나 성의 동쪽 渭水는 여전히 흐르고 있다. 옛 나라의 흥망성쇠에서 시인은 지금 唐나라의 쇠퇴를 확인하는 것 같다.

🌑 早秋 조추

遙夜汎淸瑟　西風生翠蘿
요 야 범 청 슬　서 풍 생 취 라

殘螢栖玉露　早雁拂銀河
잔 형 서 옥 로　조 안 불 은 하

高樹曉還密　遠山晴更多
고 수 효 환 밀　원 산 청 경 다

淮南一葉下　自覺老煙波
회 남 일 엽 하　자 각 노 연 파

긴긴 밤 맑은 비파소리 가득하고
추풍은 푸른 담쟁이에 불어온다.
남은 반딧불이 찬 이슬에 숨고
이른 기러기는 은하를 스쳐 간다.
높은 나무는 새벽에 더 빽빽하고
먼 산은 더더욱 깨끗하도다.
회수에 잎사귀 하나 지니

이 몸도 물결 따라 늙으리라.

이 시는 초가을의 경치를 그려 자신의 노년을 걱정하고 있다. '淮南一葉下'-淮水에 나뭇잎이 하나 지는 것은, 곧 가을이 된다는 뜻이다.

1-7구가 모두 경치에 대한 서술이다. 이런 가을 풍경은 한 해가 지나간다는 뜻이고, 한 해가 지나면 시인은 더 늙는다. 늙음에 대한 感傷이 나올 수밖에 없는 풍경이다.

전반 4구가 가을밤이고, 후반 4구는 낮의 풍경이니 각각의 경물들이 모두 움직이고 있다. 시인의 세상을 보는 눈은 보통사람과 다르다는 것을 알 수 있다.

 秋日赴闕題潼關驛樓 추일부궐제동관역루
秋日에 長安에 가다가 潼關驛樓에서 짓다.

紅葉晚蕭蕭　長亭酒一瓢
홍 엽 만 소 소　장 정 주 일 표

殘雲歸太華　疏雨過中條
잔 운 귀 태 화　소 우 과 중 조

樹色隨山迥　河聲入海遙
수 색 수 산 형　하 성 입 해 요

帝鄕明日到　猶自夢漁樵
제 향 명 일 도　유 자 몽 어 초

붉은 단풍은 저녁 바람에 휘날리고
長亭에 쉬며 술 한 잔을 마신다.

조각구름은 화산으로 돌아가고
성긴 비는 중조산에 내린다.
푸른빛은 산을 따라 멀어지고
황하는 소리 내며 먼 바다로 간다.
장안에는 내일 도착하겠지만
나는 아직 어부와 나무꾼을 그린다.

潼關(동관)은 지금의 陝西省 渭南市 潼關縣이니, '關中 땅의 東大門'이 바로 潼關이다. 長亭(장정)은 10리 길마다 설치한 휴게소이다. 中條는 山西省 南部에서 시작하여 동으로는 太行山, 남으로는 黃河에 닿았고, 서쪽으로는 황하를 사이에 두고 秦嶺과 마주보고 있는 산맥으로 그 안에 道敎의 聖地가 많다.

태행산(太行山)

首聯의 두 구절은 가을의 여행길을 묘사했다. 흩날리는 낙엽과 길 주막에서의 한 잔 술이야 바로 가을 나그네의 이야기이다. 이어서 3-6句에 걸쳐 동관에서 바라본 풍경의 대강을 묘사하였다. 殘雲(잔운; 남은 구름.)과 疏雨(소우; 성기게 오는 비.), 그리고 樹色과 河聲 어느 하나라도 빠져서는 안 될 것 같이 꽉 틀에 맞춘 그림과 같다. 그리고 마지막으로 필자의 마음이 펼쳐진다. 長安에는 내일 도착하겠지만 필자의 마음은 강변이나 농촌마을로 향해 있음을 알 수 있다.

시인들의 생활이나 학문, 교제와 작품에 대해서는 세월이 지나면서 이런저런 이야기가 그럴싸하게 만들어지거나 꾸며진다. 이런 이야기를 보통 軼事(일사; 세상에 널리 알려지지 않은 사실.)라고 한다. 허혼에 대해서도 재미있는 이야기가 전해 온다.

어느 날 허혼이 술에 취해 잠이 들었는데, 허혼은 매우 높고 큰 산을 혼자 걷고 있었다. 산의 중턱을 지나 조금 더 올라가니 평평한 언덕이 나타나고 거기에는 아주 멋진 궁전이 높이 솟아 있었다. 허혼은 처음 보는 곳이라서 어리둥절할 뿐이었다. 여러 사람들이 말하는 이야기를 들어 짐작하니 崑崙山(곤륜산) 같았다.

허혼은 사람을 따라 안으로 들어갔는데, 안에서는 큰 잔치를 하고 있었다. 허혼도 한편에 자리를 잡고 앉았다. 곧 허혼 앞에 산해진미가 차려지고 아름다운 여인들이 좋은 향기를 풍기며 허혼이 술과 음식을 즐기도록 도와주었다. 허혼은 여태껏 마셔 보지 못한 좋은 술을 서너 잔 연거푸 마셨다. 얼굴이 약간 화끈거리면서 기분이 좋아졌기에 허혼은 한 여인을 자리 앞에 앉히고 즐겁게 이야기를 나누었다. 좋은 술과 미인이 그리고 온 자리에 유쾌한 웃음이 가득하니 허혼은 하늘을 나는 기분이었다.

허혼이 여인의 이름을 물으니, 여인은 멈칫멈칫하다가 조그맣게 말했다.

"許飛瓊(허비경)입니다."

허혼은 그 이름이 어디서 익히 들었던 이름이라고 생각했지만 하도 이야기가 즐겁다 보니 더 캐묻지 않았다. 허혼은 허비경의 눈에 어떤 그리움 같은 것이 서리는 것을 보고 허비경의 손을 찾았다. 허비경은 아주 잠깐 손을 주었다가 뺐다. 허혼은 몹시 아쉬웠지만 더 어쩔 수가 없었다.

허혼이 잠깐 밖을 보니 해가 지려는 것 같았다. 허혼은 일어나 허비경에게 말했다. "잠시 집에 좀 다녀와야 합니다."

허혼은 집 밖으로 나왔다. 그리고 산을 내려오다가 잠깐 발을 헛디뎠다. 허혼이 몸의 균형을 잡으려 움칫하다 보니 꿈이었다. 허혼은 몹시 아쉬웠다. 그러나 입에서는 술의 향기가 그대로 남아 있었다. 그리고 무엇보다도 여인의 눈이 또렷하게 보였고 잠깐 잡았던 여인 손의 부드러운 촉감이 그냥 남아 있었다. 허혼은 자리에서 일어나 시를 읊었다.

曉入瑤臺露氣淸　庭中唯有許飛瓊
효 입 요 대 노 기 청　정 중 유 유 허 비 경

塵心未斷俗緣在　十里空山下月明
진 심 미 단 속 연 재　십 리 공 산 하 월 명

새벽에 요대에 드니 이슬 기운 맑은데

뜰에는 오로지 허비경이 있었네.

욕심을 못 버렸고 속세의 인연이 남아서

십 리 길 空山에 지는 달만 밝았네.

허혼은 붓을 놓고 다시 잠자리에 들었다. 새벽에 일어나 책을 잠깐 읽다가 다시 누워 꿀맛 같은 잠에서 허혼은 허비경을 다시 만났다. 허비경은 허혼에게 원망하듯 말했다.

"왜 내 이름을 속세의 詩文에 넣었습니까?"

허혼은 당황해서 얼떨결에 말했다.

"미안합니다. '天風吹下步虛聲(하늘 바람 불면서 발걸음 소리만 들렸네)'으로 고치겠습니다."

그러자 허비경도 만족한 듯 웃으며 말했다.

"정말 멋진 구절입니다."

허혼은 일어나 시를 다시 고쳐 썼다고 한다.

46 白居易(백거이)가 인정한 詩才(시재)

서응 徐凝

李白의 유명한 〈望廬山瀑布水〉 二首 중 하나는 다음과 같다.

🌸 望廬山瀑布水 망여산폭포수

日照香爐生紫烟　遙看瀑布挂前川
일 조 향 로 생 자 연　요 간 폭 포 괘 전 천

飛流直下三千尺　疑是銀河落九天
비 류 직 하 삼 천 척　의 시 은 하 낙 구 천

해가 향로봉을 비추자 보라색 구름이 피고

멀리 바라보니 폭포가 눈앞의 냇물처럼 걸렸네.

날아 흐르면서 내리기 곧바로 삼천 척이라니

아마 은하수가 머나먼 하늘서 떨어진 듯하구나.

廬山(여산, Lúshān)은 중국 江西省 九江市 남쪽의 명산으로 유네스코 지정 文化遺産이며 世界地質公園이고 중국 최고급(5A)의 旅遊景區인데, 雄壯, 奇異, 險難, 秀麗하기로 유명하다. 司馬遷 이후 이 산을 다녀간 명사들은 이루 다 열거할 수가 없다. 여산에서도 여산폭포가 더 유명한 것은 아마도 이백의 이 시 때문일 것이다.

앞의 두 구절은 멀리 바라본 여산의 폭포이고, 뒤의 두 구절은 가까이 바라본 폭포에 대한 묘사이다. 또 3구는 폭포의 형상이고, 4구는 李白의 감상이다.

이후로 어디서 무슨 폭포를 보든 사람들은 '飛流直下三千尺'을 떠올리게 된다. 그런데 이 여산 폭포를 읊은 또 하나의 명작이 있다.

 廬山瀑布 여산폭포

〖徐凝〗

虛空落泉千刃直	雷奔入江不暫息
허 공 낙 천 천 인 직	뇌 분 입 강 부 잠 식

今古長如白練飛	一條界破靑山色
금 고 장 여 백 련 비	일 조 계 파 청 산 색

허공서 못으로 곧게 천 길을 떨어지니

우레는 강물에 들어 잠깐도 아니 쉰다.
예부터 지금껏 길게 흰 비단 날리는 듯
한 줄로 그어서 푸른 山色을 갈라놓았네.

여산폭포(廬山瀑布)

폭포 아래서 보면 근원을 볼 수 없으니 허공에서 떨어진다고 했을 것이다. 7尺을 1仞^(인)이라 한다는데, 1千仞이면 7千尺－李白의 三千보다도 크다. 그래서 이 시를 낮게 평가하는 사람도 있지만 상관하지 않아도 좋을 것이다. 폭포가 떨어지는 소리는 분명 우레(雷) 소리겠지만 그를 잠시도 쉬지 않는다고 하였다. 그리고 폭포를 흰 비단으로 보았고 '今古長如'라고 말했다. 또 비단 한 폭이 큰 획을 그은 것처럼 양쪽으로 산색을 갈라놓았다 하였으니 멋진 표현이 아닌가?

徐凝^(서응)의 생졸년은 알려지지 않았다.
睦州^(목주, 지금의 절강성 杭州市 관할의 建德市) 사람으로, 穆宗 長慶 3년⁽⁸²⁴⁾에 항주자사로 근무 중인 白居易를 알현하고 이 시를 보여주었다고 한

다. 이후 文宗 大和 4년(830)에서 6년 사이 장안에 와서 백거이, 元稹과
도 시를 주고받았는데 백거이가 서응의 詩才를 아주 높이 평가했다고
한다.

서응이 백거이와 만나기 전에 아래 시를 짓고 백거이와의 만남을 기
대했었다고 한다.

🌸 開元寺牡丹 개원사모란

此花南地知誰種　　慚愧僧閑用意栽
차 화 남 지 지 수 종　　참 괴 승 한 용 의 재

海燕解憐頻睥睨　　胡蜂未識更徘徊
해 연 해 련 빈 비 예　　호 봉 미 식 갱 배 회

虛生芍藥徒勞妒　　羞殺玫瑰不敢開
허 생 작 약 도 로 투　　수 쇄 매 괴 불 감 개

惟有數苞紅萼在　　含芳只待舍人來
유 유 수 포 홍 악 재　　함 방 지 대 사 인 래

모란을 남쪽에서 심으려 누가 생각했겠는가?
다행히 스님이 한가하여 키우려 생각했었네.
제비는 고운 줄 알기에 자주 흘깃거리지만
말벌은 아직도 모르기에 다시 날아만 다닌다.
공연한 작약은 쓸데없는 질투를 보내고
붉은 장미는 부끄러워 감히 피지 못한다.
오로지 몇 송이 붉은 꽃망울이 자라며

향기를 머금고 중서사인 오기만을 기다린다.

　모란은 중국인들이 제일 좋아하는 꽃이다. 지금도 洛陽과 成都의 모란은 아주 유명하다. 그러나 杭州(항주)에는 그 무렵에도 모란을 심고 즐길 줄을 몰랐었는데 開元寺의 惠澄(혜징)이란 스님이 장안에서 옮겨와 절에서 재배했다고 한다. 혜징은 모란을 아주 아껴서 햇빛이 너무 강하면 가림막을 쳐주고 사람들이 밟을지 모른다고 그 주변에 울타리를 만들어 주었다고 한다.

　會稽(회계, 浙江省 紹興)에서 온 독서인 서응은 우연히 개원사에 들렀다가 이 모란을 심고 키우는 사연을 듣고 감격하여 이 시를 지었다고 한다. 그러면서 서응은 항주태수인 전직 中書舍人 백거이가 틀림없이 이 꽃을 보러 올 것이라 생각했었다.

　과연 뒷날 백거이가 모란꽃 이야기를 듣고 개원사를 찾았고 개원사에 써 놓은 서응의 시를 보고 서응을 불러 만났으며 이후 서로 知己가 되었으니 모란이 맺어 준 아름다운 인연이라 할 수 있다.

　모란꽃만큼이나 海棠花(해당화)는 많은 사람들이 좋아하는 꽃이다. 낙엽교목인 해당화는 그 분포지가 넓기에 여러 시인들이 그 담홍색의 꽃을 노래했다. 그러나 유일하게 四川 땅에 오래 거주했던 杜甫는 해당화를 시로 읊지 않았다.

　옛사람들은 諱(휘, 피할 휘)를 따지고 꼭 지켰다. 황제의 이름, 예를 들어 당 고조 李淵의 淵을 일상생활이나 시에서 쓸 수가 없다. 때문에 고구려 淵蓋蘇文(연개소문)은 당나라의 모든 史書에 淵과 비슷한 의미이지만 규모가 작은 泉을 써서 泉蓋蘇文(천개소문)으로 기록하였다. 독서인들은 자신의 부친이나 祖父의 이름자를 함부로 읽거나 기록하지 않았다. 두보가 해당화를 묘사하지 않은 것은 두보 모친의 어릴 적 이름이 海棠이었기 때문이라고 한다.

이런 사연은 두보 자신이 말하지 않았고 약 300년 뒤에 蘇軾(소식, 1037-1101, 東坡)에 의해 알려지게 된다. 北宋의 대문호 소동파는 元豐 2년 (1079) 그가 43세 때, 그가 무심히 그전에 지었던 시가 꼬투리 잡혀 거의 죽음 일보직전까지 내몰린다(李定의 烏臺詩案). 다행히 소동파의 문재를 아낀 神宗의 배려로 1080년에 黃州(今 湖北省 黃岡市)에 유배되어 거기서 5년을 머무른다.

워낙 유명한 소동파이기에 많은 시인들이 소동파와 술자리를 같이했다. 그때마다 기녀들이 소동파의 시나 글씨를 받아 자랑으로 여기며 보관했었는데, 李宜(이의)라는 기녀만은 미인이었지만 소극적이어서 소동파의 시를 받지 못했었다.

1084년, 소동파가 유배에서 풀려 돌아갈 때 우인들이 송별의 잔치를 열었다. 기녀 이의는 이번에 마지막 용기를 내어 자신의 하얀 비단 수건을 내밀며 시를 한 수 써 달라고 수줍게 말했다.

소동파는 이의를 잘 알고 있으면서 한 번도 시를 주지 않았기에 흔쾌히 승낙하며 한 수를 써 내려갔다.

東坡五歲黃州住　何事無言及李宜
동 파 오 세 황 주 주　하 사 무 언 급 이 의

동파는 오 년간 황주에 머물면서

어인 일로 이의에게 말을 하지 않았는가?

그리고서 소동파는 붓을 놓고 다른 사람과 담소와 음주를 계속했다. 그런데 소동파의 이 시는 누가 보아도 완성되지 않았는데 소동파는 벌써 잊은 것 같았다.

술자리가 파하고 일어서려 할 때 이의는 울먹이며 다시 그 흰 비단 수건을 펼쳤다. 그러자 소동파가 웃으며 말했다. "하마터면 잊을 뻔했구나!"

그리고서는 바로 써 내려갔다.

恰似西川杜工部　海棠雖好不留詩
흡 사 서 천 두 공 부　해 당 수 호 불 유 시

마치 서천의 두공부(杜甫)가

해당화가 좋아도 시를 짓지 않은 것과 같도다.

여러 사람들은 모두 입을 다물지 못했다. 그리고 박수를 치며 소동파의 재치와 학식을 칭찬했다. 물론 가장 기뻤던 사람은 기녀 이의였다. 자신의 미모와 착한 마음씨를 소동파가 인정해 주었고, 또 이 때문에 이의는 이름을 남길 수 있었다.

이하

李賀

이하(**李賀**)

李賀(이하, 790-816)의 字는 長吉이고, 河南
福昌(今 河南 宜陽) 사람으로 福昌의 昌谷이란
곳에 살았기에 '李昌谷'으로 불리기도 한다.
요절한 천재 시인으로 보통 '詩鬼'라 불린
다. 이는 李白과 비슷한 천재이기에 '태백을
仙才라 한다면, 長吉은 鬼才'라는 의미로 해
석할 수 있다.

正史에 기록된 李賀의 자료는 많지 않다.
李賀는 唐 宗室의 후예라 하지만 그때에는
이미 몰락한 지경이었다. 이하가 810년 진사

과에 응시하려 하자, 그 부친의 이름이 '晉肅'으로 肅이 進과 비슷하니 諱(휘)해야 하기에 '進士'가 되어서는 안 된다는 해괴한 주장이 나왔다.

이에 이하의 문재를 이미 알고 있던 韓愈가 〈諱辯(휘변 ; 윗사람의 이름에 대하여 언행의 시비·진위를 논하여 설명한 글.)〉을 지어 '父의 名이 晉肅(진숙, jìn sù)이라 아들이 進士(jìn shì)가 될 수 없다면 父名에 仁(rén)字가 있으면 그 아들은 사람(人, rén)이 되어서도 안 되는가?' 라고 변호도 하였지만 이하는 응시하지 않았다고 한다.

이하는 장안에서 겨우 3년간 奉禮郎이라는 말직에 근무한 뒤 각지를 유람하고 고향 南園에 돌아와 살다가 27살이라는 아까운 나이에 병사하였다.

李賀는 어려서부터 신동으로 소문났었는데 그는 좋은 시를 얻기 위해 부단히 노력하는 '苦吟'을 지속하였다. 건강이 좋지 않은데도 스스로 '밤에 동쪽 하늘이 밝을 때까지 시를 읊고(吟詩一夜東方白)' 나귀를 타고 다니면서 좋은 구절이 떠오르면 즉시 써서 비단 주머니에 넣었다. 그리고 집에 돌아와서는 비단 주머니를 꺼내 시를 완성하곤 했었다. 그리하여 그 모친이 "이 아이는 제 속마음을 모두 토해 내야만 그만둘 것이라(是兒要當嘔出心乃已爾).' 고 하였다. 이하는 젊은이지만 시간을 무척 아꼈다. 어쩌면 그의 타고난 命줄이 짧았기에 그러했는지도 모른다.

🌸 啁少年 조소년 (部分)

… (前略)

生來不讀半行書　只把黃金買身貴
생 래 부 독 반 행 서　지 파 황 금 매 신 귀

少年安得長少年　海波尚變爲桑田
소년안득장소년　해파상변위상전

枯榮遞傳急如箭　天公豈肯爲君偏
고영체전급여전　천공기긍위군편

莫道韶華鎭長在　白頭面皺專相待
막도소화진장재　백두면추전상대

살면서 반줄의 글도 읽지 않으면서

오로지 황금으로 몸뚱이만 귀하게 샀도다.

젊음이 어찌 늘 젊을 수 있겠는가?

바다가 물결쳐도 되레 뽕밭으로 변한다.

영화와 몰락의 바뀜이 화살처럼 빠르니

하늘이 어찌 그대만 편들어 주겠는가?

좋은 꽃이 늘 오래 간다고 말하지 마오.

백발과 주름살이 오로지 기다리고 있도다.

　여기서 소년은 좋은 말에 황금안장을 얹고 비단옷에 술집에서 기녀들이나 끼고 놀아 대는 浮華輕薄(부화경박 ; 겉은 화려하나 실속이 없고 경솔하고 천박함.)한 귀족자제들이다. 嘲(비웃을 조)는 비웃는다는 뜻으로 嘲(비웃을 조)와 같다. 이 시를 본다면, 이하가 얼마나 건전한 식견의 소유자였는가를 알 수 있고 다만 그의 좋지 않은 건강이 한스러울 뿐이다.

　이하는 자신이 書生으로 일생을 지낼 수밖에 없는 처지도 한탄했다.

🌑 南園 남원 (其五)

男兒何不帶吳鈎　收取關山五十州
남아하불대오균　수취관산오십주

請君暫上凌烟閣　若個書生萬戶侯
청군잠상능연각　약개서생만호후

사내가 어찌 무기를 들지 않고

관산의 오십 주를 뺏지 못하는가?

그대가 잠시 능연각에 가보라 청하나니

만호후에 누가 서생이던가요?

吳鈎은 반달 모양의 창이며, 능연각은 당 태종이 貞觀 17년(643)에 閻立本(염입본)을 시켜 개국공신 魏徵(위징) 등 24명의 초상화를 그리게 하여 보관한 전각이다. 그 24명 중에 書生은 한 명도 없다는 뜻이다.

🌑 南園 남원 (其六)

尋章摘句老雕蟲　曉月當窓挂玉弓
심장적구노조충　효월당창괘옥궁

不見年年遼海上　文章何處哭秋風
불견연년요해상　문장하처곡추풍

문장을 따지고 늙도록 시문을 짓는데
창문에 새벽달 玉弓처럼 걸려 있구나!
보지 못했는가? 해마다 요동의 바닷가에
가을을 슬퍼하는 문장이 어디에 있던가?

그 당시 서쪽 요동 땅의 거란족과는 소소한 전쟁이 계속되고 있었는
데, 전국시대 楚辭(초사) 작가인 宋玉의 〈悲秋〉와 같은 글로 무엇을 하겠
느냐는 뜻이다.

이처럼 이하는 자신의 허약한 신체로는 아무 일도 못한다는 서글픈
생각을 품고 있었다.

전해 오는 이야기로는, 그가 27살에 죽을 때 대낮인데 붉은 비단옷을
입은 사람이 붉은 용이 끄는 수레를 타고 이하 앞에 나타났다. 그리고서
는 '上帝께서 백옥의 누각을 새로 만들고 시를 지을 李賀를 데려 오라
하였기에 모시러 왔다.'고 말했다고 한다.

李賀의 시는 상상력이 풍부하고 意境〈의경 ; 의미. 말·글·행동 등으로 나타내
는 그 내용의 한계(경계).〉이 화려하며 險韻奇字〈험운기자 ; 시를 짓는 데 그다지 쓰이
지 않는 韻(운)과 기이한 글자.〉를 많이 썼기에 읽기 어렵다는 특성이 있다. 그
리고 그의 시 중에 '死'가 20여 곳에 '老'가 50여 회나 나타나며, 보통
시인들과는 風格〈풍격 ; ①고상한 인격. 훌륭한 인격. ②詩文(시문) 따위의 운치.〉이 전
혀 달랐다. 현재 그의 시는 200여 수가 전하는데, 〈雁門太守行〉, 〈金銅
仙人辭漢歌〉 등이 널리 알려졌고 〈老夫采玉歌〉는 貧民의 艱苦한 생활을
묘사하였으며 〈秋來〉는 그의 독특한 작품을 엿볼 수 있는 수작이다.

桐風驚心壯士苦	衰燈絡緯啼寒素
동 풍 경 심 장 사 고	쇠 등 락 위 제 한 소
誰看青簡一編書	不遣花蟲粉空蠹
수 간 청 간 일 편 서	불 견 화 충 분 공 두
思牽今夜腸應直	雨冷香魂弔書客
사 견 금 야 장 응 직	우 랭 향 혼 조 서 객
秋墳鬼唱鮑家詩	恨血千年土中碧
추 분 귀 창 포 가 시	한 혈 천 년 토 중 벽

오동에 바람 부니 壯士는 놀라 걱정인데

희미한 등불 귀뚜라미 우는 추운 때로다.

그 누가 竹簡에 써 놓은 글을 보려는지

좀 벌레 저절로 생겨서 슬어 없어지리.

이 생각 오늘 밤 창자가 바로 일어서고

찬 빗속 시인의 혼백이 나를 슬퍼하네.

가을 무덤 속 귀신이 포조의 시를 읽고

한이 맺힌 피 천 년에 흙에서 벽옥이 되겠지.

　이 시에는 몇 개의 典故(전고)가 있다. 壯士는 有才有志한 사람이고, 青簡은 푸른 대나무 쪽이니 책을 뜻한다. 花蟲은 나무를 갉아 먹는 좀 벌레이며 香魂은 죽은 시인들의 혼백이고, 鮑家詩는 南朝 송나라의 시인 鮑照(포조)의 시인데 懷才不遇〈회재불우 ; 재주를 몸에 지녔고 마음속에 가졌던

허나 때를 만나지 못하여 출세를 못함. 不運(불운)함.)했던 시인이다. 恨血(한혈 ; 한을 품고 죽은 사람의 피.)은 춘추시대 周의 萇弘(장홍)은 충성을 다했지만 원통하게 죽어 그 피가 3년 만에 푸른 옥으로 변했다고 한다. 여기서는 이하 자신의 원통함을 풀길이 없다는 뜻을 나타낸 것 같다.

시는 전체적으로 음산하며 억울한 귀신의 하소연을 듣는 것 같다.

젊은 나이에 뜻을 펴 보지도 못하고, 병고에 시달리는 천재 시인의 터져 나오는 울음을 들어야 할 것 같다. 차가운 비가 추적대며 내리는 가을 공동묘지에서 억울하게 죽은 옛 시인이나 지사들의 하소연을 모두 들어주면서 같이 울어야 할 것이다.

이하(李賀)의 이장길시집(李長吉詩集)

457

48
杜牧(두목)이 인정한 詩才(시재)

장호
張祜

● 何滿子 하만자

故國三千里　深宮二十年
고 국 삼 천 리　심 궁 이 십 년

一聲何滿子　雙淚落君前
일 성 하 만 자　쌍 루 낙 군 전

고향을 떠나 삼천리

깊숙한 궁에서 이십 년.

〈하만자〉한 곡조 부르며

두 줄기 눈물만 임금 앞에 흘렸다.

이 시의 '何滿子'는 歌妓의 이름이며, 그녀가 부른 노래 曲調이다. 開元 연간에 宮에 들어온 歌妓 何滿子가 죄를 짓고 사형이 확정되었는데, 하만자가 애달픈 곡조의 이 노래를 불러 사형을 면해 보려고 하였으나 (臨刑進此曲以贖死), 현종이 허락하지 않았다고 한다. 제목이 〈宮詞〉로 된 책도 있다. 후세에 〈하만자〉는 궁녀들의 원한을 읊은 樂府詩〈악부시 ; ①음악에 맞출 수 있게 지은 일체의 시가. ②널리 사방의 風謠(풍요)를 채집하여 궁정의 祭享 (제향) 때 음악에 맞추어 불리던 시가.〉로 자리 잡았다고 한다.

고향을 떠나왔고 모든 자유는 속박되었으며 군주의 총애는 기대도 못할 때 그런 궁녀의 千恨萬愁(천한만수 ; 천 가지 원통함과 만 가지 근심.)가 어떠했겠는가? 무슨 죄를 누구에게 어떻게 지었는지는 모르지만 슬픈 노래는 그 뒤에도 계속 불렸을 것이다.

武宗 때 孟才人이라는 후궁이 이 노래를 부르고 氣를 다해 죽었다는 이야기도 있는데 슬픈 사연에 슬픈 곡조는 그만한 생명력이 있다는 뜻이다. 왜냐면 슬픔(悲)은 다른 어느 감정보다 진실하기 때문이다.

'三千'과 '二十', 그리고 '一'과 '雙' 등의 숫자는 實字이고 구체적이기에 詩의 事實性을 높여 주는 효과가 있다. 시구는 간결하고 슬픔은 글자에 가득 배어 전체가 實情으로 느껴진다.

이 시의 작자 張祜(장호, 祜 복 호)의 字는 承吉이다. 當代의 淸河 張氏 명문인데다가 협객 기질도 있어 그때 사람들이 張公子라 불렀다고 한다. 牛僧孺 일당의 주요 인물이며 古文의 대가인 令狐楚(영호초)는 장호의 〈하만자〉를 극찬하면서 목종에게 장호를 천거하였다. 목종이 장호에 대하여 元稹에게 묻자, 원진은 '잔재주나 부리려 하니 대장부가 할 짓은 아닙니다.' 라고 평했다. 그러자 목종도 장호를 등용할 생각을 접었다.

목종 長慶 2년(822) 장호는 대 시인 白居易가 杭州刺史로 부임해 온다는 말을 들었다. 장호는 백거이가 대 시인이기에 자신의 시재를 인정해 줄 것이라 기대하면서 자신의 詩作을 가지고 백거이를 찾아뵈었다. 장호의 시고 중에는 그가 장안에서 失意했을 때 지은 시도, 또 元稹이 賢才를 알아보지 못한다는 비방의 뜻이 포함한 시도 있었다.

장호는 원진과 백거이가 그렇게 가까운 우의가 있는 줄을 알지 못했다. 백거이는 장호를 높이 평가하지도 않았고 또 천거도 없었다.

당 武宗 會昌 4년(844) 유명한 시인 杜牧이 池州(지금의 安徽省 貴池縣)자사로 부임했다. 장호는 두목을 만날 생각을 갖고 있었다. 그러나 불쑥 방문할 수는 없는 일! 장호는 전날 자신이 宣州의 當塗(당도, 지금의 江蘇省 당도현) 牛渚(우저)란 곳에서 일박하면서 지은 시를 보냈다.

 江上旅泊呈杜員外 강상여박정두원외
강에서 자면서 杜員外에게 주다.

牛渚南來沙岸長　遠吟佳句望池陽
우 저 남 래 사 안 장　원 음 가 구 망 지 양
野人未必非毛遂　太守還須是孟嘗
야 인 미 필 비 모 수　태 수 환 수 시 맹 상

우저의 남쪽으로 길게 뻗은 모래 언덕

멀리서 좋은 시를 읊으며 池州를 바라본다.
시골 사람이 꼭 毛遂와 같지는 않더라도
태수는 그래도 맹상군과 같은 분이리라!

전국시대 齊나라 孟嘗君(맹상군)의 식객이 3천이라고 했었다. 그중에 毛遂(모수)는 아무런 장기도 없는 사람이었다. 모수는 맹상군이 사신으로 갈 때 자신을 수행원에 끼워 달라고 자청했다. 맹상군은 모수를 데리고 갔고 결국 일이 안 풀릴 때 모수의 결단으로 맹상군은 소기의 목적을 달성할 수 있었다.

여기서 장호는 자신을 모수로, 그리고 두목을 맹상군으로 생각하며 자신의 文才를 알아 달라는 뜻이었다.

두목은 장호의 시를 받고 매우 기뻤다. 두목은 장호의 〈何滿子〉와 장호의 詩名을 알고 있었다. 두목은 장호가 자신보다 연장자라는 사실 또한 알고 있었다. 두목은 곧 바로 화답하는 시를 보냈다.

 酬張祜處士見寄長句四韻 수장호처사견기장구사운

【杜牧】

士子論詩誰似公　曹劉須在指揮中
사 자 논 시 수 사 공　조 유 수 재 지 휘 중

薦衡昔日知文擧　乞火無人作嗣通
천 형 석 일 지 문 거　걸 화 무 인 작 괴 통

北極樓臺長挂夢　西江波浪遠呑空
북 극 누 대 장 괘 몽　서 강 파 랑 원 탄 공

可憐故國三千里　虛唱歌辭滿六宮
가 련 고 국 삼 천 리　 허 창 가 사 만 육 궁

문사로 시를 논하매 누가 공과 같으리오.

魏朝와 漢朝 시대에 인재를 등용했었다.

이형을 추천하기는 옛날의 공융이었고

조참의 추천이 아니면 괴통도 없었을 것이요.

장안의 조정에 오랫동안 기대를 했었지만

西江의 물결은 멀리 모든 것을 삼켜 버렸다.

가련한 고국 삼천리 하만자의 노래를

무심코 부르는 가사만 六宮에 가득 찼도다.

이 시의 뜻은 장호의 열성을 높이 평가하며 옛날 曹操의 魏나라에서 孔融(공융)이 禰衡(이형)을 조조에게 추천했으며 漢의 曹參이 蒯通(괴통)을 천거한 사실을 예로 들었다. 그러면서 그동안 元稹이 장호의 추천을 가로 막은 것에 대한 유감을 표시하면서 지금도 사람들은 뜻도 모르며 〈하만자〉를 부른다고 하였다.

두목의 화답시를 받은 장호는 즉시 두목을 예방했다. 아무런 벼슬도 없는 野人이며 處士인 장호와 명문가의 후예이며 문명을 떨치고 있는 태수 두목은 바로 知己가 되었다. 두목과 장호의 知己至交는 晩唐 시단의 아름다운 이야기로 후세까지 남았다.

두목의 시에 〈登池州九峰樓寄張祜(지주의 구봉루에 올라 장호에게 주다.)〉가 있는데, 이 시는 지기에 대한 思念과 동정, 존경의 뜻을 담고

있어 그 두 사람의 교정을 짐작할 수 있다. 만당의 시인 鄭谷(851-911?)은
'장호의 고국 삼천리를 알아준 사람은 杜牧 한 사람뿐이었다.'고 술회
하였다.

장호는 장안에서 또는 다른 관직 경험도 없었다. 그러나 그가 묘사한
궁궐 여인들의 감정은 섬세하기만 하다.

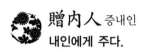

贈内人 증내인
내인에게 주다.

禁門宮樹月痕過　媚眼惟看宿鷺窠
금 문 궁 수 월 흔 과　미 안 유 간 숙 로 과

斜拔玉釵燈影畔　剔開紅焰救飛蛾
사 발 옥 채 등 영 반　척 개 홍 염 구 비 아

궁 안의 나무에 달그림자 지나갔고
고운 눈으로 백로가 잠든 둥지를 바라본다.
등불 곁에서 가벼이 옥비녀를 빼서
붉은 불꽃 갈라 나는 나방을 구해 준다.

궁중의 女官, 일을 하는 궁녀를 '內人'이라 쓰고, 우리말로는 '나인'
이라 하였다. 唐나라의 內人은 뽑혀서 宜春院(의춘원)에 들어와 歌舞를 익
히고 전공하지만 外界와 단절된 어린 소녀나 젊은 여인들이었다. 그들
의 생활과 喜哀는 시인 張祜의 관심사가 될 만하였다.

깊은 밤을 홀로 지새우면서 짝지어 자는 백로를 부러워하던 內人이

옥비녀로 등불 심지를 잘라 내고 불에 뛰어들어 타 죽는 불나방을 구해 준다. 섬세하게 묘사한 詩이다. 임금의 총애를 받으면 궁녀들의 생활은 화려하지만, 총애를 받지 못하면 禁宮(금궁)에 갇힌 궁녀들은 가슴속에 상처만 남게 된다. 그래서 궁녀는 불 속에 뛰어들어 상처를 입는 불나방을 구해 주는 것이리라.

首句는 조용하다. 承句 역시 아무 소리도 들리지 않는다. 轉句에서도 소리를 낼 필요가 없다. 結句 역시 침묵 속에 잠깐 움직임이 있었다. 물론 이후로도 조용할 것이다. 愁와 怨 그리고 同病相憐(동병상련 ; ①같은 병의 환자끼리 서로 가엾게 여김. ②어려운 처지에 있는 사람끼리 동정하고 도움.)이 있을 뿐 다른 느낌은 모두 없애 버렸다.

이제 장호의 시 한 수를 더 읽고 장호의 이야기는 끝내려 한다.

題金陵渡 제금릉도
금릉 나루에서 짓다.

金陵津渡小山樓　一宿行人自可愁
금 릉 진 도 소 산 루　일 숙 행 인 자 가 수

潮落夜江斜月裏　兩三星火是瓜主
조 락 야 강 사 월 리　양 삼 성 화 시 과 주

금릉 나루터 작은 산의 누각에
하룻밤 나그네 저 홀로 걱정이 많다.
강물이 낮아진 한밤에 달도 기울었는데
두세 개 불이 반짝이는 곳은 瓜州이리라.

金陵은 지금의 南京인데 남경시의 중심은 長江 남안이다. 題는 시를 직접 벽 위에 쓰는 것을 말한다. 금릉으로 건너가는 나루터는 지금의 행정구역으로 江蘇省 鎭江市이며 금릉보다는 長江의 하류이다. 金陵이나 鎭江이나 長江의 南岸에 있다. 瓜州(과주)는 長江의 北岸, 지금의 행정 구역으로는 江蘇省 揚州市라고 한다.

나그네는 나루터에 묵으며 홀로 旅愁〈여수 ; 나그네의 시름. 여행지에서 느끼는 시름. 客愁(객수).〉를 달래고 있다. 달도 지려는 새벽에 잠 못 이루는 나그네는 저 멀리 깜박이는 대안의 등불만을 바라보고 있다.

야경에 대한 서술을 통해 고향 그리는 마음을 표출하였다. 본래 고요한 밤에는 어느 누구든 어느 정도 침착해지고 착해진다. 아마 시적 감흥을 지닌 사람이었기에 느끼고 생각하는 것은 더 많았을 것이다.

夜江斜月과 兩三星火가 고독감을 더욱 돋아 준다. 특히 마지막 구절 '兩三星火是瓜州'는 작자의 가슴속에 가물거리는 향수를 상징적으로 표현한 말일 것이다. 즉 瓜州(과주) 너머 북쪽에 있는 자기 고향이 아득한 별빛으로 가슴속에서 가물거린다는 뜻이다.

화가가 빨리 스케치한 한 폭의 작은 그림이며, 詩人이 조그만 수첩에 볼펜으로 쓴 짧은 詩句처럼 느껴진다.

49

小杜(소두)

두목(杜牧)

　　杜牧(두목, 803-852)의 字는 牧之로 京
兆(長安) 사람이다. 《通典》의 저자이면
서 재상을 역임한 杜佑(두우, 735-812)의
손자이지만 그가 10여 세에 부친이 죽
어 어렵게 생활하였다고 한다. 두우는
26세에 진사가 되어 弘文館 校書郎을
지내고 한때 절도사 牛僧孺의 막료로
일한 적도 있지만, 黃州, 睦州, 湖州刺
史를 역임하고 中書舍人으로 관직을
마감하였다.

두목은 佳人美酒(가인미주 ; 아름다운 미인과 맛있는 술.)와 花柳趣味〈화류취미 ; 遊廓(유곽), 또는 갈보나 기생을 비유하여 이르는 말로, 이들과 노는 것을 취미로 삼았다는 것.〉를 마음껏 즐겼던 風流才子로 알려졌지만 그는 원래 강직한 성격과 고매한 정치적 포부를 가지고 있었다. 두목은 兵書에 주석을 달기도 했으며 賦稅와 治亂에 대한 政論文을 짓기도 하였다. 지방관으로 오래 근무했기에 그의 포부를 펼 기회도 없었으므로 실의 속에서도 강남의 아름다운 풍경에 취해 살았다.

그가 활동하던 시기는 唐의 국세가 날로 쇠약해지던 시기였으니 재주는 뛰어났으나 시대를 잘못 만난 격이었다. 때문에 그의 시에는 우울한 정서와 인생에 대한 감상이 강하게 나타나 있다. 두목은 杜甫에 비하여 '小杜'라 부르는데, 두목은 七言絕句에 특히 뛰어났다.

두목의 古詩는 호방하고 씩씩하며 7언절구와 율시는 정취가 호탕하면서도 건실하다. 특히 역사적 사실을 읊은 詠史詩(영사시 ; 역사적 사실을 주제로 하여 시가를 지음.)는 자신의 感慨를 유감없이 발휘한 우수작으로 널리 애송되고 있는데 〈阿房宮賦(아방궁부)〉, 〈題烏江亭停(제오강정정)〉, 〈泊秦淮(박진회)〉 등은 그의 詠史詩 중 대표작이라 할 수 있다.

杜牧은 그의 字를 써서 보통 '杜牧之'라 호칭하는데, 그가 長安의 樊川(번천) 남쪽에 별장을 짓고 살기도 했기에 '杜樊川'이라고도 부른다. 또 위대한 詩聖 두보와 두목은 먼 宗親이라서 두보는 老杜, 두목은 小杜라 불리기도 한다. 또 李白과 杜甫를 '李杜'라고 병칭하는 것처럼 李商隱(이상은)과 杜牧(두목)은 '小李杜'라 하여 구별한다.

두목이 '六王畢, 四海一 …'로 시작하는 그 유명한 〈阿房宮賦(아방궁부)〉를 지은 것은 그가 23세 때로 진사과 합격 이전이었으니 그만큼 그의 문재는 뛰어났었다.

두목은 文宗 大和 2년⁽⁸²⁸⁾, 26세 때 낙양에 가서 진사과에 응시하여
합격자 33명 중에서 5등으로 합격하였다. 이어 殿試를 보러 장안으로
출발하였다. 두목은 장안으로 출발하기 전에 자신의 합격을 장담하는
시를 지었다.

及第後寄長安故人 급제후기장안고인
급제한 뒤 장안의 벗들에게

東都放榜未花開　三十三人走馬回
동 도 방 방 미 화 개　삼 십 삼 인 주 마 회

秦地少年多釀酒　即將春色入關來
진 지 소 년 다 양 주　즉 장 춘 색 입 관 래

東都에서 합격했으나 아직 꽃이 피진 않았으니
삼십삼인이 말을 달려 장안으로 돌아간다.
장안의 젊은이는 술을 많이 담가야 할 것이니
곧장 春色이 관문을 지나 장안에 들어가리라!

정말 너무나도 당당하고 자신만만한 두목이었다. 그만큼 학식과 文才
와 포부와 함께 자신감이 넘쳤었다. 실제로 두목은 전시에서도 우수한
성적을 얻어 장안에 그 이름을 날렸다.

이후 어느 봄날, 友人 몇 사람과 기세 좋게 종남산 쪽으로 유람을 나

갔다. 두목 일행은 文公寺라는 멋진 경치를 자랑하는 佛寺를 찾아 들어갔는데 절 안의 큰 전각에 눈을 반쯤 내리감은 노승이 앉아 있었다. 그들은 자신들의 비단옷과 관모 등을 보고 노승이 나와 맞이하며 차를 권할 것이라 은근히 기대하고 있었다.

그러나 노승은 이들에게 아무런 눈길도 주지 않았다. 두목이 바로 눈앞에 다가서자 노승이 '시주님 大名은?' 하고, 겨우 한 마디 물었다. 두목은 이때다 생각하고서 당당하게 이름을 말했다. 그러나 노승이 별다른 반응이 없자 옆 동료가 이 사람은 진사과 급제를 했으며 전임 재상의 손자라는 것을 장황히 설명하면서 '어찌 그리 고루하신가?' 라고 노승을 힐책했다.

그러자 노승은 '소승은 평생 素食과 參禪 속에 살며 俗世의 名利를 생각하지 않았는데, 당신들이 말하는 才子니 詩文의 명성이 세상을 뒤덮느니 하는 말이 나와 무슨 상관이 있겠는가? 나는 당신들이 재주를 믿고 뽐내거나 名利에 얽매여 고생하지 않기를 바랄 뿐이오!' 라고 말했다.

노승의 말에 충격을 받은 두목은 돌아와 시를 지었다.

 贈終南蘭若僧 증종남난야승
종남산 절의 스님에게 주다.

家在城南杜曲旁　　兩枝仙桂一時芳
가 재 성 남 두 곡 방　　양 지 선 계 일 시 방

禪師都未知名姓　　始覺空門意味長
선 사 도 미 지 명 성　　시 각 공 문 의 미 장

집은 장안 남쪽 두씨 마을에 있으며

두 번 합격하며 한때 이름을 날렸습니다.

선사는 나의 성과 이름도 모른다 하시니

비로소 佛門의 깊은 뜻을 알 것 같습니다.

　제목의 '蘭若(난야)'는 '阿蘭若'의 약칭으로 '無諍處(무쟁처, 諍 다툴 쟁.)'

또는 '寂靜處(적정처 ; ①세상과 멀리 떨어져 쓸쓸하고 고요한 곳. ②〔佛〕번뇌에서 벗어나

모든 고통이나 어려움이 없어진 경지.)'의 뜻인데, '불승의 거처'인 절을 말한다.

　이후로 두목은 자신의 文才를 자랑하거나 자만하지 않았다고 한다.

이제 두목의 영사시를 몇 수 읽어보아야 한다.

 將赴吳興登樂遊原 장부오흥등낙유원

吳興에 부임하면서 樂遊原에 오르다.

清時有味是無能　閑愛孤雲靜愛僧
청 시 유 미 시 무 능　한 애 고 운 정 애 승

欲把一麾江海去　樂遊原上望昭陵
욕 파 일 휘 강 해 거　낙 유 원 상 망 소 릉

태평성대에 벼슬할 만하지만 무능하기에

한가로운 구름과 스님의 閑靜을 좋아한다.

깃발을 앞세우고 吳興으로 가면서

낙유원에 올라 昭陵을 바라본다.

吳興은 지금의 浙江省 湖州市의 옛 이름이고, 樂遊原은 長安을 조망할 수 있는 곳으로 李商隱의 〈登樂遊原〉으로도 유명한 곳이다. 두목은 宣宗 大中 4년(850) 48세 때에 湖州의 자사가 되었다.

시에 나오는 昭陵(소릉)은 '貞觀의 治'를 이룩한 太宗(재위 626-649)의 무덤이다.

杜牧은 內職인 司勳員外郎에서 湖州刺史를 자청해서 外職으로 나갔다. 그가 왜 외직을 자청해서 江湖로 갔는지에 대해서는 자세히 알 수가 없다. 아마도 정치적 불만이 있었을 것이다. 그가 말한 '자신이 무능하고 한가한 것을 좋아해서(是無能, 閒愛孤雲靜愛僧)'라는 말은 표면적인 이유일 것이다. 두목이 '貞觀之治를 이룩한 최고의 황제'인 太宗의 무덤을 바라본다는 뜻은 그러한 賢君을 기다린다는 뜻이며, 이는 곧 그때의 '牛李黨爭'에 질렸다는 뜻을 포함하고 있다.

두목은 역사적 인물의 치적, 그리고 유적에 대하여 남다른 소회를 시로 묘사하기를 즐겼고 그의 그러한 작품들은 우리에게 많은 것을 생각게 해준다.

題烏江亭 제오강정

오강정에서 짓다.

勝敗兵家事不期　抱羞忍恥是男兒
승패병가사불기　포수인치시남아

江東子弟多才俊　卷土重來未可知
강동자제다재준　권토중래미가지

승패는 兵家常事로 기약할 수 없나니
수치를 참을 줄 알아야 사나이리라.
강동의 젊은이들 뛰어난 인재 많았으니
捲土重來면 그 결과 알지 못했으리라.

항우(項羽)

項羽(항우, 前 232－202, 名 籍)는 '千古無二'의 神勇으로 '力能扛鼎, 才氣過人'의 용기로 秦 二世元年(前 209) 7월, 陳勝과 吳廣이 기병하자 9월에 8,000명의 烏程兵(八千江東子弟)를 거느리고 長江을 건넜다. 鉅鹿之戰(거록의 싸움)에서 秦軍을 대파하고 鴻門(홍문)에서 劉邦을 살려 주었지만 霸業(패업)을 이룬 자신을 고향 사람들에게 자랑하고 싶어 '富貴하여 不歸故鄕이면 衣繡夜行⟨의수야행 ; 비단 옷을 입고 낮에 감. 출세하여 자랑스럽게 고향으로 돌아감. 衣錦晝行(의금주행)과 같은 말.⟩과 같나니, 이를 아느니 누구겠는가?' 라 하여 '錦衣夜行(금의야행 ; 비단 옷을 입고 밤에 돌아다님. 아무 보람없는 일을 자랑스레 함.)'의 고사를 만들어 낸 사람이었다.

그러나 '西楚霸王(서초패왕)' 항우는 楚漢戰爭에서 유방에게 밀렸고 기원전 202년 垓下에서 '四面楚歌'를 듣고 虞美人(우미인)을 껴안고 '力拔山兮氣蓋世, 時不利兮騅不逝, 騅不逝兮可奈何, 虞兮虞兮奈若何.'의 ⟨垓下歌(해하가)⟩를 불렀다. 項羽는 장강 북안의 烏江 나루에 이르렀지만 '지금 끝내 無一人生還하니 無顏見江東父老'라 하며 도강하지 않고 적진에 뛰어들어 최후를 맞이한다.

이런 역사의 현장에서 杜牧은 자신의 소회를 읊어 항우의 죽음을 평가하였다. 이 시 한 수를 통해 역사적 인물과 행적, 후세인의 감회를 모두 그려내는 시인의 능력은 한마디로 '탁월하다'고 해야 할 것이다.

🌏 赤壁 적벽

折戟沈沙鐵未銷　自將磨洗認前朝
절 극 침 사 철 미 소　자 장 마 세 인 전 조
東風不與周郎便　銅雀春深鎖二喬
동 풍 불 여 주 랑 편　동 작 춘 심 쇄 이 교

모래 속 부러진 창끝 쇠는 아직 녹지 않아
문지르고 씻어서 前代의 것이라 알았도다.
동풍이 周瑜(주유)의 편이 아니었더라면
늦은 봄 銅雀臺에 二喬가 거기에 있었으리라.

이 시는 적벽대전(漢 獻帝 建安 13년, 208)의 현장에서 역사적 감회에 시인의 상상을 보탠 詠懷詩⟨영회시 ; 所懷(소회)를 시가로 읊음. 所懷(소회) ; 품고 있는 感懷(감회).⟩이다. 長江의 赤壁(今 湖北 赤壁市 西北, 一說에는 今 嘉魚의 東北)에서 있었던 이 전쟁은 중국 역사상 以少勝多의 유명한 전쟁의 하나이며 《삼국연의》중 가장 精彩(정체 ; ①아름답고 영롱한 빛깔. ②생기가 넘치는 표정.)나는 한 부분이다. 이 시는 대략 武宗 會昌 2년(842)에 지은 시로 알려졌다. 당시 두목은 나이 40세로 적벽에 가까운 黃州(今 湖北省 黃岡市)의 刺

史로 있었다.

銅雀(동작), 곧 銅雀臺는 曹操(조조)가 지금의 河南省 臨漳縣(임장현)에 건립한 누각이고 二喬(이교, 喬는 橋로 써야 맞다)는 橋玄(교현, 109−183)의 두 딸인 大橋와 小橋를 지칭하는데 모두 國色으로 각각 孫策(손책)과 周瑜(주유)의 아내였었다. 〈삼국연의〉에서는 제갈량이 '조조가 二橋를 곁에 두고 만년을 보내고 싶어 한다.'고 교묘히 꾸며대어 주유를 격분케 하여 유비−손권의 연합전선을 형성하는 것으로 되어 있다. 이 구절은 '曹操가 만약에 적벽에서 주유에게 패하지 않았다면 그 두 미인들을 취하여 동작대에 살게 했을 것'이라는 뜻이다.

이 시에서 1, 2구는 두목의 직접 경험으로 다음의 의논을 이끌어 내는 역할을 한다. 3, 4구는 그때까지 전해 오는 이야기를 시에 삽입한 것이다.

兵法과 音律에 두루 통했던 周瑜(주유)라고 하지만 승리의 요인은 東風이며 적벽에서 패했더라면 나라와 집안이 모두 망했을 것이라는 의논을 전개하고 있다. 거기에는 우연이나 요행이 사람이나 나라의 흥망을 바꿀 수 있다는 뜻이 들어 있다. 사직을 걱정해야 할 대신이 아내를 뺏기지 않으려 참전하고 분전한 것이 옳은 것이냐? 요행이 제갈량의 동풍 때문에 이기긴 했지만 주유의 태도는 옳지 않았다는 주장이다.

역사적인 사건을 계기로 인간적인 삶을 되돌아보게 하는 시인의 능력이 돋보이는 시이다.

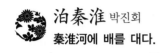

煙籠寒水月籠沙　夜泊秦淮近酒家
연 농 한 수 월 농 사　야 박 진 회 근 주 가

商女不知亡國恨　隔江猶唱後庭花
상 녀 부 지 망 국 한　격 강 유 창 후 정 화

안개는 찬 강물을, 달빛은 모래밭을 감쌌는데

밤에 술집 가까운 진회하에 배를 대었다.

노래하는 여인은 망국의 한도 모른 채

강 건너에서 아직도 後庭花를 부른다.

　秦淮河(진회하)는 江蘇省 西南部에서 발원하여 南京 시내를 관통하는 長江의 한 지류이다. 특히 南京 성 안의 진회하는 '十里秦淮'라 하여 성 내에서도 가장 번화한 상업거리를 형성하고 있었다. 李白의 〈長干行〉에 보이는 장간리, 그리고 유우석의 〈烏衣巷〉에 등장하는 '王謝의 집'들이 모두 '十里秦淮'를 끼고 있다.

　南朝의 陳(557-589년 존속)은 개국자 陳霸先(진패선)의 성씨를 국호로 사 용한 유일한 나라인데 隋나라에 의해 망했다. 멸망 당시 군주인 後主 陳 叔寶(진숙보, 582-589 재위)는 뻔뻔하고도 무책임하며 무능한 군주의 대명사 로 통한다. 진 후주가 만들고 즐겼다는 〈玉樹後庭花〉는 '妖姬臉似花含 露(고운 여인의 뺨은 이슬 머금은 꽃이고), 玉樹流光照後庭(계수나무 밝은 빛은 뒤뜰을 비치고 있네).'의 뜻으로 낭만적이나 퇴폐적이다. 그래서 '망국지음'이라 하지만 당나라 시절에도 불렸던 인기 가요였다. '歌者는 無心하지만 聽者는 感慨(감개)를 느낀다.' 하였으니, 이러한 내력을 잘 알고 있는 두목은 晚唐의 逸樂(일락 ; 편안히 놀며 즐김, 또는 제멋대로 놀며 즐김.) 을 좋아하는 풍조에서 망국의 기미를 예감했는지도 모른다.

　　杜牧은 명문가의 풍류남아로 젊은 30대 시절의 주색에 耽溺(탐닉)했었다. 그 시절은 落魄(낙백)하여 술통을 싣고 다녔다 했으니 술을 좋아하면서 懷才不遇(회재불우)라는 생각만으로 원대한 포부를 잊었고, 楚腰(초요 ; 여인의 가느다란 허리)와 掌中輕(장중경 ; 날렵한 여인을 의미)이 杜牧의 관심사였던 시절이었다.

 贈別 증별　二首 (一)
헤어지면서 주다.

娉娉嫋嫋十三餘　豆蔲梢頭二月初
빙 빙 뇨 뇨 십 삼 여　두 구 초 두 이 월 초

春風十里揚州路　捲上珠簾總不如
춘 풍 십 리 양 주 로　권 상 주 렴 총 불 여

예쁘게 하늘거리는 이제 열세 살 남짓
2월 초 솟아나는 육두구 봉오리와 같구나!
봄바람이 부는 양주의 십 리 길에

주렴을 걷고 내다보는 모두가 너만 못하구나!

贈別은 이별에 임하여 주는 시로 送別과 동의어로 떠나가는 사람에게 준다는 의미이다. 떠나가는 사람이 남은 사람에게 주는 시는 '留別(유별)'이라고 하는데, 이 시는 제목과 달리 내용으로 보면 틀림없는 '留別'이다.

이 시에 표현한 '娉(예쁠 빙)', '嫋(예쁠 요〈뇨〉)'의 娉娉嫋嫋(빙빙뇨뇨)는 예쁜 여인의 아름다운 자태를 표현하는 말이다. 그리고 '豆蔲(두구)'는 육두구라 하여 초여름에 담황색 꽃을 피우는데 그 열매는 한약재로 쓰는 풀이다. 열서너 살 어린 처녀의 나이를 표현하는 豆蔲年華(두구연화)라는 말이 있다.

이 시는 어린 미인과 헤어지면서 주는 시이다. 미모에 대한 칭찬과 별리의 아픔이 가슴에 와 닿는다. 13살 어린 미인에게 푹 빠진 시인의 모습이 약간은 퇴폐적이라는 생각도 들지만 미인에 쏠리는 마음을 어이하겠는가?

贈別 증별　二首 (二)
헤어지면서 주다.

多情卻似總無情　唯覺尊前笑不成
다 정 각 사 총 무 정　유 각 존 전 소 불 성
蠟燭有心還惜別　替人垂淚到天明
납 촉 유 심 환 석 별　체 인 수 루 도 천 명

多情이 되레 情이 전혀 없는 것 같나니
오직 술잔 앞에 두고 웃지도 못하겠네.
촛불도 마음이 있어 이별이 서러운 냥
사람 대신 날 새도록 눈물 흘린다네.

　이 시에도 나이 어린 戀人에 대한 깊은 사랑을 情感있게 표현했는데
상당히 심각하게 이별을 아파하고 있다. 어린 여인에게 이토록 깊게 빠
지는 사랑의 바탕은 무엇일까?

　'多情은 (病이 아니라) 無情과 같은 것'이라는 말은 시인의 절절한 체
험에서 나온 표현일 것이다. 가는 사람도 남은 사람도 웃으며 가고 웃으
며 보내는 것이 마음대로 안 되는 것이다. 왜? 그것은 首句의 多情 때문
이다. 촛불의 눈물이야 흔히 이별의 代役으로 곧잘 인용되기에 진부한
표현 같지만 사랑에 아파하는 마음을 어이하겠는가?

　이 시가 835년에 33살의 杜牧이 '十三餘'의 어린 연인에게 주는 이별
의 시라는 것을 고려한다면 그 진부한 표현이 진실로 다가오는 것 같은
느낌이 온다. 시가 주는 감동은 문자보다 더 진하게 밀려올 때가 있다.

🏵 金谷園 금곡원

繁華事散逐香塵　流水無情草自春
번 화 사 산 축 향 진　유 수 무 정 초 자 춘
日暮東風怨啼鳥　落花猶似墜樓人
일 모 동 풍 원 제 조　낙 화 유 사 추 루 인

번화했던 지난 날 향 가루처럼 흩어졌고

流水는 무정하고 봄풀은 절로 푸르다.

해 질 녘 동풍에 새들은 슬피 울고

지는 꽃잎은 누각에서 떨어지는 사람 같도다.

金谷園은 西晉의 부호 石崇(석숭, 249-300)의 별장으로 옛터는 지금의 河南省 洛陽市의 서북이라고 한다. 이곳에서 석숭이 사랑하는 여인 張綠珠(장녹주)가 석숭에게 절의를 지켜 '當效死於君前(당신 앞에서 응당 죽어야 할 것)'이라 말하고 누각에서 몸을 던져 죽었고, 석숭도 죄에 얽혀 처형된다. 唐代에 그 황폐한 유적이 남아 있어 풍경을 보고 동정이 가서 杜牧이 시로 읊었다.

이 시의 1, 2구는 석숭의 생애를 요약하고 황폐한 금곡원의 모습을 묘사했다. 석숭의 發財와 致富와 사치 놀음이 모두 한바탕의 꿈이었지만 가장 큰 비극은 미인 장녹주의 죽음이었다. 석숭이 돈을 번 것도 권력에 붙었기에 가능했고 또 그 파멸도 결국은 권력의 힘에 당했다.

예로부터 '가난뱅이는 부자와 싸우지 말고(窮不與富鬪), 부자는 관리와 다투지 말라(富不與官鬪).'고 하였다. 물론 '돈이 있으면 나쁜 놈도 상석에 앉고(有錢的王八坐上座), 손에 권력을 쥐고 있으면 신선도 세배하러 온다(手中有權 神仙來拜年).'고 하였다. '귀신을 부릴 수 있는 것은 돈이고(可以使鬼者 錢也), 사람을 부릴 수 있는 것은 권력(可以使人者 權也)이라.'하였다. 그러나 아무리 부자라도 사람일 뿐이니 金力은 勸力의 상대가 되지 않는다. 아마 杜牧도 이를 잘 알고 있었을 것이다.

당 文宗 大和 9년(835)에 杜牧은 洛陽分司(제2의 수도인 낙양에 장안과 같은 행정조직을 갖추고 있었는데, 이를 分司라고 한다.)에서 감찰어사로 근무하고 있었다. 당시의 洛陽尹은 전에 병부상서를 지냈던 李願(이원)이었다.

이원은 그의 집에 미인명기 100여 명을 양성하며 음주가무를 즐기고 있어 그 명성이 낙양에 자자했었다. 어느 날 두목은 이원의 저택에서 큰 연회가 열린다는 것을 알게 되었다. 두목도 그런 연회에 가서 낙양 최고의 미인을 한번 보고 싶었다. 그런데 연회 날이 가까워 오는데 두목한테 초대 글이 오지 않았다. 두목은 관아에서 만나는 사람들에게 자신이 그 연회에 초대를 받았기에 꼭 참석할 것이라는 이야기를 미리 했었다.

본래 이원의 생각으로는 두목이 감찰어사의 직책에 있기 때문에 자신의 연회에 좀 거북하리라 생각하여 초대하지 않고 있었다. 두목의 이야기를 전해들은 이원은 두목을 초대하지 않을 수 없었다.

그 연회가 있는 날, 두목은 이원을 찾아 인사하고 연회 공연을 잘 바라볼 수 있는 한쪽에 자리를 잡았다. 과연 연회는 대성황이었다. 낙양의 명사는 모두 참석하였고 산해진미에 좋은 술, 그리고 화려한 옷을 입은 꽃보다 더 어여쁜 미인들이 대 저택에 넘쳐 났다. 음식과 함께 가무가 연주되는 사이사이에 두목은 술을 거푸 마셨다.

그리고 기회를 잡아 일어나서 여럿이 볼 수 있도록 큰 잔으로 술을 연이어 3잔을 마시고 큰 소리로 주인에게 말했다.

"제가 듣기로는 이 집에 紫雲(자운)이라는 미인이 있다는데 누가 자운입니까?"

주인 李願이 자운을 손으로 지목하자, 두목은 다시 술을 한잔 더 마시고 자운을 뚫어져라 응시했다. 그리고서는 더 큰 소리로 말했다.

"그 명성이 그냥 얻어진 것은 아니군요. 자운을 저에게 주십시오!"

이원은 두목을 한번 바라본 뒤 고개를 돌리고 웃었다. 두목의 큰 소리에 놀라 두목을 바라보았던 모든 기녀들이 주인이 웃는 것을 보고서는 모두 소리를 내어 같이 웃었다. 그러나 두목은 아무렇지도 않은 듯 술을 한 잔 더 마시고 일어서서 시를 읊었다.

🌸 李司徒席上作 이사도석상작

華堂今日綺筵開　誰喚分司御使來
화 당 금 일 기 연 개　수 환 분 사 어 사 래
忽發狂言驚滿座　兩行紅粉一時回
홀 발 광 언 경 만 좌　양 행 홍 분 일 시 회

좋은 집에서 오늘 멋진 잔치를 하는데
누가 分司의 어사를 여기 오라 하였나?
홀연 황당한 말로 온 자리를 놀라게 하니
양쪽 늘어선 미인들이 한꺼번에 돌아보네.

洛陽尹 李願은 자운을 두목에게 보내지 않을 수 없었다. 자운을 보내기야 싫었지만 그렇게 공개적으로 요구하였는데 상관으로서 기녀 하나를 아까워하며 보내지 않았다는 평판을 듣기가 싫었기 때문이다. 자운은 떠나면서 시로 자신을 보내야만 하는 이원의 마음을 위로했다.

從來學得斐然詞　不料霜臺御使知
종래학득비연사　불료상대어사지

雖見便教隨命去　戀思腸斷出門時
수견편교수명거　연사장단출문시

전부터 멋진 노래를 배웠지만
감찰어사가 알게 될 줄은 생각 못했지요.
비록 가르침을 받아 명에 따라 떠나지만
문을 나설 때에 그리움으로 애가 끊어지겠네.

　본래 才士는 才女를, 영웅은 미인을 좋아한다. 杜牧이 紫雲을 달라고
공개적으로 말하며 시를 읊은 것은 재기 넘치는 才士의 豪氣이었을 것
이다. 하여튼 젊은 날의 두목은 사랑에도 열심이었다. 그러나 젊은 날의
그런 기분은 오래 가질 못했다.

遣懷 견회
心懷를 풀다.

落魄江湖戴酒行　楚腰纖細掌中輕
낙백강호대주행　초요섬세장중경

十年一覺揚州夢　贏得青樓薄倖名
십년일각양주몽　영득청루박행명

실의 속에 강남땅에 술을 싣고 다니며
가는 허리 섬세한 玉手 날렵한 여인들.

십 년 揚州 땅의 꿈같은 놀이서 깨어나니

얻은 것은 청루에서 박정하단 이름뿐이더라.

〈遺懷〉는 '胸中의 답답함을 풀어 버리다.' 라는 의미로 젊었던 날의 遊樂을 후회하는 뜻을 담고 있다. 두목은 상업과 교통, 환락의 중심지인 揚州에서 강서관찰사의 막료로, 또 淮南節度使(회남절도사)인 牛僧孺(우승유, 779-848)의 막료로 총 9년간을 강남 일대에서 근무했었다. 이 시기에 젊은 두목은 詩歌와 음주, 향락의 생활이었는데, 자신은 이를 '南柯一夢 (남가일몽 ; 덧없는 꿈, 또는 덧없는 부귀영화.)' 처럼 '揚州夢' 이라 하였다.

꿈속의 꿈은 본래 꿈이 아니지만(夢中有夢原非夢), 인생은 꿈과 같고 (人生如夢) 꿈과 같은 것이 인생이다(夢如人生). 인생의 한 살이는(人生 一世) 한바탕의 큰 꿈이다(大夢一場).

왕유의 시가 '詩中有畵 畵中有詩' 라고 하는데, 두목의 시도 그럴 만한 특색을 보여주고 있다. 언사가 깨끗하고 묘사된 정경이 선명하며 상쾌한 리듬감이 있기에 고요한 정물이 아니라 움직이는 動畵〈동화 ; 애니메이션(animation) : (만화영화와 같이) 畵像(화상)의 위치나 형태 등을 조금씩 바꾼 여러 장의 그림을 한 장면씩 촬영하여 영사하면 연속 동작이 보이도록 한 것.〉를 보는 것 같다.

✿ 江南春絕句 강남춘절구

千里鶯啼綠映紅　水村山郭酒旗風
천 리 앵 제 녹 영 홍　수 촌 산 곽 주 기 풍

南朝四百八十寺 多小樓臺烟雨中
남조사백팔십사 다소누대연우중

천 리에 꾀꼬리 울고 녹음 사이 꽃은 붉은데
江村과 산기슭에 술집 깃발이 펄럭인다.
남조 시절 사백팔십의 절이 있었는데
지금 몇몇 누대가 안갯속에 남았는가?

이 시는 人口에 널리 회자되는 佳作(가작 ; 잘된 작품.)이다. 광활한 강남 땅에 봄이 오니 꾀꼬리 울고 녹음에 붉은 꽃이 피었는데, 그 강남의 역사에 榮枯盛衰〈영고성쇠 ; 성함과 쇠함. 번영함과 쇠멸함. 榮落(영락).〉를 누가 어이 다 말하리오. 꾀꼬리 울음과 펄럭이는 술집의 깃발은 살아 있는 강남의 상징처럼 눈에 그려진다.

✿ 清明 청명

清明時節雨紛紛 路上行人欲斷魂
청명시절우분분 노상행인욕단혼

借問酒家何處有 牧童遙指杏花村
차문주가하처유 목동요지행화촌

청명 시절에 봄비는 오락가락하는데
길 가는 행인은 마음이 끊어지는 듯하다.
잠시 묻나니 술집은 어디쯤 있는가?

목동이 멀리 살구꽃 핀 마을을 가리키네.

淸明〈청명 ; ①날씨가 맑고 깨끗함. ②24절기의 하나 〔春分(춘분)과 穀雨(곡우) 사이로 양력 4월 5, 6일경)〉 시절을 읊은 시 중에서 가장 유명한 시이다. 청명 시절은 완연한 봄이며 寒食〈한식 ; 동지로부터 105일째 되는 날. 이 날 宗廟(종묘)와 陵園(능원)에는 제향을 올리고, 민간에서는 성묘를 함. 冷節(냉절).〉을 전후하여 나그네의 향수를 가장 자극하는 계절이다. 살구꽃이 핀 마을에 술집이 있고 술집에 가야만 식사와 잠자리를 찾을 수 있다. 나그네는 머릿속으로 고향을 그리면서 천천히 걸어갈 것이다.

山行 산행

遠上寒山石徑斜　白雲生處有人家
원 상 한 산 석 경 사　백 운 생 처 유 인 가
停車坐愛楓林晚　霜葉紅於二月花
정 거 좌 애 풍 림 만　상 엽 홍 어 이 월 화

멀리 가을 산으로 가는 자갈길이 이어졌고
흰 구름 피는 곳에 인가가 있네.
멈춘 수레에 앉아 해지는 단풍 숲을 즐기나니
서리 올 때 단풍은 이른 봄꽃보다 붉더라.

한마디로 그림과 같은 풍경이다. 가을의 단풍이 이처럼 아름답다니!

시인이 그려냈으니 더 아름다울 것이다. 같은 경치라도 전문 사진작가가 찍으면 경치가 더 아름다운 것과 같으리라. 시인 두목은 그림처럼 아름다운 풍광을 우리에게 전해주고 있다. 이처럼 아름다운 곳에서 착한 심성을 잃지 말고 열심히 살아가라는 뜻이 있을 것이다.

그리고 '停車坐愛楓林晩, 霜葉紅於二月花.'는 이 시에서, 아니 杜牧의 시에서도 최고의 名句이다.

지금 湖南省의 省會(省都)인 長沙市의 嶽麓書院(악록서원, 북송 976년 건립, 中國古代 四大書院의 하나. 호남대학의 모체)의 뒤에 중국 4대 名亭의 하나인 愛晩亭(애만정)이라는 정자가 있다. 이 애만정은 淸 乾隆 57년(1792)에 세워졌는데 '停車坐愛楓林晩'에서 이름을 따왔다. 毛澤東이 湖南全省公立高等中學校에 재학할 때, 그리고 省立第一師範에 求學할 때 늘 이곳에서 학우들과 담론하며 신체를 단련했었다고 한다.

이는 杜牧의 시가 얼마나 유명한가를 말해 주는 자료로 여기에 첨부하였다.

杜牧의 첩실 소생이라 알려진 杜荀鶴(두순학, 846?-904)의 시를 언급하지 않을 수 없다. 두순학의 字는 彦之(언지)이고, 호는 九華山人이다. 배행이 열다섯째라서 보통 '杜十五'라고 부르는데, 어려서부터 호학했지만 46세에 겨우 진사가 되었다. 당 말기에는 과거제도도 문란해져서 權貴의 추천이 있어야만 겨우 급제할 수 있었다. 뒷날 五代의 後梁 太祖인 朱全忠에 의해 翰林學士에 임명되었으나 임명을 받은 지 겨우 5일 만에 죽었다고 한다.

두순학의 시는 300여 편이 전해 오는데 五言과 七言의 律詩에 뛰어났다. 그의 시는 당 말기의 혼란과 현실을 묘사한 내용이 많은데 그의 〈山中寡婦〉는 황소의 난 이후 당 사회상을 잘 반영하고 있다.

 ## 春宮怨 춘궁원

【杜荀鶴】

早被嬋娟誤　欲妝臨鏡慵
조 피 선 연 오　욕 장 임 경 용

承恩不在貌　敎妾若爲容
승 은 불 재 모　교 첩 약 위 용

風暖鳥聲碎　日高花影重
풍 난 조 성 쇄　일 고 화 영 중

年年越溪女　相憶採芙蓉
연 년 월 계 녀　상 억 채 부 용

전에 곱다고 뽑힌 것이 잘못됐으니

이젠 꾸미려 거울보기도 싫어졌다오.

은총 입음이 미모에 있지 않거늘

나는 어떻게 꾸며야 하나요?

봄날 따스하면 새들이 지저귀고

해가 높아지면 그림자도 겹쳐집니다.

해마다 월계의 여인들은

부용을 따던 나를 그리겠지요.

〈春宮怨〉(봄날 궁녀의 슬픔)이라는 제목과 달리 弦(絃)外之音(현외지음-말 속의 숨은 뜻)이 있다. 제목에 있는 春이라는 글자가 詩에 없어도 봄날의 정경이 눈에 그려지며, 직접적인 원성이 없어도 그 한을 느낄 수 있다.

首聯에서는 미모가 있다 하여 뽑혀 들어온 것이 잘못된 시작이었고 지금은 꾸미고 싶은 의욕도 잃었다고 하였다. 領聯에서는 承恩은 용모에 있지 않으니 다른 길을 모르겠다는 더 큰 불평을 묘사하였다. 경련에서는 분위기를 바꿔 봄 경치를 서술하였지만 단순한 敍景이 아니라 結聯을 위한 바탕으로 새의 지저귐과 꽃 그림자의 因果를 논리적으로 설명하였다. 이 '風暖에 鳥聲碎하고, 日高에 花影重하다.'는 명구로 널리 애송되고 있다.

그리고 尾聯에서는 고향 사람들은 나도 서시처럼 사랑을 받을 것이라 생각하겠지만 현실은 정반대라는 슬픔을 완곡하게 표현하였다. 이 尾聯을 읽고 나면 다시 首聯의 '早被嬋娟誤하고 領聯의 '承恩은 不在貌라' 의 구절이 진리로구나 하는 느낌이 온다.

失意한 文人이 萬里 밖의 宮門을 생각하며 눈물을 흘리는 것과 미모는 있지만 총애를 못 받는 궁녀의 그 恨은 같을 것이다. 그리고 '女爲悅己者容也(여인은 자신을 즐겁게 해주는 사람을 위해 화장을 한다)'라는 말과, '志士는 자신을 알아주는 사람을 위해 죽을 수 있다(士爲知己者死).'는 시인의 뜻을 말한 것이다. 본래 미인은 붉은 脂粉〈지분 ; 연지와 백분. 粉脂(분지).〉을 아끼고(佳人惜紅粉), 열사는 보검을 애지중지한다(烈士愛寶劍).

이상은

李商隱

 登樂遊原 등낙유원
낙유원에 올라

向晚意不適　驅車登古原
향 만 의 부 적　구 거 등 고 원

夕陽無限好　只是近黃昏
석 양 무 한 호　지 시 근 황 혼

해 질 녘 마음이 울적하여

수레로 고원에 올랐더니

지는 해 한없이 좋지만

다만 황혼에 가깝더라.

　樂遊原은 지명으로, 長安 시내를 내려다 볼 수 있는 높은 벌판이다. 前漢 宣帝가 이곳에 '樂遊廟'를 건립하고 이곳을 樂遊苑이라고도 불렀다는데, 당 측천무후 때 太平公主가 여기에 정자와 누각을 지은 뒤로 장안 사람들이 철에 따라 이곳에서 놀았다고 한다.

　같은 제목으로 李商隱의 七言絕句가 있고 杜牧(두목)도 비슷한 제목의 七言絕句 〈將赴吳興登樂遊原〉을 남겼다. 그러나 樂遊原을 읊은 시 중에서는 李商隱의 이 시를 제일 먼저 꼽는다.

　마음이 울적한 시인이 해 질 녘에 높은 언덕에 올라서 해를 바라본다. '夕陽은 無限好나 只是 近黃昏이라!' 이 구절은 인구에 널리 회자되는 名句로 그 含意(함의)가 많아서 다양한 풀이가 있다.

　우선 해가 지는 시간에 약간의 차이가 있다. 向晚-夕陽-黃昏으로 해는 점점 지고 있다. 시인의 감정도 '意不適'이라서 '登古原'하면서 생각을 가다듬고 '無限好'라고 느낀 다음에 '近黃昏'이라고 술회하고 있다.

　그 '無限好'와 '近黃昏'의 감정은 사람마다 다를 것이다. 역자가 지금 '이러한 것'이라고 해석하는 것은 역자의 마음이지 李商隱의 마음은 아닐 수도 있다.

　'지는 석양이 안타깝다'라고 생각할 수도 있고 '인생의 황혼을 의미하니 서글프다'라고 설명할 수도 있다. 그런가 하면 '어릴 적 불우했던 생활을 회상하며 자신이 늙는데도 상황은 개선되지 않는 상황에 대한 위로'라고 풀이할 수도 있다. 또 漢朝의 여러 능을 바라보며 역사의 순환을 슬퍼하였다고 말하는 이도 있다. 그리고 이 시에 대하여 唐朝의 衰落(쇠락)을 애달파 하는 심정이 숨어 있을 것이라고 매우 애국적인 풀이를 한다 하여 틀렸다고 단정할 수도 없다.

하여튼 '言外의 뜻'이 많기에 이 시가 더 좋고 유명한 것이다.

이상은(李商隱)

李商隱(이상은, 813-858?)의 字는 義山, 號는 玉谿生(옥계생) 또는 樊南生(번남생)이며 만당의 시인을 대표한다. 그 시문의 가치를 평가하여 杜牧(두목)과 함께 '小李杜(大李杜는 李白과 杜甫)'라 칭한다. 또 溫庭筠(온정균)과 함께 '溫李'라고도 부른다.

李商隱 - 우선 그의 이름이 갖는 뜻을 생각해 보면 그 이름을 오래 기억할 수 있다. 한고조 劉邦은 呂后 소생의 장자를 폐하고 戚夫人(척부인) 소생의 如意를 태자로 삼으려 하자 다급한 呂后는 張良과 상의한다. 장량은 여후에게 '商山의 四皓(사호)'로 알려진 명사(이들은 高祖가 불렀어도 출사하지 않았었다.)를 초치하라고 일러준다. 나중에 태

자(惠帝)가 '상산사호'와 함께 고조를 뵙자, 고조는 '羽翼已成(날개가 다 갖추어졌다.)했다'고 말하면서 태자를 바꾸려던 생각을 접게 된다.

李商隱은 이 고사에서 '商山의 隱者'라는 뜻을 따와 商隱이라 지었다고 한다. 그리고 그의 字 義山은 '隱居而能行義'의 義와 '商山'의 山을 묶은 것이라고 한다.

李商隱은 10세 전후에 부친이 외지에서 작고하였다. 이상은은 長子로서 모친을 모시고 여러 동생들을 부양해야만 했다. 그래서 낮은 관직 여부를 불문하고 빨리 관직에 나가야만 했고 또 가문을 일으켜야 한다는 사명감을 갖게 했다. 그리고 그의 역경은 우울과 민감한 정서를 형성케 하였고, 그러면서도 淸高한 생활을 동경케 하였다.

李商隱은 17세 때 牛李黨爭(牛僧孺 - 李德裕의 당쟁)의 牛黨에 속하는 令狐楚(영호초)의 막료가 되었다가 25세 때 진사가 된다. 이상은은 李黨에 속하는 王茂元(왕무원)의 딸과 결혼하는데 이 때문에 牛 - 李 양쪽에서 모두 배제되는 역설을 당해야만 했다. 그의 관직 생활은 격심한 우이당쟁의 소용돌이 속에서 험난한 가시밭길이었고 굴곡이 너무 심했다. 이상은은 이렇듯 불우한 처지와 失意 속에서 알기 힘들고 難澁⟨난삽, 澁 떫을 삽, (말이나 문장 따위의 표현이) 어렵고 까다로워 매끄럽지 못함.⟩한 詩語로 그의 憂愁(우수)와 고민을 풀어냈으며 그의 시는 悲感(비감)으로 가득 차 있다.

晩唐은 정치적으로 급격한 쇠락시기였다. 절도사 등 군벌, 곧 번진의 할거는 계속되었고, 환관들에 의하여 황제가 옹립되고 폐위되었으며 우이당쟁은 격화되었다. 이러한 현실에 적극적으로 참여하거나 개선할 수도 없었기에 시인들은 문학의 예술적 성취에 주력하게 된다. 그리하여 이상은은 문자의 彫琢⟨조탁 ; 詩文(시문) 따위의 字句(자구)를 아름답게 다듬음을 비유하여 이르는 말.)과 音律의 조화를 강조하며, 對句와 빈번한 典故(전고)의 사용 등 형식을 많이 강조하게 된다.

晩唐(만당)의 시는 이상은과 두목으로 대표되며 개인의 감정과 고민을 표출하는데 중심을 두었으며 문학의 미적 가치에 많은 관심을 가졌었다고 그 특성을 요약할 수 있다.

李商隱의 시의 특징 중 한 가지는 애정과 우수를 노래한 작품이 많다는 것이다. 그 이전에 남녀의 애정을 주제로 읊은 시가 거의 없었으나 이상은에 의해 문학적 향기가 높은 작품이 나온 것은 특기할 만하다. 이상은의 愛情詩 제목은 거의 〈無題〉이다.

이상은 詩의 特長은 상징과 은유의 표현기법이 우수하며 전고의 운용이 능숙하다는 점을 들 수 있다. 또한 字句가 精練(정련 ; 잘 연습함.)되고 화려하다 할 수 있으니 이상 3가지 특장이 하나로 어울려 함축적이고 완곡하며 우아한 詩境〈시경 ; 詩興(시흥)이 절로 나는 아름다운 경지.〉을 연출하고 있으나 난해하다는 평가를 면할 수는 없다.

이상은의 애정시 중에서 가장 널리 알려진 시를 한 수 읽어보고 또 다음 이야기를 해야 한다.

夜雨寄北 야우기북
밤비 오는데 북쪽에 보내다.

君問歸期未有期　巴山夜雨漲秋池
군 문 귀 기 미 유 기　파 산 야 우 창 추 지

何當共剪西窗燭　卻話巴山夜雨時
하 당 공 전 서 창 촉　각 화 파 산 야 우 시

그대 돌아올 날 묻지만 기약할 수 없고

巴山의 밤비에 가을 물이 연못에 넘친다오.

언제 함께 서창에서 촛불의 심지를 자르며

巴山에 밤비 오던 날을 이야기 할는지요?

고증에 의하면, 宣宗 大中 5년(851)에 이상은의 아내 왕씨가 죽었고,
이상은은 東川절도사(今 四川省 東部와 重慶市 일부 지역 관할) 柳仲郢(유중영)의
막료가 되어 梓州(今 四川省 三台縣, 동천절조사의 소재지)로 들어간다. 따라서
이 시는 友人에게 보낸 시로 알려졌다. 제목이 〈夜雨寄內〉라고 되어 있
는 책도 있어 아내에게 보내는 시로 읽혀지기도 한다.

巴山(파산)은 중국 서남부의 큰 산맥으로 巴嶺(파령)이라고도 한다. 시
인이 있는 巴蜀의 東川일대, 곧 사천성 동남부의 산악지대를 말한다. 成
都(청두) 일대를 蜀(촉), 重慶(충칭) 일대를 巴(파)라고도 한다.

詩는 그리움이다. 그리움이 없다면 누가 다른 사람에게 시를 보내겠
는가? 죽은 아내가 그리워 마치 편지를 쓰듯 시를 보낼 수 있다. 이는
순수한 그리움일 것이다.

첫 구절은 받을 사람을 말했다. 2구는 쓸쓸함이고, 3구는 그리움이
며, 4구는 희망 사항이다. 시인은 그런 날이 오기를 기다리는데 이것도
그리움의 표현 방법이다.

이 시를 부부간의 그리움을 그렸다고 생각하면 느낌은 더욱 애절하

다. 첫 구절은 언제 돌아올 것인가를 물었고 기약할 수 없다고 하였으니 모두 지나간 일—과거 時制이다. 그런데 承句〈승구 ; 한시 絶句(절구)의 제2구, 또는 律詩(율시)의 제3·4구. 起句(기구)의 내용을 이어받아 그 뜻을 넓힘.〉는 지금 현재의 묘사이니, 지금 밤비 속에서 그리워하고 있다. 轉句〈절구 ; 漢詩(한시)의 絶句 (절구)의 셋째 구. '기승전결'의 전. 〔중간에서 詩意(시의)를 一轉(일전) 시킴.〕〉는 시인의 희망이니 미래의 그날을 기다린다. 그리고 마지막 구절은 절묘하다. 분명 미래의 희망을 그렸지만 '巴山夜雨'의 지금을 추억으로 만들었다. '却(도리어, 오히려)' — 이 글자 하나는 여의봉처럼 주인공을 현실(비 오는 이 밤) — 미래(만나 이야기하는 그날에) — 과거(비가 오는 지난 날)로 돌리는 역할을 했다.

석유 등잔불이나 촛불은 매우 낭만적인 분위기를 돋우는데 형광등하고는 분위기가 틀린다. 그리고 밤비가 오기에 모두가 더욱 그립다.

〈巴山夜雨〉는 매우 낭만적이고 詩的이다. 짧은 絶句에 두 번이나 나오는 '巴山夜雨'는 궁벽한 산속에 내리는 밤비를 강조한 것이리라. 이는 중국에서 방영된 드라마의 제목이기도 하다. 巴山夜雨 하면 누구나 이상은을 그리고 이상은의 사랑을 떠올린다. 그리움은 참 애절한 감정이다.

錦瑟 금슬

錦瑟無端五十絃　一絃一柱思華年
금 슬 무 단 오 십 현　일 현 일 주 사 화 년

莊生曉夢迷蝴蝶　望帝春心託杜鵑
장 생 효 몽 미 호 접　망 제 춘 심 탁 두 견

滄海月明珠有淚　藍田日暖玉生煙
창 해 월 명 주 유 루　남 전 일 난 옥 생 연

此情可待成追憶　只是當時已惘然
차 정 가 대 성 추 억　지 시 당 시 이 망 연

금슬은 까닭도 없이 오십 줄이지만

한 줄에 발 하나, 한창때를 생각케 한다.

莊周는 새벽 나비 꿈에 긴가민가했었고

望帝는 봄날의 슬픔을 두견에 맡겼었다.

滄海에 달 밝으면 흐르는 눈물은 진주였고

藍田에 날 따뜻하면 아지랑이 피는 玉이었다.

이런 정념을 추억으로 묶을 수 있었지만

다만 그때는 너무 망연한 마음이었네.

〈錦瑟〉은 글자 그대로 풀면 '비단 거문고'인데 비단으로 덮개를 만들
었다고 생각할 수도 없으며, 그렇다고 거문고 몸통에 비단을 오려 붙였
다 하여 '비단 거문고'라고 할 수는 없을 것이다. '비단에 무늬를 놓듯
장식을 한 거문고'란 뜻이다.

　시 전체 내용을 포괄하는 뜻의 제목이 아니라 1구의 처음 2字를 제목
으로 삼았다. 李商隱 詩集의 경우 대개 이 시가 첫머리에 실린다고 하니
그만큼 李商隱을 대표하는 시이다. 이 시는 李商隱 만년 47세 때의 작품
으로 50을 바라보는 자신의 나이를 50줄 금슬로 비유하여 회상한 시이
다.

장자(莊子)

시에 등장하는 莊生은 莊子(莊周, 約 기원전 369-286)이니, 孟子와 거의 같은 시대 사람이다. 장자의 '나비 꿈(蝴蝶夢)' 이야기는 《莊子, 齊物論》에 실려 있다. 이 구절은 이상은 자신의 인생에서 훨훨 날던 나비처럼 즐거운 시절이 있었다는 뜻이리니, 곧 인생은 꿈과 같이 덧없다는 뜻일 것이다.

그리고 望帝는 전설 속의 蜀 임금으로 나라를 잃은 슬픔으로 두견새가 되었다는 杜宇(두우)이다. 이 구절은 누구에게나 봄날 같은 호시절이 있으나 그런 봄날은 어김없이 지나가니 돌아오지 않는 청춘을 잃은 슬픔일 것이다.

滄海(창해 ; 넓고 푸른 바다.)에 달이 차면 진주도 알이 찬다고 하였다. 그 진주는 人面魚身의 鮫人(교인)이 흘리는 눈물이라고 한다. 이는 교인의 눈물이 진주이듯 자신의 주옥같은 시는 지난날 슬픔의 결정체라는 뜻이 있다. 滄海月明은 자신의 능력을 펴지 못한데 대한 담담한 哀傷(애상)이라고 풀이할 수도 있다.

그리고 진한 청색(藍)의 藍田은 중국 섬서성 남전현 동남쪽에 있는 산인데, 여기서 아주 질이 좋은 玉이 나온다. 日暖玉生煙(날이 따뜻하면 옥에서 연기 같은 아지랑이가 피어오른다)이라고 하였으니, 藍田日暖(남전일난)은 자신이 의기양양하던 시절에 옥 같은 광채를 냈었지만 지금은 아무 의미도 없다는 탄식의 의미가 들어 있다.

이 시는 너무 함축적인 뜻을 가지고 있어 역대 文人들이 자기 나름대로 해석을 하였다. 우선 錦瑟은 令狐楚(영호초)의 侍婢(시비)인데 이상은이 한때 연정을 품었고 그녀를 생각하며 지은 시라고 주장한 사람도 있었다. 또 많은 사람들은 이를 죽은 사람을 애도하는 시라고 풀이한다. 또 어떤 사람은 소동파의 뜻을 빌려 詠物詩라면서 瑟의 소리를 인생에 비유하였다고 설명하였다. 또 다른 사람은 이상은의 삶을 되돌아보며 자신의 꿈과 내세와 지조와 정감을 비유하였다고 풀이하였다.

하여튼 이 시가 다양한 해석의 가능성을 열어 주었다는 점에서 매우 특별한 시이다. 그리고 시인 자신의 슬픔을 노래했다는 점에서는 모두 한가지이다.

슬픔이란 이루지 못한 꿈이다. 만년에 누구나 자신을 돌아본다. 자신의 의지와 상관없이 뜻이 꺾이거나 실패를 겪어야 할 때 슬픔은 더 영롱해진다. 그래서 혼자 진주와 같은 눈물을 흘리는 것이다. 이 시는 뜻이 완곡하면서도 辭藻(사조 – 시문의 문채 또는 수식)가 典雅(전아 ; 바르고 아담하여 품위가 있음.)하여 많은 사람들이 좋아한다.

🏵 北青蘿 북청라

殘陽西入崦　茅屋訪孤僧
잔 양 서 입 엄　모 옥 방 고 승

落葉人何在　寒雲路幾層
낙 엽 인 하 재　한 운 노 기 층

獨敲初夜磬　閑倚一枝藤
독 고 초 야 경　한 의 일 지 등

世界微塵裡　吾寧愛與憎
세 계 미 진 리　오 녕 애 여 증

석양이 서산에 지려 할 때

초가로 홀로 계신 스님을 찾았다.

낙엽은 지는데 스님은 어디 있나?

가을 구름만 길에 겹겹이 쌓였다.

홀로 경을 치며 저녁 불경 외다가

한가히 등나무 그루에 기대섰다.

인간 세상이 작은 티끌 속에 있거늘

나는 어찌 애증에 매달리는가?

　〈北靑蘿〉의 의미가 좀 애매하니, 아주 좁은 지역을 지칭하는 지명이
다. 우리나라 농촌 마을의 '안뜸', '모개울' 등 작은 자연마을을 지칭하
는 이름과 같다.　殘陽(잔양)은 석양이고 '崦(산 이름 엄)'은 엄자산인데, 전
설에 '엄자산의 虞淵(우연)으로 해가 들어간다.' 하였으니, 일반적으로
'해가 지는 산'을 의미한다. 微塵(미진)은 작은 티끌이니, '大千世界가 具
在微塵中이라'는 말이 있다. '愛與憎(애여증)'은 애증이니, 곧 사랑과 미
움이다. 불가의 《楞嚴經(능엄경)》에 '人在世間은 直在微塵耳라. 何必 拘
於愛憎하여 而苦此心也라.'는 말이 있다.

　어느 마을에서 보든 해가 뜨는 산이 있고 해가 지는 산이 있다. 시인
이 어디서 이 시를 썼는지 모르지만 글자만 보고 崦山(엄산)으로 孤僧을
찾아갔다고 해석을 해야 하는가? 西山이라는 실제 地名도 있다. 그렇다

하여 童謠에 '서산 너머'라면 그 지명의 그 산이라고 말할 것인가?

이 시에서 '殘陽'은 '初夜'로 '高僧'은 '獨孤'로 이어지는 데, 이러한 말 자체가 외로움이다. 그래서 이 시의 분위기는 한마디로 '寒雲의 寒'과 '獨敲의 獨'이다. '쓸쓸함과 외로움'은 많은 것을 생각게 하면서 무엇인가 '頓悟(돈오 ; 문득 깨달음.)'를 유발케 한다.

인간세계란 것이 '하나의 티끌 속'이다. 거기서 愛와 憎으로 번뇌하는 시인의 모습을 볼 수 있다. 시인의 '愛憎의 사슬을 끊어 버리고 싶은 간절한 소망'을 느낄 수 있다. '愛憎의 사슬'에서 초탈할 수 있다면 그 것이 바로 解脫〈해탈 ; ①굴레에서 벗어남. ②불교에서, 속세의 번뇌와 속박을 벗어나 편안한 경지에 이르는 일. ③涅槃(열반).〉일 것이다.

尾聯(미련)의 7, 8句는 이상은 자신의 말이나 생각이라기보다는 孤僧이 들려준 말이나 시인에게 준 가르침이라고 생각할 수 있다. 그렇다면 마지막 구절의 '吾'는 당연히 君이 되어야 할 것이다. '吾는 君의 訛字(와자 ; 문자 · 언어가 그릇 전해져 잘못된 자.)일 것이다.'라고 말한 淸나라 紀昀(기윤)의 지적에 공감하면서 과연 詩를 어떻게 공부를 해야 하는가를 다시 한 번 더 생각해 본다.

李商隱의 인생은 이상하게 배배 꼬였다. 이상은은 처음에 令狐楚(영호초, 영호는 복성)의 도움으로 벼슬에 나섰으나 영호초가 죽은 다음에 王茂元(왕무원)의 사위가 된다. 그러자 서로 반대당에 속하는 영호초의 아들 영호도와 왕무원 사이 중간에 서 있는 이상은은 양쪽에서 모두 신임을 잃어 미관말직으로 끝나야만 했다. 하여튼 자신의 재능, 자신의 의지와는 전혀 상관없는 현실이었다.

落花 낙화

高閣客竟去　小園花亂飛
고 각 객 경 거　소 원 화 란 비

參差連曲陌　迢遞送斜暉
참 치 연 곡 맥　초 체 송 사 휘

腸斷未忍掃　眼穿仍欲歸
장 단 미 인 소　안 천 잉 욕 귀

芳心向春盡　所得是沾衣
방 심 향 춘 진　소 득 시 첨 의

높은 누각의 손님이 모두 돌아가자

작은 뜰의 꽃이 어지러이 날고 있다.

들쑥날쑥 굽은 두렁길 위에도

멀리까지 지는 해를 따라가며 떨어진다.

애타는 마음이라 차마 쓸지 못하고

지켜보아도 봄은 여전히 떠나려 한다.

꽃다운 마음도 봄을 따라 지려 하는데

얻은 것은 눈물 젖은 옷뿐이로다.

〈落花〉– 흩날리는 꽃잎을 보며 시인은 가는 봄을 아쉬워한다. 아주 섬세하면서도 감상적인 李商隱의 시풍을 느낄 수 있는 시이다. 지금은 봄이 지나려 하는 것을 아쉬워하니, 이는 꽃을 향한 시인의 癡情(치정 ; 이성을 잃은 남녀간의 애정.)일 것이다.

이는 이상은의 詠物詩〈영물시 ; 사물을 詩歌(시가)로 읊조림. 자연 경물을 제재로 하여 시가를 지음.〉 중 하나이다. 이상은이 시로 그려낸 정경이 아름답고 함축된 뜻이 깊어 무언가 마음에 와 닿는 것이 있지만 딱히 이것이라고 말이 잘 안 나온다. 여하튼 지는 꽃은 마음을 아프게 한다. 더군다나 마음에 맺힌 것이 있을 때 낙화는 더 많은 슬픔을 준다. 그런 슬픔이 추하지 않고 그 情은 더 깊고 새롭다.

頸聯(경련)에서는 시인의 미련이 남아돈다. 쓸어버리지도 못하고, 남은 꽃 지지 말라고 뚫어져라 바라보아도 꽃도 봄도 지려고만 한다. 그러다 보면 시인도 낙심한다. 꽃을 아끼는 마음도 봄을 따라 떠나려 한다. 그리고 시인은 눈물을 훔치고 옷소매는 젖었다. 그것이 落花가 주고 간 것이다. 이토록 섬세한 남자가, 이렇듯 어린 마음이 있었는가?

博學强記(박학강기 ; 학식이 넓고 아는 것이 많으며 기억력이 뛰어남.)한 李商隱은 典故〈전고 ; 典例(전례)와 故事(고사). (말 문장 따위의) 근거로 삼는 문헌상의 출처.〉를 많이 사용하고 修辭(수사 ; 말이나 글을 아름답고 정연하게 꾸미고 다듬는 일.)를 매우 중히 여겼다. 따라서 이상은의 시구는 매우 정련되고 기이하지만 시가 난삽하여 이해하기가 쉽지 않다. 그는 詩題를 모호하게 붙이기를 좋아하여 〈無題〉시가 많다는 것도 하나의 특징이라 할 수 있다.

〈無題〉는 일부러 제목을 붙이지 않기에 시인의 의도가 드러나지 않는 효과가 있다.

李商隱의 시에 典故가 많아 읽고 이해하기 어려운 것은 이미 잘 알려진 사실이다. 典故에 대한 설명이 없으면 시를 이해할 수 없다. 말하자면, 남의 시를 이해하려면 독서를 많이 하여 시인과 비슷한 정도의 상식이나 지식을 갖고 있어야 한다.

　이러한 시의 번역 역시 그러하다. 좋은 시를 쓰려면 많이 읽고, 많이 생각하고, 많이 지어보아야 한다. 일찍이 두보도 같은 말을 하였다. '讀書破萬卷 下筆如有神(만 권을 독파했다면 붓을 들면 神이 돕는 것 같다.)' – 만 권의 독서는 그만큼 중요한 것이다.

春雨 춘우

悵臥新春白袷衣	白門寥落意多違
창 와 신 춘 백 겹 의	백 문 요 락 의 다 위
紅樓隔雨相望冷	珠箔飄燈獨自歸
홍 루 격 우 상 망 랭	주 박 표 등 독 자 귀
遠路應悲春晼晚	殘宵猶得夢依稀
원 로 응 비 춘 원 만	잔 소 유 득 몽 의 희
玉璫緘札何由達	萬里雲羅一雁飛
옥 당 함 찰 하 유 달	만 리 운 라 일 안 비

새봄 하얀 겹옷을 입고 슬피 누웠다가
쓸쓸히 白門에 나가보니 생각이 달라지네.
빗속에서 차갑게 건너다보는 佳人의 집
주렴 안에 흔들리는 등불 보며 홀로 돌아왔네.
먼 길 슬픔에 겨워 봄밤은 깊어 가는데
새벽녘 꿈에서 겨우 보는 희미한 모습이여.
옥 귀고리 넣은 서찰을 어떻게 보낼까?
일만 리 비단 구름에 외기러기 날아간다.

〈春雨〉는 봄비를 읊은 시가 아니라 '봄비의 감회'를 읊었다. 詠物이 아니라 詠懷詩(영회시)이다. 시에 나오는 紅樓는 부자의 집인데, 여기서는 白門 부근 연인의 집을 지칭한다. 冷은 '약간의 寒氣를 느끼다'라는 뜻이니, 이미 떠나 버린 佳人에 대한 사랑이 식었다는 의미로 雙關語(쌍관어, 一語雙關)로 쓰였다.

首聯은 '春'에서 본시에 나타날 여러 감회를 연상케 해준다. 봄날에 비까지 내린다면 더더욱 여러 생각이 날 것이다. 시인은 누워서 佳人을 생각하다가 白門까지 찾아갔다.

뿌연 빗속에서 바라보는 佳人의 집. 약간의 寒氣 속에서 열정도 식었다고 느껴질 때 이미 날은 저물었고 혼자 외롭게 발길을 돌렸다. 頷聯의 요점은 '冷' 하기에 '獨自'로 '歸' 하였다. 이 함련에서 슬픔이 많이 차올랐다.

먼 길 다녀온 뒤 날은 어둡다. 그리고 밤새 그리워하다 새벽 꿈속에서 어렴풋이 佳人이 보이는 듯했다. 아마 佳人의 오뚝한 콧날도 보였을는지 모른다. 경련에서는 '冷'이 '依稀(의희 ; ①매우 비슷하다. 방불하다. ②어렴풋하다.)'로 전환된다.

그리고 7, 8구에서는 사랑의 징표(玉璫)를 보낼 것을 걱정하며 비단 겹처럼 층층이 쌓인 구름을 보며 새로운 그리움을 만들어 간다. 그 그리움 속에 날아가는 기러기를 삽입하였으니 詩人의 마음이 이미 佳人에게 가 있음을 알 수 있다.

기승전결에 따라 시인의 마음이 어떻게 바뀌는가를 알 수 있다. 佳人에 대한 戀情은 이런 것이고 戀情을 그려냈기에 이 詩는 아름답다.

來是空言去絶踪　月斜樓上五更鐘
내 시 공 언 거 절 종　월 사 누 상 오 경 종

夢爲遠別啼難喚　書被催成墨未濃
몽 위 원 별 제 난 환　서 피 최 성 묵 미 농

蠟照半籠金翡翠　麝薰微度繡芙蓉
납 조 반 롱 금 비 취　사 훈 미 도 수 부 용

劉郎已恨蓬山遠　更隔蓬山一萬重
유 랑 이 한 봉 산 원　갱 격 봉 산 일 만 중

온다고 빈말하고 가고선 자취를 끊었으니

달도 기운 누각에 오경 종소리 들려온다.

꿈속 멀리 헤어지니 울며 부르지도 못했고

편지 급히 쓰다 보니 먹물도 흐리다.

촛불은 금박 비춰 병풍을 반쯤 비추고

사향은 수놓은 부용 휘장을 은은히 넘어온다.

劉郎은 봉래산이 멀다 크게 한탄하지만

그보다 봉래산 일만 리 겹겹이 가로 막혔다.

이상은의 〈無題〉시는 그 題材가 아주 다양하다. 정치상의 이상, 개인의 포부와 실의, 남녀애정과 인생의 애환 등 다방면에 걸쳤으며 그 표현 방법에서도 고도의 은유와 함축, 그리고 섬세한 묘사와 해박한 전고를 즐겨 사용하였다. 때문에 당의 시인 중에서도 李賀(이하)와 함께 난해한 시를 쓴 시인으로 알려졌다. 이《無題》시는 다른 無題詩와는 달리 그 주제가 비교적 또렷하니 여인의 안타까운 사랑과 그리움을 읊었다.

시에 나오는 '劉郞'은 漢 武帝 劉徹(재위 전 141–87) 또는 신선인 劉晨(유신)을 뜻한다. 유신이라는 사람은 약초를 캐러 산에 들어갔다가 선녀들을 만나 반년을 살다 돌아왔는데 지상에서는 7代가 지나갔더라는 仙話 속의 인물이다.

젊은 날에는 누구에게나 그립고 애절한 사랑 또는 그런 감정이 있었으나 결국 지나고 보면 '空言'이라 하였다. 시인 역시 그러하면서도 절절한 사랑을 겪었으리라!

이 무제시 역시 연모하는 사람에 대한 사랑과 이별, 그리움을 주제로 하였다. 그러나 함축적이고 암시적인 표현에 대해서는 '정치적 암시'까지 담겨 있다고 해석되기도 한다. 이런 다양한 해석이나 평가를 받은 것은 이상은이 열렬히 사랑도 했지만 그만큼 복잡한 정치적 환경과 굴곡 많은 삶을 살았기 때문이다.

이 시는 달이 기우는 오경 무렵까지 전전반측하다가(首聯) 겨우 꿈속에서 불러 보고 편지를 써 보낸다는 몽환적인 묘사를 하고 있다(頷聯). 여인의 거처에 대한 섬세한 묘사는 여인의 심리에 대한 묘사라 아니할 수 없다(頸聯). 그리고 尾聯의 신선과 봉래산 같은 설정은 상상의 세계이며 그런 상상 속으로의 도피를 염원하는 연인들의 심리를 묘사한 것이다.

때문에 이런 시는 젊은 연인들이 읽으면 한없이 슬프면서도 자신이 더 가련해질 것이고, 실의한 선비가 읽으면 더욱 茫然自失(망연자실 ; 멍하니 제정신을 잃고 있는 모양.)할 것이며, 한창 공부해야 할 젊은이가 읽는다면

夢幻(몽환)에 빠져 책이나 글자가 보이지 않을 것이다. 하여튼 다른 시와는 달리 독특한 분위기를 연출하고 있는 것은 사실이다.

唐詩에서 〈無題〉하면 으레 이상은의 시를 떠 올린다. 이상은의 상상과 연상은 늘 아름답다. 역사적 사건과 신화와 전설을 응용한 典故의 운용은 자연스러우면서도 함축성이 뛰어나 읽고 나서 머리에 남는다.

그의 이렇듯 풍부한 정감은 어디서 얻고 어떻게 나올 수 있었을까? 우선은 독서를 통한 해박한 지식을 꼽아야 하고, 그의 특별한 정치적 역경 그리고 아마도 타고난 천성 때문일 것이다. 모든 남성들이 전부 여성을 향한 로맨틱한 감성을 갖고 있는 것은 아니다. 이는 마치 누구나 시를 좋아하고 쓸 수 있지만 특별한 감성을 가진 사람만이 시인이 되는 것과 마찬가지일 것이다.

❀ 無題 무제

相見時難別亦難　東風無力百花殘
상 견 시 난 별 역 난　동 풍 무 력 백 화 잔

春蠶到死絲方盡　蠟炬成灰淚始乾
춘 잠 도 사 사 방 진　납 거 성 회 누 시 건

曉鏡但愁雲鬢改　夜吟應覺月光寒
효 경 단 수 운 빈 개　야 음 응 각 월 광 한

蓬山此去無多路　靑鳥殷勤爲探看
봉 산 차 거 무 다 로　청 조 은 근 위 탐 간

서로 보기도 어렵지만 헤어져도 역시 괴로우니

춘풍이 힘이 없기에 온갖 꽃이 진답니다.

봄누에는 죽어야만 실뽑기를 겨우 끝내고

촛불은 타 버려야만 촛농도 그때 그칩니다.

아침에 거울 보며 구름머리가 변했는가 걱정하고

밤에도 읊조리며 달빛 지는 것을 느낍니다.

여기서 봉래산 가기가 먼 길 아니라지만

파랑새 은근히 나를 위해 찾아 주기 바랍니다.

이 〈無題〉시는 아주 깊은 뜻을 가진 戀情(연정)의 詩이다. 이 시를 읽다 보면 육체적 욕망을 느낄 수 있다. 정신적 사랑이 진실하다면 그만큼 육체적 욕망도 강한 것이다. 이 시의 3, 4구는 '남녀의 사랑이 이러한 것이다.'라는 名句이다. 이렇듯 완곡한 묘사는 그만큼 강력한 肉身의 욕구에 바탕을 두고 있다는 생각이 든다. 그러기에 젊은 남녀의 사랑은 불꽃이 튄다.

이 시는 구구절절이 사람들의 입에 오르내린다. 그냥 한 구절을 통째로 말해도 웬만한 사람이면 알아듣는다. '相見時難別亦難'도 그러하고, '東風無力百花殘'이나 '春蠶到死絲方盡'은 젊은이의 마음을 대변하는 成語처럼 통용된다.

絲(사)는 누에가 토해 내는 고치실이니, 絲와 思는 諧音(해음, 비슷하거나 같은 발음)이니, 곧 '絲'는 '思'로 통하는데 이런 표현을 雙關語〈쌍관어 ; 문장 구성법의 하나. 상대되는 문구를 계속 늘어놓아 한 편 또는 한 단의 骨子(골자)가 되게 하는 법.〉라고 한다. '누에가 죽어야만 실이 끝이 난다'는 '이 몸이 죽어야만 당신에 대한 사랑이 끝날 것'이라는 표현이니 얼마나 절실한가?

마찬가지로 촛불과 촛농(燭膿, drops of wax)은 '이별의 눈물'이니 촛불이 꺼지면 촛농도 흐르지 않는다. 그렇다면 이 몸은 이별의 아픔 때문에 죽을 수도 있다는 뜻이다.

이 시의 주체는 남자가 아니라 여인이며, 여인의 절절한 사랑 노래이다. 마치 李商隱의 女人이 들려준 것 같은 하소연이며, 남자는 그냥 듣기만 한다.

만나기도 어렵지만 그리고 잠시의 이별이지만 이별은 사랑이 멈춘 것인가? 꽃을 피운 것은 春風이다. 그렇다면 꽃이 지는 것은 춘풍의 힘이 다했기 때문인가? 시인이 던지는 首聯의 이렇게 멋진 질문에 대한 대답은 어떻게 이어지는가?

3, 4句는 사랑과 욕망에 대한 본질의 문제이다. '이 몸이 죽으면 이별의 아픔도 없습니다.'라고 말할 때 그 답변은 무엇인가? 실을 토하고 또 토하고 죽는 누에(春蠶), 임을 그리고 또 그리다가 몸을 다 태우고 꺼지는 촛불(蠟炬)은 모두 純情이 아닌가?

頸聯(경련)은 잠시 헤어져 있으면서 그리는 내용이다. 5, 6구는 냉철한 반성과 다짐의 시간이다. 曉鏡(효경)을 보는 것은 '나의 미모를 가꾸는 것이 아니라 임에 대한 봉사'라고 외치고, 밤에도 사랑의 노래를 읊조리니(夜吟) 달빛이 죽으며 날이 밝는다고 하였다.

사랑의 이상향(蓬山, 봉산)은 어디인지 모르지만 사랑의 전령(靑鳥)을 보내어 알려주기 바란다는 간절한 염원으로 시를 끝맺는다. 義山 이상은은 틀림없이 愛山 이상은일 것이다.

51

花間派(화간파)
詞人(사인)

온정균
溫庭筠

瑤瑟怨 요슬원
玉瑟(옥슬)의 恨(한)

冰簟銀牀夢不成	碧天如水夜雲輕
빙점은상몽불성	벽천여수야운경
雁聲遠過瀟湘去	十二樓中月自明
안성원과소상거	십이루중월자명

서늘한 대자리 침상에서도 꿈을 못 꾸고

푸른 하늘은 물이니 밤 구름 가벼이 떠간다.

기러기 울며 소수 상수를 넘어 멀리 가고

열두 누각에는 달만 덩그러니 밝도다.

玉瑟(옥슬)은 옥으로 장식한 25현, 또는 16현의 거문고 계통의 현악기이며 이 시는 여인의 적막함을 하소연한 일종의 閨怨詩(규원시)이다.

시에 나오는 瀟湘(소상)은 瀟水(소수)와 湘水(상수)로 長江의 큰 지류인데, 소상은 중국 湖南省의 대칭으로 쓰인다. 또 '十二樓'는 신선들이 산다는 5城 12樓이지만, 여기서는 玉瑟을 타는 여인의 거처를 의미한다.

여인의 怨은 여러 가지이다. 여기서는 보고픈 사람을 만나지 못한다는 그리움을 怨이라 하였다. 怨은 願이고 恨이다. 만나 보면 사라진다. 물론 이별한다면 또 원이 생길 것이다.

여인의 원은 瑟에 실려 하늘로 날아간다. 1구에서는 잠을 못 이루는 그리움이고, 2구에서는 밤하늘에 보내는 여인의 원을, 3구에서는 기러기 편에 먼데 있는 임에게 하소연 하고픈 怨이다. 그리고서 4구는 여인이 있는 집이다. 달만 밝고 같이 볼 사람이 없다. 공상의 세계를 날다가 현실로 돌아왔다. 오늘 밤 玉瑟을 타는 여인은 어차피 '夢不成' 할 것이다.

이렇게 아름답고 섬세한 시를 지은 溫庭筠(온정균, 812-870?, 筠 대나무 균)의 字는 飛卿으로 太原 출신이다. 晚唐의 유명한 시인인데 그를 보통 花間派 詞人(화간파 사인)이라 부른다.

溫庭筠 先世의 溫彦博(온언박)이 재상(당 太宗 때 중서령)을 역임하였으나 溫庭筠 대에 와서는 그 家世는 이미 쇠미하였다.

溫庭筠은 대개의 문인이 그러했던 것처럼 어려서부터 호학하며 詩詞

511

온정균(溫庭筠)

에 능했다. 또 權貴를 희롱하며 금기를 일부러 범하는 성격이었기에 '有才無行(재주는 좋으나 행실이 좋지 않다.)'이라는 말을 들어야만 했다. 외모가 못생긴 쪽으로 특이하여 '溫鐘馗〈온종규, 鐘馗(종규)는 疫鬼(역귀)를 몰아내는 무시무시한 神〉'라 불리기도 했다. 溫庭筠은 令狐綯(영호도)의 아들 令狐滈(영호호)와 절친했고 늘 相府〈상부 ; 宰相(재상)이 정무를 보는 관청.〉에 출입하였다. 나중에는 영호호의 미움을 받았고, 과거에 여러 번 실패하였기에 관직은 겨우 國子監助敎에 그쳤다.

온정균은 音律에 정통하여 음악가로 인정될 정도였고 그 詞風은 濃綺豔麗(농기염려)한 기풍이 역력하다. 그 무렵의 李商隱(이상은), 段成式(단성식)과 함께 이름을 날렸는데 이들 3인의 형제 排行(배행 ; 늘어서다. 줄서다.)이 모두 16째라서 이들의 문장 스타일 — 綺麗(기려 ; ①눈에 띄게 곱고 아름다움. ②무늬가 곱고 아름다움.)하면서도 唯美主義的 詩風 — 을 '3인의 16번째'라는 뜻으로 '三十六體'라는 별칭으로 부르기도 한다.

온정균과 이상은 두 사람만을 지칭할 때는 특별히 '溫李'라고 부른다. 물론 이상은과 온정균의 차이도 엄연하다. 이상은은 적지 않은 詠史詩(영사시)를 통해 농민들의 질고를 고발하는 시를 지었지만 온정균은 그런 경향이 없었다.

온정균 시의 특징은 색체감이 농염하고, 詞句가 화려하며 對句가 교묘하다. 그의 산수시, 회고시, 객수를 읊은 詩는 감개가 크고 청신하며 大泛〈대범 ; (사물에 대한 태도가) 까다롭거나 잘지 않고 심상하다.〉하다는 평을 듣는다. 온정균은 시인보다는 다음 宋代에 크게 성행한 詞의 작가로 먼저 인식되고 중요한 지위를 차지하고 있다.

재주가 많고 똑똑하였지만 동시에 주색잡기에 일가견을 가졌기에 그의 품행과 그 예술적 성취를 함께 평가할 수는 없지만 그의 시가 기녀들 사이에 인기가 높았던 것은 사실이다.

🌑 三州詞 삼주사

團團莫作波中月　潔白莫爲枝上雪
단단막작파중월　　결백막위지상설

月隨波動碎潾潾　雪似梅花不堪折
월수파동쇄인린　　설사매화불감절

李娘十六靑絲髮　畵帶雙花爲君結
이낭십육청사발　　화대쌍화위군결

門前有路輕別離　唯恐歸來舊香城
문전유로경별리　　유공귀래구향성

물속에 비친 달도 둥글기만 하고
가지에 내린 눈은 하얗기만 하다.
달빛은 물결 따라 살랑대며 부서지고
흰 눈은 매화 같아도 꺾을 수가 없구나.
열여섯 이씨 낭자의 실단 같은 검은 머리

두 송이 꽃을 수놓은 띠는 임을 그려 매었다.

문앞에 길이 있다고 쉽게 떠나 버렸는데

꽃향기 사라지면 그때야 오시려는가?

이 노래가 양주 기녀들 사이에 유행했고 온정균 또한 거기에 묻혀 지냈을 것이다. 어느 날 술 취해 통금을 어겼고 순라군에게 거만한 대꾸를 하다가 방망이로 얻어맞아 이가 부러졌다는 이야기는 후세 사람들이 언제든지 지어낼 수 있는 이야기일 것이다.

온정균의 관직 생활이 불우했던 것은 그의 성격과도 무관하지는 않을 것이다. 매사를 좀 삐딱하게 보는 성격이 천성적이라면 그것도 어쩔 수 없는 것이다. 좋게 말하면 '비판적인 건전 사고'이지만, 실제로는 '열등 의식이나 불평불만의 또 다른 표출'일 수도 있다.

당 宣宗(재위 847-860)은 미복으로 장안 시내 잠행을 즐겼다고 한다. 어느 날, 평복으로 잠행을 나온 선종과 온정균이 客店에서 마주쳤다. 온정균은 황제를 본 일도 없었지만 실제로 전에 보았다 하더라도 객점에서 만나니 못 알아 볼 수도 있었을 것이다. 하여튼 온정균은 좋은 옷에 은은한 기품이 흐르는 객인을 보고 약간 질투를 느꼈던 것 같다. 온정균이 다짜고짜 물었다.

"뭐하시는 분이요? 司馬나 長史 같은 小官인 것 같은데?" 그러자 선종은 아니라고 대답했다. 그러자 온정균은 "그렇다면, 文學이나 參軍, 아니면 主簿(주부)나 縣尉(현위)가 틀림없겠군!"라고 말했다. 그러자 선종은 "그렇지 않습니다."라고 말하면서 자리를 떴다.

좋은 옷을 입고 풍채가 있어 보이면 자기가 모르는 고관일 수도 있는데 그런 상대방에게 미관말직의 관직명을 대면서 확인하려고 물어보는 것은 일종의 심술이거나 아니면 상대방을 멸시하는 행위이다.

뒷날 온정균이 方城(지금 河南省의 지명)의 縣尉로 폄직될 때 그가 받은 조서에는 다음과 같은 내용의 글이 쓰여 있었다고 한다.

'孔門 제자들은 德行을 제일로 치고 文學을 末技(말기)라 생각했다. 너의 덕행은 취할 것이 없는데 文章이 좋다 하여 어디에 쓰겠는가? 뛰어난 재주를 가진 것은 확실하지만 지금 적당히 쓸 만한 인물은 아니로다.'

온정균은 자신이 황제를 희롱했었다는 사실을 그때서야 깨달았다고 한다. 그러다 보니 그는 각지를 많이 떠돌았다. 그가 나그네로 떠돌며 지은 紀行의 詩는 名品이라 아니할 수 없다.

 商山早行 상산조행

새벽에 商山을 지나며

晨起動征鐸　客行悲故鄉
신 기 동 정 탁　객 행 비 고 향

鷄聲茅店月　人迹板橋霜
계 성 모 점 월　인 적 판 교 상

槲葉落山路　枳花明驛牆
곡 엽 낙 산 로　지 화 명 역 장

因思杜陵夢　鳧雁滿回塘
인 사 두 릉 몽　부 안 만 회 당

새벽에 일어나니 말방울 소리 울리며
나그네 가는 길 고향이 그립다.

수탉이 우는 초가 객점에 뜬 달

서리가 내린 널판 다리의 발자국.

산길에 가득한 떡갈나무 잎

역참의 담장엔 치자 열매가 환하다.

그래서 그리운 장안 두릉의 집이니

굽어진 연못엔 물오리만 가득하다.

    온정균은 서리가 내린 늦가을에 商山(楚山. 지금의 陝西省 商洛市 동남)의 초
가집 객점을 출발한다. 새벽닭이 울었고 하늘엔 조각달이 아직 남아 있
다. 널판으로 만든 다리에 서리가 하얗게 내렸는데 시인보다 먼저 떠나
간 사람의 발자국이 찍혀 있다.

    시인은 鷄聲, 茅店, 月−人迹, 板橋, 霜 등을 하나의 동사도 없이 단
어만을 나열하여 詩句를 만들었다. 나머지, 곧 풀이나 상상은 모두 독자
에게 일임하였다. 독자는 머릿속에서 깊은 가을 새벽의 객점과 나그네
의 모습을 생생하게 연상할 수 있다. 이 시에서 여러 가지 色과 聲(성 ; 음
악. 말. 언어.)이 화면을 보듯 또렷하다. 그리고 意境(의경 ; 무엇을 하려고 먹은 마
음의 형편(경우).)은 적막하고도 처량하니 쟁쟁한 음운에 갖출 것은 갖추어
진 意象(의상 ; 뜻과 법칙)이 있어 기억으로 남는다.

    산길에는 떡갈나무 잎이 가득하고 역참의 담에는 치자나무 꽃이 환하
게 피었다. 枳(지)는 우리나라에서 보는 '가시가 있는 탱자나무'가 아닌
것은 확실하고 '호깨나무'라는 사전적 뜻은 실물에 대한 설명이 없다.
치자나무는 '여름에 꽃이 피어 가을에 담홍색 열매가 맺힌다.'하여 치
자나무로 번역하였다. '明'이란 글자에는 구체적인 색상은 모르지만 환

하게 밝은 느낌이니 비슷할 거라는 생각이 들었다.

　나그네는 언제나 서글프다. 그런저런 서글픈 감정에 長安의 두릉 옆에 있는 집 생각이 나고, 집 생각을 모르는 기러기나 물오리 같은 물새들이 굽어진 연못에 가득하다고 하였다.

 利洲南渡 이주남도
이주에서 南으로 강을 건너며

澹然空水對斜暉　曲島蒼茫接翠微
담 연 공 수 대 사 휘　곡 도 창 망 접 취 미

波上馬嘶看棹去　柳邊人歇待船歸
파 상 마 시 간 도 거　유 변 인 헐 대 선 귀

數叢沙草群鷗散　萬頃江田一鷺飛
수 총 사 초 군 구 산　만 경 강 전 일 로 비

誰解乘舟尋范蠡　五湖煙水獨忘機
수 해 승 주 심 범 려　오 호 연 수 독 망 기

잔잔한 넓은 강은 지는 해를 마주하고
曲島는 아련하게 푸른 산안개에 닿았다.
강가에 말은 가는 배를 바라보며 울고
버들가 객은 쉬며 배를 기다려 돌아간다.
곳곳의 모래 풀 더미에 물새들 흩어지고
드넓은 강가 논에 해오라기 홀로 날아간다.
누가 알리오! 배 타고 범려를 찾아가듯
五湖 물안개 속 홀로 機心을 잊으리라!

利洲(이주)는 지금의 四川省 북부 廣元市(利州로 쓴 판본도 있다.)의 嘉陵江(가릉강) 상류지역인데 그 유명한 唐 則天武后의 고향이다. 그 이주에서 남으로 가는 나루에서 배를 기다리며 감회를 읊었다. 시의 曲島(곡도)는 강 가운데의 구부러진 모양의 섬일 것이니 특별한 뜻은 없다.

范蠡(범려)는 越王 勾踐(구천)을 도와 吳를 멸망시켰는데, 월왕에게 西施를 골라 美人計를 쓰라고 건의한 장본인이다. 越의 패업을 이룬 뒤, 곧바로 구천 곁을 떠나 齊나라에 가서 이름을 숨기고 保身하며 장사를 해서 거금을 모았다.

보통 陶朱公(도주공)이라고도 부르는데, 중국 상인들은 그를 '돈(錢)의 神' — 財神으로 떠받든다. '忠以爲國, 智以保身, 商以致富, 成名天下' 한 사람으로 중국 사람들의 추앙을 받는 인물이다. 범려에 대해서는 吳王 부차를 멸망시킨 뒤 서시와 함께 五湖에 은거했다는 이야기도 널리 퍼져 있다.

지금 시인은 나루에서 배를 기다리고 있다. 그리고 보이는 그대로 차근차근 써 내려갔다. 遠景을 먼저 읊고 가까이 보이는 나루터를 묘사했다. 遠近과 水陸을 망라했고, 動과 靜을 모두 그려내었다. 특히 對(마주보고), 接(닿았고), 嘶看(울면서 보고), 歇待(쉬며 기다리고), 散(흩어지고), 飛(날아가다) — 이러한 동사가 구절마다 자리를 잡고 있어 그림 같은 詩가 動映像으로 나타난다.

頸聯에서 떼를 지어 흩어지는 물새들과 홀로 나는 해오라기를 대비시킨 뜻은 무엇일까? 사천에서 五湖는 수천 리 먼 길인데, 왜 五湖와 범려를 떠 올렸을까?

詩人이 세속을 떠나 隱居하고 싶은 마음이 그만큼 간절하다는 뜻이다. 범려는 자신의 뜻대로 정치적 성공을 거두었다. 보통 사람들은 그 공적만으로도 영화를 누릴 것이라 생각했을 것이다. 그러나 범려는 월왕 구천을 '고생을 같이 할 수는 있지만 영광을 같이 할 수 없는 인물'로 보았다. 그러기에 타국 齊나라로 가서 다시 큰돈을 벌었고, 그 다음에 재물을 흩어 버리고 五湖에 은거했다. 시인은 범려의 그러한 達觀을 부러워했을 것이다.

羅隱(나은, 833-909)은 奇才(기재)를 가지고도 불우한 인생을 살았다. 여기에는 그가 선천적으로 대단한 추남이었다는 것도 한몫을 했다고 볼 수 있다. 나은의 자는 昭諫(소간)이고, 본명은 羅橫(나횡)이다.

나은은 절강 餘杭(여항) 사람으로, 20세에 과거에 처음 불합격한 이후 10여 차례 낙방을 하자 이름을 羅隱으로 바꾸고 江東生이라 自號했다. 사실 어떤 사람은 나은의 모든 시문이 세상과 사람들을 늘 삐딱하게 바라보고 비꼬았기 때문에 낙방할 수밖에 없었다고 평가했다.

55세에 절도사 錢鏐(전류)의 막료가 되었다가 나중에 錢塘令, 鎭海軍 掌書記, 節度判官, 鹽鐵發運副使, 著作佐郎 등을 지냈으나 그 못생긴 외모와 괴팍한 행동은 여전했다고 한다. 그의 저서로 《江東甲乙集》이 남

당재자전(唐才子傳)

아 있다.

《唐才子傳》에서는 나은의 '詩文은 거의 원망과 풍자의 뜻이 많다'고
하였는데, 아마도 이는 그 자신의 외모와 晩唐의 정치문란과 사회 병폐
에 대한 비판의식 때문에 그러했을 것이다.

西施 서시

家國興亡自有時　吳人何苦怨西施
가국흥망자유시　오인하고원서시

西施若解傾吳國　越國亡來又是誰
서시약해경오국　월국망래우시수

나라의 흥망은 그럴 만한 때가 있는데

吳國은 왜 군이 西施를 원망하는가?

서시가 만약 오국을 기울게 했다면

월국의 멸망은 또 누구 때문이겠는가?

西施는 본래 완화계에서 비단 빨래를 하던 시골 처녀였는데 越王 句
踐에 의해 吳王 夫差에게 보내졌고 결국 西施에 빠진 부차는 구천에게
복수를 당해 멸망했다.

나은은 나라가 망하는 것은 다 그럴 만한 여러 가지 요인 때문에 망할
때가 되어 망했다는 뜻이다. 오나라 사람들이 서시를 '멸망의 원인' 으
로 보아서는 안 된다는 뜻이다.

나은의 시에는 마치 보통사람들이 쓰는 口語를 그대로 쓰면서 인생을
달관한 좋은 절구가 있어 이를 소개한다.

🌸 自遣 자견

得即高歌失即休　多愁多恨亦悠悠
득 즉 고 가 실 즉 휴　다 수 다 한 역 유 유

今朝有酒今朝醉　明日愁來明日愁
금 조 유 주 금 조 취　명 일 수 래 명 일 수

얻었다면 큰 소리치고 잃었으면 그만 두고

많고 많은 근심 걱정 역시나 끝이 없도다.

오늘 술이 있으면 오늘 마셔 취하고

내일 걱정 생기면 내일 걱정하리라.

자신의 뜻이 성취되었을 때 큰소리 치고 호탕하게 웃으면 된다. 그러나 뜻을 이루지 못했다면 그만두면 그뿐이다. 이 세상 근심 걱정을 두고 걱정 많이 한다고 사라지는가?

그가 세상 살면서 걱정거리를 많이 겪었을 것이고 설움도 정말 많이 이겨냈기에 이 정도 達觀〈달관 ; ①사물을 널리 봄. 전체를 내다 봄. ②사소한 것에 얽매이지 않는, 세속을 벗어난 높은 見識(견식).〉의 경지에 도달했으리라! 매일 술 먹는 사람에게는 그만한 기쁨과 슬픔이 있기에 또 듣고 싶은 말, 하고 싶은 말이 그만큼 많이 있기 때문일 것이다.

그래서 오늘 술이 있으면 오늘 마셔야 하는 것이다. 술로 근심을 푼다고 근심이 없어지는 것은 아니다. 그렇다고 술도 아니 마시며 걱정한다고 해결되지도 않는다. 내일 걱정거리는 내일 걱정해야 한다.

53

一字師(일자사)

晚唐(만당) 시절에 '衡岳沙門(형악사문)'이라 自號(자호)하며 法名을 '齊 己(제기, 864~943?)'라 하는 詩僧이 있었다. 그가 〈早梅〉라는 시를 지어 가 지고 시단의 선배이면서 交友인 鄭谷에게 가르침을 청했다.

정곡이 읽어보니 '前村深雪裏, 昨夜數枝開'라는 구절이 있었다. 정곡 은 "매화가 '여러 가지(數枝)'에 피었다면 '이르다(早)'라 할 수 없으니 '한 가지(一枝)'라고 고치는 것이 좋겠다."고 말해 주었다. 제기는 정곡의 말을 듣고 깊이 탄복하면서 말했다.

"改得好(바꾸니 좋네!), 改得妙(바꾸니 묘하네!)"

그리고 자신도 모르게 크게 절을 올렸다. 제기는 글자 하나의 위력이 어떠한 가를 절감했다. 이후 제기는 정곡을 '一字師'라 높여 불렀다. 이후 이런 사실이 널리 알려지면서 지금까지 전해오고 있다.

齊己의 〈早梅〉는 다음과 같다.

萬木凍欲折　孤根暖獨回
만 목 동 욕 절　고 근 난 독 회

前村深雪裏　昨夜一枝開
전 촌 심 설 리　작 야 일 지 개

風遞幽香去　禽窺素艷來
풍 체 유 향 거　금 규 소 염 래

明年如應律　先發映春臺
명 년 여 응 률　선 발 영 춘 대

온 나무가 얼어 꺾어지려 하는데
외 뿌리에 온기 홀로 돌아왔네.
앞마을의 깊이 쌓인 눈 속에
밤사이에 매화 한 가지 피었네.
바람 불어 그윽한 향기 퍼지니
새가 알고 흰 꽃을 찾아 왔구나.
내년 달력 그대로 순환한다면
먼저 피워 봄날 누각을 비추리라.

鄭谷(851-911?)의 字는 守愚이며 江西 袁州(지금의 宜春) 사람으로, 부친과 형 모두 시인으로 명성이 있었다고 하는데 정곡도 죽마를 탈 때부터 시를 읊었다(自騎竹之年則有賦咏).

정곡은 황소의 난을 겪었던 僖宗(희종) 光啓 3年(887)에 진사에 급제한 뒤 관직은 都官郎中에 이르렀기에 보통 '鄭都官'이라고 호칭하며 그의 시 〈鷓鴣(자고)〉가 아주 유명했으므로 '鄭鷓鴣'로 불리기도 하였다.

정곡의 7언율시 〈鷓鴣〉는 인구에 널리 膾炙(회자)되며 일시 風靡(풍미 ; 바람에 초목이 쓰러짐. ㉠어떤 사회적 현상이나 사조가 널리 퍼짐. ㉡저절로 쏠려 따름.)하였는데 그 전문은 아래와 같다.

🌑 鷓鴣 자고

暖戲烟無錦翼齊　品流應得近山鷄
난 희 연 무 금 익 제　품 류 응 득 근 산 계

雨昏靑草湖邊過　花落黃陵廟裏啼
우 혼 청 초 호 변 과　화 락 황 릉 묘 리 제

游子乍聞征袖濕　佳人才唱翠眉低
유 자 사 문 정 수 습　가 인 재 창 취 미 저

相呼相應湘江闊　苦竹叢深日向西
상 호 상 응 상 강 활　고 죽 총 심 일 향 서

따뜻한 날 풀숲에서 비단 날개 펴고

모양은 꼭 산에 사는 꿩을 닮았구나.

비오는 해 질 녘 청초호 가를 날아가고

꽃이 지면 황릉묘 숲에서 지저귄다.

나그네 잠깐 듣고 눈물로 소매 적시고

佳人은 노래하고 푸른 아미를 숙인다.

서로가 호응하며 상강은 드넓은데

苦竹이 우거진 곳 해는 서산에 진다.

鷓鴣(자고)새는 알록달록하고 아름다운 날개를 가진, 꿩과 비슷하지만 비둘기보다는 덩치가 큰 메추리과에 속하는 새인데 중국 화남지방에 널리 분포한다는 설명이 있다.

이 시에서는 나그네의 고달픔과 수심을 생각나게 하는 새로 그려졌다. 하여튼 이런 새를 노래했다고 시인의 별칭을 시 제목으로 부른다는 것은 이 시가 그만큼 유명하다는 뜻일 것이다.

북송 구양수는 그의 《六一詩話》에서 정곡의 시에 대하여 '그의 시는 아주 재미있으면서도 佳句가 많다.(其詩极有意思, 亦多佳句.)'고 하였으나 '그 시격은 아주 높은 것은 아니다(其格不甚高).'라고 평했다. 하여튼 후대인들의 평가는 사람마다 다르니 누가 바른 평가를 내렸고 그렇지 못한가는 오직 독자들의 생각일 것이다.

상강(湘江)

54

詩僧(시승)

교연
皎然

당나라 시인의 계층은 매우 두터웠다. 시의 창작이 결코 문인이나 관리들만의 전유물은 절대로 아니었다. 妓女 시인이 있는가 하면 佛僧이나 道士들도 시를 읊었다.

 尋陸鴻漸不遇 심육홍점불우
陸鴻漸을 찾아갔으나 만나지 못하다.

移家雖帶郭　野徑入桑麻
이 가 수 대 곽　야 경 입 상 마

近種籬邊菊　秋來未著花
근 종 리 변 국　추 래 미 저 화

扣門無犬吠　欲去問西家
구 문 무 견 폐　욕 거 문 서 가

報到山中去　歸來每日斜
보 도 산 중 거　귀 래 매 일 사

이사한 집이 성곽 근처라지만

들길은 삼밭과 뽕밭을 지나간다.

울타리 사이 국화를 많이 심었는데

가을이지만 아직 피지 않았다.

대문을 두드려 개 짖는 소리도 없는데

돌아서려다 이웃에 물었더니

산에 갔을 것이라 대답하는데

돌아오기는 매일 석양이라 한다.

僧 皎然(교연, 皎 달빛 교)은 和尙〈화상 ; ①승려의 尊稱(존칭). 和上(화상). ②受戒(수
계)하는 사람의 師表(사표)가 되는 승려.〉이다. 俗性은 謝씨이고 이름은 晝(주), 字
는 淸晝인데 南朝 宋 謝靈運의 후손이다. 처음에 입도하여 靈徹, 陸羽와
함께 妙喜寺에서 수도했다고 한다. 그가 杼山(저산)에 거처가 있어 그의
시집으로 《杼山集》이 있다.

鴻漸(홍점)은 陸羽의 字이다. 육우는 《茶經(다경)》을 저술하며 중국의
차를 본격적으로 연구하여 중국인들에게 '茶神'으로 추앙받는 사람이
다.

전 4구는 육우의 집을 찾아가는 길과 육우 집의 모습이다. 시골 마을

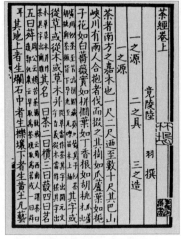

육우(陸羽)의 다경(茶經)

이지만 울타리에 국화를 심어 키우는 점에서 은자의 풍모를 알 수 있다. 여기까지는 제목의 尋陸鴻漸을 묘사하였다.

후반 4구는 '만나지 못한(不遇)' 사연이다. 이웃의 설명이긴 하지만, 매일 산에 가서 차를 찾거나 약초를 찾아 헤맨다는 사실과 매일 늦게야 돌아온다는 사실을 알 수 있다.

중국인들은 일상생활에서의 일곱 가지 필수품(開門七件事)으로 땔감 · 쌀 · 기름 · 소금 · 간장 · 식초 그리고 茶를 꼽는다. 적어도 이 정도는 준비되어야 신혼살림도 시작할 수 있고 또 일상적인 하루가 시작될 수 있는데 그중에 차가 들어 있다는 것이 우리하고 크게 다른 점이다. 어찌보면 중국인들이 인류의 식생활 내지 기호품에 가장 크게 기여한 것은 바로 이 차라고 할 수 있다.

飮茶의 풍습은 처음에 四川 지역에서부터 시작되어 점차 강남 일대로, 다시 양자강 이북으로 보급되어 당나라 때부터 많은 사람들이 일상적으로 차를 마시게 되었던 것이다. 차는 중국인들에게 일상생활의 일부였다. 당나라 때 이미 '양식 없이 삼 일을 지낼 수 있지만 차 없이는 하루를 지낼 수 없다.'는 말이 있을 정도였다.

그리고 당에서 차의 보급과 발전은 불교와 밀접한 관계가 있었다. 그래서 '茶禪一味(다선일미)' '飮茶坐禪(음다좌선)'의 풍조가 크게 유행하였다.

茶學의 전문가인 陸羽(육우, 733~804, 字 鴻漸)는 '茶聖' 또는 '茶仙', '茶神'으로 불린다. 육우는 《茶經》을 저술하였는데, 이 책은 지금도 茶의 古典으로 통한다.

육우는 文才가 있었고 사려 깊은 사람이었다. 그리고 그는 천성적으로 차를 좋아했다. 그는 각종 차의 품종과 특성을 연구했고 온 중국을 돌면서 각지에서 생산되는 차와 각지의 물을 모두 맛보았다. 또 좋은 차, 특별한 차를 얻기 위해 칡 줄기에 몸을 묶고 절벽을 오르내리기도 했으며, 때와 시간에 따라 찻잎을 따고 직접 차를 만들기도 했다.

차나무에서 찻잎을 따는 시기를 맞추는 것이 아주 중요하다. 너무 빠르면 향기가 온전하지 못하고 늦으면 싱그러운 맛을 잃는다. 그리고 때를 맞추더라도 그 전날 밤에 구름이 끼지 않고 아침 이슬이 내린 후에 따는 것이 최상품이고 음산한 장마에 따는 것은 별로 좋지 않다. 또 차나무는 계곡 바위 사이에 자란 것이 좋고 황토에서 자란 것은 좋지 않다고 한다.

육우는 중국인들의 음식과 건강 생활에 지대한 공헌을 하였다. 중국인들은 육우에 감사하고 기념하기 위하여 육우가 죽은 뒤, 곧 그를 茶神으로 받들었다.

'좋은 차는 미인과 같다'고 말한 蘇軾(소식, 東坡)도 차를 무척이나 즐겼다고 한다. 실제로 좋은 차는 마음을 깨끗하고 정신을 맑게 해주며, 가슴을 시원하게 열어 주고 졸음을 쫓아 주고 해갈에 도움이 된다. 그러나 좋은 차를 운치 있게 마시는 것은 그리 쉬운 일이 아니었다. 좋은 차를 마시는데 아홉 가지 어려움(九難)이 있다고 하였으니 차의 제조, 감별, 다기(그릇), 불, 물, 굽기(炙), 가루 만들기(末), 끓이기, 마시기의 모두가 어렵다고 했다.

차는 文人들에게 갈증을 해소시켜 주고 정신을 맑게 해줄 뿐만 아니라 정서생활과 품성도야에 크게 이바지하였다. 좋은 품질의 차는 文人과 學士들에게 무한한 정취와 기쁨을 주었다. 차를 마실 때 객이 많으면 수선스럽고, 수선스러우면 아취가 없어진다고 했다.

'차는 혼자 마시면 신선의 경지이며(神), 둘이 마시면 아주 좋고(勝), 서넛이 마시면 재미있고(趣), 대여섯이 마시면 무덤덤하고(泛, 범), 일곱 여덟 명이면 그저 내주는 것이다(施, 시).'

55

들국화를
읊다

황소
黃巢

황소(黃巢)

唐나라(618-907)는 安史(安祿山과 史思明)의 난(755-763)을 기점으로 번영과 안정에서 쇠퇴와 불안의 시대로 전환된다. 그러다가 黃巢(황소, 835-884)의 난(875-884)을 계기로 확실하게 멸망의 수순을 밟는다.

황소는 그 집안이 본래 소금 밀매업자로 부호였었기에 과거에 응시할 준비도 할 수 있었으며 황소는 입신출세를 꿈꾸었다. 말하자면 처음부터 전제

정권이나 귀족의 지배체제에 대한 반항 정신이 있었던 것이 아니라 지배 체제의 구성원이 되지 못한 불평불만을 품고 있었다.

그러나 그가 진사과에 급제하지 못했기에 정부에 반감을 가지는 것은 당연했다. 황소가 지은 시를 읽어보면 불평과 반항의 기분을 엿볼 수 있다.

題菊花 제국화

颯颯西風滿園栽　蘂寒香冷蝶難來
삽 삽 서 풍 만 원 재　예 한 향 랭 접 난 래

他年我若爲靑帝　報與桃花一處開
타 년 아 약 위 청 제　보 여 도 화 일 처 개

쌀쌀한 서풍에 뜰에 가득 자랐지만
꽃향기도 차가워서 나비조차 오기 어려워라.
뒷날 내가 만약 靑帝가 된다면
너를 桃李와 함께 피도록 해주리라!

사실 국화가 필 때에 벌과 나비가 아주 없는 것은 아니지만 서리를 견디는 국화를 복숭아꽃에 비교하여 가엾다고 여겼다. 그리고 자신이 靑帝(봄을 주관하는 神)가 된다면, 다시 말해 '권력을 가진다면' 특별한 은혜를 베풀겠다는 몽상을 하고 있다. 황소가 낙방한 뒤에 읊은 시는 더 반항적인 느낌이 온다.

不第後賦菊 부제후부국
급제 못한 뒤 국화를 읊다.

待到秋來九月八　我花開後百花殺
대 도 추 래 구 월 팔　아 화 개 후 백 화 살

沖千香陣透長安　滿城盡帶黃金甲
충 천 향 진 투 장 안　만 성 진 대 황 금 갑

기다리던 가을 팔구월이 되어

내 꽃이 피어나면 온갖 꽃은 죽으리라.

하늘에 뻗친 향기가 장안을 덮으리니

온 성에 가득 황금 갑옷으로 채우리라.

소금밀매업자는 나라의 단속을 피해 활동해야만 했기에 그들은 살기 위해 뭉쳐야만 했었다. 僖宗 乾符(건부) 원년(874) 소금밀매업자들의 조직 鹽幇(염방)의 우두머리인 王仙芝(왕선지)가 起兵하자 황소는 그 다음 해에 반란에 가담했다.

黃巢는 山東에서 봉기하여 하남을 거쳐 안휘성 지역으로 이어서 절강성 지역을 휩쓸고서 복건성과 광동성을 거치고 광서성과 호남성, 호북성을 거쳐 낙양과 장안에 들어갔는데 이러한 대 원정은 모택동의 長征(장정)만큼이나 먼 거리였으며 이 기간에 강남 대운하의 소통이 막혀 당나라 경제적 기반은 저절로 붕괴되었다.

황소의 반군이 이처럼 전 중국을 휘젓고 돌아다닌 것은 황소의 난 초기에 황소 반군의 노략질이 관군의 노략질보다는 적었기 때문에 농민들의 저항이 크지 않았다는 점을 이유로 들고 있다. 그러나 그보다는 지방관이나 지방군사의 무능력과 진압을 지휘할 수 있는 인물이나 조직이 없었기 때문이었다.

황소는 中和 원년(881) 장안에 입성하고 즉위하며 국호를 大齊(대제) 연호를 金統(금통)이라 했다. 黃巢는 처음부터 天下를 차지할 만한 雄才大略이 없었고 병법도 몰랐으며 대중을 거느린다는 생각도 없었다. 불평분자들이 갖고 있는 편협한 관념으로 세상을 바라보니 더더욱 화만 치밀기에 잔인하고 포악했으며 무고한 농민들을 마구 죽였다. 그러니 그 반군들에게 무슨 기강이 있었겠는가? 황소는 가난한 농민들을 이끌고 봉기했지만 농민들을 위해 아무 조치도 없었다. 자신도 부자였지만 부자들의 재산을 빼앗는 과정을 즐겼다. 장안의 무고한 백성들을 마구 죽여 피가 성 안에 가득하자 '성을 씻었다(洗城)'고 말한 사람으로, 野史에 8백만 명을 죽였다는 악명만 남겼을 뿐이었다.

황소는 결코 대장부가 아니었고 성공한 반란자도 아니었다. 물론 당나라의 멸망을 촉진시킨 결과를 가져왔지만 수백만의 백성들을 죽인 것조차 起義라는 이름으로 미화할 수는 없을 것이다.

황소는 장안에 들어가 황제를 칭한 이후 아무런 개혁이나 혁신적인 정책도 제시하지 않았다. 황소 자신이 사치와 음락에 빠졌고 지식인과 투항해온 관리들을 학살하였다. 황소는 부패한 지주나 관리들의 생활을 흉내 내었고 농민들의 어려움을 외면했으며 병졸이 굶주려도 마음을 주지 않았다. 결과적으로 농민대중의 계속적인 지지를 이끌어 내지 못하고 농민과 단절되었다. 부하 장수 역시 공적을 과장하거나 배신하였다.

황소의 부장이었던 朱溫(주온, 나중에 朱全忠이라는 이름을 하사받았다.)이 배신하자 관료 지주들도 따라 배신하며 농민계층에서도 황소를 지지하지 않았다.

결국 황소는 과거에 낙방한 지식인으로서 또 소금 밀매업자가 갖고 있던 봉건체제에 대한 불평불만을 터뜨리면서 한바탕 약탈과 살육의 놀음판을 벌린 것에 불과했다. 황소의 난이 끝나면서 당나라도 멸망하며 이어 五代의 혼란이 계속된다.

황소의 난으로 달라진 것은 없었다. 지배층의 새로운 각성이나 변화도 없었고 지식인들의 새로운 시대정신도 발현되지 않았다. 지주 또는 부유한 상인들이라 하여 이전과 다른 새 시대상을 꿈꾸지도 못했다.

後漢 말기 황건적의 난, 唐 말기 황소의 난 모두가 대규모의 농민 봉기라는 공통점이 있으나 그 결과도 마찬가지였다. 농민 봉기가 起義로서 성과를 거두기 위해서 지도자는 어떤 인식을 갖고 있어야 하는가?

기근이나 전쟁의 뒤에서 최소한의 의식주를 충족하기 위한 폭동인가? 아니면 지배계층의 압제와 착취에 대한 저항인가? 더 나아가 새로운 시대를 준비하고 실현하기 위한 의식적인 투쟁인가? 起義의 지도자에 따라 그 결과도 달라질 것이다.

56

詩(시)로 이룬 사랑

　당 憲宗 연간에 지금의 호북성 襄陽에 崔郊(최교)라는 秀才(수재)가 있었다. 그는 집안이 가난하여 고모 집에서 생활을 하였는데 고모 집에 일하는 婢女(비녀 ; 계집종.) 하나가 용모도 곱고 노래도 잘할 뿐만 아니라 행동거지가 매우 단아하였다.

　젊은 최교와 비녀는 어느 듯 서로 사랑하게 되었고 '그대가 아닌 다른 사람을 맞이하지 않을 것이고, 그대가 아니라면 시집가지 않겠다.'고 서로 다짐을 하였다.

　그러나 두 연인의 사랑이 맺어지기도 전에 최교의 고모 집은 가세가 기울었다. 최교의 고모 집에서는 노래도 잘하고 용모도 고운 이 여종을 그곳 山南東道節度使 于頔(우적, ?-818, 頔 아름다울 적)에게 40만 전을 받고 팔았다.

于頔(우적)은 字가 允元으로 德宗 때 호주 자사를 거처 貞元 14년(798) 襄州刺史겸 山南東道節度使로 있었는데, 새로 사온 비녀를 매우 총애하였다.

최교는 무한 비통했지만 어찌할 도리나 방법이 없었다. 다만 매일 절도사의 대 저택 근처를 헤매면서 시름에 겨워할 뿐이었다. 그해 봄 청명절에 공교롭게도 그 비녀가 심부름을 나왔고 마침 버드나무 아래서 하염없이 기다리던 최교와 만날 수 있었다. 둘은 잠시 이야기를 하면서도 눈물을 펑펑 쏟았다. 이제 더 이상 잡을 수 없게 되자 최교는 떠나는 비녀에게 시를 한 수 지어 주었다.

🌸 贈去婢 증거비

公子王孫逐後塵　綠珠垂泪滴羅巾
공자왕손축후진　녹주수루적라건
侯門一入深如海　從此蕭郎是路人
후문일입심여해　종차소랑시로인

나는 너의 뒤를 쫓아 먼지 속에 서 있고
그대는 눈물을 흘려 비단 수건을 적셨다.
절도사 대문 안은 바다보다 더 깊으니
이로써 정을 주었던 나는 나그네로다.

시에 나오는 公子王孫은 최교 자신이며, 綠珠(녹주)는 본래 西晉의 부

자 石崇의 애첩인데, 여기서는 팔려간 婢女를 지칭한다. 蕭郞(소랑)은 여자에게 정을 준 남자를 지칭한다.

최교는 이 시를 읊고 또 읊으며 이룰 수 없는 사랑을 그리워했다. 그런데 최교를 미워했던 어떤 젊은이가 그 시를 적어 가지고 절도사에게 사실을 고해바쳤다.

절도사 우적은 시를 읽어보고서는 자신의 집 대문이 바다보다도 깊다는 그 표현이 아주 참신하다고 생각하여 최교를 데려오라고 시켰다.

최교가 들어오자 우적은 최교의 손을 잡으면서 "侯門一入深如海 從此蕭郞是路人, 이 구절을 자네가 생각한 구절인가? 정말 뛰어난 문체로다. 내 집안이 그렇게 깊어 보이던가? 자네 같은 시인이라면 우리 집을 언제든지 출입할 수 있으니 마음대로 하게나!"

절도사는 말을 마치고 그 시녀를 불러 최교와 함께 돌아가게 하였다. 물론 결혼할 수 있는 충분한 혼수를 함께 보내 주었다.

여기서 절도사 于頔(우적)에 관한 이야기를 하나 더 소개하려고 한다. 우적은 혁혁한 권세를 바탕으로 집안에 歌妓(가기)와 舞姬(무희)를 모으고 가르치면서 歌舞宴을 즐겼다. 그런데 어느 날 零陵(영릉, 호남성)에서 온 객인이 영릉태수 戎昱(융욱)의 집안에 歌聲이 절묘한 절세가인이 있다는 이야기를 들려주었다.

호기심과 욕심이 함께 발동한 우적은 사람을 보내어 영릉태수에게 그 가기를 한번 볼 수 있게 해 달라고 요청하였다. 이는 사실상 상관으로서 빼앗겠다는 통첩이었다. 한편 영릉태수도 그 가기를 몹시 愛之重之(애지중지) 하였지만 아니 보낼 수가 없었다. 영릉태수는 가기를 보내면서 7언절구를 지어 주었다.

寶鈿香娥翡翠裙　妝成掩泣欲行云
보 전 향 아 비 취 군　장 성 엄 읍 욕 행 운

隱勤好取襄王意　莫向陽臺夢使君
은 근 호 취 양 왕 의　막 향 양 대 몽 사 군

보석 비녀에 비취 치마를 입은 미인이

곱게 차리고 눈물 흘리며 간다 말하네.

벌써 양왕의 마음에 들은 것 같으니

즐길 곳에선 옛사람 생각치 말거라.

襄王(양왕)은 양양절도사이고, 陽臺는 남녀가 즐기는 장소이며 때로는
新房(신방 ; 신랑과 신부가 첫날밤을 치르도록 새로 꾸민 방.)으로 통한다. 使君은 지
방관, 곧 영릉태수 자신을 지칭한다. 양양 절도사에게 가거든, 그 절도
사 잘 모시고 내가 예뻐했던 정은 이제 잊어버리라는 뜻이지만, 사실은
너를 보내고 싶지 않으며 잊을 수 없다는 강력한 메시지였다.

　가기는 영릉을 떠나 양양에 도착했고 우적은 미리 준비한 금은 패물
과 비단을 주며 환영했다. 그리고서는 주연을 열고 가기에게 노래를 불
러 보라고 하였다.

　영릉태수 戎昱(융욱)에 대한 그리움을 품고 온 가기는 융욱이 지어준

이 7언절구를 노래로 불렀다. 그 소리가 하도 처량하여 듣는 이 모두가
감동했다.

우적은 노래를 들은 뒤 매우 부끄러워하며 탄식했다.

"대장부가 큰 공을 세워 후세에 칭송을 받지는 못할망정 어찌 권세를
이용하여 남의 사랑을 뺏겠는가?"

그리고서는 그 날로 융욱에게 미안하다는 서신과 함께 가기를 돌려보
냈다.

여기서 전설과 같은 이야기를 하나 더 하려고 한다. 덕종이 재위 중
이던 貞元 연간(785-804)에 湘潭縣(상담현)의 치안을 담당하는 縣尉(현위) 鄭
德璘(정덕린)이 친우를 방문하러 가는 도중 黃鶴樓(황학루) 아래 배를 멈추
었다. 마침 옆에 韋(위)씨라는 鹽商(염상)도 배를 대었는데 우연히 위씨의
예쁜 딸을 보게 되었다.

밤중에 바람은 자고 달빛은 밝은데 근처의 다른 배에 崔希周라는 수
재가 달을 감상하다가 강물에 떠내려 오는 연꽃 무더기를 건져 올렸다.
최희주는 흥이 나서 7언율시를 한 수 지어 읊었다.

🏵 江上夜拾得芙蓉 강상야습득부용

物觸輕舟心自知　風恬浪靜月光微
물 촉 경 주 심 자 지　풍 념 낭 정 월 광 미

夜深江上解愁思　拾得紅蕖香惹衣
야 심 강 상 해 수 사　습 득 홍 거 향 야 의

작은 배에 무언가 부딪치고 마음에 느꼈으니

바람 자고 파도는 고요하며 달빛은 희미하다.

깊은 밤에 강가에 근심 걱정 달래어 보는데

붉은 연꽃 주우니 그 향기가 옷깃에 배어난다.

최희주는 자신의 시가 마음에 들어 계속 큰 소리로 읊었다. 한편 소금 상인 위씨의 딸도 배에서 할 일 없이 시간을 보내다가 근처에서 들려오는 시 읊는 소리를 듣고 그 시를 붉은 종이 위에 받아 적었다.

다음 날 아침, 정덕린이 탄 배와 염상 위씨의 배는 같이 출발하였다. 그리고 동정호반에 와서 함께 정박했다. 정덕린은 위씨 딸의 미모에 빠져 그리움을 주체할 수 없었다. 그러나 말을 건넬 기회조차 없어 애를 태웠는데 마침 처녀가 고기라도 잡으려는 듯 배에서 낚시를 드리고 있었다.

정덕린은 그 좋은 기회를 놓칠 수 없었다. 얼른 시 한 수를 지어 붉은 비단 보자기에 써서 낚시 근처에 던졌는데, 정덕린이 지어 보낸 시는 아래와 같다.

✿ 投韋娘 투위낭

纖手垂釣對水窗　紅蕖秋色艶長江
섬 수 수 조 대 수 창　홍 거 추 색 염 장 강

旣能解佩投交甫　更有明珠乞一雙
기 능 해 패 투 교 보　갱 유 명 주 걸 일 쌍

가는 손에 낚시 드려 물의 창을 여니
붉은 연꽃 가을 단풍 장강 물이 곱다.
옛날 水神은 패옥을 交甫께 주었나니
이제 구슬이 있다면 나에게 한 쌍을 주구려.

정덕린은 옛 전설을 인용하여 애정을 호소하였다. 옛날 天帝의 둘째 딸이 水神이 되었는데, 어느 날 鄭交甫란 미남을 보고 사랑을 느껴 차고 있는 한 쌍의 옥을 건네면서 사랑을 고백했다는 전설이 있다.

한편 위씨의 딸도 어려서부터 문자를 알았고 시를 배웠기에 그 뜻을 금방 알 수 있었다. 韋娘도 역시 호감을 가지고 엊저녁에 적어 둔 시를 낚시에 매어 정덕린의 배로 보냈다.

정덕린은 아가씨가 보낸 시를 읽고 매우 기뻤다. 우선 아가씨가 금방 시의 뜻을 알고 답장을 보내오다니! 정덕린이 붉은 비단에 적어 보낸 시가 붉은 연꽃처럼 자신의 옷을 감쌌다니! 정덕린은 아가씨와의 상면을 기다렸다.

다음 날 새벽 염상의 큰 배는 날도 밝기 전에 떠나갔다. 그러나 정덕린이 탄 작은 배는 바람과 물결이 심하다고 출발하지 못했다. 정덕린은 안타깝게 강물만 바라보고 있었다. 그런데 그날 저녁 뱃사공들을 통해 소식이 전해졌다. 염상의 배가 풍랑을 견디다 못해 침몰했다는 소식이 었다. 정덕린은 침통한 마음을 어찌할 수 없었다. 겨우 얼굴만 보았던 처녀에 대한 사랑이 더 뜨겁게 떠오르자 정덕린은 시를 지었다.

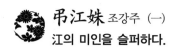 弔江姝 조강주 (一)

江의 미인을 슬퍼하다.

湖面狂風且莫吹　浪花初綻月光微
호 면 광 풍 차 막 취　　낭 화 초 탄 월 광 미

沈潛暗想橫波泪　得共鮫人相對垂
침 잠 암 상 횡 파 루　　득 공 교 인 상 대 수

수면 위에 광풍은 이제 그만 불어라.

물결 일며 희미한 달빛 모두 부서진다.

말없이 조용히 생각하니 눈물만 흐르고

함께 鮫人을 얻어 서로 보살펴 주어야 하네.

*鮫人(교인)은 人面御身으로 水中에 사는 사람. 교인의 눈물이 진주가 된다고
했다.

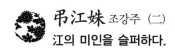 弔江姝 조강주 (二)

江의 미인을 슬퍼하다.

洞庭風軟荻花秋　新沒青娥細浪愁
동 정 풍 연 적 화 추　　신 몰 청 아 세 낭 수

淚滴白萍君不見　月明江上有海鷗
누 적 백 평 군 불 견　　월 명 강 상 유 해 구

동정호의 바람에 갈대꽃도 흔들리는 가을에

금방 죽어 간 미인에 잔물결도 수심이라.

눈물이 흰 마름에 방울져도 그 모습 보이지 않고

달 밝은 강에는 물새만 나는구나.

　시를 다 쓰자 정덕린은 향을 태워 제사하며 시를 강물에 던지고 오열했다. 한편, 동정호의 水神인 洞庭府君(동정부군)은 물고기가 가져온 정덕린의 시를 보고 크게 놀라 사자를 보내 조사케 하였다. 곧 시가 쓰인 붉은 비단을 몸에 두른 채 죽은 아가씨가 있다는 보고가 들어왔다. 그러자 동정부군은 생각했다. '그간 정덕린은 정성으로 나에게 술을 대접했었으니 그가 마음에 좋아한 아가씨를 살려 보답을 해야겠다.' 그러면서 낭자의 수건에 시를 지어 함께 지상으로 보냈다. 동정부군이 지은 시는 아래와 같았다고 한다.

● **祭韋氏巾上** 제위씨건상

昔日江頭菱芡人　蒙君數飮松醪春
석 일 강 두 능 검 인　몽 군 수 음 송 료 춘

活君家室以爲報　珍重長沙鄭德璘
활 군 가 실 이 위 보　진 중 장 사 정 덕 린

옛날 강가에 마름을 팔던 늙은이는

그대 덕분에 솔(松) 술을 자주 마셨다오.

그대 아내를 살려서 보답 하노니

長沙의 정덕린은 부디 몸조심하시오.

정덕린은 제사를 마치고도 울적하게 앉아 있는데 홀연 위씨 낭자가 수면의 붉은 연꽃 위에 서 있었다. 정덕린은 기뻐 그녀를 자기의 배로 데려왔다. 정덕린은 낭자가 목에 두른 시를 읽어보고 동정호의 水神(수신 ; 물을 다스리는 신.)이 낭자를 살려 준 것을 알았다. 그리고 또 전에 자신이 가끔 술대접을 했던 마름〈菱 ; 여름과의 일년초. 연못이나 늪 등에 남. 뿌리는 흙속에 내리고 줄기는 길게 자라 물 위에 뜨며 여름에 흰 꽃이 핌. 가시가 있고 네모진 열매는 먹을 수 있으며, 민간에서 약제로도 쓰임. 그 열매가 세모, 또는 네모진 것을 菱(기). 두 모진 것을 菱(릉)이라 한다. 菱(마름 릉)은 菱과 동자이다.〉을 따서 팔던 노인이 바로 수신이 되었다는 사실도 알았다.

정덕린과 위낭은 결혼을 했고, 달이 밝으면 가끔 동정호에 술을 갖고 나가 동정호의 수신을 만나 같이 즐겼다고 한다.

현종 개원 연간에 縣令(현령)을 역임한 뒤 물러나 자족하며 각지를 유람하던 焦封(초봉)이란 사람이 있었다. 어느 날 초봉은 친우의 초대를 받아 술을 마신 뒤 취해 자신의 숙소로 돌아가고 있었다. 그런데 어디선가 잘 차려 입은 시녀들이 몇 사람 나타나 '주인께서 초대를 하신다' 며 따라 오라고 하였다. 초봉은 시녀들의 언사가 매우 공손하여 시녀들을 따라 잠시 산길을 걸어갔다.

초봉이 처음 보는 것 같은 큰 집에 들어서자 20이 채 안 될 것 같은 여주인이 시녀들을 거느리고 나와 초봉을 맞이하였다.

그 여인은 전에 刺史를 역임한 孫長史의 딸인데 王茂(왕무)란 사람에게 출가하였으나 왕무가 죽었기에 지금은 이곳에 혼자 지낸다고 자신을 소개하였다. 그러면서 초봉의 풍채와 명성을 간접적으로 들어 알고 있었는데 오늘 이렇게 모실 수 있어 영광이라는 말도 하였다. 초봉은 여인의 의표가 보통사람과 달리 아주 의젓하며 재치가 있고 미모 역시 탁월하기에 속으로 기뻐하였다. 그런 초봉의 마음을 읽었는지 여인은 오언시를 지어 초봉에게 건넸다.

🌏 贈焦封 증초봉

妾失鴛鴦伴　君廣萍梗游
첩 실 원 앙 반　군 광 평 경 유

少年歡醉後　只恐苦相留
소 년 환 취 후　지 공 고 상 류

저는 다정한 짝을 잃었고
그댄 널리 정처 없이 떠돌지요.
젊은 그대 기뻐 취한 뒤에도
혹시 굳이 머물려 할까 걱정입니다.

초봉은 여인이 시로는 그렇게 말하지만 그는 본마음이 아니고 그냥 겸사로 하는 말이란 것을 알았다. 그래서 초봉도 즉석에서 시를 지어 화답했다.

答孫長史女 답손장사녀

心常名宦外　終不恥狂游
심 상 명 환 외　　종 불 치 광 유

誤入桃源裏　仙家爭肯留
오 입 도 원 리　　선 가 쟁 긍 류

마음은 늘 벼슬 밖에 있었기에

언제나 떳떳이 널리 유람한다오.

우연히 도원에 들어 왔더니

신선이 서로들 머물라 만류하네.

여인은 시를 읽고 마음이 통하여 초봉을 자신의 안채로 이끌었고 두 사람은 즐거운 하룻밤을 보냈다. 그렇게 한 달이 넘도록 마치 무릉도원에 머물 듯 꿈같은 날들이 흘러갔다.

어느 날 초봉은 잠시 혼자 술을 마시며 생각해 보았다. 나는 지금 젊은 여인의 앞날을 가로 막고 있는 것이 아닌가? 그리고 나는 언제까지 여기에 머물러야 하는가? 의식 걱정이 없다 하여 내가 여기 오래도록 머물러야 하는가? 그렇다면 결국 나는 여인에게 매인 사내란 말인가?

초봉은 한숨을 지었다. 그렇다면 어떻게 떠난다는 말을 해야 하는가? 여인에게 정을 주고서는 훌쩍 떠나도 되는 것인가?

초봉의 수심어린 얼굴을 본 여인이 초봉에게 말했다.

"저 역시 벼슬아치의 집안 소생이니 門第〈문제 ; 스승의 門下(문하)에서 배우는 제자. 門下生(문하생).)를 따지더라도 낭군보다 떨어지지 않습니다. 그런데 낭군은 지금 벼슬을 생각하지는 않는다 하지만, 또 어딘가를 떠돌려 하시니 첩이 어찌 만류하겠습니까?"

그리고서는 곧 시를 지어 초봉에게 보여 주었다.

別焦封 별초봉

鵲橋織女會　也是不多時
작 교 직 녀 회　야 시 부 다 시

今日送君處　休言連理枝
금 일 송 군 처　휴 언 연 리 지

오작교에서 직녀가 만났지만
역시 짧은 시간이었다오.
오늘 낭군을 보내는 곳에서
연리지가 되겠단 말은 하지 마오.

본래 連理枝란 말은 戰國 시대에 있었던 일이다. 宋나라의 大夫 韓凭(한빙)의 아내는 정말 아름다웠다. 송의 康王은 핑계를 만들어 한빙을 죽이고 그 미인을 데려갔다. 그러나 미인은 높은 누각에서 뛰어내려 자결했다. 다만 죽기 전에 짧은 글로 한빙과 함께 묻어 달라는 부탁을 남겼다. 강왕은 비통했지만 그 미인을 일부러 한빙의 무덤 옆에 묻어 주었다. 얼마 뒤에 양쪽의 무덤에서 한그루의 나무가 자라나더니 서로 기울어 나무와 나무가 한 나무처럼 서로 얽혀 자랐다. 사람들은 떼어낼 수도 없는 두 나무를 連理枝라고 불렀다.

초봉은 여인의 시를 읽고 여인에게 미안한 마음을 금할 수 없었다. 그러나 이미 떠나기로 결심하였으니 초봉은 붓을 들어 담담하게 시를 지었다.

❀ 留別詩 유별시

但保同心結　無勞織錦詩
단 보 동 심 결　무 로 직 금 시

蘇秦求富貴　自有一回時
소 진 구 부 귀　자 유 일 회 시

오직 한마음으로 묶여 있다면
비단 시 짓느라고 고생 아니 하리다.
소진은 부귀를 얻은 다음에
스스로 한번은 돌아왔다오.

유별시란 떠나가는 사람이 남아 있는 사람에게 주는 시이다.

이 시에서 비단에 쓴 시란 西晉의 대장군이었던 竇滔(두도)의 아내 蘇蕙(소혜)가 지은 回文詩〈회문시 ; 한문 詩體(시체)의 한 가지. 바로, 꺼꾸로, 세로, 가로 어느 쪽으로 읽어도 뜻이 성립되는 시. 晉(진)나라 蘇伯玉(소백옥)의 아내가 지은 盤中詩(반중

시)가 그 시초임.)이다. 두도가 멀리 출정하여 현지에서 첩실을 얻어 지낸다는 것을 알고 그의 아내는 비단에 오색실로 8백여 자의 시를 지어 보냈다. 이 시는 앞에서 읽어도 뒤에서 읽어도, 또는 대각선으로 읽어도 뜻이 통하는 그야말로 천재적 여인만이 짓고 만들었던 시이다. 이 시를 받아 읽은 두도는 감동하여 첩실을 버렸다고 한다.

이 시에서 초봉은 전국시대 蘇秦(소진)이 금의환향했듯이 그 자신도 다시 돌아온다고 여인을 위로했다. 초봉은 여인의 집을 떠났다.

초봉이 촉의 여러 곳을 지나 장안으로 가는 棧道(잔도 ; 험한 벼랑에 나무로 선반처럼 내매어 만든 길.)에 도착했을 때, 갑자기 뒤쪽에서 울며 따라오는 손장사의 딸을 보았다. 그 여인은 "내가 조금만 더 당신을 다시 배웅하려 합니다."라고 말하면서 둘이 손을 잡고 앞서거니 뒤서거니 하면서 잔도를 걸었다. 이윽고 잔도가 끝나고 객점에 유숙하려 들었는데 밤이 깊어 어디선가 한 무리의 원숭이 떼가 나타났다. 손 여인은 울음을 머금고 "당신이 저를 버리고 장안으로 돌아가시니 저 역시 이제 내 무리를 따라 가겠습니다."

말을 마치고 손씨 여인은 한 마리 원숭이로 변해 어디론가 사라졌다.(※ 참고 ; 孫sūn은 猻sūn. 원숭이 손.)

찾아보기

ㅈ

ㅌ

ㅍ

당시일화 唐詩逸話

초판 인쇄 2015년 6월 22일
초판 발행 2015년 6월 30일

편   역 ┃ 진기환
디자인 ┃ 이명숙 · 양철민
발행자 ┃ 김동구
발행처 ┃ 명문당(1923. 10. 1 창립)
주   소 ┃ 서울시 종로구 윤보선길 61(안국동)
            우체국 010579-01-000682
전   화 ┃ 02)733-3039, 734-4798(영), 733-4748(편)
팩   스 ┃ 02)734-9209
Homepage ┃ www.myungmundang.net
E-mail ┃ mmdbook1@hanmail.net
등   록 ┃ 1977. 11. 19. 제1~148호

ISBN 979-11-85704-32-6 (03820)
25,000원